Metamorfos Celestiais - Livro 2

Chamas de Marte

Tjalara Draper

Tradução de
Naiara M. Floriano

Para o furacão indomável,
o rojão inextinguível,
a dançarina imparável,
a cantora insilenciável,
a alegria indestrutível,
Minha filha, Annabelle,
a mais magnífica de todas as opalas.
Beijos Beijos Beijos

PRÓLOGO

Sagan Branstone apontou a lanterna para a grande entrada da caverna e, em seguida, verificou os números brilhantes no mostrador do relógio. Estava dez minutos adiantado, embora isso não significasse necessariamente que ele era o primeiro a chegar.

Por mais que tentasse ignorar, a nostalgia deste lugar o inquietava. Ele tirou a franja louro-clara dos olhos e encarou o afloramento de pedregulhos, à esquerda do acesso sombrio. Sua irmãzinha, Lyla-Rose, e a prima, Nika, costumavam escalar aquelas rochas e fingir que eram as princesas da montanha, enquanto Sagan e os irmãos mais velhos de Nika fingiam ser cavaleiros, vindos para derrotar o dragão de estimação das princesas.

Se recomponha. Sagan sacudiu a cabeça. *Você não é mais criança.*

Deixando as memórias de lado, ele adentrou a caverna. Mesmo sem uma lanterna, ele não teria tido problemas para encontrar o caminho, serpenteando pelas passagens familiares até que o túnel estreito se abrisse em uma gruta ampla, com um lago subterrâneo no centro.

O cascalho estalou atrás de si e ele girou, apenas para encontrar o túnel vazio. Seus olhos se estreitaram à medida que sua mente regressava para outra brincadeira infantil. Ele virou a luz da lanterna para a saliência rochosa acima da abertura do túnel — na mesma hora em que uma jovem vestida de preto pulava dali.

Sagan não teve tempo de se esquivar. Ele bufou com a colisão e, em uma fração de segundo, seu treinamento entrou em cena. Rolando com o impacto da queda, ele tentou imobilizar sua agressora, mas a mulher simplesmente manteve o embalo até que estivesse por cima.

Antes que ela conseguisse prender Sagan contra o chão acidentado, ele a derrubou. Estava prestes a ganhar vantagem quando um punho acertou-lhe a mandíbula. Sua cabeça virou e ele rangeu os dentes.

— Ótimo. Quer jogar sujo? — grunhiu.

Ele ergueu o cotovelo da mulher e cravou os dedos nas costelas dela. Uma gargalhada escapou da sua vítima e repercutiu pela gruta.

— Já chega! — Ela se remexia sob as cócegas. — Pare!

— Não, a menos que você ceda.

— Nunca!

— Como quiser, Nika.

Ela gritou e se contorceu, enquanto ele continuava a lhe fazer cócegas nas costelas.

— Tudo bem! Eu me rendo.

Sagan sorriu. Ele a soltou e se levantou, contudo, antes que pudesse dar um passo, Nika o acertou com uma rasteira e ele desabou no chão outra vez.

— Isso! — A exclamação de vitória de Nika ecoou pela caverna. Ela içou-se e retirou a poeira das roupas. Sagan resmungou e apanhou a lanterna antes de ficar de pé. Assim que se ergueu, Nika o puxou para um abraço.

— É bom te ver de novo, Saganzinho.

Sagan gemeu.

— Precisa mesmo continuar me chamando assim?

Ela sorriu e assentiu vigorosamente, fazendo seus cachos castanho-claros balançarem.

— Sem dúvida. E, a propósito, eu venci.

— Aham, certo, só porque trapaceou.

— Só porque você nunca aprende.

— O que quer dizer? Aprender o quê?

— Você sempre acredita quando alguém diz que se rendeu. — Ela colocou a mão no quadril, a atitude piedosa assustadoramente semelhante ao que Lyla costumava fazer, durante suas discussões fraternas. Sagan afastou a conhecida fisgada de dor.

— Eu não faço isso.

— Sim, você sempre fez, até mesmo quando éramos crianças.

Ele franziu o cenho.

— Não esquenta, primo. Quem sabe, um dia, você aprenda. — Nika deu um tapinha no braço dele e, então, deu de ombros. — Ou não, e algum dia vai dar uma de Sr. Bonzinho para a criatura errada e se matar.

Ele abriu a boca para responder, porém não conseguiu formular nenhuma palavra.

Depois de alguns segundos, Nika estendeu a mão para uma luminária de acampamento que ele e os primos tinham desligado, há muitos anos. Os olhos de Sagan se fecharam quando o clarão resplandecente rompeu a escuridão. Ele olhou pelas pálpebras semicerradas, mas o brilho apenas se intensificou quando Nika acendeu uma segunda luminária.

— Acredita que essas coisas ainda funcionam? — Nika indagou.

Sagan piscou, permitindo que seus olhos se ajustassem.

— É claro que funcionam. São equipadas com núcleos de energia luxium.

A luz extra expôs as bugigangas abandonadas do passado: alguns cobertores, ursinhos de pelúcia, bonecos de ação. Cartas de baralho empoeiradas ainda se encontravam espalhadas por toda parte desde que o irmão mais velho de Nika perdera um jogo de Warlords & Scumbags e as atirou com raiva no chão. Sagan percebeu, com uma pontada de tristeza, que o jogo de cartas havia ocorrido na última vez que ele, a irmã e seus primos visitaram o esconderijo de infância. Os acampamentos anuais em família tinham parado há cerca de oito — ou seriam dez? — anos, graças ao avô de Sagan, que esperava cada vez mais deles no negócio de caça da família.

Sagan exalou um suspiro pesado para liberar a tensão crescente em seu peito, depois ergueu os olhos para o teto irregular. Gotas de água acumulavam-se em várias estalactites e caíam na superfície do lago com um melodioso *plic-plic-plic*. Ele inspirou o ar rico e terroso misturado com o aroma calmante da água mineralizada.

A nostalgia o invadiu novamente, entretanto, desta vez, trouxe uma sensação de paz.

— Olha esse lugar? Tantas lembranças boas, hein?

— Sim — concordou Nika.

Sagan seguiu por um caminho com degraus de pedra, ao longo da caverna. A parede do outro lado possuía diversos recessos naturais que ele e seus primos usavam como despensa, onde guardavam as barras de chocolate, salgadinhos e latas de comida variadas. Uma série de itens ainda permaneciam ali — muito mais do que se lembrava da última vez —, embora todos provavelmente tivessem ficado rançosos.

Ele recolheu uma lata de pêssegos e franziu as sobrancelhas. Estava quase sem poeira e dentro do prazo de validade.

Nika arrancou a lata das mãos dele.

— Então, Saganzinho, qual é o lance? Faz o que, quase um ano? E não tive nenhuma notícia sua. Sem mensagens de texto, nem ligações, nem sequer um sinal de fumaça. — Ela socou seu braço com força. — Pensei que estivesse morto.

— Quase, mas não exatamente — disse ele com um meio sorriso.

— Não é engraçado, Sagan.

— Acredite, eu não estava rindo. — Ele esfregou a coxa, lembrando-se perfeitamente da agonia causada pela flecha farpada de Axel.

— É sério, você poderia ter morrido, seu idiota. E para quê? Para ajudar um verme veniri a fugir do bunker? — Ela meneou a cabeça em descrença. — O que raios te passou pela mente?

— Bom, sobre isso... — Sagan coçou a nuca e seus lábios se prensaram em uma careta. — Esse foi um dos motivos pelos quais entrei em contato. Eu... — Ele olhou ao redor da gruta. — Contou para alguém que estava vindo?

— Não — Nika zombou. — Você disse para não contar.

— E seus irmãos? Tem certeza de que nenhum deles te seguiu?

Ela cruzou os braços.

— Eu consigo fugir dos meus irmãos, quando preciso.

Sagan suspirou e colocou suas mãos nos bolsos.

— Como estão seus irmãos cabeça-dura, afinal?

— Ótimos. Mas, para ser honesta, foi seu pai quem perdeu o rumo. — O rosto de Nika se enrugou em desgosto. — E não sou só eu que acha isso. Uma troca aconteceu, alguns meses atrás, e um caçador voltou sem cabeça.

— E daí?

— E daí que não foi um metamorfo que o matou. Pelo visto, foi tio Matthias quem a decepou.

— *O quê?*

— Estou falando sério, Sagan. Mais de um caçador que estava lá viu a mesma coisa.

Sagan balançou a cabeça.

— Olha, eu sei melhor do que ninguém que o meu pai é um imbecil de marca maior, mas ele não ma...

— O quê? 'Mataria um dos nossos'? Não seja tão simplório. O código dos caçadores já se tornou uma piada — ela praticamente cuspiu.

Aquelas palavras foram como um tapa na cara. A mão de Sagan disparou compulsivamente de volta à coxa, friccionando a cicatriz prateada escondida sob o jeans preto. O que tinha de errado consigo? Ele, de todas as pessoas, deveria saber do que seu pai era capaz. Afinal, que tipo de pai envia um caçador atrás do próprio filho?

Os olhos de Nika cintilaram com... aquilo eram lágrimas? Quando foi que Nika desenvolveu a habilidade de chorar?

— Desde que tio Matthias começou a fazer acordos com nossas presas e aceitar pedidos de caça a humanos, as coisas saíram dos trilhos. Os caçadores não estão somente perdendo a cabeça. Alguns estão *desaparecendo*.

— Caçadores desaparecem o tempo todo.

— Sim, mas só se estiverem em campo. E isso não é tudo. A obsessão dele com os metamorfos alados explodiu para o próximo nível.

Sagan revirou os olhos.

— Ele é obcecado por esses contos de fadas desde sempre. Metamorfos alados. Cidades nas nuvens, portais interdimensionais, imortalidade. — Ele contava nos dedos. — É o único caçador que não deixou de acreditar nesses mitos.

Nika sacudiu a cabeça com movimentos bruscos.

— Mitos ou não, as coisas estão fora de controle, Sagan. Seu pai está fora de controle.

— Sim, bem... — Sagan passou os dedos pelo cabelo. — Me diga algo que eu não saiba.

— Não acha que está na hora de voltar? Para, talvez...

— O quê? — ele fez uma carranca. — Enfiar algum juízo na cabeça dele?

Nika mordiscou o lábio, olhando para o vazio por alguns instantes.

— Eu estava pensando que você, talvez, pudesse ligar para o vovô.

— Não.

— Me escuta. Eu acho que...

Sagan meneou agressivamente, bloqueando o restante das palavras.

— Vamos, Sagan. Você é o único neto que ele vai ouvir.

— Peça ao seu pai para fazer isso.

— Meu pai é um covarde. Sabe disso. Tem que ser você.

— Eu disse não! Não depois do que o vovô fez. Não depois do que ele fez minha mãe passar.

Nika jogou a cabeça para trás e grunhiu.

— Não me diga que você ainda fica choramingando? Foi sua mãe quem foi embora, lembra? Ela te abandonou.

— Não fale assim — Sagan rosnou por entre os dentes. — Está usando as palavras *deles*. Minha mãe nunca teria ido embora assim. — Ele arrancou seu olhar de Nika. — Você vai ver. Algum dia vou descobrir o que aconteceu com ela.

— Sim, claro. — Nika acenou com uma mão, indiferente, e virou de costas para ele. — O que quer que te ajude a dormir à noite, Saganzinho.

Sagan trincou os dentes, pronto para desencadear uma rajada de insultos sobre ela, no entanto, sabia que não era Nika quem os merecia. Por alguns segundos, o único som na gruta era o tênue gotejamento no lago.

Por fim, Sagan girou e coçou a nuca, seus dedos capturando a corrente negra que sustentava o amuleto de caçador, embaixo da camisa. Todo amuleto continha dez pequenas ampolas de vidro, cada uma a ser preenchida com uma amostra do sangue luminescente das primeiras mortes de cada raça metamorfa do caçador. O amuleto singular de Sagan tinha o formato do brasão de sua família.

Ele voltou a fitar Nika. Pela primeira vez, o amuleto dela não estava centralizado em seu peito. Sagan franziu o cenho — não era do feitio da prima mantê-lo escondido. Normalmente, ela deixava seu amuleto à vista para todos verem.

Por hábito, ele enrolou a própria corrente entre os dedos à medida que examinava os arredores. Uma armação, com um saco de dormir e um travesseiro, fora empurrada contra uma das paredes. Uma cadeira de lona estava ao lado, junto à uma pequena pilha de livros.

A lata de pêssegos sem poeira e os suprimentos extras de comida de repente fizeram sentido.

— Está morando aqui?

Os lábios de Nika se comprimiram em resposta.

— Desde quando?

Ela deu de ombros com desinteresse praticado.

— Não sei. Talvez uma ou duas semanas.

— Por quê?

— Eu te disse. — Ela se recostou na parede da caverna, colocou um pé para trás e cruzou os braços. — As coisas estão fora de controle em casa.

— Quem sabe que você está aqui?

— Até agora... — Ela lhe deu um olhar aguçado. — Só você.

— Mas e os seus irmãos?

— Ou meus irmãos são tapados demais para descobrir que fui embora, ou eles simplesmente não se importam. Você é a única pessoa a pisar nesta caverna desde que eu cheguei.

Nada disso fazia sentido. Um minuto atrás, ela estava criticando a mãe dele por abandoná-lo. O que havia acontecido para fazer Nika largar a família e os outros caçadores que ela defendera ferozmente sua vida inteira?

Ele esfregou seu rosto com as mãos.

— Nossa, Nika. Eu, hm... você está bem?

— E você? A última coisa que ouvi foi que Axel estava

tentando te empalar com o tridente dele. Onde esteve esse tempo todo?

O lábio de Sagan se contraiu. A confiante Nika, mudando de assunto sempre que estava sob o microscópio emocional.

— Isso mesmo, meu bom e velho papai, deixando Axel fazer o trabalho sujo mais uma vez.

— Claro, claro. Chega de rodeios. Onde você esteve?

— Ah, você sabe. — Ele a olhou de soslaio. — Aqui e ali.

— Hmm... — Nika estudava-o com os olhos estreitos.

Sagan tentou não se contorcer sob a observação dela. Sempre confiara na prima e nunca hesitou em desabafar com ela, especialmente depois que Lyla-Rose morreu. Porém, revelar a Nika que ele tinha passado os últimos dez meses em Maple Shire com Violet poderia trazer consequências terríveis para a pequena comunidade que abriu seu lar para eles. Sem mencionar que ainda pode existir um pedido de caça com a foto de Violet; Nika poderia muito bem aproveitar a oportunidade de ganhar a generosa premiação.

Como a caçula de sua família, Nika ganhou a reputação de fofinha quando criança, devido à sua pequena estatura, os olhos azuis iguais aos da boneca Shirley Temple e cachinhos saltitantes — uma reputação que ela desprezava e lutava muito para apagar. Ela definitivamente possuía a capacidade de causar, sozinha, um sério pandemônio em uma cidadezinha como Maple Shire.

Sagan pigarreou e fez o possível para parecer casual.

— De qualquer forma, a razão pela qual te contatei. Eu estava me perguntando se você se lembrava daquele pedido de caça para um veniri em particular, chamado Nathan Delano.

Nika bufou.

— Quer dizer aquele que você estupidamente ajudou a escapar?

Sagan alternou seu peso para o outro pé.

— Sim, esse mesmo. Eu esperava que ele ainda não tivesse sido rastreado.

— Rá! Nem tivemos a chance de persegui-lo, primo. Aquele reptante tolo voltou para casa e foi pego no mesmo dia em que você desapareceu.

Sagan xingou baixinho.

— Então ele já foi colhido, à essa altura.

Sua cabeça tombou nas mãos enquanto uma raiva ardente fervia em seu interior. Claro que a casa de Nathan fora o primeiro lugar que seu pai procurou. O que Violet iria dizer? Deveria mesmo contar para ela? Por que não conseguia fazer nada direito?

— Não. — Nika cortou a avalanche de pensamentos de Sagan. — Esse não foi colhido. Ao invés disso, foi levado para Tempecrest Island.

— O quê? — O queixo de Sagan despencou. — Para os poços de luta? Desde quando um veniri é jogado com lobiso-mens gladiadores? Seu diamantium é muito mais valioso sem danos.

Nika encolheu os ombros.

— Como eu disse, seu pai enlouqueceu. Ele enviou três veniri para Tempecrest.

— Três! — Sagan encostou a palma da mão em sua testa. Os fragmentos de diamantium de um único veniri poderiam cobrir o valor das mensalidades integrais de três alunos em uma faculdade da Ivy League.

— Sim, e, pelo que ouvi, esse veniri pelo qual você tem uma queda está construindo uma boa reputação. Ele e aquele outro reptante, hmm... qual era o nome? Zane? — Nika franziu a testa. — Não, não é isso.

O coração de Sagan começou a retumbar em seu peito.

— Thane?

— É isso! Espera, como sabia?

— E você tem certeza de que esse outro, Thane, é definitivamente um veniri?

Nika arqueou uma sobrancelha.

— Sim.

Ele agarrou a cabeça com ambas as mãos. Quais eram as chances de haver dois Thanes? Violet nunca tinha mencionado que Thane era veniri. Ela sabia? Mas, se o Thane de Violet fosse um veniri, isso significaria que seu bebê...

Os olhos de Sagan arregalaram-se. Ele segurou os ombros de Nika e a sacudiu bruscamente.

— Preciso que faça uma coisa por mim. — Nika fez cara feia à medida que ele continuava. — Eu preciso que vá para Tempecrest Island e liberte Nathan e Thane.

1

PIÑA COLADA E HISTERIA INTERNA

Um grito rasgou as cordas vocais de Violet Chambers, mas essa dor não era nada em comparação ao martírio excruciante da contração que atravessava todo o seu tronco. *Não existem analgésicos suficientes no mundo! Este bebê precisa sair. Já!*

Quando a contração amenizou, o guincho de Violet reduziu-se a um pequeno soluço. Ela gemeu e cerrou os dentes, até a dor em seu abdômen diminuir misericordiosamente.

— Você está indo bem. — A voz de Autumn detinha uma pontinha de aflição, seja por conta do estresse ou de Violet espremendo sua mão em uma pegada mortal, Violet não se importava. Sua amiga poderia aguentar uma mão esmagada se Violet tivesse que suportar a tortura de passar algo do tamanho de uma melancia por suas partes íntimas.

As ondas de agonia aumentavam a cada contração desde que ela fora induzida, algumas horas atrás. Essa última foi, de longe, a pior. A única salvação em todo aquele negócio de trabalho de parto eram os pequenos intervalos de alívio entre as contrações, mas essas porcarias estavam começando a vir com mais frequência, e as pausas sem dor estavam ficando menores.

— Eu vou, hm... buscar mais gelo. — Autumn arrancou os dedos de Violet da própria mão e a sacudiu com um lamurio baixo, em seguida saiu correndo da sala de parto.

Violet recostou-se nos travesseiros e tentou ficar confortável, mas era quase impossível com uma barriga do tamanho de uma bola de praia e a próxima contração excruciante surgindo em seu futuro iminente.

— E, então... — A parteira afagou a testa de Violet com um pano úmido. — Como está se sentindo, querida?

Violet alçou o polegar, entusiasmada demais.

— Estou ótima. Não sei por que todo mundo faz tanto alvoroço com esse lance de parto. É como sentar na praia e beber piña colada.

A parteira lhe ofereceu um sorriso gentil.

— Onde está Dawn? — Violet questionou. — Ela já saiu há algum tempo.

— Ela estará aqui quando for necessária — disse a mulher tranquilamente, mas Violet não deixou escapar o olhar preocupado que ela lançou para a porta.

A tia de Autumn, Dawn Farrow, era a médica de Maple Shire. Ela costumava ser uma famosa médica da cidade grande, mas quando engravidou do primo de Autumn, Gus, largou aquela vida para se juntar à irmã no humilde complexo da comunidade. Aparentemente, os cuidados clínicos e a acessibilidade de Maple Shire eram péssimos quando ela chegou, mas ao pedir favores dos seus amigos médicos, Dawn garantiu para si os melhores equipamentos e suprimentos hospitalares para cuidar dos moradores, não somente de Maple Shire, mas também das comunidades vizinhas. Se Violet fosse capaz de pensar em qualquer coisa além do bebê tentando romper o seu baixo-ventre, ela provavelmente ficaria grata por não estar dando à luz em condições equivalentes ao período medieval; palavras de Dawn, não suas.

Violet fez um grande esforço para sentar-se e a parteira — *Macie*, ela enfim se lembrou —encaixou com cuidado algumas almofadas em suas costas, para apoio. Macie era uma adição relativamente nova à Maple Shire. Além das últimas consultas do pré-natal, Violet não conversara muito com ela, mas tinha notado o comportamento cauteloso da parteira e o seu olhar ocasionalmente assombrado. Violet reconhecia quando alguém estava lidando com um trauma do passado; conseguia respeitar o desejo da mulher de guardá-lo para si.

A parteira mirou o monitor ao lado da cama, onde os tubos e cabos grudados à barriga de Violet estavam conectados. Violet não sabia o que significavam as linhas onduladas na tela, ou mesmo a que se referiam os números, apenas que a máquina estava lendo sua frequência cardíaca, bem como a do bebê.

A tensão começou a envolver o abdômen de Violet mais uma vez.

— Ai, nãooooo. — Ela estremeceu e soltou um lamento baixo, as pernas se retorcendo.

Em seu campo de visão, Dawn e Gus entraram às pressas pela porta. Macie começou a conversar com eles, mas Violet só conseguia ouvir trechos por sobre seus gemidos crescentes.

— ...o ritmo cardíaco do bebê diminui a cada contração...

— ...já está quase na hora...

— ...os outros estão prontos...

— ...levem ela para o centro cirúrgico.

Violet percebeu vagamente que a cama estava se movendo, mas seus grunhidos atormentados e a gravidade da contração abafaram todo o restante.

— O que está acontecendo? — conseguiu falar com os

dentes trincados, mas sua pergunta se perdeu sob as ordens de Dawn para Gus e Macie. Violet tentou perguntar de novo, mas a dor torturante no ventre se estendeu até que seus gritos atingissem um novo grau de intensidade.

A próxima coisa de que se deu conta foi que Gus estava observando-a, uma máscara de cirurgião escondendo parcialmente o rosto e uma touca encobrindo seu cabelo castanho-escuro. Ele estava conversando com ela, explicando... alguma coisa, mas ela não conseguia compreender nenhuma das palavras. Ele e a parteira colocaram-na em uma posição ereta quando a contração, enfim, a libertou.

— Violet. — A voz calma de Dawn surgiu por trás de si. — Vou te dar uma peridural para você não sentir nada, tudo bem? Eu preciso que se incline e relaxe o máximo que puder.

— O quê? — Violet berrou. — Como diabos sugere que eu me curve com essa bola de praia deplorável que tenho por barriga? — Suas palavras se transformaram em um grito de dor quando outra contração pressionou seu ventre.

As instruções de Dawn atravessaram os soluços de Violet.

— Preciso que fique parada. É muito importante que você não se mova.

Uma enxurrada de palavrões cruzou a língua de Violet, mas seu uivo de agonia os interrompeu. Como poderiam esperar que ficasse quieta? Ela tinha que dar o fora dali. Precisava de alguns analgésicos super fortes. Precisava fazer este bebê sair. Queria ir para casa, para Brookhaven, onde o ensino médio era a coisa mais difícil com a qual já teve que lidar.

Seu quarto na casa de Nathan havia se tornado um refúgio depois que ele a acolheu. Como desejava se aninhar em sua cama e esperar até que as agonizantes contrações terminassem.

Mas ela não podia voltar. Não depois que Nathan a traíra.

Não depois que retornou para casa e encontrou Nathan e Thane, aquele mentiroso traiçoeiro, na cozinha.

Enquanto o trauma de Violet escondia as lembranças dos raptores que sequestraram ela e sua melhor amiga, Lyla-Rose Branstone, Nathan sabia o tempo todo que Thane foi cúmplice no assassinato de Lyla. E ele nunca lhe contara. Nunca tentou protegê-la. Em vez disso, trouxera Thane para dentro do lar dela, seu santuário, como se fosse um velho amigo e não um criminoso manipulador que destroçou seu coração de maneiras que nunca poderiam ser remendadas.

Era culpa de Thane que ela estava na enfermaria de Maple Shire. Culpa dele que estivesse gritando a plenos pulmões, à medida que seu corpo se dilacerava por dentro. Ela não via Thane desde o dia em que descobriu sua verdadeira identidade. Como queria apertar suas mãos em torno da garganta dele, enterrar as unhas naquele pescoço estúpido com aquela ridícula tatuagem do escorpião de cristal.

E, ainda assim...

A contração se ampliou para um outro patamar de dor, e ela não conseguia extinguir a parcela de anseio de ter Nathan, e até mesmo Thane, ao seu lado. Nathan pelo sólido apoio paterno, e Thane por sua...

Não! Thane é o vilão. Ele é o VILÃO! Sua mandíbula comprimiu com uma força capaz de quebrar os dentes. Ela não podia se permitir esquecer disso.

Uma forte picada perfurou as costas de Violet. Em segundos, o torpor se alastrou por seu corpo e os lamentos desvaneceram nos lábios. Com a ajuda de Gus, Macie e de outro médico que Violet tinha visto em Maple Shire, ela foi transferida para outra cama e acomodada.

O rosto de Dawn, também coberto por uma máscara cirúrgica, apareceu na visão de Violet.

— O q... o que está acontecendo? — Violet inquiriu novamente, as palavras quase sufocadas por soluços chorosos.

— Eu sinto muito, Violet. — A máscara abafava a voz de Dawn. — Com os batimentos cardíacos do seu bebê caindo, não poderíamos esperar você dilatar dez centímetros. Precisamos fazer uma cesariana de emergência. Está tudo sob controle, mas se não fizermos isso, podemos perder vocês dois.

A respiração de Violet ficou ofegante. Cada inalação era mais curta do que a anterior, desta vez por causa do medo e não da dor.

— Meu bebê está bem?

— Está tudo bem, Violet. — A voz de Gus era baixa e reconfortante. — Nós temos uma boa margem de tempo para retirar seu bebê em segurança. — Ele havia puxado uma cadeira e estava sentado perto da sua cabeça.

Violet assentiu e fechou os olhos com força. Lágrimas escorriam pelas têmporas dela e penetravam em seus cabelos.

— Não se preocupe. — Gus enxugou as lágrimas com uma mão enluvada. — Vou estar bem aqui, com você, o tempo todo.

Quando Violet conheceu Gus, ele tinha uma afinidade por jeans rasgados e bijuterias de cobre e turquesa, e estava tendo aulas de poesia grega e tecelagem na faculdade. Mas acontece que ele possuía um verdadeiro dom para a medicina — a qual esteve evitando por razões que Violet desconhecia. No entanto, quando ela desmaiou e cortou os pés em alguns cacos de vidro meses atrás, Gus resolvera começar a ajudar sua mãe na enfermaria outra vez. O conhecimento e o talento dele eram surpreendentes. Se ele retornasse para a faculdade como estudante de medicina, poderia vir a competir com a própria mãe. Eles formavam uma equipe fenomenal e Dawn era uma mentora orgulhosa e entusiasta.

Mas, por mais que Violet confiasse em suas habilidades, nada do que ele dissesse poderia aliviar seu pânico, o tormento ou o inventário infinito de perguntas. A histeria interna emergiu de suas entranhas quando ela percebeu que o corpo estava dormente das axilas para baixo, e as únicas coisas que podia mover eram seus braços e a cabeça.

Nunca na vida se sentira tão encurralada.

Meu bebê. O que houve com meu bebê? Meu bebé está bem? E se eles não conseguirem tirar meu bebê a tempo?

Seus olhos percorreram o teto. O terror e a incerteza seriam suficientes para paralisá-la, se ela já não tivesse sido imobilizada pela agulha que anestesiou seu corpo. Se ao menos a peridural também tivesse entorpecido seus pensamentos.

Os minutos seguintes foram um borrão, um tumulto alvoroçado de Dawn, Gus, Macie, o outro médico e inúmeras enfermeiras entrando e saindo da presença de Violet. Um lençol azul estava pendurado no teto, bloqueando sua visão do peito para baixo.

Gus manteve um fluxo suave de encorajamento, explicações e, às vezes, apenas coisas triviais para distraí-la. De vez em quando, Violet acenava em resposta — o único controle que ainda tinha sobre o corpo — à medida que as lágrimas se espalhavam pelo seu rosto. Por uma eternidade, ela respirou e choramingou o mais silenciosamente possível.

O pânico havia se concentrado em uma única preocupação que reverberava repetidamente em seus pensamentos.

Meu bebê. Meu bebê. Meu bebê...

E, então, o falatório de Gus parou quando um minúsculo choro invadiu o cômodo.

Em um instante, toda a ansiedade de Violet se desintegrou em nada. Ela contemplou Gus; todo o rosto dele estava radiante.

A voz de Dawn veio do outro lado do lençol azul.

— Muito bem, Violet! Parabéns! Você tem uma linda menininha!

Gus extravasou a própria empolgação quando Violet

abriu um sorriso, a torrente de lágrimas agora de alegria. Seu bebê estava bem. Um bebê chorando era um bom sinal, não é?

— Posso vê-la? — Violet sondou. — Onde ela está?

— Em alguns minutos — disse Dawn. — Macie só precisa pesar e examinar o seu bebê. Já vamos começar a fechar a incisão.

Gus dava palmadinhas em seu ombro.

— Não vai demorar muito até que possa segurá-la.

Quando Violet estava prestes a assentir, a voz de Macie atravessou a sala.

— Dawn! Eu preciso de você. Agora!

Todos os pensamentos e sentimentos coerentes fugiram de Violet.

Alguns momentos de silêncio se passaram após Dawn desaparecer de sua vista. Não se atrevendo a respirar, Violet esperou. E esperou.

Então Dawn esbravejou:

— Todos para fora!

2

CÃO RETALHADOR

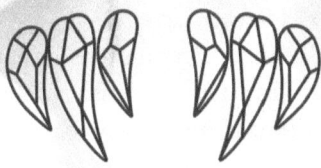

O RUÍDO ABAFADO DA MULTIDÃO NA ARENA EXTERNA alimentou a adrenalina de Nathan Delano. Ele apoiou a cabeça contra a parede, a superfície fria sugando o calor das suas costas expostas.

Nas laterais da cabeça, as algemas de metallikite em seus pulsos chacoalharam quando ele as puxou. Apesar de saber que nunca se libertaria, tornara-se seu ritual pré-luta. Combater as amarras. Suprimir os nervos e o iminente surto de adrenalina. Manter sua besta interior contida um pouco mais. Ou, talvez, ele lutasse consistentemente contra as restrições porque ainda tinha esperanças de que os caçadores humanos se esqueceriam de trancá-las devidamente, e ele conseguiria escapar deste pardieiro podre de gladiadores.

Até no mundo metamorfo, os humanos — ou melhor, erathi — reivindicaram seu papel natural. Para Nathan, esse papel viria a ser uma praga sobre a Terra. Apesar de não possuírem os poderes de suas presas, eles ainda conseguiam impor seu domínio sobre praticamente toda espécie de meta-morfo que caçavam.

E, mesmo assim, por mais que Nathan odiasse todos os caçadores erathi em Tempecrest Island, ainda existiam alguns humanos que o surpreendiam — que se importavam com o bem-estar dos outros, que lutavam contra a maldade deste planeta. Aqueles como sua parceira de trabalho, Jude, e os outros colegas na delegacia de polícia de Brookhaven. Ele também conhecia alguns erathi que mereciam ser cuidados e protegidos, como Violet e... Levana.

Seu pescoço e ombros ficaram tensos. Fazia muito tempo desde que se permitira pensar nesse nome. Isso trouxe de volta muitas lembranças, muita dor e... a imagem dela. Os olhos, nariz, lábios, bochechas, cabelo. A curva dos ombros. O balanço dos quadris... Cada traço dela ainda estava nítido em sua mente, como se ele a tivesse visto cinco minutos atrás.

Outra onda de vivas e aplausos ressoou pelo chão de pedra, reverberando através do painel de metal redondo, debaixo dos seus pés. A luz fluorescente suspensa no teto tremulou um pouco, causando um leve efeito estroboscópico em toda a câmara.

Nathan apertou os olhos e tentou bloquear o barulho: as rotinas dos outros gladiadores, seus murmúrios, seus gemidos e o arrastar de pés em seus próprios painéis de metal.

— Ei, reptante — disse uma voz gutural.

Nathan voltou a abrir os olhos e varreu a sala circular. Tinha cerca de dez metros de diâmetro e, em intervalos regulares, os outros gladiadores metamorfos — oito ao todo — também tinham os pulsos algemados na parede encurvada. Seus olhos encontraram o olhar intenso de um lycan de cabelos escuros, do outro lado da câmara.

— Desta vez, você é meu.

Na forma humana, o lobisomem tinha cicatrizes severas

no rosto e no torso nu. Ele claramente passou boa parte da vida na arena. Era um milagre que ainda tivesse alguma carne intacta.

Nathan nem se incomodou em responder.

— Está me ouvindo, reptante? Eu vou te estripar e arrancar seus pulmões enquanto você ainda está respirando.

Um riso de deboche veio da esquerda de Nathan. Tio, o jovem metamorfo jiovis, estava sacudindo-se em uma risada silenciosa.

— Do que está rindo, atroador? — O lábio do lycan se arregaçou em um sorriso de desprezo.

Tio deu de ombros.

— Nada. Só que é uma maneira meio bizarra de ameaçar alguém. — Ele assumiu uma voz profunda de zombaria. — 'Vou arrancar seus pulmões enquanto você ainda está respirando.' — Outra risadinha escapou. — É como dizer: 'Vou arrancar suas orelhas enquanto você ainda está ouvindo.'

O lycan rosnou.

— Continue falando, garoto, e eu vou escolher te caçar primeiro.

— É uma promessa? — Tio remexeu os dedos. A mão dele começou a resplandecer em um laranja brilhante, e eletricidade âmbar se inflamou em sua palma, crepitando e dançando em torno dos dedos. — Porque eu estou morrendo de vontade de ver o que mil quilovolts farão com seu crânio de cachorrinho.

Encarando incisivamente a eletricidade de Tio, o lobisomem arreganhou os dentes, mas sabiamente decidiu ficar em silêncio. Ao invés disso, depois de um último olhar para Nathan, ele voltou sua atenção para o solo.

— Não se preocupe, Nathan, eu te dou cobertura. — Tio sorriu e extinguiu seu poder.

— Hm... obrigado, garoto.

Tio piscou.

— Quando quiser.

— O lycan está certo — disse uma nova voz.

Nathan virou-se para o prisioneiro à sua direita.

O cabelo louro com mechas douradas antigas de Thane Alvarez pendia em um emaranhado sobre os olhos castanhos, e seu cavanhaque desalinhado precisava desesperadamente de um corte. Como o restante dos reféns na câmara de detenção, ele estava com o peito desnudo. O estilo de vida de gladiador o obrigara a manter um físico um tanto tonificado, mas suas costelas estavam ficando mais definidas a cada semana que passava.

Thane ergueu a cabeça e lançou um olhar penetrante para Tio.

— Você precisa aprender a falar menos. Só porque é um jiovis não significa que é imortal.

Tio revirou os olhos.

— Sim, mãe.

Nathan engoliu o próprio escárnio. Tio tinha apenas dezesseis anos e era tão impetuoso e arrogante quanto seus parentes metamorfos, que extraíam seu poder da energia de Júpiter. Mas, independentemente da idade, quando chegava a hora de agir, ele era tão durão e sanguinário quanto todos eles.

Após quase um ano, Nathan e Thane estavam bem cientes de que esta prisão de gladiadores detinha exclusivamente lobisomens — até que Nathan, Thane e um outro veniri foram atirados no meio. Nathan tinha perdido o rastro de Kronan. Com sorte, aquele imundo fora estripado na arena e descartado com o resto do lixo pútrido.

Pouco depois da captura de Nathan e Thane, Tio foi jogado em uma cela próxima.

Como regra, as raças metamorfas não se misturavam, mas de todos os metamorfos confinados em Tempecrest, Tio, o jiovis deslocado, havia escolhido unir forças com Nathan e Thane. Nathan podia entender o jovem, que procurava formar uma aliança, mas ainda não entendera bem por que Tio escolheu se associar com dois veniri em vez de qualquer um das centenas de lobisomens.

Tio fazia caretas à medida que Thane continuava seu sermão, mais uma vez lembrando a Nathan da faixa etária do jiovis. Ele ainda não conseguia acreditar na ousadia desses caçadores erathi, usando um metamorfo tão jovem em seus esportes sangrentos — mas ser um jiovis deu a Tio muitas vantagens. Na forma humana, sua pele era quase tão escura quanto obsidiana. Seus genes jiovis já o fizeram crescer mais do que a maioria dos adolescentes e, em altura, ele estava quase no nível dos olhos de Nathan.

O rugido da multidão atingiu o ápice; presumivelmente, outro gladiador havia chegado ao seu deplorável fim. Poucos segundos depois, o toque ensurdecedor de uma sirene anunciou a conclusão da rodada atual.

Mais um lycan do outro lado da sala levantou a cabeça e soltou um uivo lúgubre.

— Cala a boca, vira-lata! — Tio bradou. — Não tem lua cheia aqui!

Mas as objeções de Tio foram abafadas quando todos os cinco lobisomens uivaram sua canção canina. E quando a vocalização penetrante chegou ao fim, vários instantes silenciosos se passaram. A tensão na sala tornou-se tangível. Asfixiante, até. Nathan não pôde deixar de arrastar os próprios pés em antecipação.

Quase em sincronia, os prisioneiros viraram a cabeça em direção ao baque pesado e o ruído dos grilhões, que anunciavam que a porta da câmara estava prestes a se abrir.

O olhar de Thane encontrou o de Nathan.

— Isso não pode ser bom.

Os olhos de Nathan se estreitaram quando ele concordou com um aceno.

A porta foi aberta e a luz irradiou na sala circular. Os lábios de Nathan se curvaram em um sorriso zombeteiro ao reconhecer o homem que entrou. Sua arrogância familiar era inconfundível na maneira como ele andava, no terno cinza-metálico e, como sempre, no largo sorriso de tubarão estampado em seu rosto.

Os sapatos balmoral de couro preto polido de Matthias Branstone batiam no piso de concreto a cada passo, até que ele finalmente parou bem na frente de Nathan.

Nathan suavizou seu sarcasmo em indiferença, e o sorriso de Matthias se alargou ainda mais.

— Ora, ora, ora. Então, aqui está o próprio 'Cão Retalhador'. — Matthias soltou uma risada. — Pelo menos, é assim que meus homens estão te chamando agora. — Ele apontou um dedo para Nathan. — Sabe, no momento em que eu te vi, tive a sensação de que faria um espetáculo infernal em nossa pequena arena. E a sua pequena paixonite aqui — gesticulou para Thane —, o jeito que ele lutou quando capturamos vocês dois, bem, foi aí que eu pensei, que diabos? Vamos ver do que esses dois são capazes nos poços de luta. — Ele abriu os braços e girou lentamente, fazendo uma rotação completa até voltar a encarar Nathan. — E, bem, aqui estamos.

"Sabe, todo mundo disse que eu era louco por colocar reptantes na arena. Que era um desperdício de diamantium lucrativo e que eu deveria colher seus ossos de cristal, antes que eles se tornassem completamente inúteis. Falaram que vocês teriam sorte se durassem uma semana. Talvez um mês, no máximo. Mas então um segundo mês se passou. Em seguida, um terceiro. E um quarto. E, mesmo assim, vocês saíam daqueles poços vivos. Até os apostadores estão gritando elogios, alegando que as apostas estão em alta por causa dos meus lutadores-estrela."

Ele estendeu a mão e beliscou a bochecha de Nathan, como uma vovó coruja.

Nathan jogou a cabeça para o lado para se livrar do aperto do homem.

A gargalhada de Matthias escorria condescendência.

— Quem diria? Aposto que nunca teria adivinhado, hein, Kronan?

O sangue de Nathan gelou.

Mais uma vez, todas as cabeças, exceto a de Matthias, se voltaram para a entrada da câmara de detenção. Kronan — o primo da rainha veniri, bem como um covarde miserável que valia mil vezes menos do que a sujeira no próprio sapato — adentrou a câmara e se colocou ao lado de Matthias.

Nathan arrastou seu olhar furioso sobre Kronan. Ele estava ileso — impecável, também de terno e sem algemas.

— Olá, Nathan. Você parece um pouco mais... — Kronan fitou Nathan de cima a baixo. — *desleixado*, desde a última vez que eu te vi.

A respiração superficial de Nathan trovejou-lhe nos ouvidos. O ódio em suas veias rasgava cada centímetro de seu ser.

Thane começou a lançar insultos, xingando Kronan com cada palavra suja e depravada em ambas as línguas erathi e veniri. Mas para Nathan, não existia palavras. Nenhuma expressão era explícita o bastante.

Embora ele não sentisse mais a sensação de queimação que costumava alertá-lo antes que as lâminas de diamantium fatiassem sua carne, não havia dúvidas de que as lâminas de cristal dos seus cotovelos estavam desembainhadas. Ele conseguiu mantê-las guardadas durante a conversa fiada de Matthias, mas agora ele somente possuía o desejo incontrolável de atacar. De mutilar. Trucidar.

— Hmm, não acho que eles estão felizes em te ver. — Matthias cantarolou e colocou um braço sobre os ombros de Kronan, como se fossem camaradas.

Nathan puxava e sacudia as algemas de metallikite nos pulsos; se fosse humano, sua pele já estaria em pedaços. O sangue fervia com o frenesi de um bárbaro por suas extremidades, até que ele explodiu em uma investida.

As algemas o fizeram parar a um centímetro do rosto de Kronan.

Por um momento, os olhos de Kronan se arregalaram em choque. Mas quando ele percebeu que Nathan não poderia machucá-lo, o canto de sua boca se distorceu em um sorriso doentio. Matthias gargalhou, os olhos praticamente cintilando com alegria perversa.

Então, sem aviso, as algemas nos pulsos de Nathan se abriram no exato instante em que o chão desapareceu. Ele esticou um braço, desesperado para agarrar o traiçoeiro Kronan, mas sua mão pegou apenas ar.

Ele arfou e seu estômago foi parar na garganta. Por um ou dois segundos, ele se debateu em queda livre conforme a gravidade o puxava para o solo, vários andares abaixo. Alguns dos outros metamorfos berraram durante a descida — provavelmente recém-chegados —, mas Nathan, Thane, Tio e os outros gladiadores experientes ficaram em silêncio.

Na primeira vez que isso aconteceu, Nathan havia pousado desajeitadamente, sem fôlego. Mas com o tempo ele dominou sua aterrissagem, dobrando os joelhos no impacto e apoiando suas mãos no chão para evitar cair de cara.

O clamor da multidão tornou-se ensurdecedor; um narrador no alto-falante anunciou a chegada de cada gladiador por seu nome de combate e raça metamorfa. As entranhas de Nathan se reviraram com uma náusea repentina, enquanto ele olhava para os espectadores humanos — caçadores erathi que lucravam com cadáveres de metamorfos e garotos ricos e desordeiros desperdiçando o dinheiro do fundo fiduciário para apostar em seu gladiador favorito.

Levantando-se, Nathan bloqueou a cacofonia e se forçou

a avaliar o ambiente ao redor. A arena era do tamanho de um estádio de futebol. Seu formato mudava a cada evento, dando aos gladiadores um cenário diferente para enfrentar e aos espectadores um show totalmente novo. O formato da arena anterior foi, sem dúvida, concebido por um fã de Indiana Jones, complementado com uma enorme pedra rolante. Outro envolveu a inundação da arena, com diversas ilhas como as únicas zonas seguras para evitar tubarões mecânicos enormes. Qualquer que fosse a configuração, o objetivo principal era sempre o mesmo: arrancar o coração do outro lutador e ficar vivo para ver mais uma rodada.

A bile queimou a garganta de Nathan. Ele não queria saber quantos corações se tornaram seus ingressos para a sobrevivência.

Mas agora não era hora de lamentar ações passadas.

Esta nova arena era quente. Escaldante, de dissolver a pele.

Nathan havia aterrissado em um pequeno pilar de areia, com cerca de um metro de diâmetro, que elevava-se vários andares acima de um lago de lava fervente. Uma teia de pontes de corda e madeira suspensas estava entrelaçada em um padrão labiríntico entre outros pilares e plataformas de tamanhos variados.

Todos os outros gladiadores tinham pousado em pilares de tamanhos semelhantes. Um lycan azarado, do outro lado de Thane, perdeu o equilíbrio na superfície arenosa e despencou, guinchando, no líquido derretido.

Nathan retraiu-se. O couro de um lycan era quase tão resistente quanto o de um veniri, mas mesmo assim, em menos de um minuto agonizante, a lava certamente torraria a carne do lobisomem e o mataria.

Isso deixava apenas quatro lycan — além de Tio, Thane e Nathan.

Os outros gladiadores já tinham começado a correr, atravessando as pontes conectadas aos seus pilares. Nathan se permitiu alguns instantes para descobrir a localização dos outros lycan. De relance, parecia que a maior parte dos lutadores estava visando a plataforma mais extensa, na outra extremidade da arena.

Juntando-se aos outros na corrida, Nathan passou por plataformas e pontes na direção que ele esperava que o levaria a Thane e Tio. Em certo ponto, seu caminho seguia paralelo a um lycan que saltava por uma ponte de corda, a cerca de dois metros de distância. Inesperadamente, uma torre de fogo alçou-se da lava, consumindo o lobo metamorfo e sua ponte.

Nathan se encolheu, protegendo o rosto com as mãos conforme o calor intenso se tornava insuportável. À seguir, a torre de fogo retrocedeu para a lava.

E lá se foram dois corações. Duas ameaças a menos para sobreviver outra rodada.

A voz no alto-falante anunciou a morte do lobisomem e a multidão irrompeu em insultos ou aplausos. A pulsação de Nathan retumbava nos tímpanos. Eles caíram da câmara de detenção há menos de um minuto e já parecia como se estivesse nesta arena infernal por toda uma vida.

Enquanto Nathan corria, ele manteve Thane e Tio em sua mira, fazendo o possível para reter um mapa mental das pontes e das posições de seus companheiros. Quando alcançou uma plataforma maior, ele desviou para a esquerda, os pés descalços trovejando sobre a ponte de madeira.

Diversas plataformas continham armas, mas ele as desconsiderou. A maioria era inútil, de qualquer jeito. Como uma espada ou besta teria qualquer benefício para um lutador metamorfo? No máximo, faziam parte da estética do entretenimento erathi. Mas Nathan notara que, a cada novo evento, mais e mais armas eram feitas de diamantium. Muito provavelmente, os jogadores que continuavam apostando contra Thane e Nathan estavam começando a exigir uma vantagem para os metamorfos não-veniri.

Um movimento no campo periférico de Nathan chamou sua atenção, e ele girou bem a tempo de ver um lycan atacar Thane. Eles golpearam e açoitaram os troncos nus um do outro — Thane com as lâminas cristalinas dos cotovelos e o lobisomem com as garras de prata de dois centímetros de comprimento —, mas pareciam quase iguais em habilidade e velocidade. Thane bloqueou um outro golpe do lycan e contra-atacou com um talho nas costelas desprotegidas do metamorfo. Uma linha fina e escura surgiu no torso do lobisomem, que rapidamente começou a verter sangue prateado.

O lycan parou para inspecionar o ferimento e, então, lançou um olhar furioso para Thane. Em um átimo de segundo, o gladiador se transformou, seu corpo inteiro convertido em um enorme lobo humanóide cinza-escuro.

O coração de Nathan martelou contra as costelas e ele grunhiu de frustração. Thane também precisava modificar, mas Nathan sabia que ele não iria. Nem uma só vez, desde que pisou em Tempecrest, Thane modificara para a forma veniri. Até certo ponto, Nathan podia entender o porquê, mas se recusar a fazê-lo não tornaria Thane mais humano.

Se obrigou a afastar o olhar. Quer seja na forma veniri ou humana, Thane era competente o suficiente para enfrentar qualquer dos outros gladiadores. Não havia dúvidas quanto a isso.

Atravessando outra ponte, Nathan praguejou ao se dar conta de que correra em um círculo completo. Ele virou, mas antes que pudesse alcançar a próxima plataforma, um calor abrasador chamuscou suas costas. Somente quando a ponte começou a ceder que ele percebeu que outra torre de fogo tinha eclodido atrás de si. Em uma erupção de adrenalina, Nathan pulou da ponte em desintegração e agarrou a beira da plataforma, suas pernas balançando-se e se debatendo contra a fachada vertical.

Ele fez uma careta. A superfície da plataforma estava escorregadia com o líquido prateado — resquícios dos gladiadores da rodada anterior — e suas mãos não conseguiam encontrar amparo. Ignorando um dedo com garra de prata amputado ao lado de seu cotovelo, Nathan tentou subir, mas os esforços só o fizeram deslizar ainda mais para a beira.

O pânico atingiu seu peito. *Não, não, não! Não pode acabar assim.*

Não podia morrer aqui, não neste esgoto de humanos e lobisomens degenerados. Tinha que fugir. Precisava encontrar Violet, pedir desculpas e explicar tudo aquilo. Fazer tudo o que estivesse ao seu alcance para fazê-la perdoá-lo.

— Vamos lá — ele chiou por entre os dentes cerrados. Seus pés descalços arranharam a parede de pedra, procurando freneticamente por um ponto de apoio. — Vamos!

Com o desespero em cada célula do seu corpo, milímetro por milímetro, ele arrastou-se para cima da plataforma. Ficar de pé foi uma tarefa árdua. Areia encardida e sangue lycan manchavam seus braços e tronco desnudos, mas estava vivo.

A onda de alívio evaporou-se quando ele se viu cara a cara com o lycan carregado de cicatrizes.

Um rugido baixo retumbava no peito do lobo metamorfo.

— Seu coração é meu.

Em um lampejo, a língua de Nathan fustigou como um chicote. Não era nenhuma surpresa que o sabor mais pungente no coquetel emocional do lycan fosse canela — o sabor que representava a intenção profunda de matar. Nathan não precisava da língua veniri para decifrá-la.

Além de canela, ele também detectou indícios de vodka e açafrão. Nathan podia entender a presença da vodka; ele também seria vingativo se alguém tivesse matado vários membros de sua alcateia; se Thane e Tio pudessem ser considerados sua "alcateia", nesta situação. Mas, quanto ao açafrão, por que este lycan teria alguma razão para estar com inveja?

Antes que pudesse pensar mais a fundo, o lycan rosnou e Nathan mal conseguiu se esquivar das garras que passaram assoviando por seu rosto. O agressor não parou, não permitiu que Nathan mudasse para a ofensiva. Tudo o que Nathan podia fazer era girar e ziguezaguear para escapar dos golpes esmagadores e evitar cair da beira da plataforma.

Seu pé escorregou na poça de sangue e ele tombou sobre um dos joelhos, no momento em que uma sensação de ardência cortou seu abdômen. Quatro novas marcas de garras foram entalhadas em seu torso, escorrendo líquido azul-petróleo. Os rasgos estavam vários centímetros abaixo de uma velha cicatriz que ele adquiriu há uma eternidade, quando era um policial e resgatara uma Violet maltratada e destruída.

Nathan franziu as sobrancelhas. Garras de lycan não eram afiadas o bastante para penetrar o couro veniri com um golpe. Ele encarou o lycan, que sorriu e agitou os dedos. Ao invés de prata, fragmentos de diamante reluziam nas unhas alongadas.

— Desde quando um lycan têm garras com pontas de diamantium? Quem te deu isso?

Havia algum sentido em fazer essa última pergunta? Tempecrest estava infestado de caçadores que usavam os ossos de cristal veniri como armas para abater suas presas. Qualquer um dos jogadores erathi que se opuseram a Thane e ele poderia ter incorporado os fragmentos de cristal nas garras de um oponente digno.

— Que diferença faz? — respondeu o lycan, com uma risada gutural. — Eu vou ter o seu coração nas mãos antes que possa se preocupar com isso por muito mais tempo.

Então o lycan modificou. Sua forma humana transfigurou-se em um homem-lobo gigante e feroz, com uma pelagem listrada de vermelho e preto.

O vira-lata saltou para o alto, mas, desta vez, Nathan se aproveitou da superfície lisa da plataforma. Tomando impulso com uma perna, ele deslizou de joelhos pelo fluido prateado, atingindo o corpo do homem-lobo com a lâmina do cotovelo ao passar sob o lycan no ar. Uma chuva prateada encharcou seu rosto e ombros antes que o lycan aterrissasse com um estrondo retumbante.

Nathan lançou os braços no chão, cravando as lâminas na madeira para deter-se, antes que saísse voando pela beira. Em seguida, virou para enfrentar o lobisomem. O lycan ainda estava agachado, de costas para si.

Com as lâminas erguidas, Nathan atacou, mas antes que ele pudesse acertar o golpe fatal, o lobisomem girou e chutou seu peito com as pernas potentes. A respiração se esvaiu dos pulmões de Nathan à medida que ele era arremessado para trás, momentaneamente suspenso. Então suas costas colidiram contra a plataforma, a cabeça ricocheteando na superfície de madeira com um estalo ruidoso. Ele resvalou pelo sangue prateado escorregadiço, parando com a cabeça e os ombros dependurados sobre o inferno abaixo. Ondas de vertigem rodopiavam por seu crânio.

Um grande peso caiu no peito de Nathan; o ar que ele inalava a cada arquejo entrecortado tornou-se úmido e rançoso, enquanto dentes caninos rugiam a centímetros do seu rosto. As mãos imensas do lycan pressionaram-lhe as costelas e Nathan gritou quando os ossos de cristal em seu peito ameaçaram se partir.

Líquido prateado quente pingava no tronco de Nathan. Seu golpe anterior na barriga do lycan era profundo, mas não letal.

Grunhindo, Nathan lutou para retirar o lobo metamorfo gigante, mas o lycan o sobrepujou. À seguir, como um cachorro desenterrando um osso, o lobisomem começou a cortar o peito de Nathan, bem acima do coração.

A pele de um veniri era quase impenetrável, mas, ironicamente, diamantium — a massa que compunha seu esqueleto e espinhos de cristal — era uma das únicas coisas que poderiam atravessar as escamas veniri como uma faca quente na manteiga.

Nathan urrou. Sangue azul-petróleo jorrava de seu peito com cada rasgo lancinante. Depois de vários segundos excruciantes, o lycan içou os punhos e socou, uma e outra vez, tentando abrir a caixa torácica de Nathan como uma ostra. Nathan começou a se preocupar que os golpes do lycan pudessem realmente romper uma das glândulas venenosas que envolviam seu coração e fazê-lo morrer com o próprio veneno.

Logo, tudo que Nathan conhecia era o pavor e o desespero. Cada grama de pensamento coerente o deixou.

Este lycan era maior e mais poderoso do que qualquer outro que ele tinha enfrentado. Isto não era uma luta de gladiadores; era um assassinato.

Mas, através das fracas lufadas ainda borbulhando nos pulmões, Nathan queria viver!

Algo pequeno roçou em sua mão e ele o agarrou, sentindo a ponta afiada em uma das extremidades. Com um movimento do braço, ele mirou na cabeça do homem-lobo.

O lycan uivou quando a garra do dedo decepado empalou seu olho.

Usando cada fração de energia que possuía, Nathan se transformou. A carne humana reverberou em escamas e espinhos de cristal irromperam do seu corpo. Ele ergueu o joelho e trespassou o estômago do lobisomem com o espinho protuberante, e o lycan desmoronou sobre si.

Com um esforço descomunal, Nathan saiu de baixo do enorme volume que era o lobisomem.

Ele queria descansar. Dormir e nunca mais acordar.

Mas aquilo não tinha terminado.

Convocando um fluxo insuportável de energia, ele deu um murro. As articulações com pontas de diamantium perfuraram facilmente a cavidade torácica do lycan e, com uma explosão final de poder, Nathan arrancou o coração ainda palpitante.

3

NARIZINHO DE BOTÃO

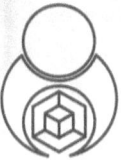

A MÃOZINHA DO BEBÊ APERTAVA O POLEGAR DE VIOLET. TUDO na criança era minúsculo, frágil e absolutamente precioso. Violet observou, fascinada e encantada, enquanto seu bebê agitava-se e balbuciava, se contorcia suavemente e abria os olhos — às vezes, um por vez —, antes de fechá-los novamente. Era como se a recém-nascida estivesse testando todas as funções do seu corpo neste novo mundo além do útero.

Vozes murmuravam do lado de fora do quarto de Violet; provavelmente Dawn e Gus discutindo o que quer que tenha acontecido para fazê-la expulsar a todos da cirurgia. Nada fora dito a Violet, apesar dos seus apelos desesperados para saber o que estava se passando. Entretanto, Gus acabou por, *enfim*, levar o bebê até ela pelo resto do procedimento; talvez porque percebeu que era a única coisa que iria tranquilizá-la. No momento em que Violet pôs os olhos em seu bebê, experimentou uma paz instantânea.

Frustrada por ter sido excluída da discussão, Violet bloqueou o burburinho baixo e voltou a se concentrar na filha. Além disso, seu bebê acabou adormecendo e ela não queria acordá-la berrando com as pessoas do outro lado da porta.

O pequenino rosto da recém-nascida virava e contorcia-se à medida que ela dormia, a mãozinha ainda se agarrando ao polegar de Violet com força.

— Você é durona, hein? — Violet sussurrou.

Como se respondesse, o bebê arrulhou.

O coração de Violet se enterneceu, ou, quem sabe, tenha despertado. Ela sentiu uma conexão tão profunda com este bebê desde o instante em que a ouviu chorar. Como era possível amar tanto algo tão pequeno?

Ela acariciou as minúsculas sobrancelhas, o nariz e as bochechas diminutas.

— Não se preocupe, baixinha. Eu prometo que vou te manter a salvo. Nunca vou te abandonar e não vou deixar ninguém te machucar. — Uma emoção sombria vibrou em seu peito. — Nunca. Eu sempre protegerei a minha filha.

Filha.

O próprio conceito parecia estranho. Violet nunca havia sido realmente uma filha — não depois que sua mãe a abandonara no hospital logo depois que ela nasceu. E viver aos solavancos no sistema de adoção não tinha dado-lhe muitas oportunidades de encontrar uma figura paterna digna.

Com exceção de Nathan...

Violet meneou a cabeça. Não queria estragar esse momento mágico pensando nele.

As vozes ficaram mais altas quando Autumn invadiu o quarto e logo desapareceram, quando a porta foi fechada.

— E aí, Vi. Como vocês duas estão? — Sem esperar por uma resposta, ela se abaixou para ver melhor o bebê, tagarelando de forma infantil e gentilmente fazendo cócegas nos pés adoráveis da criança. — Adivinha o que eu trouxe? Tadaa! — Uma caixa branca surgiu das costas dela. — Quitutes recém-preparados da mamãe.

Violet tapou o nariz e a boca com uma mão no instante em que o aroma a atingiu. Na mesmo hora, seu bebê soltou um grito estridente e começou a espernear.

— Afasta isso! Tira isso daqui! — A voz abafada de Violet exigiu.

Autumn fechou a embalagem desajeitadamente e a atirou do outro lado do quarto, mas Violet ainda esperou alguns segundos antes de ousar retirar a mão do nariz.

— Sinto muito, Vi. Eu só pensei que, já que você não está mais grávida...

— Está tudo bem.

Violet ofereceu à amiga um sorriso reconfortante, depois lançou um olhar melancólico para a caixa. Donuts de canela sempre foram seus preferidos, em especial os caseiros de Skye, mas, durante toda a gravidez, ela não tinha conseguido suportar o gosto. E, lamentavelmente, o cheiro de canela fazia-a querer vomitar — não somente vomitar, como também fugir gritando na direção contrária.

— Eu acho que pode demorar um pouco para que os furiosos hormônios da gravidez comecem a diminuir.

Autumn afundou na cadeira ao lado da cama de Violet. Seus olhos castanho-escuros iam dos donuts, descartados num canto, para o bebê que se acalmava gradualmente.

— Que esquisito. A pobrezinha surtou ao mesmo tempo que você. Vai ver ela não seja nenhuma fã de donuts.

— Hmm, talvez. — Violet estudou a filha, cujas feições haviam voltado a uma fisionomia serena e imperturbável. — Ou podem ser gases.

Autumn sorriu, relaxando na cadeira. Ela atirou os compridos dreadlocks castanhos para trás e começou a brincar com as pontas desgastadas da sua bandana com estampa vermelho-alaranjada. Os intensos tons roxos da camiseta de banda de indie rock que ela vestia complementavam a pele dourada, bronzeada pelo sol.

Violet inclinou a cabeça em direção à porta.

— Então, o que está acontecendo lá fora?

Autumn encolheu os ombros.

— Não sei dizer. Tem muito jargão médico rolando ali. Eu juro, Gus e tia Dawn precisam de uma função de legenda, às vezes. — Ela começou a balbuciar para o bebê e cutucar seu narizinho de botão. — Já deu um nome a ela?

Violet comprimiu os lábios e sacudiu a cabeça.

— Não, ainda não. Quer pegá-la no colo?

Os olhos arregalados de Autumn praticamente cintilaram.

— Oh! Eu posso?

— Claro.

Assim que Autumn se acomodou com o bebê, Violet aconchegou-se mais nos travesseiros. Após um momento, a porta se abriu e a cabeça de Sagan apareceu no quarto.

— Olá, estranho. Você voltou — falou Violet.

— E aí. Eu falei com Dawn e Gus, e eles me disseram que você estava aqui.

— Entra. — Violet gesticulou para a cadeira vazia do outro lado da cama, mas Sagan ficou onde estava.

— Tem certeza?

Violet anuiu.

— Claro.

Sagan deslizou para dentro e sentou-se, enfiando as mãos nos bolsos da jaqueta. Seus olhos, azuis como gelo, permaneceram fixos no bebê.

— Então, pelo visto, eu perdi muita coisa.

— Acho que se pode dizer isso.

Violet lhe deu a versão resumida do que ela conseguia se lembrar da cesariana.

— Estou bem agora — ela acrescentou. — Meus analgésicos foram reforçados, então estou me sentindo bem. Embora... — Ela estendeu os braços para pegar o bebê de Autumn. — a pequenina possa estar ficando com fome. Aparentemente, a parteira deveria vir me ensinar a amamentar, mas não a vejo desde a cirurgia.

O rosto angelical de Sagan empalideceu, quase equiparando-se ao seu cabelo louro-claro.

Autumn soltou uma risadinha.

— O que foi, Sagan? Não quer estar aqui quando a tenda de leite abrir?

— Não, não é isso... Ou melhor, eu... — Seu corpo ficou tenso, como se estivesse prestes a pular do assento.

Antes que Autumn pudesse provocá-lo ainda mais, Dawn entrou no cômodo com Gus em seu encalço, ambos agora sem a máscara e a touca de cirurgião. Os cabelos louros e lisos de Dawn estavam bem recortados abaixo das orelhas e balançavam um pouco conforme ela se aproximava. As ínfimas rugas que cobriam seu rosto pareciam ter se aprofundado de preocupação. Violet procurou respostas na expressão da médica, segurando seu bebê com um pouco mais de firmeza.

— Qual é o problema?

— Não há problema algum — disse Dawn. — Ao menos, depende do seu ponto de vista.

Violet lançou um olhar para Gus.

— O que quer dizer com 'do meu ponto de vista'?

Dawn hesitou.

— Bom, sei que está ciente disso... agora, não estou dizendo que há algo de errado com o seu bebê, ela parece perfeitamente saudável, por enquanto, mas... — Ela inspirou fundo. — Violet, quão bem você conhece o pai do bebê?

— Thane? — Violet estremeceu. — Para ser sincera, não muito bem. Por quê?

A boca de Dawn se remexeu de um lado para o outro, como se estivesse tentando encontrar suas próximas palavras.

— É só...

— Thane é veniri? — Sagan despejou.

As sobrancelhas de Violet se arquearam.

— O quê?

— Caramba — Gus murmurou baixinho. —, que jeito de arrancar o band-aid.

Violet congelou quando a imagem de um monstro escamoso com espinhos de cristal lampejou em sua mente. Poucos dias antes de chegar a Maple Shire, ela resgatou um Sagan surrado, depois de ele ter sido atacado por um metamorfo reptiliano chamado veniri. A vida de Violet já havia virado de cabeça para baixo, mas quase se despedaçou quando ela descobriu que os metamorfos eram muito, *muito* reais.

Ela meneou a cabeça.

— Não, Thane não é... Ao menos, eu acho que não...

Pensou em todo o tempo que passou com ele, desde que se conheceram na cafeteria: o encontro no festival da cidade, a noite que ficou na casa dele depois que Bessie, sua amiga da faculdade, foi morta, e a manhã seguinte, quando viu a tatuagem com o escorpião de cristal no pescoço dele e fugiu do apartamento.

Durante anos, aquela tatuagem tinha sido sua única lembrança de quando ela e a melhor amiga, Lyla, foram raptadas. Quando a viu de novo, aquelas memórias voltaram como um furacão. Havia pelo menos dois caras envolvidos no sequestro, Thane e um outro homem de moletom. O de moletom acabou se transformando em uma besta escamosa que atacou e matou Lyla. Mas Thane não mudou. Ele fora humano o tempo todo. Mas, e se pudesse presumir que todos os sequestradores eram veniri...?

Um calafrio violento arrepiou a pele de Violet, e o sangue rugiu em seus ouvidos. Ela fitou o bebê adormecido em seus braços; a imagem perfeita de um bebezinho humano.

O coração disparado, Violet assentiu lentamente.

— Sim, é possível que Thane seja um veniri. Mas, então, estão me dizendo que ela...? — Mordeu o lábio, seus pensamentos agitando-se. Durante o parto, Macie tinha gritado. Dawn expulsara todo mundo.

— Sim — confirmou Dawn. —, a sua filha é veniri.

Vários segundos se passaram enquanto Violet processava este fato.

— O que isso significa para o meu bebê? — Ela alternava seu olhar entre Dawn, Sagan, Gus e até mesmo Autumn. — Como você... Quero dizer, como eu crio uma criança veniri?

— Isso quer dizer que você está planejando ficar com ela? — Dawn indagou.

— Sem dúvida! — Violet a encarou, surpresa. — Por que eu não ficaria? Ela é minha. Não vou desistir dela. — Não havia hipótese de Violet abandonar esta recém-nascida da maneira que sua mãe a tinha abandonado. Ela jamais poderia fazer a filha passar pela degradação e dor que suportara, sendo veniri ou não.

As sobrancelhas de Sagan se uniram ligeiramente.

Dawn soltou um longo suspiro e seu rosto relaxou em um sorriso.

— Ótimo. Nesse caso, trarei uma fórmula feita especialmente para bebês veniri. E vou fazer o possível para explicar seus hábitos alimentares, o que fazer quando as protuberâncias das presas ficarem mais afiadas e o que acontece quando...

Violet, Sagan, Autumn e Gus irromperam ao mesmo tempo.

— Isso já aconteceu antes?

— Espera aí!

— Onde conseguiu uma fórmula para bebês veniri?

— *Presas?*

Dawn sorriu e esperou pacientemente que a histeria abrandasse.

— Na verdade, sim, eu já vi isso antes. — Ela levantou as mãos quando as perguntas de todos começaram novamente, em seguida se concentrou no bebê nos braços de Violet. — Não é a primeira vez que nasce um bebê metamorfo nesta enfermaria.

O queixo de Violet caiu. Gus e Autumn imediatamente trocaram um olhar carregado. Os olhos arregalados de Sagan eram a única indicação quanto ao que ele poderia estar pensando.

— Mas, e a parteira, Macie? — Gus sondou.

Dawn baixou a cabeça.

— Ela é novata. Infelizmente, eu nunca considerei que Violet pudesse estar grávida de um bebê metamorfo, então nem passou pela minha cabeça informar aqueles que estariam auxiliando na cirurgia sobre o lado metamorfo das coisas. — Seus lábios apertaram-se em uma linha fina. — Certamente não cometerei esse erro outra vez, considerando as consequências do que aconteceu na sala de parto e o quanto teremos que fazer agora, para aconselhar Macie e garantir que ela não espalhe isso aos demais.

Violet concordou lentamente, tentando absorver as novas informações. Um choramingo irregular escapou do bebê se retorcendo em seus braços.

Dawn olhou para o embrulho inquieto.

— Hmm, acho que ela está com fome.

— Como você sabe?

— Confie em mim. — Dawn deu-lhe um sorriso de quem sabia do que estava falando. — Quando se teve um bebê como Gus, que era capaz de beber seu peso em leite desde o primeiro dia, você aprende a ler os sinais. Para os bebês veniri, a amamentação ainda é vital, mas a fórmula infantil compensará todas as vitaminas e minerais extras que ela vai precisar e que o seu corpo humano não fornece. Além disso, com bebês veniri, há também o desafio de...

Antes que Dawn pudesse concluir, centelhas de um azul iridescente começaram a oscilar sobre a pele do bebê. Os lamentos ficaram mais altos e, em questão de segundos, a aparência da criança modificou completamente. Exceto pelo rosto, pescoço, mãos e pés, uma pelagem azul-petróleo com cerca de dois centímetros e meio de comprimento revestiu seu corpo. O rostinho — que apresentava só uma leve impressão das escamas que viriam — tinha adquirido um tom pastel de verde-azulado, com um padrão distinto em branco e azul-escuro ao redor das bochechas e testa. Pequenas saliências surgiram ao longo de suas sobrancelhas e nas maçãs do rosto, e espreitando pelo lábio superior estavam dois dentes arredondados e brilhantes, que Violet suspeitava que um dia se tornariam parte de um conjunto triplo de presas.

Durante a transformação, todos se debruçaram para olhar mais de perto.

— Nossa — sussurrou Sagan.

— É — acrescentou Gus. — Isso foi... ela está...

— Tão fofa! — balbuciou Autumn.

— Bom... é — disse Gus.

Violet olhou-os.

— Vocês já viram...?

Todos negaram, com exceção de Dawn.

Violet se voltou para Sagan.

— Mas, com certeza, você...

— Não — ele disse com um meneio. — Eu nunca vi um bebê metamorfo antes, mas já vi alguns veniri com pelugem. Eles a perdem na adolescência. Ao menos, essa é a teoria que os caçadores inventaram. — Ele esticou a mão e acariciou a branda pelagem que agora encobria a maior parte do corpo do bebê. — É tão suave.

Antes que o bebê ficasse muito irritadiço, Dawn ofereceu uma mamadeira e a recém-nascida começou a sugar.

Violet passava a mão no pêlo macio e aveludado do seu bebê, que logo voltou a se transformar em pele humana rosada assim que a mamadeira ficou vazia. Então, recostou-se nos travesseiros mais uma vez e mordiscou o lábio. Não só era uma mãe de primeira viagem — um conceito que ela ainda mal conseguia compreender —, como também era a mais nova mãe de uma *criança veniri*. A dúvida começou a ofuscar as margens de sua euforia, contudo, ela a forçou a ir embora, engolindo em seco para aliviar a tensão na garganta.

Autumn afagou seu braço.

— Está tudo bem, Violet. Estamos aqui por você.

— Sim — anuiu Gus —, não tem que fazer isso sozinha. Porém — ele ergueu um dedo —, em relação à troca de fraldas, eu ofereço Autumn como tributo.

Autumn revirou os olhos e Violet conseguiu sorrir.

— Obrigada, gente. Significa muito ter amigos como vocês. É como se eu...

— Como se você fosse parte da nossa família. — Autumn pressionou seu braço. — Você é uma Novak honorária.

— Ou uma honorária Farrow — disparou Gus.

Lágrimas brotaram dos olhos de Violet e ela assentiu. Alguns minutos se passaram enquanto ela lutava contra o caroço em sua garganta.

— Sério. Vocês não têm ideia do quanto sou grata. Com tudo o que aconteceu na faculdade e com o que se passou com Nath... digo, se não fosse por todos vocês, eu nunca teria encontrado refúgio. — Ela abraçou a filha com força. — Sabem do que mais? Eu já sei como quero chamá-la.

* * *

As semanas seguintes foram uma adaptação, não somente para Violet, mas também para Gus, Autumn e suas famílias. A rotina bagunçada de fraldas, amamentação, choradeira e privação de sono era cansativa, sem mencionar o quanto os seios de Violet doíam! Quem diria que ser uma máquina de leite em tempo integral tinha suas desvantagens?

Ficar com os Novak tornou tudo muito mais fácil. Os pais de Autumn, Skye e Cruz, foram dádivas divinas. Eles montaram um quarto para pôr o berço de Solace e eram praticamente babás em domicílio. Cruz era um bobo por abraços e jogos intermináveis de cadê-o-bebê, e Skye era um anjo na cozinha, garantindo que todos estivessem alimentados e felizes — e permitindo descaradamente o vício de Violet em chai latte, mas sem canela.

Os moradores de Maple Shire foram igualmente receptivos com a chegada de Solace. Eles encheram Violet e sua filha com presentes, dos quais muitos eram roupas de bebê e bichinhos de pelúcia feitos à mão, e constantemente mimavam Solace com visitas. Skye e Cruz regulavam rigorosamente os horários para se certificar de que os outros residentes de Maple Shire não chegassem nas horas de amamentação de Solace ou, pior, quando ela estava na forma veniri. Além de Dawn, seu marido Lazareth, Skye, Cruz, o líder de Maple Shire e apenas alguns poucos moradores que ajudaram na enfermaria sabiam sobre o aspecto azul e felpudo de Solace. No que dizia respeito ao restante da comunidade, metamorfos não existiam.

Desde a revelação chocante de Dawn sobre outros bebês metamorfos terem nascido na enfermaria do complexo, Violet, Gus, Autumn e até Sagan bombardearam-na com perguntas. Embora Dawn se recusasse a revelar tudo para Violet e os outros, ela lhes disse que Maple Shire era um abrigo neutro e seguro para todos os tipos de metamorfos, uma espécie de centro de reabilitação médico, especialmente para mães humanas desesperadas que chegavam a Maple Shire depois de descobrir que seus amados eram metamorfos. Essas mulheres não só estavam aterrorizadas com a perspectiva de ter um filho metamorfo, como não tinham certeza de onde poderiam receber cuidados obstétricos em segurança. Dawn disse que nunca foi capaz de determinar os resultados para as mães que escolheram dar à luz seus bebês metamorfos em um hospital convencional.

Assim que Dawn as ajudava a dar à luz, Skye encontraria um novo lar para as mães que precisassem, além de auxiliar aquelas que não pudessem criar os filhos sozinhas, ajudando a encontrar novas famílias para seus bebês.

Essa parte da história deixou Violet enjoada. Como alguém poderia abandonar o próprio filho? Como a própria mãe podia ter feito isso com ela?

Dawn tentou explicar que muitas dessas mulheres estavam em situações complicadas, em que levar para casa um bebê metamorfo não era uma opção. Algumas saíram de relacionamentos abusivos e estavam tentando fugir dos parceiros metamorfos. Uma mulher alegou ter escapado de algum tipo de escravidão, onde havia sido obrigada a gerar uma criança veniri. Embora Violet não fosse uma especialista nos veniri, essa história parecia um grande absurdo.

Não importa quais desculpas Dawn arranjava para essas mulheres, Violet apenas meneava a cabeça e piscava para conter as contínuas lágrimas de desgosto, a mágoa fervendo em seu cerne.

* * *

— Vamos, hora de fazer um check-up. — Gus gentilmente segurou o braço de Violet e a conduziu até a enfermaria.

Ela mirou a porta do quarto de sua filha.

— Mas, e se...

— Não se preocupe — disse Skye.

— Estaremos aqui o tempo todo. — Cruz falou da pia da cozinha, onde estava lavando alguns produtos frescos da horta. — Nós a ouviremos se ela acordar.

— Viu? — proferiu Gus. — Tia Skye e tio Cruz vão cuidar de tudo. Além disso, você está resfriada há semanas. Precisamos descobrir o que tem de errado. Não queremos que Solace fique doente também.

— Mas eu não preciso de... — Na mesma hora, Violet teve um ataque de tosse. Um copo foi colocado em sua mão e ela conseguiu tomar alguns goles, a água fria relaxando a garganta dolorida. — Certo — ofegou, murchando sob o sorriso condescendente de Gus. — Eu irei consultar a sua mãe. — Ela lançou um olhar para Skye e Cruz. — Vocês vão me pegar no momento em que ela acordar?

— Te dou a minha palavra. — Os dreadlocks de Skye, um pouco mais longos do que os de Autumn, dançaram com seu aceno firme.

Antes que Violet pudesse dizer mais alguma coisa, Gus a arrastou porta afora e através dos jardins até a enfermaria. Eles encontraram Dawn perto de um dos leitos de exame, colocando um curativo no marido, Lazareth.

— As rosas te atacaram de novo, pai? — Gus inquiriu.

— Foi a cerca de arame farpado, desta vez. — Autumn estava descansando em um dos leitos livres, o laptop ao lado. — As cabras gêmeas fugiram de novo e o tio Laz ficou preso na cerca tentando pegá-las. Ainda bem que eu estava passando. Caso contrário, ele provavelmente teria amputado o braço tentando se soltar.

— Malditas cabras — disse Lazareth — É a terceira vez esta semana. Se o leite delas não fizesse um queijo tão incrível, eu já teria permitido que Skye as servisse para o jantar há anos.

Violet escondeu um sorriso. Ela nunca conheceu alguém tão obcecado por queijo, apesar de achar que os múltiplos prêmios de Lazareth justificassem a obsessão. Sem mencionar o seu famoso cheesecake de figo e lichia.

Dawn deu um beijo na bochecha de Lazareth antes de mandá-lo embora e, em seguida, fez Violet sentar-se na beirada de um leito próximo.

— Como está sua mão? — ela sondou, sacando um termômetro digital.

— Está boa. — Violet acariciou levemente a malha da bandagem sobre o curativo entre os dedos polegar e indicador. — Você não estava brincando quando disse que as presas de Solace logo ficariam afiadas.

— Hmm... — Dawn franziu o cenho. — Vou precisar examinar a mordida de novo. É um pouco preocupante que esteja demorando tanto para sarar. Já faz quanto tempo?

— Três semanas, talvez.

Dawn soltou outro *hmm* conforme verificava a leitura no termômetro digital.

— A temperatura ainda está um pouco alta, o que sugere que seu sistema imunológico está lutando contra alguma coisa. Inicialmente eu pensei que poderia ser devido à vacina que te dei após o parto. Não é incomum que as pessoas tenham sintomas de gripe à medida que se tornam imunes ao vírus injetado, mas isso foi há pelo menos oito semanas. Pode ser só um resfriado comum e você está levando mais tempo do que o normal para melhorar.

Violet despontou em mais uma rodada de tosses, como se para enfatizar a declaração de Dawn.

— Felizmente, o que quer que você tenha, não foi passado para Solace — continuou Dawn. — No entanto, acho que é melhor fazer um exame de sangue e começar a determinar o que está acontecendo aqui.

— Certo. — Violet tomou outro gole de água.

Dawn assentiu com um sorriso de aprovação e foi buscar um carrinho no canto da sala.

A sobrancelha de Gus se elevou.

— Tem certeza?

— Sim, por quê? — Violet perguntou.

— Você ouviu a parte em que minha mãe falou 'exame de sangue', não é?

— E o que é que tem?

Gus encolheu os ombros exageradamente.

— Sou o único que se lembra dos pontapés e berros da última vez?

— Ela acabou de ter um bebê, Gus. — Dawn alcançou algumas luvas de látex. — Você ficaria surpreso com o quanto um filho pode mudar uma pessoa.

Ele anuiu com lentidão.

— Na verdade, acho que isso explica muito.

— O que isso quer dizer? — Violet estreitou os olhos para ele enquanto Dawn apertava um torniquete acima do seu cotovelo.

— Você foi um pouco... como posso descrever? — Gus fitou o teto e pôs um dedo no queixo.

— *Ursa colérica* é como eu a descreveria — disse Autumn, que agora se encontrava digitando no laptop.

— Sim, acho que *colérica* resume tudo — concordou Gus.

Violet bufou.

— Eu não pareço uma ursa colérica.

— Ah, é? E quando Gus estava brincando de cadê-o-bebê com Solace? — Autumn rebateu.

— O quê? Eu estava bem.

— Até que ele a assustou. Você praticamente arrancou-a dos braços dele e o repreendeu com uma voz de *O Exorcista*.

Violet revirou os olhos.

— Isso foi uma vez.

— Beleza, e naquela vez que Autumn deixou cair a chupeta de Solace no chão? — interveio Gus. — Quando você percebeu que ela ia devolver sem lavar, praticamente acusou Autumn de ter lhe passado ebola.

— Está dizendo que eu não posso me preocupar com germes? — Violet indagou, colocando a mão livre no quadril.

— Não estou dizendo isso — falou Gus —, mas acho que está se esquecendo que Solace não é tão frágil quanto você pensa. Ela é forte como a mãe, para começar, e a minha mãe se assegurou de que ela está tomando as vacinas quando são devidas. Não deixe a argola no nariz e a fachada hippie te iludir. Minha mãe é uma médica, em primeiro lugar, e depois uma ambientalista alternativa. Mas, mesmo assim, foi um drama por si só você deixá-la chegar perto da Solace com a agulha.

Violet franziu as sobrancelhas e disparou um olhar de soslaio para Dawn, que estava preparando a seringa e os tubos de coleta.

— É normal que uma mãe recente se preocupe com o bem-estar da filha, certo, Dawn?

Dawn finalmente levantou os olhos do seu trabalho para oferecer a Violet um sorriso forçado.

— Admita, Vi — disse Autumn. — Você definitivamente se empolgou na agressividade. A única pessoa que você ainda não maltratou é ele — ela apontou para Sagan quando este entrou —, e isso porque ele nem chegou perto dela.

Sagan ergueu as mãos, na defensiva.

— Não me inclua nessa. Eu não sei nada sobre bebês. Tenho medo de deixá-la cair ou algo assim. E eu definitiva-mente não quero ser alvo do 'Furacão Violet', se algo parecido acontecer.

— Certo, eu entendi. — Violet resmungou. — Preciso diminuir um pouco o tom.

Autumn riu.

— Um pouco? Que tal à beça? — pediu Gus.

— Muito bem. Prometo melhorar. — Violet mordeu o lábio enquanto Dawn passava um algodão na dobra do seu cotovelo. Ela torceu o nariz, ainda odiando o odor pungente do antisséptico conforme o álcool evaporava, esfriando sua pele.

— Preparada? — Dawn sondou.

Violet assentiu e pouco se encolheu com a picada. Gus estava certo; ela precisava mudar. Durante a gravidez, Violet realmente entrava em pânico toda vez que era necessário fazer um exame de sangue.

E Dawn também estava certa; tornar-se mãe havia mudado Violet de várias outras maneiras. Desde o instante em que ouviu Solace chorar pela primeira vez na sala de parto, todo o seu universo se realinhara — ela conquistaria mundos por sua filha.

Mas supôs que tinha se tornado um pouco excessiva com coisas pequenas.

Seu olhar passou pelos presentes. Por mais que pudesse justificar seu comportamento dizendo que estava protegendo seu bebê, ela sabia muito bem que os outros também amavam Solace e nunca iriam machucá-la. Na verdade, se não fosse por Gus, Autumn e suas famílias, nem Violet nem Solace teriam uma cama quentinha para dormir, barrigas cheias ou um ambiente seguro para chamar de lar. Uma pontada de culpa atingiu o estômago de Violet. Quando tinha a idade de Solace, já havia sido passada entre diversos assistentes sociais e tutores.

— Tudo pronto. — Dawn removeu o último tubo de sangue e a agulha do braço de Violet antes de colocar uma gaze sobre o pequeno ferimento.

— Obrigada, Dawn.

— Não há de quê. — Dawn dobrou o braço de Violet para envolver a gaze no vinco do cotovelo.

— Não, de verdade — falou Violet. — Sou muito grata por tudo que fez por Solace e por mim.

Desta vez, o sorriso de Dawn foi relaxado e genuíno.

— O mesmo para vocês, Gus e Autumn. Não sei como teria lidado com a gravidez e o parto sem o seu apoio.

— Ora, bolas — falou Gus, ao mesmo tempo que Autumn disse: "De nada!"

Violet sorriu, saltou da cama e se dirigiu a Sagan.

— Também te devo um enorme obrigada.

A testa dele se enrugou.

— Por quê? Eu não fiz nada.

— Sim, você fez. Naquele dia na estrada, em Brookhaven, você distraiu o cara de barba grisalha por tempo suficiente para escaparmos. Na época, eu não sabia que estava grávida, mas se não fosse por você, Solace e eu não estaríamos aqui hoje. Você salvou nós duas.

Sagan enfiou as mãos nos bolsos. Um canto de sua boca se içou e ele deu um leve aceno.

— Estamos quites. Eu também não estaria aqui se você não tivesse me encontrado e me trazido.

— O que quer dizer, te encontrado? — Violet disse. — Você estava parado no meio da estrada. Eu quase te atropelei com meu carro.

Sagan esboçou um sorriso.

— Sim, bem, não poderia ter causado mais danos do que...

Um grito distante chamou a atenção de todos. Por um segundo, ninguém se mexeu.

— É a Skye! — Dawn exclamou.

Em um instante, todos saíram às pressas da enfermaria. Autumn corria na frente, mas Violet e Sagan a alcançaram logo depois de driblarem os jardins e se lançarem na direção da casa.

Os guinchos de Skye ficaram mais altos. Então, repentinamente, cessaram.

Um surto de desespero e adrenalina percorreu o interior de Violet, impulsionando-a a correr mais e *mais* depressa.

O que quer que estivesse acontecendo, seu bebê estava lá.

4

CHIHUAHUAS MALCHEIROSOS

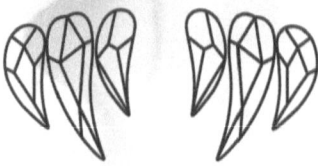

NATHAN ATINGIU O CHÃO COM UM GRUNHIDO QUANDO DOIS caçadores erathi o atiraram no piso frio e duro da sua cela. A porta de metallikite se fechou, seguida pelo zumbido e o bipe da trava eletrônica — uma característica das portas de todas as celas em Tempecrest.

Com um esforço agonizante, Nathan virou de costas. Ele esfregou os olhos com as palmas das mãos, tentando acalmar sua mente, apagar as imagens da última batalha e dissolver a carga que pesava sobre si — a névoa densa da auto-aversão.

Ele timidamente cutucou sua coxa, onde quatro marcas de garras entalharam fileiras que iam do quadril até a parte de cima do seu joelho. A cura acelerada entrou em ação quando ele estava em sua forma veniri, na arena, e a carne esfarrapada já tinha começado a cicatrizar. Em um ou dois dias, estaria quase completamente curado, mas o diamantium sempre deixava sua impressão. Ele ia ter uma cicatriz memorável, bem como a lesão manchada sobre o coração, resultado da luta na arena com o lago de lava. Cada vez mais de seus oponentes lycan estavam sendo agraciados com garras afiadas de diamantium.

A porta abriu-se novamente, seguida por um baque e um gemido quando outros dois caçadores jogaram Thane na cela ao lado.

— Você está bem? — Nathan perguntou, depois que os caçadores saíram.

— Sim. — Thane resmungou, levantando-se cautelosamente e se esticando com uma careta de dor. — Será que esses imbecis pensam que nos arremessar por aí depois de uma luta é uma espécie de favor?

Tio caçoou, recostando-se nas barras da cela adjacente à de Thane.

— Eu diria que eles estão se comportando de acordo com sua síndrome do erathi pequeno.

— Síndrome do erathi pequeno? — Nathan repetiu.

— O que é isso? — inquiriu Thane.

— Você sabe, é tipo a síndrome do cachorro pequeno. Eles sempre tentam fingir que são maiores e mais cruéis do que todo mundo. É o mesmo com os erathi, somente eles não se deram conta de que, na hierarquia metamorfa, estão bem no fundo.

— Pensei que fossem os yranum — falou Thane.

— Não. — Tio negou. — Eles têm habilidades de cura que beneficiam não apenas eles, mas também os outros. Isso os torna especiais. Os erathi, por outro lado, não têm habilidades. Ao menos, nenhuma que se compare ao restante de nós. São só um bando de chihuahuas malcheirosos, mas em vez de procurar briga com uma matilha de cães, eles estão se metendo com uma alcateia de leões.

— E vocês? — Nathan questionou. — Onde a sua raça fica na hierarquia?

A expressão de Tio se tornou indulgente.

— Dãã! No topo.

Tanto Nathan quanto Thane gargalharam.

— O quê? — O rosto de Tio se converteu em uma carranca. — Nós somos os maiores, mais fortes e...

— E os mais teimosos, vaidosos e mais destrutivos — emendou Thane.

— Ei!

— É verdade, garoto — Nathan disse. — Eu admiro a sua lealdade, mas sua espécie não tem a melhor das reputações.

— Tanto faz. — Tio desabou no seu catre em um acesso de raiva adolescente, resmungando baixinho. Após alguns instantes, o murmúrio foi substituído por um estalido elétrico.

Nathan girou a cabeça para encontrar Tio sentado no colchão, em sua forma metamorfa completa. Embora já tivesse visto outros jiovis com o corpo nas cores cobre, estanho ou rosa-ouro — até mesmo cobalto-metálico —, a carne modificada de Tio era de um dourado profundo, crivada com as manipulações de pele elaboradamente desenhadas, típicas da espécie. Seu rosto fora esculpido em um crânio super proeminente, com um traçado orgânico de redemoinhos e ondulações acentuando as sobrancelhas e maçãs do rosto. Duas presas se projetavam dos cantos de sua boca. Adornado em seu bíceps estava o símbolo jiovis de Júpiter.

Os antebraços de Tio repousavam sobre os joelhos, seu foco em uma das mãos. Sangue laranja brilhante escorria-lhe dos dedos e se acumulava em uma poça no chão, entre seus pés.

— Perdeu mais um dedo? — sondou Nathan. — Como está o cálculo? Oito ou nove?

— Logo serão quatorze. Estou a ponto de perder uma das mãos. — A voz de Tio estava tensa de dor. — Aquele vira-lata estúpido atirou uma espada de ferro em mim. Ele a aqueceu em um daqueles lança-chamas de parede, e um pouco do metal derretido se fundiu à minha mão. Preciso arrancar o ferro antes que eu apodreça.

— Maçaricos de chamas e metal derretido... — Nathan grunhiu e balançou a cabeça de um lado para o outro no piso de pedra. — Isso me lembra muito a arena com o lago de lava onde batalhamos, sete semanas atrás. Ou foi há oito semanas? Ugh, estou perdendo a noção. Eles costumavam nos jogar na arena a cada três ou quatro semanas. Agora, é como se fosse uma vez por semana.

— Sim, aquela de lava foi brutal — falou Thane. — O tema de floresta tropical para essa não foi tão desagradável, ainda que não tenha sido lá muito bom quando meu oponente decidiu escalar uma árvore como se fosse um macaco-aranha.

O estrondo alto de um relâmpago explodiu outra vez nas mãos de Tio. Ele não gritou, mas seu semblante se distorceu em uma óbvia agonia severa. A capacidade de regenerar os membros como um axolote se tornou um talento conveniente para Tio desde sua chegada a Tempecrest. Ele se gabava de poder até adicionar membros e apêndices extras se quisesse, ponderando se isso o ajudaria ou atrapalharia na arena.

A carne dos jiovis era chamada metallikite; o mesmo material que os caçadores usavam nas correntes, algemas e barras da prisão. Metallikite só podia ser descrito como um "metal vivo" — e suas propriedades eram surpreendentes. Dava aos jiovis a habilidade de moldar o próprio corpo em esculturas altamente decorativas, um processo extremamente doloroso, semelhante ao modo como algumas culturas erathi africanas e das ilhas do Pacífico se adornavam com tatuagens tribais e escarificações. Era até possível trocar as cores para realçar as características ornamentais. Nathan não conseguiu conter um arrepio ao avistar alguns detalhes de cores diferentes nos adornos de Tio. O equivalente seria ele enxertar a carne de outra pessoa na sua, somente para fins estéticos.

O corpo de Tio era tão intrincado quanto um quadro barroco. Assim como os traços de caveira no rosto dele, seu torso foi moldado para parecer uma armadura, com padrões elaborados misturados com molduras tridimensionais de crânios, dentes, espinhos e ossos. Baseado na cultura belicista dos jiovis, Nathan sabia que o formato era para aterrorizar os espectadores.

Um fator de destaque no projeto de Tio — Nathan observou isso em todos os jiovis — era um gorjal sólido no pescoço, também altamente decorado. Mas o gorjal não era dourado como o restante da pele de Tio; era de prata, com uma tonalidade verde-clara muito parecida com as barras que os mantinham presos.

Infelizmente para os jiovis, os caçadores erathi haviam encontrado os próprios usos depravados para metallikite. Eles esfolavam os jiovis cativos, descascando camada por camada da carne de metal vivo, até que suas vítimas sucumbissem a uma morte lenta e agonizante. Os erathi constataram que, uma vez que o metallikite fosse restabelecido, ele desbotaria para um verde-prateado e ficaria quase impossível de destruir. Mesmo um jiovis não poderia danificar metallikite restaurado.

Após cerca de meio minuto, Tio apagou o relâmpago e admirou sua obra, sacudindo os dedos novos. Da ponta dos dedos ao pulso, sua pele agora estava lisa e polida, como um espelho dourado; não restava um único adorno esculpido.

Tio suspirou.

— Eu tinha acabado de finalizar as alterações desta mão ontem. Agora, vou ter que fazer tudo de novo.

Thane riu.

— O típico atroador. Perder uma mão não é problema, desde que pareça bonito fazendo isso.

— Fica na tua, reptante. — Tio abriu um sorriso, a pele de ouro metálica escurecendo de volta para a rica obsidiana de sua forma humana. Assim que modificou totalmente, ele arqueou uma sobrancelha para Nathan. — Ei, Nathan? Ainda está vivo?

Um canto da boca de Nathan se contorceu em um meio sorriso.

— Sim, garoto. Ainda estou vivo.

— Vai ficar deitado aí o dia todo?

— Quem sabe. — Nathan deu de ombros. — É tão confortável quanto os catres.

— Você está certo. Quanto estrago causou desta vez?

As recordações atravessaram a mente de Nathan.

— Quase além da conta. — Ele sentou-se. Cada músculo reclamava de dor. — Não sei quanto mais disto eu consigo aguentar.

Thane ficou de pé e agarrou as barras que os separavam.

— Não diga isso — ele falou em voz baixa. Seus olhos arregalados denunciavam o pânico. — Você não pode desistir. Não depois de tudo o que passamos. Nós vamos sair daqui. Está me ouvindo?

Nathan anuiu.

— É, eu estou ouvindo. Não sou mais tão jovem quanto costumava ser, é só. Você e Tio ainda são hábeis e rápidos. Estou demorando cada vez mais para me transformar de volta, especialmente com a frequência dessas batalhas. — Passou as mãos pelo rosto. — Temos que descobrir como fugir. Antes que eles nos matem. Nós chegamos muito perto de lutar uns contra os outros desta vez. Um dia, nossa sorte vai acabar e eles vão jogar apenas nós três na arena para lutar.

— Se eu tivesse acesso a um computador, poderia nos tirar daqui. — Tio indicou a trava eletrônica. — Só precisaria de cinco minutos para anular o sistema e destrancar toda essa instalação.

Nathan alçou uma sobrancelha.

— Claro que poderia, moleque. — Thane revirou os olhos.

— Poderia, sem dúvida! E poderia também conseguir todas as novas identidades e passaportes e qualquer outro documento para que essa escória erathi nunca mais nos encontrasse.

— De qualquer forma — Thane pigarreou e voltou-se para Nathan —, apenas me prometa que não vai desistir.

Nathan acenou, mas não deu nenhuma garantia. Não valia a pena dizer a Thane quais ele realmente achava que eram as suas chances. Não quando Thane ainda tinha esperanças de continuar.

Se arrastou até a beirada do catre e friccionou um comichão no ombro. Um choque de medo oprimiu seu peito à medida que os dedos roçaram uma estrutura vítrea. Ele encontrou a pequena lasca de cristal alguns meses atrás. Começara como uma simples partícula, mas aos poucos foi ficando maior — primeiro crescendo até o tamanho de uma tachinha plana, depois um selo postal e agora beirando a dimensão de uma carta de baralho.

Ele rapidamente verificou a outra lasca, que havia encontrado na panturrilha. Esta também tinha crescido, e parecia que uma outra estava começando a se formar em seu tornozelo. Ele girou a articulação e a pele cristalizada faiscou ao captar a luz do teto.

Nathan inalou lufadas curtas e superficiais. *O que estava acontecendo? O que estas lascas significam? Eu estou doente? Será que não é nada?* Seja lá o que forem, ele não seria capaz de escondê-las por muito mais tempo. Era surpreendente ninguém ter mencionado nada sobre a lasca de cristal em seu ombro ainda.

— Então, Thane, acha que está no clima para isto de

novo? — Tio sorriu e remexeu os dedos. Pequenos estalos de eletricidade dançavam sobre sua pele.

— Por que não? Posso muito bem adicionar um pouco mais de sofrimento ao meu dia. — Thane caminhou até as barras que dividiam as celas dele e de Tio e deitou-se de lado, virado para Nathan.

Tio agachou ao lado da cabeça de Thane. Ele se inclinou tanto quanto as barras permitiam.

— Parece muito melhor do que ontem.

— Acha que está funcionando?

— De verdade, acho que pode estar. Fizemos em torno de oito sessões, mas a tinta colorida já está quase no fim, e as partes pretas parecem estar desbotando um bocado.

— Vou acreditar na sua palavra — disse Thane —, não é como se eu tivesse um espelho ao alcance. Mais vale continuar.

— Que tal eu tentar uma corrente mais alta desta vez? Sabe, para tentar acelerar as coisas.

Thane agitou uma mão.

— Claro, apenas acabe logo com isso.

Esticando as mãos através das barras, Tio pairou os dedos sobre a tatuagem do escorpião de cristal, no pescoço de Thane.

— Preparado?

Thane estremeceu.

— Aham.

A mão de Tio resplandeceu em um laranja brilhante, e a eletricidade dourada zumbiu e lampejou por entre seus dedos. Thane chiou quando a eletricidade se conectou com sua pele.

Nathan não pôde deixar de estremecer também, sobretudo quando o fedor de carne queimada atingiu seu nariz. Ele fora vítima da eletricidade de um metamorfo jiovis só algumas vezes, e nenhuma delas o fez querer se voluntariar para a experiência novamente.

Quando Thane surgiu com esse método improvisado de remoção de tatuagens, Nathan achou a ideia ridícula. Injetar tinta de tatuagem no couro veniri era uma coisa, mas removê-la seria muito mais complicado; o que Thane descobriu do jeito difícil, após muitas tentativas fracassadas com o tratamento erathi padrão de remoção a laser.

Os grunhidos de Thane se elevaram acima do crepitar feroz dos esforços de Tio. Mesmo de onde Nathan estava sentado, ele podia distinguir os pequenos raios de luz disparando do dedo indicador de Tio até o pescoço de Thane com um monótono *zap-zap-zap*. Tio não estava brincando quando disse que tinha controle rigoroso sobre seu poder.

Os gemidos de dor ficaram ainda mais angustiados com o passar do tempo. As pernas dele se contorciam e suas articulações ficaram brancas de tanto apertar as barras. Nathan não pôde evitar admirar a determinação de Thane. Qualquer que fosse a razão pela qual ele queria se livrar da tatuagem, Nathan estava certo de que tinha algo a ver com Violet.

— Pronto — disse Tio, após alguns minutos. — Deve servir por hoje.

— Finalmente — Thane murmurou entre dentes.

— Ei, você quis, lembra?

— É, certo. — Thane se levantou, segurando a área da tatuagem com uma mão, e foi deitar-se em seu catre com um último suspiro. — Vai incomodar como o inferno, amanhã.

Naquele momento, um clique mecânico e um zumbido anunciaram a abertura da porta principal do bloco da prisão. Todas as cabeças giraram quando um grupo de caçadores — dois homens e uma mulher — entrou. Eles perambularam pelo corredor de metamorfos cativos até chegarem à porta gradeada da cela de Nathan.

Os dois homens, um encorpado e moreno e o outro um

pouco mais baixo e magro com cabelos castanho-claros, se apoiaram nas barras e sorriram. Os amuletos deles balançavam em correntes negras ao redor dos pescoços, ambos com três das dez âmpolas preenchidas.

— Aqui está ele, Nika, o reptante do momento, em carne e osso — falou o caçador moreno.

A jovem abriu caminho entre os dois homens e espiou pelas barras.

— Ele não parece grande coisa.

O homem menor deu risada.

— Não se deixe enganar. Esse reptante nos fez ganhar muito dinheiro esta noite. Certo, Quill?

— Pode crer. Eu te falei que o vira-lata do Axel não venceria esse reptante. E eu te disse — Quill acotovelou Nika — que você deveria ter feito a própria aposta. Hestus e eu vamos comemorar nossos ganhos, mais tarde.

Nathan riu em deboche.

O caçador moreno franziu a testa.

— Do que está rindo, reptante?

Como resposta, Nathan sacudiu a cabeça. As apostas eram outra parte da cultura erathi que ele ainda não conseguia lidar. Todo erathi tinha algo para comprovar e, na mente deles, tudo a ganhar.

— E, então — Nika falou —, algum de vocês sabe por que o tio Ty resolveu trazer reptantes para Tempecrest?

— Não, eu não soube de nada — proferiu Hestus.

— Quem liga? — Quill atirou as mãos para o alto. — Tempecrest se tornou muito mais interessante. Há um número limitado de batalhas que se pode assistir com vira-latas, antes que as coisas comecem a ficar chatas. Tio Ty deveria ter trazido os reptantes anos atrás.

Quill se inclinou para a porta da cela de Thane.

— Este reptante aqui também não é ruim.

— Sim, esse é o meu favorito — disse Hestus, movendo-se

para se reuniu a ele. — Você viu como ele fatiou a cabeça do vira-lata antes de arrancar o coração?

Os dois começaram a recapitular seus golpes preferidos, mas a mulher, Nika, permaneceu em frente à cela de Nathan. Ela deu uma olhadela rápida para os dois caçadores e fez um gesto para Nathan se aproximar.

Nathan estreitou os olhos em sua direção. Podia ser uma mulher delicada e bonita, mas nem por um segundo achava que ela não seria capaz de cortar-lhe garganta apenas por diversão, se quisesse. Ele baixou o olhar e a ignorou.

— Psiu. — O silvo dela era quase inaudível por sobre o som dos dois homens, agora discutindo. Do canto de sua visão, Nathan vislumbrou Thane, que estava disfarçadamente observando a mulher enquanto tentava não desviar a atenção dos dois caras. — Psiu.

Nathan voltou a fitar Nika, e, mais uma vez, ela gesticulou para que ele se aproximasse. *Qual o lance dessa garota?* Tão casualmente quanto possível, ele ergueu-se e se aproximou.

Ela abriu a boca para falar.

— Ei! Afaste-se da minha irmã. — Uma mão empurrou Nathan. O rosto de Quill surgiu entre as barras, sua atitude destilando veneno. — Se chegar perto da minha irmã...

— Sai fora, Quill. — Nika lhe deu uma cotovelada nas costelas. — Eu posso cuidar de mim mesma, lembra? — Ela sustentou seu amuleto na frente do nariz dele. Quatro âmpolas estavam cheias: prateado, azul-petróleo, magenta e laranja.

Quill fez cara feia para o amuleto e cruzou os braços sobre o peito robusto.

— Ele só está preocupado com você, mana — disse Hestus. — Nós dois estamos. Quando foi embora, nós apenas...

— É, é, bom, estou de volta agora, então os dois podem largar a fachada de 'irmão mais velho protetor'. Além disso, eu só queria olhar mais de perto. Ainda não entendi qual é o grande lance.

Nathan quase deu risada. Ele estava prestes a se sentar, mas a expressão intensa de Nika o manteve no lugar.

— Bom, ele não será especial por muito mais tempo — disse Quill. — Tio Ty tem alguns planos bem decentes para o grande final do reptante. Vai ser tão épico que o preço da entrada está nas alturas!

Nathan travou. *Final?*

— Hestus e eu vamos juntar nosso dinheiro — continuou Quill. — O que me diz, mana? Quer participar?

Nika meneou a cabeça.

— Nem. Não é a minha praia.

— Mesmo? Vá lá. Está fadado a ser incrível!

— E? — Nika deu de ombros. — Só porque o louco do tio Ty se entediou com seus animais de estimação não quer dizer que eu tenho que gritar como uma garotinha.

— Louco é um eufemismo — sussurrou Hestus.

— Verdade — acrescentou Quill. — Desde que ele voltou, tem sido todo 'lantejoulas isso' e 'lantejoulas aquilo'. Quer dizer, se eu ouvir mais alguma coisa sobre as preciosas lantejoulas dele, juro que vou... *ugh.*

Hestus acotovelou-lhe o estômago.

— Fecha a boca, Quill!

— O quê? O que foi que eu disse?

— Não devemos falar sobre o que o tio Ty tem feito, muito menos na frente desses caras. — Hestus lançou um olhar para Nathan, que não pôde deixar de lhe oferecer um sorriso malicioso.

Hmm... lantejoulas. A que isso poderia se referir? Se Matthias Branstone achava que eram preciosos, provavelmente era algo muito ruim.

Hestus empurrou Quill em direção à saída.

— Venha, vamos embora antes que você acidentalmente deixe outra coisa escapar.

— Fala sério? Não é como se eu tivesse dado a eles a senha para escapar ou algo do gênero.

— Ei, Nika, você vem? — Hestus chamou assim que chegaram à porta principal.

Ela virou-se para segui-lo, mas não antes de deslizar um pedaço de papel para Nathan. Quando, por fim, a porta se fechou por trás dos três caçadores, seguida pelo zumbido mecânico da fechadura, Nathan o desdobrou cautelosamente.

Meia-noite. Estejam prontos. Certifique-se de que você e o outro reptante FIQUEM PARADOS!

5

O QUE É VOCÊ?

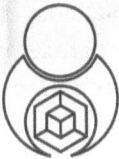

Meu bebê está lá! Meu bebê está lá!

Violet corria pela trilha do jardim que levava à casa de Autumn, cada batida do seu coração inundando os membros com energia em pânico. Sagan apareceu em seu campo visual quando a ultrapassou e desapareceu pela porta dos fundos.

Logo atrás, Violet saltou sobre a soleira e derrapou até parar na cozinha. As mãos dela cobriram sua boca.

Skye estava esparramada no assoalho de ladrilhos, os olhos arregalados, mas sem vida. Um carmesim-escuro se acumulava abaixo dela, vertendo de um corte aberto em sua garganta, e a marca de uma mão borrada na parede marcava onde ela tentou se apoiar antes de desabar no chão.

A mente entorpecida de Violet lutou para compreender o que ela estava vendo, registrando apenas vagamente Autumn, Gus e Dawn quando eles entraram correndo atrás de si. Os gritos de Autumn foram sobre-humanos. Dawn tentou ao máximo estancar o sangramento, mas Violet sabia que nem os talentos dela poderiam trazer Skye de volta.

Cruz jazia na própria poça escarlate no hall, encolhido atrás da porta da frente, ainda aberta.

No momento em que Gus se apressou até o tio, um estrondo impeliu a atenção de Violet para o corredor. Todo o seu corpo se sobressaltou como se tivesse sido atingido por uma descarga elétrica.

Aquele barulho vinha do quarto de Solace!

Violet disparou pelo corredor, mas antes que pudesse alcançar a porta do cômodo, um homem de terno preto foi jogado dali. Seu braço agitado atingiu o peito de Violet quando ele colidiu com a parede oposta, a força da pancada fazendo-a escorregar alguns metros para trás.

Sagan irrompeu do quarto atrás dele. Ele acertou o joelho no peito do homem e, em seguida — antes mesmo que o indivíduo pudesse se curvar de dor —, acotovelou-lhe o rosto, pegou um punhado do cabelo e o puxou. O homem deu de cabeça na outra parede com um impacto impressionante. O gesso rachou e se esfarelou no chão a seus pés.

O cara tirou a cabeça do buraco recente, sacudiu o pó branco e se arremessou para Sagan, lançando um soco poderoso atrás do outro. Sagan agachava e se contorcia até que um punho se chocou contra sua mandíbula. A cabeça dele virou à medida que seu corpo inteiro girava com a força do gancho de direita do homem.

O sorriso vitorioso que ele abriu era ainda mais assustador sob a máscara de poeira branca. Em um piscar de olhos, ele apanhou uma adaga incomum com uma lâmina magenta profunda — Violet não viu de onde.

Com um golpe exagerado, o homem cortou o ar em direção à cabeça de Sagan. Este bloqueou a ofensiva mortal com o antebraço e contra-atacou com a própria adaga de cristal. Um raio de luz solar que fluía através da claraboia cintilava nas armas cristalina e magenta a cada golpe e investida.

Os lamentos de Solace ecoaram sobre a cacofonia da luta violenta. Violet ficou de pé e aguardou fervorosamente por uma brecha no combate corpo-a-corpo para, então, conseguir passar por Sagan e correr até o quarto da filha.

Seu coração parou.

Uma mulher loura, também de terno preto, estava retirando Solace do berço. A porta de vidro que dava para o jardim estava escancarada e uma van preta esperava na entrada de veículos, no fim do percurso.

— Largue o meu bebê! — Violet bradou.

A mulher lançou um olhar por sobre o ombro e desdenhou. Em seguida, virou-se e fugiu pela porta de vidro.

Com uma velocidade que não sabia que possuía, Violet saltou. Esticando o braço, ela agarrou o rabo de cavalo da mulher. A cabeça da loura foi para trás enquanto o outro braço de Violet envolvia seu torso, tentando proteger Solace do impacto quando as três se estatelaram na terra.

Assim que atingiram o solo, Violet se alojou sobre o quadril da mulher e tentou puxar Solace dos braços dela, mas seu aperto era implacável.

— Devolva o meu bebê! — O guincho de Violet mal encobria o choro estridente de sua filha angustiada.

A mulher sibilou por entre os dentes e resistiu, segurando Solace ainda mais firme. Ela era surpreendentemente forte e ágil, mesmo com Violet por cima e um bebê gritando nos braços.

Um pavor gélido inundou Violet quando percebeu que sua filha estava prestes a ser esmagada ou feita em pedaços. *O que devo fazer? Devo soltá-la? O que eu faço?*

Sem aviso, a cabeça da mulher se atirou para frente e acertou o nariz de Violet. Lágrimas brotaram dos seus olhos, junto com estrelinhas e a dor lancinante, e as mãos que seguravam Solace começaram a fraquejar. No desespero, ela soltou uma mão e alcançou o canivete no bolso de trás.

Antes que a mulher pudesse se libertar, ouviu-se um *shink* sutil e Violet afundou o canivete no bíceps de Loura.

O berro da mulher abafou o choro histérico de Solace. O aperto férreo de Loura afrouxou enquanto ela tentava arrancar o canivete do braço.

Com exultação, Violet desprendeu seu bebê e segurou o embrulho precioso contra o peito.

— Shh. Já te peguei. — Ela cambaleou pela trilha do jardim, ainda meio cega e um pouco tonta pela cabeçada. Piscou, na esperança de desanuviar a vista, mas isso só fez com que outra onda de dor atravessasse seu crânio.

Qual é, Violet! Agora não é hora de perder o foco! Precisava levar a filha para um lugar seguro. *Quem são essas pessoas? Por que estão tentando roubar meu bebê?*

Violet tinha quase chegado ao fim da trilha quando sua visão começou a clarear. Mas em sua desorientação, seguira direto para a van dos intrusos.

Não! Precisava fugir! Escapar. Se esconder.

Quando Violet virou, o próprio canivete passou voando pela lateral da sua cabeça e se incrustou em um tronco de árvore à sua esquerda. Ela instintivamente encolheu-se, mas o movimento repentino a fez tropeçar. Girando no ar, se permitiu cair de costas. O baque doloroso não foi nada, comparado ao choro de Solace perfurando seus tímpanos. *Eu machuquei meu bebê?*

Violet olhou para cima e seus olhos se arregalaram de horror. A mulher estava pairando sobre si. O sangue escorria do corte no ombro dela, mas em vez de vermelho — ou mesmo azul-petróleo —, era um magenta brilhante.

— O que é você? — Violet sussurrou.

Suas entranhas se solidificaram. Se essa mulher não era humana, isso significava que era uma metamorfa... e Violet sabia muito bem que não era capaz de subjugar um metamorfo.

A boca da mulher encurvou-se em um sorriso maligno. Ela ergueu a mão, a palma virada para cima e os dedos abertos. Fumaça cor-de-rosa começou a se acumular em uma bolha nebulosa vários centímetros acima da mão da mulher e, em segundos, a redoma magenta ondulante transformou-se e se consolidou no formato de uma adaga, muito parecida com a que o oponente de Sagan havia usado.

O medo sufocou Violet, tornando difícil respirar.

— NÃO! — bradou. Ela odiou o quão desesperada, o quão derrotada parecia. *Como raios posso proteger meu bebê contra alguém que pode literalmente extrair armas do nada?*

Com a pulsação latejando nos ouvidos, ela ficou de pé, dando as costas à sua agressora para correr como nunca.

E, então, gritou.

Uma agonia abrasadora percorreu a parte de trás de sua coxa à medida que a lâmina da adaga penetrava profundamente. Ela tombou de joelhos. A dor e o pânico eclipsaram seu último surto de adrenalina, e seu corpo começou a estremecer.

— Não — lamentava Violet. — Fique longe da gente. Fique longe do meu bebê!

A mulher se aproximava com passos confiantes.

— Não podem ficar com ela! — vociferou. — Vocês não irão levá-la!

— Acho que vai descobrir que nós vamos — disse uma voz grave atrás de si.

Violet girou e vislumbrou um par de sapatos negros lustrosos e calças pretas. Ela inclinou o pescoço para trás para encontrar os olhos de um segundo homem de terno. Ele estendia a mão para seu bebê choroso.

— Nããããão! — Violet agarrou-se firmemente a Solace, mas a força do homem superou facilmente a sua. Seu aperto era de aço. Violet lutou com ele por um instante, fazendo o possível para não machucar sua filha, mas Loura acertou-lhe o rosto com um soco pesado. Luzes brancas explodiram em sua visão e o bebê foi arrancado dos seus braços.

Um lamúrio gorgolejante escapou de Violet. *Eu a soltei. Eu soltei meu bebê...*

O homem voltou as costas para ela e caminhou em direção à van.

Violet fez menção de correr até o bebê, mas Loura a segurou, arrastando-a para trás.

O cansaço atingiu Violet e ela desmoronou. Não conseguia reunir energia nem para tentar erguer-se. Ao invés disso, ela raspava a grama macia em seus cotovelos e antebraços, a dor da adaga ainda alojada em sua perna apenas um obstáculo maçante.

O homem abriu a porta do passageiro, e ele e Solace desapareceram dentro da van.

— Me devolva o meu bebê! — Violet clamou.

Uma gargalhada fria veio de Loura.

— Patético — falou, passando por cima de Violet.

Uma fúria incandescente despertou na alma de Violet, e seu rosto se distorceu em uma carranca.

— Eu vou te mostrar quem é patético — disse por entre os dentes trincados.

Ela inclinou-se, alcançou a adaga magenta em sua coxa e a arrancou. Em seguida, se levantou do chão e pulou nas costas da mulher.

Liberando toda a sua raiva, Violet enganchou um braço no pescoço da mulher que se debatia e enfiou a ponta ensanguentada da adaga em seu peito. Selvagemente. Uma vez atrás da outra...

Um guincho enfurecido atravessou a garganta da mulher. Líquido magenta quente e pegajoso salpicava no peito da Loura e revestia a mão de Violet.

Loura agarrou o braço que estava em volta do seu pescoço e tentou sacudir Violet, mas ela se recusava a ser jogada — a ser derrotada. Segurou firme a adaga, agora fincada no peito da mulher. A lâmina se prendeu no osso.

— Me devolva o meu bebê! — Violet esbravejou, de novo e de novo, abafando os uivos agonizantes da mulher.

Loura caiu de joelhos.

A atenção de Violet voltou-se para a van assim que o motor foi ligado. Com um berro de frustração, ela extraiu a adaga magenta do peito da mulher e disparou até o pneu da van, enterrando a lâmina na borracha. O pneu soltou um silvo agudo no instante em que puxou a adaga.

— Não! — gritou a mulher.

Violet gemeu quando algo parecido com uma corda se prendeu na sua cintura e a puxou para trás. O cascalho penetrava em sua carne enquanto era arrastada para longe da van. Ela afrouxou a restrição apertada, mas o que quer que fosse, parecia impossível para seus dedos se livrar daquilo.

Loura ainda estava de pé, mas encurvada, apoiando-se nos joelhos. O paletó preto tinha sido despedaçado e sangue magenta escorria por toda parte, misturando-se com os retalhos do tecido. A mulher oscilou um pouco conforme encarava a carnificina no próprio peito.

Violet imaginou que chegara perto de uma dúzia de facadas, antes de lançar-se. Qualquer ser humano estaria com dificuldades de permanecer de pé. Mas, quanto a um metamorfo com sangue magenta... Violet não fazia ideia se alguma das facadas foi fatal.

Loura segurava o cabo de um chicote magenta em uma das mãos. Ela puxou com força e o chicote ficou mais apertado em torno da cintura de Violet.

— Pare de brincar — o homem chamou da van. — Apenas mate-a e vamos embora.

O olhar intenso da mulher caiu sobre Violet.

Violet choramingou, os dedos agarrando o chicote que agora cortava sua carne. Ela fitou Loura e paralisou. O terror infiltrou-se em suas veias, contaminando até o último resquício de esperança.

O rosto da mulher reverberava conforme seus traços começaram a mudar. A pele assumiu um tom negro derretido — cor de lava resfriada. Fissuras finas surgiram por toda a pele escura como piche, e foram ficando mais largas, revelando faixas de luminosidade magenta. Isso lembrou Violet dos vulcões e filmes de apocalipse, onde a crosta terrestre se dividiria para expelir magma ardente.

Torrentes de sangue magenta ainda escorriam das feridas no peito da mulher, o sangue chiando por onde quer que pingasse nas fendas. Quando a mulher abriu os olhos, pequenas chamas magenta inflamavam em cada uma das órbitas.

Levante! A mente de Violet guinchava. *Corra!* Em um desespero apavorado, Violet começou a golpear o chicote com a adaga.

A mulher avançou. Em plena forma metamorfa, Loura prensou Violet contra o chão como um predador faria com sua presa.

O grito de Violet rasgou o ar, cru e penetrante.

— Sai de cima de mim! — Ela chutava, se debatia e agitava os braços.

A metamorfa apanhou o braço que segurava a adaga. Ela escancarou sua boca e mordeu o antebraço de Violet.

Todo o mundo de Violet reduziu-se até que somente a dor aguda provocada pelos dentes da metamorfa permaneceu. Era como se um inferno raivoso estivesse vertendo para dentro dela a partir da mordida, incendiando-lhe as veias, substituindo seu sangue por lava. O calor agonizante se espalhou por seu corpo inteiro.

Violet berrou e se contorceu, todos os pensamentos e medos por Solace se foram. Apenas o tormento infernal existia agora. Ela não era mais Violet. Era a encarnação da dor.

A metamorfa flutuava sobre si, mais uma vez usando

aquele sorriso retorcido. Ela içou uma mão e fogo magenta inflamou em sua palma. As chamas lamberam seu pulso e seguiram em direção ao cotovelo, refletindo nos olhos sedentos por sangue da metamorfa. Seus lábios se moveram, mas os guinchos de Violet camuflaram o que quer que a mulher estivesse tentando dizer.

Violet desejou que ela simplesmente se calasse e desferisse o golpe mortal — esta existência agonizante era demais para suportar. A escuridão nublou os cantos de sua visão. Se a metamorfa não a matasse logo, Violet tinha certeza de que a dor em seu corpo lhe extinguiria a vida.

A palma flamejante se aproximou do rosto de Violet.

De repente, a cabeça da mulher estalou anormalmente para o lado. O fogo magenta em seus olhos apagou e ela desapareceu da vista de Violet.

Em seu lugar, o rosto de Sagan surgiu, preenchendo sua perspectiva desvanecida. A pele dele estava manchada com cortes e contusões, e sangue carmesim escorria de sua cabeça e misturava-se com o sangue magenta nas roupas. Seus olhos claros estavam cheios de preocupação.

As trevas consumiram o restante da visão de Violet. Ela acolheu o vazio.

6

COMUNICAÇÕES AERIFORMES

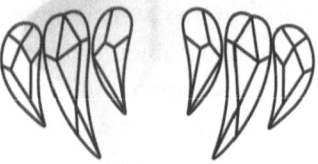

Uma luz azul-petróleo brilhante envolveu o universo de *Nathan. Suas pálpebras internas abriram e fecharam, adaptando-se à exposição intensa do raio venusiano condensado. Um formiga-mento em seu crânio se intensificou em vibrações dolorosas, à medida que fragmentos de diamantium menores fatiavam sua cabeça redimensionada, adornando os ossos da testa, maçãs do rosto e queixo. Seus dentes caninos e pré-molares ficaram longos e afia-dos. Após um instante, sua língua bifurcada tremulou por entre um conjunto triplo de presas salientes.*

A mandíbula de Nathan se abriu em um demorado rugido gutural. Seu corpo retorcia-se e descascava, os grilhões sendo seu único elo com o mundo.

— Nathan, acorde — sibilou uma voz, da escuridão. — Psiu, Nathan? Está acordado?

Grunhindo, Nathan esfregou seu rosto e olhos.

— É, Thane. Agora, estou.

Thane soltou um suspiro.

— Você estava tendo outro pesadelo.

— Desculpe. Te acordei?

Nathan se permitiu alguns segundos para sua mente sonolenta desanuviar. Ele piscou, embora as luzes do bloco de celas tivessem sido desligadas horas atrás. A escuridão era a mesma com os olhos abertos ou fechados, o que tornava seus sonhos — suas memórias — tão claros como o dia diante das trevas.

— Tudo bem? — Thane pressionou.

— Sim, estou bem. — Um lampejo da luz azul intensa dançava em sua mente e a lembrança dos próprios gritos ecoava-lhe nos ouvidos. — Não é nada. Volte a dormir.

Nathan não contou a Thane sobre os caçadores que o tinham capturado e tentaram colher seus ossos de cristal, no ano passado. Verbalizar aquela memória era algo que Nathan ainda não conseguia fazer, especialmente depois do encontro com Afrodite, o canhão de luz dos caçadores, que disparava raios venusianos condensados em prisioneiros veniri para garantir que eles não voltassem à forma humana após a morte. O esqueleto de um veniri era feito de cristal de diamantium, vivo ou morto, na forma humana ou transformado, mas era somente em sua forma modificada que os grandes fragmentos se projetavam da carne em espirais brilhantes. Os caçadores valorizavam os ossos de cristal veniri, confeccionando-os em armas e outras ferramentas para auxiliar seu comércio grotesco.

Ainda se recuperando do pesadelo, Nathan distraidamente coçou o ombro, sem perceber o que estava fazendo até que seus dedos resvalaram sobre a lasca cristalizada. O conhecido arrepio de medo tomou conta de sua pele, inundando-o com um temor enregelante.

Enquanto ele contemplava o escuro, a noite o encarava de volta. Em momentos como esse, seus pensamentos rapidamente começavam a se transformar em desesperança. Havia visto em primeira mão como o cativeiro podia destruir um homem. Ele não iria, não poderia permitir-se afundar em seu abismo de desespero agora. Thane estava contando com ele para manter a calma. Assim como Tio, independentemente de seu exterior arrogante.

Mas, apesar de todos os esforços, tentáculos dos medos mais profundos de Nathan se aproximavam a cada dia que passava, ameaçando agarrá-lo, estrangulá-lo. Logo, muito em breve, não teria mais forças para se afastar.

Nathan rolou e algo amassou em seu bolso. Ele pescou o pedaço de papel que Nika lhe dera. Estava escuro demais para ler as palavras, mas ele podia enxergá-las de forma nítida em sua mente.

Meia-noite. Estejam prontos. Certifique-se de que você e o outro reptante FIQUEM PARADOS!

Uma esperança crescente vibrou no peito dele. Sua parte lógica queria rasgá-lo em pedacinhos; provavelmente era uma armadilha. E, no entanto, talvez não fosse...

Ele bufou. Com certeza era uma armadilha. Afinal, foi a porra de uma caçadora quem deu-lhe o bilhete.

Mas mesmo que fosse uma armadilha, o que tinha a perder? No ritmo que as coisas estavam indo neste inferno de gladiadores, ele era um caso perdido de qualquer jeito. Poderia muito bem descobrir ao certo. Quem sabe seria capaz de encontrar uma escapatória para Thane e Tio. E, se ele morresse no processo... esperava que os outros pudessem encontrar outra saída por si mesmos.

Não havia como dizer que horas eram. Não era como se gladiadores metamorfos tivessem o privilégio de um relógio ou algo assim. Os caçadores podiam aparecer a qualquer instante, mas somente por duas razões: entregar a gororoba nojenta que consideravam adequada para alimentar metamorfos, ou buscar os próximos combatentes para a arena.

À noite, na escuridão mais negra que um breu, Nathan não tinha escolha a não ser esperar, apenas com sua ansiedade por companhia.

Repentinamente, um bipe — seguido de um zumbido e um tinido — quebrou o silêncio: os sons reveladores das portas das celas sendo destravadas. Mas não foi só uma porta; foram todas elas, e havia pelo menos uma centena de celas alinhadas em ambos os lados deste corredor em particular. Alguns segundos depois, um coro de sons sinistros ecoou no escuro. Nathan não precisava enxergar para saber que todas as cem portas tinham acabado de ser liberadas.

O sangue dele retumbava nos ouvidos. Era quase tão ensurdecedor quanto o silêncio. Mas as coisas não ficaram quietas por muito tempo.

— Ei! — chamou um lycan de várias celas abaixo. — Acordem! As portas estão destrancadas!

Alguns resmungos sonolentos em resposta circularam nas celas de cima a baixo. Os murmúrios se transformaram em comentários confusos e cínicos, e, então, as vozes em conjunto atingiram um alvoroço de guinchos.

— Nathan? — A voz de Thane mal era audível sobre a histeria. — Tio? Estão acordados?

Antes que pudesse reagir, as luzes do corredor se acenderam. Os olhos de Nathan fecharam diante da claridade dolorosa e ofuscante, à medida que o restante dos presos objetava com rosnados e gritos coletivos.

— O que está havendo? — Thane berrou acima da comoção.

— Ainda não tenho certeza.

Nathan protegia o rosto com o antebraço enquanto seus

olhos se ajustavam. Estreitando-os, ele mirou ao redor. A maioria dos detentos já estava fora da cama, espiando pela porta das celas com expressões intrigadas e especulando com seus vizinhos. Depois de alguns instantes, alguém tentou sair de sua cela. Quando nada ocorreu, outro lycan cativo saiu. Em seguida, mais um.

Por fim, alguém bradou:

— A porta externa está aberta!

Todas as cabeças giraram para a porta principal do bloco de celas. E, efetivamente, a passagem deles para a liberdade estava escancarada.

Sem qualquer hesitação, uma debandada de lobisomens desenfreados disparou para a porta principal. Os metamorfos desesperados se engarrafaram no corredor do bloco, atropelando-se e empurrando aos gritos de "Mova-se!" e "Saia do caminho!"

— Thane! — Nathan chamou, com urgência. — Fique aí! Diga ao Tio para não se mexer!

Não podia culpar alguém por não questionar como e porquê isso estava acontecendo. Qualquer cão em cativeiro irá seguir direto para a saída, se ficar preso por muito tempo.

Um lycan tropeçou e caiu na porta da cela de Nathan, e os outros o pisotearam sem olhar para trás. A correria dos detentos parecia interminável. Um lobisomem desesperado atrás do outro passou correndo, cotovelos e articulações batendo nas barras da cela e emitindo tinidos discordantes por todo o bloco da prisão. Dezenas de pés descalços pisavam e se arrastavam pelo piso de pedra.

Eventualmente, a dissonância de vozes e corpos colidindo diminui enquanto a multidão se dispersava. Em pouco tempo, mesmo os lycan desgarrados, aqueles infelizes que foram espezinhados, saíram mancando atrás dos demais.

Finalmente, apenas Nathan, Thane e Tio permaneceram.

A agitação frenética continuou em um nível abafado nos corredores externos.

Foi só o nosso bloco de celas que desbloqueou? Alguma das outras centenas de lycan está correndo pelos corredores?

A essa altura, os caçadores estavam mais do que cientes de que ao menos cem de seus cativos estavam à solta. Berros, rugidos e uivos do lado de fora do bloco de celas atingiram um auge violento, sugerindo que o caos havia se transformado em um banho de sangue.

— Venham — disse Tio. — Vamos sair daqui antes que as portas se fechem.

— Espera. — Nathan ergueu a mão.

Tio parou a meio passo para sair de sua cela. Thane não se moveu; suas sobrancelhas estavam unidas em uma carranca cética.

— Precisamos ficar aqui — Nathan falou.

— O quê? — exclamou Tio.

— Por quê? — exigiu Thane.

— Porque...

Porque, o quê? Por que um pedacinho de papel mandou? Nathan procurou em todo o lugar — nas paredes, no teto, no chão — por alguma coisa, *qualquer coisa* que confirmasse o bilhete de Nika.

— Fala sério. Mexam-se. — Tio quicava nas pontas dos pés. — O que estamos esperando?

— Ainda não. — Nathan flexionou as mãos, depois cerrou-as em punhos. Seus olhos rodeavam de forma irregular, vasculhando, buscando...

— Nathan? — O timbre estridente de Thane traiu a própria ansiedade. — O que você não está nos contando?

Depois de uma ligeira hesitação, Nathan entregou-lhe o bilhete.

— Quem te deu isto?

— Aquela caçadora. Nika.

— É uma armadilha — disse Thane, analisando o pequeno pedaço de papel. — Só pode ser.

— O que é? — Tio avistou o bilhete por sobre o ombro de Thane. — Está me zoando, não é? — O olhar inquisidor de Tio sustentou o de Nathan. — Quer dizer que andou fazendo amizade com os caçadores? Por que não falou nada?

Nathan meneou a cabeça.

— Eu não conheço ela. Nunca a tinha visto até hoje.

Os olhos incrédulos de Tio se arregalaram.

— Você nunca a viu, mas acha que ela é confiável?

Thane começou a andar em círculos, esbravejando.

— Isso é loucura.

Nathan encarou a porta escancarada do bloco, a mais ou menos vinte celas de distância. Lycan e caçadores indistintos passavam em frente à abertura. Lamentos de morte angustiantes ecoavam pelo espaço abandonado ao seu redor, minando a indecisão de Nathan.

— Têm razão. Não adianta esperar aqui. Vamos lá.

Nathan mal tinha alcançado a porta da própria cela quando um pouco de poeira se dispersou acima da sua cabeça. Protegendo os olhos, ele mirou o teto de pedra. Um painel rochoso irregular se moveu e, logo depois, foi puxado, deixando um buraco escuro. Meio segundo depois, um rosto surgiu.

— Ei, é ela — falou Tio.

— Rápido. Não temos muito tempo. — Nika jogou uma corda e a ponta se enroscou aos pés de Nathan. Quando ele não se mexeu, Nika franziu a testa. — Qual é o lance? Querem sair ou não? Não faz diferença para mim, reptante.

Nathan pôs as mãos nos quadris.

— Quem é você? Por que está nos ajudando?

— Não prefere discutir isso depois que sairmos daqui? — Ela sacudiu a corda para dar ênfase.

— Como saberemos se podemos confiar em você? — Thane intimou.

— Sagan me enviou.

Nathan foi pego de surpresa. *Sagan?*

— Está falando de Sagan Branstone?

— É sério? — Nika o fitou como se ele tivesse acabado de ganhar uma segunda cabeça. — Quantos Sagans você conhece?

Nathan e Thane entreolharam-se. Nathan se perguntou diversas vezes o que acontecera com aquele jovem caçador que o ajudara a escapar de ter os ossos colhidos. Sagan ainda era confiável?

— Entããão, vamos nessa? — Tio olhava de Thane para Nathan.

— Podemos confiar nela?

Um gemido de irritação veio de cima.

— Resolvam seus problemas de confiança depressa. A nossa chance de fuga está se esvaindo.

Thane deu-lhe um aceno forte e decisivo.

— Feito — confirmou Nathan. — Tio, você vai primeiro.

— Epa, epa — Nika protestou. — Aguenta aí. Só vim aqui pelos dois reptantes. Sagan não falou nada sobre um atroador.

Nathan cruzou os braços.

— Ou vamos todos, ou nenhum de nós vai.

Nika praguejou.

— Tudo bem. Tragam suas bundas para cima.

Depois que os três metamorfos escalaram a corda, Nika os conduziu por várias passagens de pedra. Ela segurava uma lanterna acima da cabeça para iluminar o caminho. A julgar pela tonalidade magenta da luz, a lanterna era alimentada pelo núcleo de energia de um metamorfo magneii.

Nathan balançou a cabeça. Bem típico dos caçadores. Por

que usar uma lanterna padrão quando se pode incorporar partes do corpo de um metamorfo nos itens do dia a dia.

— Qual é a desses túneis? — Tio enrugou o nariz. — Fedem muito.

Nathan revirou os olhos. O confiante Tio, fazendo-os lembrar do quão jovem ele era no meio de uma fuga da prisão.

Nika caçoou.

— Provavelmente porque estes túneis não são usados há muitos anos. Tempecrest era uma prisão na Idade Média e estava abandonada há cerca de cento e cinquenta anos, antes que os caçadores assumissem. Estas passagens eram usadas pelos guardas originais da prisão.

No final de uma das passagens, Nika passou a lanterna para Nathan e, em seguida, prensou as mãos contra a parede de pedra áspera. Um grande painel foi movido e um feixe de luz intensa entrou, trazendo consigo apenas o silêncio do que quer que estivesse além.

Nika levou um segundo para espiar pela fenda.

— A barra está limpa. — Ela empurrou a porta rústica até ter espaço o bastante para que todos saíssem em um moderno corredor branco alinhado com várias portas indescritíveis. — Fiquem juntos. Não deixem ninguém vê-los.

Ela disparou para a esquerda e os outros a seguiram, com Nathan na retaguarda. Após vários corredores austeros — aqueles caçadores certamente gostavam de corredores labirínticos —, eles viraram outra curva e chegaram a um entroncamento, onde Nika se deteve. Ela levou um dedo aos lábios. Vozes vinham da esquina à esquerda.

— Eu digo para estriparmos ele — falou uma voz masculina.

— Tentador — outra voz masculina retrucou —, mas não sei se as consequências valem a pena.

— Que consequências? Se formos rápidos, ninguém vai descobrir que fomos nós.

— Não, *por favor* — disse uma nova voz. — Não precisam se precipitar.

Aquele ganido familiar e asqueroso fez Nathan ranger os dentes. Ele se debruçou sobre Nika, Thane e Tio para ter um vislumbre da conversa.

Três caçadores estavam aglomerados em torno de alguém que eles encurralaram na parede. O caçador no centro estava pressionando uma adaga de diamantium na bochecha da vítima — a bochecha de Kronan.

Custou cada grama do autocontrole que Nathan possuía para ele ficar em silêncio e escondido. Para não pular e enfiar a lâmina letal do caçador na carne de Kronan.

Assim que as súplicas de Kronan começaram a se transformar em gritos histéricos, o estalar de um rádio atravessou a comoção. Por trás da voz no outro lado, não era difícil ouvir o barulho distinto do tumulto.

— Entendido — respondeu um dos caçadores. — Estamos a caminho.

— Ouviu, reptante? Parece que conseguiu um passe livre hoje — disse o caçador com a adaga.

Aquele que atendeu o rádio começou a se afastar.

— Venham, é melhor irmos pelas escadas.

Os outros dois caçadores lançaram suas últimas ameaças a Kronan antes de seguir o companheiro, a conversa e os passos desaparecendo gradualmente.

Nathan se afastou da esquina. Por vários segundos agonizantes, fez-se silêncio. Então, como um, Nika, Thane e Tio recuaram e acenaram para Nathan se mover mais para trás. O mais silenciosamente possível, todos correram para se esconder em um recanto próximo.

Kronan passou pelo esconderijo anterior. Felizmente, ao invés de virar na direção deles, sua forma derrotada continuou andando pelo corredor no sentido oposto aos caçadores. O suave *tum-tum* das pisadas era agonizantemente lento. Todos esperaram, como estátuas, sem ousar se mover à medida que os passos se afastavam cada vez mais.

— Acho que é seguro — Nika enfim sussurrou.

Antes que alguém pudesse protestar, ela saiu correndo para verificar as duas direções do entroncamento. Sem dizer uma palavra, gesticulou para que eles a seguissem e desapareceu no canto esquerdo. Thane, Tio e Nathan trocaram um olhar silencioso antes de correrem para alcançá-la.

Nika estava esperando no final da passagem escolhida. Thane e Tio foram até ela, mas quando Nathan estava a ponto de segui-la, percebeu Kronan dobrando uma curva na direção oposta. Seus pés pareciam ter criado raízes no lugar. Ele encarou as costas de Thane e Tio, depois o corredor distante por onde Kronan havia desaparecido.

Algo sombrio se agitou em suas entranhas.

Já estava na metade do corredor que Kronan tomara quando seu cérebro entrou em ação. *O que diabos eu estou pensando?* Mas agora era tarde demais. *Tinha* que continuar seguindo Kronan. Precisava descobrir o que ele estava fazendo aqui. Cada instinto em seu interior exigia isso.

Ele chegou ao final do corredor bem a tempo de ver Kronan contornar outra esquina, desta vez para a direita. Nathan se apressou em segui-lo, sua ansiedade aumentando cada vez mais à medida que se afastava dos outros. Ele deveria se virar. Deveria voltar e encontrá-los.

Mas não voltou. Ele continuou atrás de Kronan, mantendo distância, chegando em cada interseção bem a tempo de ver a próxima curva tomada. Por fim, Kronan parou diante de uma porta, girou a maçaneta e entrou.

Nathan disparou e segurou a porta antes que ela se fechasse. Espiando pela abertura, ele mirou o que parecia ser um grande depósito. Kronan estava seguindo por uma passagem estreita em meio à estantes de metal que iam do chão ao teto. Caixas de papelão, livros volumosos e empoeirados, pilhas e mais pilhas de jornais e revistas geográficas estavam amontoadas nas estantes.

Quando Kronan estava a uma distância segura à frente, Nathan se esgueirou para dentro. Ele não tinha certeza se a porta trancaria atrás de si, então pegou uma revista e a enfiou no batente.

Uma voz vociferou do outro lado das estantes.

— Aí está você. Por que demorou tanto, reptante?

Nathan travou. Aquela era a voz de Matthias Branstone.

— Por nada — falou Kronan, após uma breve hesitação.

— Hmm, mesmo? — Sem nem ao menos vê-lo, Nathan podia apenas imaginar o sorriso de tubarão de Matthias, enquanto este perguntava: — Então, o que aconteceu com seu rosto?

— Eu... caí. — Kronan afagou a bochecha, espalhando o sangue azul-petróleo que escorria de um pequeno corte abaixo do olho.

Uma gargalhada grave se juntou à risada de Matthias.

— Na lâmina cristalina de quem você 'caiu', desta vez?

Nathan também conhecia aquela voz. Ele agachou-se e espreitou por entre as pilhas de jornais. Com certeza, um caçador ligeiramente acima do peso e com barba grisalha situava-se ao lado de Matthias. Onde quer que Matthias estivesse, seu braço direito, Axel, estava por perto.

O depósito em que os dois homens e o veniri se encontravam era como um museu. Cada centímetro da parede aos fundos estava coberto de artefatos emoldurados — pontas de flechas de obsidiana, chaves arcaicas, moedas de ouro, facas de sacrifício astecas esculpidas em jade. Outras relíquias, grandes demais para serem emolduradas, estavam guardadas nos armários brancos imaculados que forravam as paredes. As prateleiras de vidro e a iluminação de fundo realçavam uma impressionante coleção de antiguidades que Nathan nem sequer conseguia adivinhar os nomes.

Matthias e Axel se encontravam em uma grande bancada branca no meio da sala, de frente para o esconderijo de Nathan. Ambos usavam luvas de algodão brancas enquanto manuseavam uma coleção de livros dourados de aparência antiga. Diversos pergaminhos estavam agrupados em uma extremidade da bancada, e no outro lado havia um baú quadrado com cerca de quinze centímetros de altura e trinta centímetros de comprimento e profundidade.

O baú estava aberto, embora Nathan não conseguisse ver o conteúdo de onde estava agachado. Quando Kronan contornou a bancada para juntar-se aos homens, Matthias rapidamente fechou a tampa. Kronan comprimiu os lábios.

— Mestre, se eu soubesse o que você procura, tenho certeza de que poderia ser de alguma ajuda.

Nathan se arrepiou com o uso da palavra *mestre* por Kronan. Claramente, a humilhação de Kronan ainda não era coisa do passado.

Matthias deu um tapinha no topo da cabeça de Kronan com a mão enluvada.

— Tudo no seu devido tempo, meu pequeno reptante.

Kronan fez uma careta quando Matthias se voltou para a bancada.

— Enquanto isso, tenho outras utilidades para você — acrescentou Matthias.

Ele abriu um dos tomos de ouro e, o mais gentilmente que pode, carregou a pesada relíquia até uma plataforma alta e estreita em frente aos artefatos suspensos na parede. Após posicionar o livro aberto em uma armação, ele cuidadosamente o cobriu com uma vitrine de vidro, completando a exposição.

Quando Matthias saiu do caminho, Nathan semicerrou os olhos, mas a única coisa que conseguiu distinguir nas páginas abertas foi uma imagem dupla de algum tipo de criatura com asas.

— Que tipo de utilidades? — Kronan perguntou.

— Algo na linha de... — Matthias fez gestos com a mão, como se tentasse arrancar uma palavra da atmosfera — comunicações.

Kronan franziu as sobrancelhas.

— Comunicações?

Matthias compartilhou um sorriso malicioso com Axel, que apanhou vários dos pergaminhos e estava levando-os até um dos armários atrás de Kronan.

— Sim, estou aguardando uma mensagem. — Ele deixou as palavras pairarem no ar, apertando cada ponta dos dedos das suas luvas brancas conforme as removia lentamente. — Da sua rainha, ninguém menos.

Os olhos de Kronan piscaram em choque, mas sua feição logo suavizou numa máscara neutra.

— Você... falou com ela? Com Sua Majestade? Quando?

Foi a vez de Nathan franzir a testa. Desde quando a rainha veniri fala com gente como Matthias?

Matthias encostou-se na bancada e inspecionou as unhas.

— Sim, falei com ela não muito tempo atrás. Nós organizamos um acordo, e veja, eu mantive a minha parte do negócio. Contudo... ainda não recebi da sua *rainha*. — Ele cuspiu a última palavra como se tivesse um gosto amargo.

A rainha veniri falando com um caçador era uma coisa, mas para a rainha Idália e Matthias Branstone estarem fazendo acordos... O mero pensamento fez o estômago de Nathan revirar.

— Eu... eu posso ajudar. Claro — confirmou Kronan. — Posso sair agora mesmo e levar uma mensagem, depois retornar com uma resposta o mais rápido possível. — Ele inclinou a cabeça, muito mais baixo do que o necessário.

— Hmm, é uma ideia — Matthias ponderou.

Nathan segurou um deboche. Se Matthias estava mesmo considerando a sugestão de Kronan, era mais estúpido do que Nathan assumira.

— Mas eu tenho uma melhor — agregou Matthias.

Kronan começou a torcer as mãos, os olhos girando pela sala.

Um átimo de segundo depois que Nathan se deu conta do que estava prestes a ocorrer, Axel atacou Kronan e envolveu um braço sob o queixo dele. Com um lampejo de cristal, o caçador afundou uma adaga de diamantium na curvatura entre o pescoço e o ombro de Kronan. Este soltou um guincho espantado, as mãos agarrando o braço de Axel, tentando arrancá-lo de sua garganta, mas o caçador de barba grisalha se manteve firme.

Todo o tempo, Matthias simplesmente esperou, em silêncio, até que os esforços de Kronan começaram a fraquejar.

— Chame a rainha. — O tom de Matthias era incisivo, todos os vestígios dos gracejos despreocupados ausentes.

Nathan empalideceu. Duvidava que Matthias quisesse que Kronan pegasse um celular e discasse o número da rainha. *Como Matthias soube da nossa forma de comunicação aeriforme?* Mas logo se sentiu estúpido por sequer pensar na pergunta. Se a rainha Idália estivesse se relacionando com Matthias, é claro que ela preferiria abrir mão dos segredos centenários veniri a deixar a segurança da colônia para conversar com um caçador cara a cara.

Kronan lutou contra o aperto de Axel por mais alguns instantes, antes de balbuciar:

— Não posso. — As palavras transformaram-se em um lamento de agonia quando Axel rodopiou a adaga ainda enterrada em seu pescoço.

— Nem perca seu tempo me dizendo que não pode — Matthias advertiu —, porque eu sei que pode. Ela está de alguma forma conectada a vocês, não está? — Ele indicou os filetes azul-petróleo escorrendo pelo terno de Kronan. — Tem algo a ver com o sangue. Isso eu sei. Então... quanto precisa ser derramado para que você possa chamar a rainha reptante, hein?

Kronan não respondeu, mas Nathan conhecia aquele olhar rastejando no rosto do veniri.

Não faça isso. Não faça isso. Não faça isso.

— Você precisa estar vivo para que funcione? — inquiriu Matthias.

Kronan assentiu uma vez e, em seguida, estremeceu — provavelmente por causa da faca em seu pescoço, não porque estava divulgando segredos veniri antigos.

Covarde, pensou Nathan.

— O que está esperando? — Matthias pressionou.

Kronan manteve a boca fechada, mas seu rosto estava pálido.

— Se você não chamar a rainha agora, Axel vai te fatiar da jugular até o umbigo — Matthias disse suavemente, mas mesmo de onde Nathan estava, ele podia ver a inquietação se formando por trás da máscara serena de Matthias.

Sem mais um momento de hesitação, Kronan — diferente do que qualquer outro veniri leal e abnegado faria — convocou sua conexão do Voto Divino com a rainha veniri.

Cada músculo do corpo de Nathan ficou tenso quando um fio de fumaça azul começou a sair do ferimento de Kronan. Ninguém além da rainha ousava instigar uma conexão aeriforme. Se Kronan tivesse sorte, ela não responderia.

Os dedos de Matthias batucavam cada vez mais rápido na bancada a cada segundo enquanto os vapores azulados vagueavam preguiçosamente no ar.

— Onde ela está? — ele inquiriu por fim, cerrando os dentes.

— Ela... ela pode estar indisposta. Ou ocupada. Talvez dormindo.

Com base no conhecimento de Matthias sobre a cultura veniri, era possível que ele soubesse que a tagarelice de Kronan era tudo baboseira. Adormecida ou não, a rainha sabia muito bem que estava sendo solicitada.

Mais um segundo se passou. E, em seguida, outro. Até que Matthias finalmente acenou com a mão, desdenhoso, e disse:

— Mate-o.

— NÃO! — Kronan berrou. — Por favor, você precisa de mim!

Matthias impeliu o rosto no de Kronan, seus narizes a milímetros de distância.

— Você não tem serventia, se nem ao menos...

— Qual o significado disto?

A sala ficou em silêncio quando todos os olhos se voltaram para a figura feminina na névoa azul. A rainha Idália, como de costume, estava vestida para intimidar e seduzir. Milhares de pérolas formavam o contorno rígido de uma caixa torácica sobre o busto, o modelo atrevido provocando vislumbres da pele pálida por baixo; um movimento em falso e todos testemunhariam um espetáculo erótico. Uma gargantilha rendada e mangas com babados complementavam a peça decorativa, e o tema de pérola continuava no rosto dela, com pontinhos reluzentes delineando seus olhos e lábios, espalhando-se pelo nariz e contornando a testa e as bochechas.

— Quem se atreve a me atormentar com sua presença? — A rainha fitou cada um dos caçadores, mas mal olhou para Kronan, apesar do braço estendido em sua direção.

Matthias riu, mas Nathan ainda captou o tom venenoso implícito.

— Perdoe-me, Majestade, mas nosso encontro é necessário e não podia esperar mais.

Idália encarou-o.

— O que o levou a pensar isso?

Matthias colocou as mãos nos quadris.

— Lembre-me de quanto tempo faz desde que prometeu me contatar sobre o paradeiro da... — ele lançou um olhar de soslaio para Kronan — daquele objeto em particular sobre o qual falamos?

A fúria brilhou no semblante de Idália antes do rosto suavizar em um disfarce de compostura.

— Hmm. — Ela bateu um dedo nos lábios. — Não sei se me recordo de uma conversa sobre um objeto específico. — Sua aparição flutuou até a exposição do tomo de ouro e mirou a criatura alada com uma expressão de indiferença. — Tal objeto... ele é importante?

— Claro que não — disse Matthias lentamente. — Estou apenas defendendo nosso acordo comercial. Eu forneço o que você deseja e você me dá o que eu quero.

— O que eu desejo? Tem certeza? Porque acredito que ainda estou esperando por uma determinada erathi, Glória Chambers.

Nathan gelou. *Glória Chambers?* O medo percorreu sua espinha como uma faísca de eletricidade.

Matthias coçou a barba por fazer em sua mandíbula.

— Sim, bem, essa mulher demonstrou ser difícil de rastrear, mesmo para os meus homens. Qual o seu interesse por ela, afinal? Certamente há mais neste mundo do que marchar até os confins da terra em busca de uma mísera mulher.

Idália deslizou até ele, pôs um dedo azul-petróleo esfumaçado na bochecha de Matthias e o levou até a mandíbula.

— Verdade? E o que mais há? O que mais alguém como você poderia me oferecer?

Apesar do sorriso encantador que brincava nos lábios da

rainha, os olhos de Matthias se estreitaram. Ele apontou para Kronan, agora caído nas mãos de Axel.

— Observe melhor esse reptante. Ele é seu primo, não é? Se não me der o que eu quero, vou acabar com ele. Aqui. E agora.

Idália agitou os dedos em um gesto improvisado.

— Faça o que quiser com ele.

— Não — arquejou Kronan. — Vossa Majestade, por favor.

A rainha ignorou-o e virou as costas para Matthias.

O rosto de Matthias se contorceu de raiva. Os punhos cerraram e seu corpo começou a tremer.

— Não me provoque, reptante, ou eu irei te caçar. Enviarei até o último caçador para te encontrar e vou arrancar todos os fragmentos ensanguentados do seu corpo miserável.

Idália lançou-lhe um olhar arrogante por sobre o ombro.

— Terminamos. Não volte a me contatar. — Em um turbilhão azulado, o fantasma desapareceu e o restante da névoa se dissipou.

Matthias rugiu uma torrente de insultos sórdidos, socando e golpeando o espaço vazio em uma crise violenta. Todo o tempo, Kronan gritava, implorando para Idália salvá-lo, mas seus clamores foram interrompidos quando um dos socos de Matthias atingiu em cheio o rosto do veniri. Axel soltou Kronan e deixou-o tombar no chão. O leve subir e descer do peito de Kronan confirmou que ele ainda estava vivo — pelo menos, por enquanto.

Matthias desabou contra a bancada e deixou a cabeça cair em suas mãos.

— Acha que ela descobriu o que é? — Axel limpou a lâmina de sua adaga de diamantium com as luvas brancas.

— Talvez sim, talvez não. Ela deve achar que, se eu a quero, é algo que vale a pena manter em sua posse. —

Matthias passou os dedos pelo cabelo antes de baixar os braços em frustração. — Depois de cinco milênios, os metamorfos já esqueceram praticamente tudo sobre as lantejoulas, ou até mesmo a própria história... e do que dizem ser capazes.

Ele abriu o baú na bancada e Axel se posicionou ao seu lado.

— Bom, ao menos você tem quatro delas — falou Axel.

— Quatro não é dez — retrucou Matthias, como se estivesse falando com um idiota. — Eu preciso de todas as dez.

Axel deu de ombros.

— Sabemos onde a azul-petróleo está. Aquela rainha reptante bancando a sonsa confirmou. E sabemos onde está a roxa. Só temos que descobrir como obtê-la, considerando que nenhum de nós tem guelras. Quanto à laranja, bem, aparentemente o príncipe dos atroadores a mantém consigo. Pelo menos, é o que dizem por aí. Um dos meus rapazes está seguindo-o e vai me mandar notícias quando for a hora certa. — Axel enrolou uma mecha da barba grisalha entre os dedos. — Se bem que dispomos de um atroador, no momento. O que acha de usá-lo como isca?

Matthias meneou a cabeça.

— Não. Isso só funcionaria se fosse um membro da família real. Esse é só um pivete que Hestus e Quill capturaram em um fliperama.

— Hmm... mesmo assim, restam apenas a dourada, a negra e a esmeralda.

— Sei, obrigado pelo resumo esclarecedor. — O timbre de Matthias gotejava sarcasmo. — Enquanto isso, o novo plano para conseguir a azul-petróleo está...

Nathan estremeceu quando uma dor aguda nas costelas roubou sua atenção da conversa de Matthias e Axel. Ele baixou os olhos para encontrar uma adaga de diamantium cravada em sua pele, empunhada por uma Nika enfurecida.

— Que infernos? — ela murmurou, puxando seu braço e forçando-o a segui-la silenciosamente até a porta.

Quando estavam a vários passos de distância no corredor, ela girou para ele.

— Você tem algum tipo de tendência suicida? Juro, se eu não tivesse ordens explícitas de Sagan, teria te deixado aqui para apodrecer. Faz ideia de como foi difícil te encontrar?

Nathan não se incomodou em responder. Sim, seguir Kronan foi possivelmente uma das coisas mais estúpidas que já fez. Entretanto, havia descoberto informações vitais.

Mas... o que raios era uma lantejoula? E por que Matthias as queria tanto?

Nika rapidamente o conduziu através dos corredores. Eles tiveram que parar uma ou duas vezes para esperar os caçadores passarem, mas, no geral, o caminho ainda estava vazio. Quem sabe as coisas ainda não estivessem sob controle com os fugitivos lycan.

Por fim, ambos se reuniram com Thane e Tio em outra parte não utilizada de Tempecrest, baseado nas paredes de pedra ásperas e nos pisos empoeirados e irregulares. A expressão de Thane quando eles se aproximaram era uma mistura de curiosidade e aborrecimento.

— Eu explico depois — Nathan garantiu.

Adentrando em uma grande câmara de pedra, Nika avançou até a beira de um orifício redondo no chão. Ela encarou Nathan sugestivamente e inclinou a cabeça para o vão negro.

— Você primeiro.

— Fala sério? — Tio indagou. — Você quer que a gente desça lá?

— Quer sair daqui? — revidou Nika.

— Sim, mas... — O nariz de Tio franzia à medida que ele analisava o buraco. — Isso é o que eu acho que é?

Nika revirou os olhos.

— Esquece isso. Esses esgotos não são usados há centenas de anos. Além disso, é o caminho mais rápido até o barco.

À menção de um barco, todos os três metamorfos desceram pela latrina antiga e atravessaram os túneis do esgoto.

Somente quando Tempecrest Island era uma mancha distante no horizonte aquoso foi que Nathan se sentiu finalmente livre.

7

IRREMEDIAVELMENTE DESPEDAÇADA

Todos os músculos do corpo de Violet doíam — não, queimavam. Era como se cada célula, cada molécula, desencadeasse um incêndio sempre que ela se mexia. Sabia que deveria ficar parada, mas seu corpo rígido precisava desesperadamente de um alongamento. Ela gemeu; mesmo mover-se de leve enviava chamas de dor por toda a extensão de sua coluna.

— Ei, parece que ela acabou de acordar.

Sua mente confusa não conseguia distinguir a voz familiar. Tentou abrir os olhos, mas a exaustão pesava em suas pálpebras. *Talvez eu devesse voltar a dormir.*

Então a imagem de uma mulher loura ardendo num fogo magenta lampejou na mente de Violet, trazendo a memória de um tormento extremo e agonizante.

Dor. Muita dor.

Ela sentou e imediatamente se arrependeu, curvando-se à medida que o inferno flamejava dentro dela. *O que tem de errado comigo?*

— Está tudo bem, Violet. Você está segura agora — Gus disse.

Uma mão tocou seu ombro e ela se encolheu, mas a dor lancinante apenas se intensificou. Ela choramingou e envolveu os braços no peito.

— Tente relaxar — falou Gus.

Acatando o conselho, Violet tentou acalmar os pensamentos e o corpo. Ela apelou para alguns dos exercícios de aterramento que seu psiquiatra lhe mostrara no ensino médio, quando ainda estava lidando com os sintomas do TEPT depois de ser sequestrada.

Ela fechou os olhos.

Inspire. Um, dois, três.

Expire. Um, dois, três.

Apertando ainda mais os olhos, tentou entender o que estava acontecendo, analisar a tortura que seu corpo estava sentindo. Seu instinto era desaparecer, fugir da dor e, se não conseguisse escapar, berrar e se encolher em posição fetal. Mas quanto mais ela lutava contra a agonia, mais percebia que estava lutando contra si mesma. O sofrimento intenso era estranho, porém, de alguma forma, fazia parte dela. Era... bizarro. Diferente de tudo que já havia conhecido.

Mudando de tática, ela tentou aceitar a dor. Devagar a princípio, e, em seguida, quase todo de uma só vez, o tormento desapareceu. Era como se, no instante em que ela sucumbiu à agonia ardente, seu corpo fosse capaz de absorver a dor e dissolvê-la.

Com um suspiro de alívio, ela recostou-se no travesseiro macio e abriu os olhos lentamente. Estava deitada em uma das camas da enfermaria. Gus estava empoleirado na borda do colchão e Sagan se encontrava ao lado.

— Oi, pessoal. O que aconteceu?

Sagan e Gus se entreolharam, as fisionomias sérias.

Uma onda de pânico atingiu Violet. Ela disparou seu olhar em volta descontroladamente.

— Onde está Solace? — Os rapazes se recusaram a fitá-la

nos olhos; aflição e tristeza pairavam, espessas e tangíveis, no ar. — Onde ela está? — Violet exigiu, fechando os punhos.

— Eu sinto muito, Violet — disse Gus. — Ela... eles a levaram.

— Não. — A voz de Violet mal chegava a um sussurro. Um profundo desespero se instalou em seu peito, espremendo o ar dos pulmões, paralisando seu coração. Ela prensou o tecido da camisa. — Nãããão...

A lembrança do que tinha acontecido reluziu em sua mente.

Skye gritando.

Os corpos de Skye e Cruz.

Tanto sangue.

Solace chorando.

As pessoas de terno preto.

Solace chorando.

Uma mulher loura sequestrando sua filha.

Fogo magenta.

A dor intensa e abrasadora.

Escuridão.

Os soluços incontroláveis abalaram todo o corpo de Violet. Skye e Cruz estavam mortos. Assassinados. Se foram.

E seu bebê... sua filha fora levada. Arrancada dos seus braços.

Um grande vazio dilatou em seu peito, anulando-a, devorando-a de dentro para fora. Tudo o que ela queria era ter sua filha a salvo nos braços outra vez.

Quando as lágrimas começaram a rolar, Gus a puxou para um abraço apertado e Sagan gentilmente pousou a mão em seu ombro. Passaram-se vários minutos até que Violet conseguisse falar, para ao menos tentar articular as perguntas e pensamentos conflitantes que se agitavam em sua cabeça. Ela enxugou o fluxo de lágrimas com a manga, embora outras continuassem a escorrer por seu rosto.

— Por quanto tempo eu fiquei apagada?

Gus fez cara feia.

— Cerca de dois dias — falou Sagan.

O queixo de Violet caiu.

— O quê?

O desamparo a consumiu. *Dois dias* se passaram desde que Solace havia sido levada. Como poderia procurar por sua filha? Ela não sabia por onde começar. Nem quem a tinha levado.

— Você nos deu um baita susto. — Gus ofereceu a Violet um sorriso triste, mas acolhedor. — Minha mãe e eu ficamos de olho enquanto estava inconsciente. — Ele indicou o braço de Violet, onde um soro estava preso com esparadrapo. — Quando você não acordou depois de algumas horas, achamos que era melhor tomar precauções

Anuir era tudo que Violet conseguia fazer. Um torpor emocional a dominou, consumindo seu interior. Lampejos de planos semi-formados para ter a filha de volta guerreavam com o ataque contínuo da angústia devastadora. Ela permitiu que Gus afofasse os travesseiros e vagamente se deu conta de que ele estava verificando sua temperatura e pressão arterial. Pelos últimos nove a dez meses, esse exame vital se tornou tão conhecido que era como se ela tivesse memorizado uma dança.

— Alguma melhora? — inquiriu Sagan.

A testa de Gus vincou e os lábios dele se comprimiram em uma linha fina.

— Hmm... — Ele apanhou o prontuário na extremidade da cama de Violet e rabiscou algumas anotações.

— Qual o problema? — Violet questionou monotonamente.

Gus coçou o queixo com a ponta da caneta.

— Não quero confirmar ou negar nada ainda, pelo menos, não sem um exame de sangue. Esperemos que isso lance alguma luz sobre a sua condição. Enquanto isso, você deveria tentar comer. Eu vou buscar a tia Skye... Digo... — Um manto de tristeza envolveu o quarto à medida que Gus atrapalhava-se para se corrigir. — Quer dizer... Vou avisar minha mãe que você acordou.

Ele deu um abraço rápido em Violet e, em seguida, desapareceu.

Sagan sentou-se na cadeira ao lado da cama.

— Como está se sentindo?

Solace se foi. Meu bebê se foi... Violet enxugou uma lágrima teimosa e engoliu em seco, forçando-se a diminuir o desespero. Ela precisava ser forte. Precisava ser forte para encontrar Solace.

— Eu estou... — Estava o quê? Devastada? Quebrada por dentro? Irremediavelmente despedaçada? Mas então percebeu que Sagan estava se referindo aos seus ferimentos físicos. — Eu estou bem. Ao menos... acho que estou. — A dor ardente não havia retornado, mas de alguma forma ainda conseguia sentir o inferno flamejante enroscado dentro dela; somente esperando.

Esperando? Violet quase debochou do quão estúpida era essa ideia. *Esperando pelo quê?*

Ela afastou o pensamento.

— Como você está? — ela perguntou a Sagan.

Ele dispensou sua indagação com um dar de ombros.

— Bem.

— Falo sério.

Ele a mirou nos olhos.

— Vamos só dizer que já estive pior. — Diversos cortes

nos lábios, testa e rosto dele estavam cicatrizados ou quase curados, e leves hematomas amarelados ainda podiam ser vistos ao redor dos olhos, bochechas e mandíbula. Ele apontou para o rosto de Violet. — Não sou o único que conseguiu uma coleção de cicatrizes de batalha.

Violet levou uma mão ao rosto e seus dedos roçaram a gaze e o esparadrapo. Ela estremeceu com a dor repentina no antebraço. Mais bandagens cobriam seu braço esquerdo do pulso ao cotovelo, e alguns pequenos cortes marcavam a parte inferior do direito.

— Você lutou para valer, Violet.

Lágrimas pinicavam-lhe os olhos e embaçavam sua visão.

— Não o suficiente. — Tinha dado tudo de si, e mesmo assim sua filha fora tirada dela.

Sagan teve a gentileza de não responder.

Piscando para afastar as lágrimas, Violet inquiriu:

— Aquela mulher de terno, o que aconteceu com ela?

Uma intensidade brilhou por trás dos olhos azul-claros dele.

— Sinto muito, Violet. Enquanto eu verificava se você estava bem, ela conseguiu escapar.

Uma centelha de fúria se inflamou nas entranhas de Violet, mas o cansaço profundo a reduziu a uma brasa fumegante.

— E o cara, aquele com quem você lutou dentro da casa?

Sagan passou seus dedos pelo cabelo, depois baixou a mão para a corrente negra.

— Já lidei com ele. Não precisa mais se preocupar.

O aceno de Violet foi sombrio.

— Eles eram metamorfos... não eram?

Ele respirou fundo antes de assentir.

— Eram todos magneii. Da mesma forma que os lobiso-mens estão relacionados à Lua e os veniri estão ligados a Vênus, os magneii são vinculados a Marte.

— Oh. — Violet se permitiu alguns instantes para absorver aquilo. — O que esses alienígenas de Marte querem com meu bebê?

Sagan balançou a cabeça.

— Eles não são alienígenas, assim como lobisomens também não o são. Todos os metamorfos são entidades sobrenaturais, estejam eles ligados à Lua, Marte, Vênus, Saturno ou qualquer outro corpo celeste do Sistema Solar. Eles só sabem como utilizar a energia dos seus planetas associados para alimentar as transformações e habilidades. Mas o motivo de levarem Solace... Eu não faço ideia.

Violet achatou-se contra o travesseiro e encarou o teto.

— Como? — Ela agarrou os lençóis nas mãos, segurando o tecido com força. — Como sabiam sobre Solace?

— Temos razões para acreditar que foi Macie quem contou a eles.

Violet ficou perplexa.

— O quê? A parteira? Mas... por quê?

— Macie e o marido eram relativamente novos em Maple Shire e, além de ajudar na enfermaria, eram reservados. Mas, depois que Solace foi sequestrada, encontramos Macie e seu marido mortos no próprio quarto. — Ele remexeu a corrente. — É possível que Macie tenha se assustado quando viu Solace modificar na sala de parto e entrou em contato com alguém, não sabemos quem. Ela provavelmente não contava com um grupo de magneii aparecendo, em vez disso.

A respiração de Violet acelerou.

— Você está me dizendo que Macie, minha parteira, chamou um bando de psicopatas para assassinar a minha filha? Está me dizendo que Solace...

— Não. — Sagan inclinou-se para frente e colocou as mãos sobre as dela. — Eu não estou falando o que você pensa. Acho que ela ainda está viva.

— Como podemos ter certeza? — A voz dela falhou e uma lágrima rolou por seu rosto.

— Porque se queriam Solace morta, por que se dar ao trabalho de levá-la com eles? — Ele roçou a mão no cabelo e tornou a afundar na cadeira, mal-humorado. — Eu só não descobri porquê eles a levaram. Solace é importante de alguma forma.

— Claro que ela é importante! — Violet começou a remover os lençóis. — Precisamos encontrá-la.

— Espera, aguenta aí. — Sagan ergueu a mão. — Dois dias atrás, você levou uma surra notável de uma metamorfa magneii, você acordou do coma há menos de uma hora e Gus ainda está preocupado com o seu estado atual. Não podemos ir e...

Violet zombou.

— Eu estou bem, beleza? Não preciso de você ou Gus me impedindo!

Sagan gentilmente, mas com firmeza, segurou seus ombros para impedi-la de sair da cama. Os olhos pálidos dele eram intensos, mas suas palavras eram suaves e calmas.

— Não fale de Gus assim, especialmente depois do que a família dele teve que lidar nos últimos dias. Sem contar o que ele e a mãe passaram para garantir que não te perdêssemos também.

Aquelas palavras soaram como um tapa na cara. Violet baixou o olhar para o colo e começou a afagar a cicatriz que ficava entre o polegar e o indicador, onde Solace a havia mordido.

Sagan estava absolutamente certo. Ela não era a única que tinha perdido alguém. A vergonha borbulhou em suas entranhas quando recordou-se dos corpos massacrados de Skye e Cruz na própria casa. As paredes manchadas de sangue. Seus olhos abertos e vidrados. Violet abraçou a si mesma e encolheu-se. Enquanto ela ainda tinha a esperança de encontrar sua filha, Autumn nunca mais veria os pais.

Ela ousou encontrar o olhar de Sagan.

— Skye e Cruz?

— Nós os enterramos ontem. Vou te levar até eles quando estiver pronta para vê-los.

Cerca de um minuto se passou até que Violet finalmente encontrasse coragem para dizer:

— Sinto muito.

Sagan pressionou levemente os ombros dela e, em seguida, a soltou.

— Está tudo bem. — Após alguns momentos de silêncio, ele estendeu seu canivete. — Aqui. Eu achei isto.

— Obrigada.

Violet o apalpou, os contornos e depressões familiares do cabo incrustado de pérolas e pedras preciosas se encaixando confortavelmente em sua mão. Foi originalmente um presente de Nathan, de quando ele começou a treiná-la em autodefesa. Violet não sabia ao certo porquê o guardava — um lembrete constante e doloroso da traição dele —, mas ainda não teve coragem de jogar o canivete fora. Carregá-lo com ela para todos os lugares se tornara um hábito muito forte.

— Aquela mulher, a magneii, ela tinha uma faca rosa...

— Você quer dizer esta?

Os olhos de Violet se arregalaram quando Sagan levantou uma adaga. O cabo e a lâmina eram de um magenta profundo, e o padrão de um redemoinho orgânico ao longo da parte plana da lâmina pareceu pulsar com um brilho opaco quando Violet a pegou. A coisa que mais a surpreendeu foi o quão tangível — o quão *material* — era.

Ela girou-a várias vezes nas mãos.

— É... de verdade. Mas ela a criou. Eu vi. Isto se formou na mão dela do nada.

— Sim — confirmou Sagan. — Já vi acontecer algumas vezes. Num minuto, um metamorfo está de mãos vazias, e no próximo há um machado sendo arremessado na minha cabeça.

— Se a faca é de verdade, por que não funcionou?

Sagan franziu o cenho.

— O que quer dizer?

— Eu a atingi. Com esta faca. Mas ela...

— Não morreu?

— Exato.

Sagan não pareceu surpreso.

— Os magneii têm um núcleo de energia em seus crânios, logo atrás dos olhos. Ele potencializa suas habilidades, como fogo e cura acelerada. As melhores formas de matá-los são cortar suas cabeças ou danificar o núcleo de poder.

— Ah. — Violet estudou a adaga magenta. Ela içou o próprio canivete e encontrou o botão com o polegar. *Shink*. A lâmina azul-petróleo saiu do centro do cabo perolado. Ela segurou as duas armas, lado a lado. O padrão na lâmina azul-petróleo era semelhante em estilo, exceto por dois filamentos verde-esmeralda e magenta, que se entrelaçavam no azul-petróleo.

— O quê? — Sagan perguntou. — O que foi?

— Nada. A não ser... que estranho. Estas costumavam ser negras. — Ela passou o polegar ao longo da linha de pedras preciosas negras embutidas no cabo do canivete. Duas das pedras agora estavam cintilando, uma azul-petróleo e a outra magenta.

Os olhos claros de Sagan se estreitaram em direção às gemas.

— Sagan — disse Violet em voz baixa.

— Sim?

— Quero que me ensine a lutar.

— Mas você já sabe lutar.

Ela sacudiu a cabeça.

— Não, fui ensinada a me defender. Quero aprender a lutar *de verdade*. Eu quero que me ensine como matar alguém.

Sagan abriu a boca para falar, mas antes que pudesse dizer uma palavra, Dawn entrou apressada. Ela cumprimentou Violet com um sorriso caloroso e um abraço.

— Estou tão feliz em ver que está acordada.

Dawn alvoroçou-se por vários minutos sobre o prontuário, os curativos e cortes de Violet, fazendo perguntas para avaliar seu nível de desconforto. Durante a consulta, Gus entrou com um prato cheio de comida. Infelizmente, não era tão caseira quanto uma refeição preparada por Skye teria sido, mas o pai de Gus, Lazareth, interveio para assumir a cozinha e ficou óbvio que ele estava fazendo o possível para preencher o vazio.

À medida que Violet comia, Gus e Dawn trocavam anotações sobre sua condição atual. Ambos concordaram que ela poderia ter alta da enfermaria depois de trocar os curativos.

Dawn deu um tapinha no ombro de Gus.

— Se importa se eu deixar isso nas suas mãos capazes enquanto vou checar — ela disparou um rápido olhar para Violet — nossos pacientes mais frágeis?

Curioso, pensou Violet. Não era típico de Dawn ser cautelosa.

Um comichão repentino se expandiu sob sua língua, e ela parou de mastigar por um instante para esperar que a sensação esquisita passasse. Talvez fosse uma reação à sobrecarga de sabor depois de não comer nada por alguns dias, ou um efeito colateral de qualquer medicação para dor que Dawn e Gus lhe tenham dado.

Após a saída de Dawn, Gus puxou um carrinho de suprimentos médicos.

— Então, Dawn te deixa tomar conta dos pacientes sozinho agora, hein? — Violet observou.

— Mais ou menos. Ela me pôs fazer as coisas mais básicas que já fiz um milhão de vezes. Alguns dos vizinhos foram pegos no fogo cruzado durante o ataque, e agora é como se a enfermaria estivesse com uma alta rotatividade. Queimaduras, ossos quebrados, cortes, arranhões, pesadelos, tremores pós-traumáticos; estamos recebendo de todos os tipos. Os líderes comunitários têm tentado acalmar as coisas dizendo que Macie e seu marido já se envolveram com uma gangue violenta e seu passado finalmente os alcançou, mas, ainda assim, todos estão abalados. E ainda por cima, três mulheres viajantes apareceram no meio de todo o drama, desesperadas por atendimento médico. Minha mãe ficou sobrecarregada, então estou tentando assumir um pouco do peso. Além disso, ajuda a... sabe... me manter atarefado.

Ele pigarreou e ocupou-se com um par de luvas de látex. Antes de terminar de colocá-las, ele se virou para ela e seus olhos se estreitaram de preocupação.

— Suas bochechas estão vermelhas. — Ele prensou as costas da mão contra a testa dela. — Caramba, você está queimando. Está se sentindo bem? Com calor, talvez?

Violet meneou.

— Não estou com calor. Me sinto bem. — Recordando a sensação estranha embaixo da língua, ela acrescentou: — Eu estava com um leve comichão antes.

Gus franziu o cenho.

— Pode ser útil te dar alguns antibióticos, só por precaução. — Ele colocou a segunda luva. — Muito bem, o que acha de algumas bandagens novas?

Quando o curativo usado no antebraço de Violet foi removido, ela inspecionou o ferimento. A carne mutilada tinha a aparência esburacada de uma queimadura por ácido e estava cercada por tecido cicatricial rosa. Assim que Gus ajeitou o novo curativo a seu agrado, ele retirou o soro da mão de Violet e deu a ela permissão para sair.

Sagan a acompanhou até o quarto dela na casa de Autumn. Entrar na cozinha quase partiu o coração de Violet. Claro que os corpos de Skye e Cruz se foram e todas as manchas de sangue foram limpas, mas as paredes e o chão imaculados não conseguiram apagar as memórias da carnificina da mente de Violet.

Seu maior desafio foi passar pelo quarto vazio da filha. Ela não podia, *não iria* olhar para dentro. Quando desmoronou em um acúmulo de angústia e se afastou da porta, Sagan se ofereceu para pegar algumas roupas limpas para ela.

No dia seguinte, Violet se esforçou para encontrar uma nova rotina que não envolvesse troca de fraldas, mamadas à meia-noite e abraços frequentes em Solace.

Destruía-a o fato de que não podia simplesmente sair e virar o mundo de ponta-cabeça para encontrar a filha. Ela perdeu a conta de quantas vezes sentara em seu jipe com as chaves na ignição, disposta a procurar — *precisando* procurar. Mas como? Deveria dirigir por aí, gritando o nome de Solace pela janela? Mesmo ir à polícia não era uma opção. Podia até imaginar as expressões dos policiais: "Sim, senhor oficial, a loura se transformou em uma espécie de monstro que parecia ter saído de um vulcão. E a van com meu bebê sequestrado seguiu naquela direção — embora eu não possa ter certeza, porque desmaiei e fiquei em coma por dois dias."

Até que ela apresentasse um plano que não incluísse a colocação de cartazes de pessoas desaparecidas com uma foto da filha veniri em todo o estado, precisava se manter ocupada. A melhor solução que conseguiu encontrar para manter sua tristeza e desespero sob controle foi se envolver na comunidade, limpando a devastação do ataque. Violet recebera muitos abraços e condolências dos seus vizinhos de Maple Shire, e a maioria das crianças dava-lhe flores quando cruzava com eles. Até onde todos sabiam, Solace infelizmente fora uma vítima inocente no "ataque da gangue" de

Macie. Um pequeno memorial para Solace havia sido colocado perto de onde Skye e Cruz estavam enterrados, mas Violet não conseguiu ir vê-lo.

O pavilhão ao ar livre tornou-se a nova área de alimentação para todos. Abrigava por volta de dez mesas de banquete com bancos, esculpidas em árvores da floresta ao redor. A área era geralmente reservada para casamentos e outras celebrações, contudo, desde o ataque, as famílias da comunidade se uniram para contribuir com jantares, produtos assados e caseiros, garantindo que todos estivessem cuidados e supridos.

Dois dias depois de acordar do coma, Violet percebeu como era difícil localizar Autumn. Sua amiga extrovertida e com dreadlocks tornou-se um fantasma. No café da manhã, Violet a viu pegando comida da mesa do buffet. Ela chamou seu nome por sobre o barulho de conversas matinal, mas Autumn não demonstrou ouvi-la antes de se afastar com pressa.

— Dê um tempo para ela — disse Lazareth, que estava sentado na mesma mesa. — Autumn está lidando com a perda da melhor maneira que pode. Todos enfrentamos o luto de forma diferente. — Ele passou um braço em torno de Gus e abraçou o filho com força. — Ela vai se juntar a nós quando estiver preparada.

Depois do café da manhã, Violet vagou pelo complexo, procurando algum trabalho para distrair sua mente acelerada. Deparou-se com o pequeno imóvel que Cruz tinha construído para ser o laboratório de informática de Autumn. As cortinas estavam fechadas, mas a luz brilhava por uma brecha no tecido.

Ela se deteve antes de bater na porta. Quando Lyla morreu, tudo o que Violet queria fazer era se enroscar debaixo dos cobertores e ficar sozinha para chorar. Talvez Lazareth estivesse certo e a melhor coisa a fazer era dar espaço a Autumn. Quem sabe Dawn tivesse alguma tarefa para ela fazer nesse meio tempo.

Enquanto procurava por Dawn nos corredores da enfermaria, uma cacofonia de tagarelice, balbucios e choros interrompeu a trajetória de Violet. A porta de um dos quartos coletivos estava aberta, e ela não resistiu em dar uma espreitada. Cerca de uma dúzia de berços cobriam as paredes, mas apenas três estavam ocupados, todos por mulheres balançando, amamentando ou cantando para seus bebês.

Lágrimas brotaram nos olhos de Violet; o vazio em seu peito ficou insuportável. O que ela não daria para ter a filha de novo nos braços.

Dawn se encontrava no meio do quarto, seu cabelo louro com um corte retrô iluminado, como se fosse uma auréola, pela luz do sol que entrava por uma grande janela. Ela deu um sorriso cansado quando avistou Violet e fez um gesto para ela que entrasse.

— Olá, Violet. Deixe-me te apresentar a Yumiko, Pradhi e Genevieve. — Dawn gentilmente pegou o bebê de Yumiko e convenceu Violet a olhar mais de perto. — Este carinha aqui é um dos nossos pacientes 'frágeis'.

Os olhos de Violet ficaram espantados à medida que lampejos de azul iridescente começaram a ondular sobre a pele lisa do bebê.

— Espera... ele é...? — Antes que pudesse emitir outra palavra, o bebê já havia completado sua transformação.

— Sim, ele é um veniri. — Dawn assentiu e abriu um sorriso. — Na verdade, todos esses três bebês são.

Pradhi, Yumiko e Genevieve trocaram olhares preocupados.

— Está tudo bem — Dawn tranquilizou-as, mas somente depois de explicar que Violet também dera à luz um bebê veniri é que as feições e posturas das três mães relaxaram.

— Onde está seu filho? — Genevieve quis saber.

— Ela está... — Violet lutou para conter a enxurrada de lágrimas que comprimia o fundo de seus olhos. — Ela foi raptada. — Distraidamente, seus dedos roçaram a pequena marca de mordida em sua mão.

Todas as três mães compartilharam um olhar arregalado.

— Ela? — Pradhi indagou.

— Mas isso é impossível — despejou Yumiko.

— Não é impossível — falou Dawn, entregando o bebê de volta à mãe.

Violet alternou de um pé para o outro enquanto as mulheres a encaravam boquiabertas e com semblantes mistos de choque e admiração.

Genevieve levantou-se da cama e foi até Violet.

— Gostaria de segurá-lo?

Violet contemplou o precioso embrulho nos braços de Genevieve.

— Tem certeza?

Colocando uma mecha do cabelo ruivo ondulado atrás da orelha, Genevieve sorriu com carinho.

— Ele acabou de ser alimentado e precisa arrotar. Estaria dando um descanso aos meus braços.

Depois de hesitar por alguns instantes, Violet gentilmente pegou o bebê no colo. Seu coração doeu na hora; a criança parecia ter mais ou menos o mesmo tamanho da filha.

— Imagino que ele tem cerca de dez semanas? — ela sondou, a voz trêmula.

— Está certa. — Genevieve voltou para a cama, visivelmente exausta. Ela se aconchegou em seus travesseiros e puxou os cobertores. Dois dos seus dedos ostentavam pequenas bandagens.

Com a permissão de Genevieve, Dawn procedeu com uma habitual checagem dos sinais vitais, então anotou suas conclusões no prontuário na extremidade da cama. Violet sentou-se em uma das cadeiras vazias e posicionou o bebê que se agitava no ombro, exatamente como costumava fazer ao colocar Solace para arrotar.

Em torno de vinte minutos depois, quando mãe e filho tinham adormecido, Dawn pôs uma mão no ombro de Violet.

— Venha, é hora do almoço.

Violet e Dawn passearam pelos jardins em direção ao pavilhão, encontrando vários membros da comunidade pelo caminho. Uma mulher pastoreava cerca de meia dúzia de ovelhas e um grupo de crianças desordeiras com boias e toalhas passou correndo. A menina mais jovem parou ao ver Violet e correu para lhe dar um abraço e um sincero "sinto muito por sua perda".

— Você é muito boa com crianças. — Dawn sorriu ao ver a pequena sair saltitando para alcançar os outros.

Violet, sem saber ao certo como reagir, enfiou as mãos nos bolsos e saiu da trilha para abrir caminho para um homem que carregava um grande caixote de madeira. O aroma divino dos morangos recém-colhidos seguindo o rastro dele.

— Se você acha que dá conta — continuou Dawn —, preciso de uma mão extra na enfermaria, sobretudo com Yumiko, Genevieve e Pradhi. Tecnicamente, a presença delas não é um segredo, mas estou mantendo a discrição. Eu não preciso de ajuda médica, porém... Lembra quando te contei sobre mulheres humanas sendo sequestradas e engravidadas à força pelos veniri?

Violet fez uma careta.

— Sim, eu lembro.

— Bom, eu tenho uma amiga que trabalha ajudando essas mulheres escravizadas a fugir dos seus captores veniri, e ela enviou Yumiko, Genevieve e Pradhi para mim. Além de ajudá-las na reabilitação, há também alguma assistência diária que elas precisam, com todas as fraldas, roupa suja, esterilização de mamadeiras e...

— Claro! — Violet exclamou, um pouco alto demais. Ela deu a Dawn um sorriso acanhado e, em seguida, num volume mais adequado, acrescentou: — Sim, eu adoraria ajudar. Com o que quer que as mães ou seus bebês precisem.

— Tem certeza? Porque eu não gostaria que se sentisse...

— Tenho. Não se preocupe comigo. Eu só quero ajudar.

Dawn observou-a por vários segundos, o olhar perscrutador, mas gentil. Por fim, ela concordou e colocou a mão no ombro de Violet.

— Obrigada. Sabe, é engraçado, todas as mães estão sofrendo dos mesmos sintomas de resfriado que você e, da mesma forma, elas os adquiriram pouco depois do nascimento dos filhos. Me pergunto se isso tem algo a ver com... — Dawn encarou o vazio e batucou um dedo nos lábios, então parou e sacudiu a cabeça. — Me desculpe. Estou certa de que a última coisa que precisa é de mim tagarelando sobre algum tipo de anomalia médica relacionada a gestações interespécies metamorfas.

— Não tem problema. Não me incomoda. — Violet fez o possível para oferecer a Dawn um sorriso tranquilizador.

Esta surpreendeu Violet ao puxá-la para um abraço rápido e repentino.

— Obrigada, embora eu saiba que você não está bem. Obrigada pela ajuda de hoje. — Ela beijou o topo da cabeça de Violet. — Vamos encontrar os outros e almoçar.

O pavilhão estava movimentado quando elas chegaram. Violet parou no último degrau da plataforma de madeira.

— Pode ir na frente. Eu vou almoçar em casa.

O desagrado de Dawn foi sutil.

— Tem certeza?

— Claro. Acho que estou um pouco cansada no momento. Talvez eu pule o almoço e vá direto tirar um cochilo.

— Tudo bem. — Dawn acenou em compreensão. — Eu irei vê-la quando terminar.

Deixando Dawn para trás, Violet voltou pelas trilhas com flores perfumadas e ao longo da borda do percurso de cascalho. Ao contornar o jardim que cercava a casa, ela estagnou de repente ao perceber um carro desconhecido estacionado na entrada. Um grupo de pessoas se encontrava ao lado do carro. Ela avistou Gus e Sagan primeiro.

Em seguida, seus olhos travaram em outro rosto conhecido.

A ira a atravessou como um furacão. Ela saltou adiante.

— Violet! Pare! — berrou Sagan.

As palavras dele mal foram registradas. Em um instante, ela alcançou o grupo de pessoas e se atirou no ar. Os olhos de sua vítima arregalaram-se uma fração de segundo antes que ela colidisse com ele. Quando caíram na grama, as mãos de Violet envolveram a garganta de Thane.

— Pare! — Alguém a agarrou por trás e puxou, interrompendo seu aperto no pescoço dele.

Thane inalou uma lufada de ar.

A raiva dentro de Violet fervilhou — ela estava lívida por ele ainda estar respirando. Sua fúria inflamou-se, para sua surpresa, literalmente.

Vários gritos irromperam quando chamas azuladas explodiram nas mãos dela. Crepitaram logo acima da sua pele, mas, surpreendentemente, não a queimaram.

Uma tossida de Thane recapturou sua atenção.

Ela agarrou as mãos que a estavam arrastando para trás, para longe de Thane. No mesmo instante um homem urrou e as mãos desapareceram.

Thane se sentou, segurando a garganta e respirando fundo, mas Violet prontamente o jogou de volta ao chão. Ela esmurrou o rosto dele. Uma e outra vez. Punho esquerdo, punho direito.

Mais gritos surgiram por trás de si.

O choque de Thane havia passado. Os olhos dele perfuravam os seus, as chamas refletidas nos olhos castanho-dourados, mas ele nem tentava bloquear os golpes. Ele não lutaria contra ela. Provavelmente até permitiria que ela o matasse.

Odiou-o ainda mais por isso.

— VIOLET! NÃO!

Algo sólido se chocou com a lateral do seu corpo e a fez rolar pela grama. Respirando com dificuldade, ela ficou de pé.

Sagan, aquele que a tinha atacado, também levantou-se. Ele fitou suas mãos em chamas e recuou, tomando cuidado para manter-se entre ela e o homem que ela queria desesperadamente dilacerar. Thane conseguiu se sentar, sua mão ainda em torno da garganta.

— Violet?

Ela virou a cabeça em direção à voz, reconhecendo aquele timbre tranquilizador.

Nathan.

A traição amarga a atingiu.

No mesmo instante, pontadas de dor a destroçaram por dentro.

Um guincho gutural rasgou as cordas vocais de Violet. Ela jogou a cabeça para trás e se contorceu, procurando em vão por alívio, cega pelo tormento sem fim. O pânico rapidamente afugentou sua raiva restante. *O que é isso? O que está acontecendo?*

Quando a agonia enfim começou a desaparecer, alguma coisa brilhou em sua visão periférica. Ela ergueu os braços e ficou boquiaberta com a textura da pele magenta iridescente — não, não pele. *Escamas.* Fragmentos de cristal de trinta centímetros projetavam-se dos cotovelos, e ainda mais se sobressaíam em outras partes do seu corpo: dos ombros, tronco, pernas. As roupas pendiam do seu corpo em farrapos, destruídas pelas espirais de cristal.

— O que está acontecendo comigo? — A voz de Violet falhou à medida que o medo gelado pressionava seus pulmões. Ela mirou os espectadores, mas eles apenas reagiram com olhares arregalados e chocados, e pequenos arquejos.

Ninguém disse nada.

Um formigamento sob a língua dela surgiu com força esmagadora. E, então, como um chicote, uma língua bifurcada escapou da sua boca. Um número alarmante de sabores vibrantes a envolveu — melado, tabaco para cachimbo, hortelã, noz-moscada, maçã azeda, jasmim, gengibre, ruibarbo. Foi tudo demais. Suas mãos taparam a boca.

Um terror autêntico disparou pelas veias de Violet.

Isso não era natural. Ela não era natural.

Algo penetrou seu tórax e uma dormência começou a se espalhar por seu corpo. Sagan estava apontando para ela o que parecia ser uma arma.

Ela olhou para baixo, esperando ver um ferimento de bala. Em vez disso, um pequeno dardo de metal estava incrustado em suas escamas, logo abaixo do esterno. A raiva começou a ferver novamente em seu interior enquanto o torpor continuava a se espalhar, paralisando cada membro até que ela não teve escolha a não ser estatelar-se no chão. Em poucos instantes, Violet estava completamente imobilizada.

Rostos observavam-na. Sagan, Gus, Nathan, Thane e dois estranhos se elevavam sobre seu corpo tombado e rígido.

Ela tentou externar sua fúria, obrigar-se a se mover. Mas seus lábios não funcionaram; os músculos se recusavam a obedecer os comandos desesperados. Nada, nem sequer um grunhido, escapou dela.

Gus respirou fundo.

— Alguém pode me dizer o que diabos acabou de rolar?

8

PEQUENINA AGULHA COM PONTA DE DIAMANTIUM

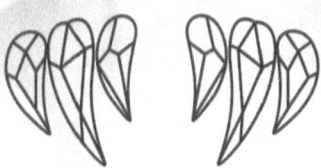

— O que fazemos agora? — Gus disse outra vez. — Nathan?

— O quê? — Alguns segundos de silêncio se passaram antes que Nathan desviasse os olhos d uma Violet paralisada. — Por que estão olhando para mim?

— Hm, talvez porque seja o mais experiente nesse tipo de coisa — falou Thane.

— Eu? Eu nunca vi nada assim. Deve ser Sagan quem tem mais experiência, com o número de metamorfos que já encontrou.

Sagan levantou as mãos.

— Eu também nunca vi nada parecido.

O quarto voltou ao silêncio. Um por um, o olhar de todos caiu na garota imóvel na cama.

Depois que Sagan atirou em Violet com o dardo tranquilizante, ele, Nathan, Thane e Tio a carregaram por uma trilha isolada até o centro médico da comunidade, onde encontraram uma cama extra em um quarto privativo. Nika os seguiu e agora estava rondando do lado de fora da porta aberta, seu olhar duvidoso fixo em Violet.

— Não podemos deixá-la assim — disse Gus, quebrando o silêncio. — Não podemos mantê-la sedada até descobrirmos o que está havendo.

— Ou podemos? — ponderou Tio.

Em resposta, os olhos de Violet mais uma vez se inflamaram em chamas azul-petróleo.

Gus fez uma carranca.

— Isso é definitivamente um não.

As chamas azuis faiscando nos olhos de Violet deixaram Nathan em seu limite. Ela não deveria estar assim. Não deveria estar incapacitada como se fosse um animal perigoso. E ela com certeza não deveria ser capaz de manifestar fragmentos de cristal, chamas azuis ou quaisquer outros atributos metamorfos. Como isso aconteceu? Ou melhor, *quem* fez isso acontecer?

A raiva borbotou no peito de Nathan até que ele finalmente explodiu. Aproximando-se de Thane, ele agarrou um punhado de sua camisa e o impeliu contra a parede.

— Você a mordeu, não foi? — ele bradou.

Com uma ferocidade que Nathan não esperava, Thane o empurrou para trás, usando o impulso para girar e fazer com que Nathan ficasse preso.

— Não — disse Thane, a voz um sussurro mortal. — Nunca. Acha que eu quero que ela tenha essa vida? Ou mesmo que eu arriscaria matá-la?

A boca de Nathan fechava e abria à medida que ele absorvia as palavras de Thane.

Era verdade; um humano poderia transformar-se num metamorfo com uma mordida. Mas, ao contrário do que acontecia nos filmes, a mordida do metamorfo geralmente era tóxica demais, e o humano quase sempre morria. Se transformar humanos fosse tão simples quanto mordê-los, sua espécie não precisaria recorrer ao rapto e gravidez de mulheres humanas para aumentar o número de fêmeas veniri.

Nathan viu a verdade nos olhos castanhos de Thane; as manchas douradas surpreendentemente brilhantes, quase dominando o castanho natural. Com um sobressalto, Nathan se deu conta de que sabia que o jovem veniri era inocente o tempo todo. Não, a pessoa que realmente merecia a culpa era ele mesmo. Ele queria manter Violet bem longe do mundo metamorfo — acreditou que ela ficaria mais segura em sua ignorância. Mas veja como tudo saiu pela culatra.

— Então, se você não a mordeu, quem o fez?

— Como se eu soubesse — Thane rosnou. — Estive preso com você o tempo todo.

Levou um momento para Nathan relaxar o aperto na camisa de Thane, e mais outro para ele criar coragem de fazer contato visual.

— Tem razão.

Thane o avaliou, testando a sinceridade de Nathan com os olhos ao invés de um açoite da língua bífida. Em seguida, com um aceno firme, ele o soltou.

— Caramba — falou Tio, após um instante de silêncio constrangedor. — Por um minuto, eu tive alguns flashbacks preocupantes de Tempecrest. Fico feliz que os corações de todos permaneceram em seus peitos.

As sobrancelhas de Gus arquearam-se.

— Tempecrest? O que é isso? Aliás, pensando bem, quem é *você*?

Tio deu risada.

— É mesmo. Desculpe. Com toda a empolgação de ver Thane levando porrada da lança-chamas residente aqui, as apresentações foram negligenciadas. — Ele deu um tapinha no próprio peito. — Sou Tio, e você é?

— Gus.

Tio ergueu a mão para um cumprimento.

— Toca aqui, Gus.

Gus encarou a palma da mão de Tio.

— Certo. E ela? — Ele voltou sua atenção para Nika.

— Oh, é a Nika — disse Tio. — Não dê muita bola. Ela não é de bate-papo. Além disso, não deixe o elemento fofura te enganar. Ela está mais para o gênero não-alimente-depois-da-meia-noite.

Nika o fuzilou com o olhar.

— Viu o que eu disse? — Tio inclinou a cabeça e gesticulou para Gus. — Sabe, você não me é estranho. Já nos vimos antes?

Gus franziu a testa e negou.

— Não, acho que não.

— Tem certeza? Porque eu não sou de esquecer um rosto.

Nathan ignorou o restante da tagarelice contínua de Tio; ele teve muita prática no decorrer da viagem desde Tempecrest. Embora a jornada tenha sido longa e difícil, seguir o caminho complicado que Sagan enviou para Nika era muito preferível a ser um escravo na arena de gladiadores.

Ao menos dez minutos se passaram desde que trouxeram Violet para a enfermaria e, além das chamas que ardiam em seus olhos, ela ainda não mostrava sinais de que a paralisia havia passado. Mesmo sem as chamas, Nathan ainda podia enxergar a fúria implacável em seu olhar — a frustração e o medo.

— Acho que posso começar com um exame de sangue — Gus falou, por fim. — É tudo que eu consigo pensar em fazer no momento, a não ser que minha mãe apareça com uma ideia melhor. — Ele fez uma careta. — Espero que ela chegue logo.

Pediu permissão a Violet para tirar um pouco de sangue. Quando nenhuma chama irrompeu dos olhos ainda abertos, tomou como um consentimento. Ele desapareceu do quarto e voltou após alguns minutos empurrando um carrinho de suprimentos médicos. Depois de colocar as luvas de látex, ele amarrou um torniquete no braço de Violet.

— Certo, Violet, lá vai uma picadinha. — Posicionou uma agulha na dobra do braço dela.

Um pensamento atingiu Nathan assim que um pequeno tinido metálico soou.

— Mas o q...? — Gus ergueu a ponta quebrada da agulha hipodérmica. Resmungando algo sobre equipamento barato, ele pegou uma nova.

— Na verdade — disse Nathan —, acabo de me lembrar. Com base nas escamas e nos espinhos de diamantium, é provável que agulhas não consigam mais perfurar a pele de Violet.

O queixo de Gus desabou.

— Isso é... loucura. Como é que eu vou...

— Me dê um segundo — disse Sagan. Ele saiu correndo do quarto e voltou um minuto depois com uma pequenina agulha na mão; a ponta brilhava sob as luzes. — Experimente uma destas.

Gus arregalou os olhos.

— Será que eu quero saber por que carrega uma agulha com ponta de diamante com você?

— Velhos hábitos. — Sagan deu de ombros. — Só tente.

Nathan fitou o molde de um amuleto de caçador, escondido embaixo da camisa de Sagan. Não precisou adivinhar a quais "velhos hábitos" ele se referia.

Desta vez, a agulha penetrou no braço de Violet sem problemas, como um palito testando um bolo perfeitamente cozido. Thane soltou um pequeno chiado quando o sangue começou a jorrar no tubo de vidro anexado.

— Ei, deu certo — Gus falou.

— Argh — disse Tio. — Acho que vou vomitar. Me avisem quando estiver acabado. — Sua mão tapou a boca enquanto ele saía, apressado, para o corredor.

Nathan balançou a cabeça. O metamorfo jiovis aguentava ter seu braço decepado e regenerado, mas saque uma pequenina agulha e lá estava ele, correndo em direção à saída.

Depois de alguns minutos, Gus terminou de encher o último frasco e ergueu uma amostra contra a luz.

— Tem alguma coisa neste que já parece um pouco incomum. — Ele estreitou os olhos. — A coloração está... diferente.

Ele entregou o frasco para Nathan, e Thane e Sagan se juntaram para dar uma olhada.

Os olhos de Nathan se arregalaram. O líquido era de um magenta intenso com um turbilhão azul-petróleo vibrante. Somente após uma inspeção mais atenta, Nathan localizou um minúsculo filete carmesim.

— O que houve? — Thane perguntou. — O que está acontecendo com Violet?

Nathan se debatia por uma resposta.

— Eu... nem mesmo consigo começar a imaginar. Sagan, alguma ideia?

Sagan parecia tão perdido quanto os outros.

— Não sei dizer. Nunca vi ou ouvi falar de algo assim.

— Felizmente — Gus tirou o frasco da mão de Nathan — em algumas horas, os resultados do exame de sangue serão capazes de lançar alguma luz.

9

ENCRENCA ESCRITA POR TODA PARTE

Violet pestanejou. Enfim, a paralisia estava começando a passar. Se ao menos ela pudesse mover as mãos para friccionar os olhos secos, mas ainda não houve sorte nessa. Piscar teria que servir, por enquanto.

Cara, Sagan levaria a maior bronca da vida dele assim que recuperasse a capacidade de falar.

— Aqui, Violet, eu te trouxe um cobertor extra — disse Gus. — Está começando a esfriar.

A calidez envolveu o corpo de Violet. Ela tentou murmurar um agradecimento pelo menos, mas ainda assim, apenas as pálpebras obedeceram ao seu comando.

O pânico misericordiosamente desapareceu, sobretudo depois que Dawn enxotou todos da enfermaria, alguns minutos atrás. Agora, Gus estava contando para a mãe o que havia acontecido. Da sua posição deitada, Violet não conseguia ver o rosto de Dawn, embora pudesse imaginar a médica batendo nos lábios com um dedo à medida que processava os detalhes da nova condição de Violet.

Eles não disseram com todas as letras, mas Violet percebeu que os dois estavam um pouco receosos, pois, aos sussurros, começaram a debater ideias para descobrir o que tinha de errado com ela: raios-X, ressonâncias magnéticas, amostras de tecidos , testes de observação contínua. Alguns dos procedimentos que eles mencionaram pareciam dolorosos — talvez até um pouco extremos.

Olá? Violet tentou dizer. *Eu ainda estou aqui. Posso ouvir vocês, sabem?* Ela não tinha o direito de fazer parte da conversa? Era o seu corpo, afinal.

Enquanto esperava, inerte na cama, a agitação, a raiva e a impotência se infiltraram em cada canto de seus pensamentos conscientes. Não fora capaz de salvar a filha — não podia nem tentar procurá-la, agora que ela se foi. De um jeito que prometeu que nunca faria, ela falhou com Solace e, além de tudo, Violet estava se transformando em algum tipo de monstro desconhecido e perigoso. Tudo, até mesmo o próprio corpo, havia ficado fora de controle.

E agora, de todos os malditos lugares do planeta, Nathan e Thane apareceram justo aqui.

Chamas azuis flamejaram dos olhos, e sua respiração duplicou de velocidade. Era o único escape que tinha para a fúria retorcida que lutava contra a droga paralisante em seu corpo.

— Está tudo bem. — Dawn acariciou o cabelo de Violet. — Você está segura.

Segura? Thane estava aqui. Thane, que havia seqüestrado ela e sua melhor amiga, Lyla, quando tinham dezesseis anos. Ele estava lá quando Lyla foi assassinada e Violet foi deixada para morrer. E então o lunático a rastreou e invadiu sua vida quando ela estava na faculdade, enquanto mantinha a verdadeira identidade escondida. Somente depois de ter se apaixonado por ele é que viu aquela porra de tatuagem e desvendou a verdade.

E quanto a Nathan...?

Lágrimas se acumularam nos cantos de seus olhos.

Quando Lyla morreu, a única ligação de Violet com este mundo, com esta vida, foi arrancada. Mas Nathan a acolhera. Ele lhe ofereceu um lugar para ficar quando ninguém a queria. Ele ajudou a reconstruir sua existência despedaçada, não somente dando-lhe um lar, mas lhe ensinando autodefesa para que ela pudesse superar os medos e deixar seu trauma para trás.

Quando os pesadelos com seus captores a atormentavam, ele sempre lhe assegurava que estava segura. Mesmo em seu pior momento, ele estava lá, como um ombro para chorar ou só um companheiro silencioso e tranquilo enquanto ela lidava com o luto. Nathan era sua âncora.

Violet sempre odiara o termo *figura paterna*. Fazia-a pensar em imitações baratas, como filmes piratas ou bolsas de grife falsas com o nome da marca escrito errado — a versão original e autêntica era imbatível. Violet não sabia quem era seu verdadeiro pai, no entanto, ao imaginar como seria o melhor pai do mundo, Nathan chegava bem perto.

Contudo, no dia em que descobriu quem Thane realmente era — o dia em que ela fugiu até Nathan, apenas para encontrá-lo na cozinha com o homem que a raptou e permitiu que sua melhor amiga fosse assassinada —, tudo isso foi destruído.

Um fluxo interminável de lágrimas escorria por seu rosto. Alguém as enxugou com um lenço de papel, depois aninhou firmemente o cobertor em torno do corpo de Violet. Alguns instantes depois, o rosto de Dawn surgiu no canto da visão de Violet.

— Violet, acabei de enviar um recado para Gus, mas me dei conta de que já faz um tempo desde que verifiquei as mães e seus bebês. — Ela colocou uma mão na bochecha de Violet, as pontas dos dedos descansando na têmpora. — Vou voltar o mais rápido possível, certo?

Claro, eu vou ficar bem, pensou Violet, esperando que a sua piscadela transmitisse a resposta mental de alguma forma.

Dawn sorriu. Ela deu um beijo na testa de Violet e desapareceu.

Na mesma hora, Violet lamentou a partida de Dawn. Não havia mais nada para distraí-la do incêndio conturbado que se alvoroçava profundamente em seu amago. Por sorte, a ardência não estava tão intensa quanto antes; era como se as chamas imponentes da sua raiva tivessem se reduzido a uma inquietação lenta e fundida, apenas à espera da próxima erupção.

A atmosfera ao seu redor mudou. Violet não podia ver, mas conseguia sentir que alguém tinha entrado no quarto e estava parado ao lado da sua cama. Quem quer que fosse, não entrou em sua perspectiva, permanecendo imóvel e em silêncio.

Um ruído de passos surgiu alguns minutos depois, seguido por uma voz feminina que Violet não reconheceu.

— Oh, aí está você, Thane.

Thane? O que ele está fazendo aqui? Violet franziu o cenho. *Olha! Posso mover minhas sobrancelhas.*

— Te procurei em todos os lugares — disse a voz feminina novamente.

— Bom, me encontrou. — A voz de Thane era monótona, muito diferente da que Violet se lembrava. Um segundo de silêncio se passou. — O que você quer?

— Só saber o que você está fazendo.

Thane não respondeu.

— Então, está pensando o mesmo que eu?

O suspiro de Thane transbordava desprezo. Mas desprezo pelo quê? Pela mulher com quem estava falando? Ou ele não estava com vontade de falar?

— Não tenho certeza se quero saber o que você está pensando, Nika.

Nika? Esse era o nome da garota que aquele cara novo, Tio, estava falando.

— Pensa bem. Já viu algo assim acontecer? Porque eu não. E se me perguntar, essa metamorfa, ou híbrida ou o que quer que isso seja, tem encrenca escrita por toda parte.

— Ela. Não *isso* — Thane disse, uma presença perigosa em seu tom.

— Tanto faz. A questão é que algo precisa ser feito antes que tudo isso exploda na nossa cara.

O coração de Violet começou a acelerar. Ela não gostou do rumo da conversa. Em uma onda de desespero, seus dedos se contraíram.

Houve um tumulto de sapatos, seguida por um estrondo contra a parede e um *ugh* feminino.

— E o que você acha que 'precisa ser feito', Nika? — sibilou Thane.

— Cuidado, Thane. Não esqueça que é por minha causa que você não está mais apodrecendo em Tempecrest.

Thane rosnou.

— Você acha que eu te devo uma? É isso?

O tom duro de Nika se igualou ao de Thane.

— Não estou cobrando, se é com isso que está preocupado. Mas o que você deve se preocupar é com aquela metamorfa na cama.

Por alguns momentos, ninguém disse nada. Violet continuou flexionando os dedos. A sensibilidade começou a rastejar para os dedos dos pés, então ela começou a mexê-los também.

— Vou deixar algo bem claro — falou Thane. — Se chegar perto da Violet, se sequer olhar para ela de um jeito que eu não aprovo, eu acabo com você.

Nika zombou.

— Você pode tentar, reptante. Mas o que quer que esteja acontecendo com aquela metamorfa, não é bom. Então não venha lamentar quando tudo sair de controle. E outra coisa — um estalo de pele contra pele ressoou pelo quarto —, nunca mais encoste em mim.

Botas pesadas saíram, desvanecendo-se no corredor, em seguida.

Silêncio.

Por um momento, Violet pensou que Thane havia saído com Nika, embora ela ainda não tivesse recuperado mobilidade suficiente para mover a cabeça e verificar. Dedos, pés, sobrancelhas... *Argh!* Não era o bastante! Precisava dar o fora.

Mais uma vez, raiva e frustração acenderam as chamas azul-petróleo em seus olhos, preenchendo seu universo com um resquício de luz azul.

— Não se preocupe, Violet. — Espantada, Violet extinguiu as chamas. *Ele ainda está aqui?* — Ninguém vai te machucar. Vou me assegurar disso.

10

RASTROS DE ALMA DESCONHECIDOS

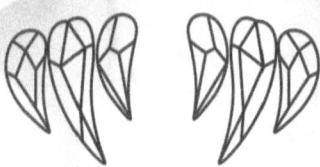

NATHAN PRESUMIU QUE FICARIA ALIVIADO POR FINALMENTE chegar a Maple Shire, sobretudo após trilhar o que parecia ser de um lado do país ao outro.

Sua profunda euforia ao ver Violet distorceu-se em uma culpa esmagadora no instante em que ela olhou na sua direção. Nathan não conseguia esquecer a fúria poderosa em seus olhos. Quando a viu atravessando a entrada de veículos, ele estava certo de que era o alvo da sua ira, mas ela passou direto por ele para golpear Thane. Nathan não sabia se deveria se sentir aliviado ou infeliz. No final, o choque eclipsou todo o resto quando, depois de chamar seu nome, os olhos coléricos se voltaram para si, e ela se transformou.

Ela havia modificado.

Mas não possuía apenas fragmentos de cristal e escamas; ela tinha *magma e fogo.*

Como isso é possível?

Os olhos e mãos flamejantes eram uma característica sugestiva dos magneii, mas as chamas de Violet eram azul-petróleo, não magenta. Nathan nem conseguia imaginar como Violet adquirira duas habilidades. Era inédito. Impossível.

Quando Nathan saiu da enfermaria, Sagan o informou sobre o ataque dos magneii, que resultou em quatro assassinatos e na destruição da paz de Maple Shire. Quando Nathan exigiu que Sagan o levasse ao local, o jovem erathi guiou-o de volta para a entrada de cascalho ao lado de uma das casas da comunidade.

Sagan gesticulou.

— Há quatro dias, foi aqui que...

— Não. — Nathan levantou a mão. — Me dê a oportunidade de ter uma noção do que aconteceu, antes.

Em resposta, Sagan indicou para que ele continuasse e, então, colocou as mãos nos bolsos.

Nathan inspecionou os arredores, assim como fizera em inúmeras cenas de crime quando era um detetive. Vestígios, marcas de pneus e longos sulcos do que podem ter sido arrastes de dedos ainda eram visíveis no cascalho, e pequenos trechos de terra revirada arruinavam a área gramada de um dos lados da entrada, talvez causados por uma luta. A vários metros de distância, além da grama, Nathan vislumbrou uma marca no tronco de uma das árvores do jardim. O feitio reto e sem lascas sugeria que não foi feito por uma garra, e sim por uma faca ou lâmina.

A língua de Nathan fustigou no ar. Os aromas remanescentes eram um pouco obsoletos, mas ele se contentaria.

Embora o céu diurno escondesse os astros além, sua ligação com Vênus permanecia forte. Fechando os olhos, ele inclinou o rosto em direção ao planeta e sintonizou com o zumbido melódico da energia que ele irradiava. Seu corpo respondeu depressa ao chamado de Vênus, e finas membranas internas deslizaram sobre os olhos ainda fechados.

Quando ele abriu as pálpebras externas, o mundo permanecia o mesmo. E, então, ele instigou sua língua bifurcada e o espaço mudou completamente.

Uma variedade de feixes néon esfumaçados misturavam-se no ar, antes vazio, sobre o gramado e a entrada. Tão logo os tentáculos fosforescentes começaram a se dissipar, ele açoitou a língua novamente, e eles reavivaram. Nathan registrou de imediato a essência de alguns rastros de alma desconhecidos entre os sabores. Eles percorriam da casa e ao longo de uma trilha no jardim até uma grande concentração reunida na grama ao lado da entrada de veículos. Os rastros se enredavam brevemente com outro, mas algo estava errado. Alguma coisa não fazia sentido, quase como se houvesse um vácuo entre o emaranhado.

Nathan se concentrou na massa coletiva de rastros de alma. Ele soltou uma baforada de ar, expelindo uma névoa de energia venusiana. A nuvem sutilmente iluminada se dispersou entre os resquícios fosforescentes, prendendo-se aos ecos emocionais mais intensos do passado.

Com outro sopro energizado de Nathan, a névoa revelou uma imagem congelada: uma mulher, os braços envoltos em... nada. Mas a expressão feroz e a formação angular do corpo sugeriam que ela estava tentando arrastar algo — ou alguém — para longe.

Violet!

O vácuo era Violet. Claro que Nathan não poderia rastreá-la. Anos atrás, sem que ela soubesse, ele alojara glândulas de veneno veniri em suas costas para atuar como uma blindagem, e evitar que fosse rastreada por qualquer veniri.

A cena luminescente diante dele começou a desaparecer. Outro toque de sua língua e ela pulsou de volta à vida, permitindo que ele a analisasse ainda mais.

Ficou claro que a mulher estava determinada a evitar que o vácuo — Violet — alcançasse os rastros restantes de um homem que seguia em direção à van. Nos braços do homem se encontrava...

— Um bebê? — Nathan girou para encarar Sagan em choque.

— Isso.

O olhar de Nathan deslocava-se de Sagan para o vácuo nas impressões enevoadas dos braços da mulher.

— E Violet? Ela é...

— A mãe. Sim.

Nathan esfregou o rosto com as mãos e, em seguida, entrelaçou os dedos no topo da cabeça.

— Como isso é possível?

Sagan arqueou uma sobrancelha.

— Eu não vou te explicar como se faz um bebê.

— Não, quero dizer, quem...?

Em resposta, os lábios de Sagan se comprimiram em uma linha rígida.

Nathan grunhiu.

— Thane. Mas... se ele é o pai, significa — seus joelhos quase cederam — que o bebê é veniri.

Sagan vagarosamente anuiu.

— Violet sabe?

— Sabe.

Como chegou a isto? Nathan falhou. Falhou em proteger Violet, em defendê-la do mundo que ele tentou deixar para trás. Todo aquele esforço para manter sua verdadeira natureza escondida dela, e agora...

— Ela deve ter perdido a cabeça na primeira vez que o bebê se transformou.

— Nem tanto. Foi uma surpresa, sim, mas não foi a primeira vez que ela viu um veniri em sua forma modificada.

Nathan ergueu o olhar.

— O quê?

Sagan contou-lhe o que aconteceu depois que Violet viu

Thane em sua cozinha e fugiu, como ela encontrou Sagan parado no meio da estrada e, juntos, escaparam de um veniri e de um caçador empunhando um tridente.

Nathan apertava a ponte do nariz. Esse veniri deve ter sido Kronan. Pena que aquela escória não teve seu fim em Tempecrest.

— Não sei se devia ter te contado tudo isso, ainda mais porque Violet não pode falar por si mesma no momento. Acho que ela gostaria de escolher se quer ou não revelar quem é o pai da filha.

— Filha? — As sobrancelhas de Nathan alçaram-se. — Tem certeza?

— Definitivamente.

— Mas as fêmeas veniri são...

— Raras. Eu lembro do que você me disse.

Voltando-se para os rastros fosforescentes, Nathan coçou a barba por fazer ao longo de sua mandíbula.

— Um bebê fêmea veniri muda tudo.

— Imaginei que mudaria. Consegue localizá-la?

Nathan açoitou sua língua novamente. Os rastros de alma da dupla que partiu na van fluíram pela longa entrada de automóveis e desapareceram de vista.

— Vai ser complicado. Para começar, estamos lidando com os magneii. Mesmo que não tivessem saído em um veículo, eles não são tão fáceis de seguir quanto os erathi. Além disso, eu não cheguei a conhecer... Qual o nome da filha de Violet?

— Solace.

Um segundo se passou antes que Nathan dissesse:

— Uau. — Esse nome, essa *palavra*, era basicamente o que Violet queria da vida: um lugar para chamar de lar, uma família que a amasse. Segurança. Paz. *Refúgio*. — Infelizmente — ele continuou —, por não ter conhecido Solace, não tenho um vestígio estável da essência da alma dela.

Sagan se moveu para o seu lado, também fitando a floresta por onde a van havia desaparecido.

— Então, o que sugere?

— Bom, sequestros à parte, é a presença dos Magneii que me preocupa. Os magneii não aparecem do nada e decidem matar e sequestrar. Eles não são belicistas ou predatórios; são mercenários. Alguém enviou esses metamorfos para sequestrar a filha de Violet. Se pudermos descobrir quem está preenchendo os cheques, é provável que também encontremos Solace.

11

"QUE RAIOS?" CONTINUA VINDO À MENTE

VIOLET SACUDIU OS BRAÇOS RIJOS E PASSOU AS PERNAS PELA beirada da cama. Era ótimo fazer o sangue fluir de volta aos membros.

— Como está se sentindo? — Dawn sondou.

— Fisicamente? Nada mal. Mentalmente? A expressão 'que raios?' continua me vindo à mente. Emocionalmente... Não vamos falar disso.

— Até onde sabemos, você está saudável. — Gus removeu o aferidor de pressão do seu braço.

Violet gemeu e esfregou os olhos.

— Então o que há de errado comigo? Como é que de repente eu estou... flamejante? E não no sentido metafórico.

— Você também projetou fragmentos de cristal — acrescentou Gus.

— É, eu me lembro. — Violet estremeceu e friccionou os cotovelos. — Aquilo realmente doeu. Mas falando sério, da última vez que cheguei, eu era só uma humana comum, sem superpoderes. Qual é o lance?

— Posso dizer que você é, sem sombra de dúvida, uma

metamorfa, mas quanto a espécie... — Os lábios de Dawn se espremeram em uma linha fina.

— Com certeza tem algo a ver com a magneii que te atacou — disse Gus. — Mas isso não explica por que você também possui atributos veniri. Pelo que disseram, tem muita sorte de estar viva. Os humanos costumam morrer com a mordida de um metamorfo. É bastante raro que um sobreviva. Mas, mesmo se deixarmos esse mistério de lado, ainda não sabemos por que você é magneii e veniri; e uma *fêmea* veniri.

— Como assim? — Violet inquiriu.

— Fêmeas veniri são extremamente raras — explicou Dawn. — Ao que parece, somente um a cada cem veniri nascidos é do sexo feminino. Não sei se notou, mas todos os bebês veniri presentes na enfermaria são machos.

As sobrancelhas de Violet se arquearam.

— Mas e Solace?

— Como eu disse, você teve muita sorte — Gus falou.

— Mas, espera aí. Eu não nasci veniri, nem fui mordida, então...

Os olhos de Gus subitamente ficaram redondos como pires.

— O quê? — Violet indagou.

Gus não disse nada. Ao invés disso, seu olhar fixou-se em um ponto distante.

Dawn colocou a mão na bochecha de Gus.

— O que está pensando?

Sacudindo a cabeça para quebrar o transe, Gus saiu correndo do quarto. Antes de desaparecer no corredor, ele gritou por sobre o ombro:

— Eu tenho uma teoria, mas preciso verificar os resultados do exame de sangue outra vez, antes de confirmar qualquer coisa.

Violet se voltou para Dawn, que deu-lhe um sorriso reconfortante.

— Tente não se preocupar demais — disse ela. — Com mais alguns exames, observações e precauções, em breve encontraremos algumas respostas, talvez até uma cura.

— Uma cura?

Violet ficou surpresa com o quanto esse conceito a incomodava. Sim, tudo bem, antes do dia começar, ela não tinha chamas ardendo nos olhos ou fragmentos de cristais brotando do corpo. Foi super bizarro? Claro, porra! Mas, pela primeira vez em sua vida, se sentiu poderosa. Como se talvez, só talvez, ela pudesse retomar o controle de todas as coisas que estavam tornando sua vida um inferno.

Então a ideia de ter as habilidades recém-descobertas removidas...

O rosto de Thane lampejou em seus pensamentos.

Não conseguia se livrar do desconforto de saber que Thane e Nathan estavam por perto. Ela estava fadada a se deparar com um ou ambos assim que saísse da enfermaria. Quanto tempo pretendiam ficar? Esperava que não muito.

Mas o que deixou Violet arrasada de verdade foi ter sido dispensada da tarefa de ajudar com os bebês veniri e suas mães.

— Não é porque não confiamos em você — argumentou Dawn. — É só que ainda não sabemos a extensão dos poderes; muito menos o seu grau de controle. E Deus nos livre...

Violet baixou a cabeça, não precisando que Dawn terminasse a frase.

Logo após Dawn realizar uma série de testes e um cronograma de exames, ela considerou Violet apta o suficiente para deixar a enfermaria.

Violet saiu para o ar fresco da noite. *Noite?* O dia já tinha acabado? A Lua brilhava no céu escuro. A ausência da poluição luminosa da cidade significava que os céus de

Maple Shire estavam vibrantes de estrelas. A Via Láctea — uma faixa salpicada de cores — era o sonho de qualquer fotógrafo. Fazia séculos desde que Violet usara sua câmera; ela a tinha deixado para trás quando fugiu da casa de Nathan. Qualquer foto que tirara de Solace estava no celular. Talvez um dia investisse em uma nova câmera, mas isso estava muito, *muito* abaixo na lista das suas prioridades atuais.

Com um suspiro pesado, Violet ziguezagueou pelo pomar e passou pelas colmeias. A melodia suave de um violão, junto com o cheiro de fumaça, alcançou-a quando se deparou com algumas famílias assando marshmallows em uma fogueira. O convite para que ela participasse era tentador. Quando foi a última vez que fizera algo tão relaxante e descontraído? Mas ela tinha outros planos primeiro. Já era hora de reencontrar-se com Autumn.

Dobrando a esquina, ela esbarrou em alguém que vinha na direção contrária.

— Desculpe — disse Violet e a outra pessoa ao mesmo tempo.

Ela congelou.

Thane mirava-a, carregando a mesma expressão chocada que ela usava.

Não conseguiu fazer nem dizer nada, considerando que a última vez que estiveram tão próximos, ela usou os punhos para descontar nele toda sua fúria. Nenhum hematoma, corte ou qualquer prova da agressão era evidente naquele rosto, o que a surpreendeu — cada grama de sua força havia impulsionado os golpes. Mas então lembrou-se de que ele era um veniri. *Isso quer dizer que eles não se machucam como os humanos?*

— Oi, Violet. — Thane colocou uma das mãos na nuca.

— Oi — ela murmurou.

— Como você está?

— Bem.

Um músculo se contraiu na mandíbula de Thane.

Os dois ficaram rígidos, a tensão esquisita aumentando à medida que o silêncio se arrastava.

Thane abriu a boca, mas o que quer que estivesse prestes a dizer foi interrompido por um coro de risinhos, vindos de trás de Violet. Duas adolescentes pararam de rir para comer descaradamente Thane com os olhos. Somente depois de passar que elas retomaram as risadas, lançando-o olhares por cima dos ombros. Durante todo o tempo, os olhos de Thane nunca deixaram Violet.

Ela bufou. Abraçando a si mesma, ela contornou-o e continuou seu caminho.

— Violet? — ele a chamou.

Ela olhou para trás, sem saber o que a havia compelido a parar.

— Só quero que saiba que eu posso explicar... tudo. Mas... — A boca dele permaneceu um pouco aberta.

Passaram-se alguns segundos enquanto Violet esperava que ele organizasse os pensamentos.

— Deixo por sua conta decidir quando, ou mesmo se, estiver pronta para ouvir.

Violet não conseguiu responder, nem mesmo com um aceno ou um menear de cabeça. Em vez disso, o inferno fumegante em seu peito foi desencadeado. Ela se abraçou com mais força e deu as costas para Thane.

Precisava encontrar Autumn.

Felizmente, Thane não a seguiu enquanto ela se arrastava pela trilha até a pequena cabana de informática de Autumn. Quando alcançou a porta, ela espreitou com cuidado, esperando encontrar algum sinal da amiga com dreads.

— Nossa — sussurrou Violet.

Ao contrário dos laboratórios de hackers escuros que Violet tinha visto nos filmes, este lugar era bem iluminado com luzes brancas. Diversas mesas se alinhavam no perímetro da grande sala, e telas de computador de tamanhos variados estavam instaladas nas paredes *por todo lado*. Uma série de cabos de energia se dirigiam a uma enorme caixa preta no canto da sala. A caixa estava coberta de luzes intermitentes vermelhas, verdes e âmbar. Violet só podia supor que fosse algum tipo de servidor.

Sentada em uma das mesas, rodeada por cerca de sete telas, encontrava-se Autumn. As pernas estavam dobradas na cadeira giratória em que ela estava, e sua bochecha descansava sobre o joelho. Imagens bruxuleantes nas telas refletiam cores berrantes em seu rosto. Além do zumbido baixo do equipamento elétrico, o familiar *claque-claque* que Violet sempre associava a Autumn era o único ruído na sala.

Violet deu um passo para dentro, hesitante. Ela avistou uma cama dobrável ao lado da mesa de Autumn e reconheceu a camisa de banda amarrotada que Autumn usava para dormir. Não era de admirar que não tivesse visto muito a amiga. Quando foi a última vez que Autumn saíra desta sala?

Dreadlocks giraram quando Autumn virou a cabeça na direção da porta. Os olhos dela se arregalaram por um momento, depois se estreitaram em uma carranca sutil.

Violet não conseguiu disfarçar o próprio choque ao ver as bochechas esqueléticas e os círculos fundos em torno dos olhos de Autumn. Trêmula, deu outro passo à frente e ofereceu à sua amiga um sorriso inseguro.

— Oi.

Autumn se voltou para encarar as telas.

— O que está fazendo aqui?

Outra centelha de calor foi adicionada ao fogo no peito de Violet.

— É sério? Não nos vemos há uma eternidade e, depois de tudo o que aconteceu, a primeira coisa que você me diz é 'O que está fazendo aqui?'

Autumn baixou os pés e apertou a ponte do nariz.

— Não seja tão dramática. Só faz dois dias. Além disso, estive um pouco ocupada, beleza?

— Ocupada? Ocupada demais até para vir ver se eu tinha acordado do coma? — Ela indicou a cama dobrável. — Sequer se deu ao trabalho de sair desta sala?

— Caramba, Violet. — Autumn bateu a mão na mesa com força. — Nem tudo tem a ver com você, sabia?

— O que quer dizer com isso? — Suas mãos se fecharam em punhos e a raiva fundida em seu interior começou a oscilar.

— Digo, desde que te conheci, tudo foi sobre você. — Autumn apontou-lhe um dedo.

Violet se contorcia por uma resposta.

— Eu... não entendo. Como foi tudo sobre mim?

Autumn fez uma careta dramática e falou em um gemido super enfatizado:

— Pobrezinha da Violet, não sabe quem são os pais. A coitada da Violet engravida e descobre que o namorado é um maníaco sequestrador. A infeliz Violet tem problemas paternos com o único cara que já deu a mínima para ela. A lamentável Violet falhou em proteger a própria filha...

Violet lançou-se para frente.

Slap!

A cabeça de Autumn virou antes mesmo de Violet registrar que havia estapeado a amiga com as costas da mão. A boca escancarada de horror, ela encolheu a mão latejante contra o peito. *O que eu acabei de fazer?*

Autumn cobriu a bochecha com os dedos, o rosto escondido pelos dreadlocks.

Os segundos se arrastaram.

Violet cerrou as mãos em punhos, a raiva dentro dela exigindo incendiar-se. Foi preciso todo o seu esforço para resistir. Para distrair-se da raiva, ela examinou as telas de Autumn. Duas cintilavam com imagens de vigilância de

145

vários locais dentro de Maple Shire. Outra exibia artigos de notícias online com fotos aleatórias e imagens de pessoas que Violet não reconheceu. Mas a tela grande no meio capturou toda a sua atenção.

Uma onda de vergonha e compreensão atingiu o coração de Violet. Ela depositou as mãos nas bochechas ardentes.

— Ai, Autumn...

A tela exibia várias cenas pausadas das câmeras de segurança do interior da casa de Autumn, capturando as imagens macabras de Skye e Cruz apenas alguns instantes após suas mortes. Violet se viu em uma das capturas de tela, assim como a Sagan — pausado no meio do embate com o intruso de terno preto. Outra captura mostrava a mulher entrando no quarto de Solace. As imagens em zoom do homem e da mulher foram aperfeiçoadas e ampliadas, os rostos borrados olhando para Violet de outro monitor.

Violet deixou cair as mãos e seus ombros desmoronaram.

— Oh, Autumn. Eu sinto muito.

Submersa na própria dor pela perda da filha, não enxergara que Autumn estava se afogando. A vergonha deu um nó em suas entranhas. De todas as pessoas, deveria ser ela a reconhecer a irritação e as palavras duras de Autumn como o resultado da profunda angústia. Ela sabia como era perder alguém para sempre. Nunca mais poder ver um ente querido.

— Levei séculos — disse Autumn com uma voz suave —, mas finalmente encontrei as pessoas que mataram meus pais. — Ela fitou Violet diretamente nos olhos. — E acho que sei para onde eles levaram Solace.

12

ESPIRAL DE MENTIRAS

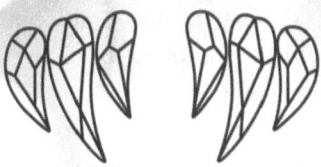

Nathan secou o cabelo com a toalha. Depois de quase um ano em Tempecrest, até mesmo o pequeno direito de tomar um banho e vestir roupas limpas parecia um luxo.

Ele enrolou a toalha na cintura e limpou a condensação em um dos espelhos do banheiro masculino. Não conseguia se lembrar da última vez que se olhou no espelho. Inclinando a cabeça da esquerda para a direita, ele examinou as mudanças tênues: um pouco mais de grisalho em seus cabelos escuros, as novas cavidades nas bochechas, um cavanhaque desalinhado ao longo da mandíbula; ele fez o que pôde para manter a barba aparada em Tempecrest, mas lâminas de diamantium não eram as melhores ferramentas para o trabalho. A mudança mais alarmante foi nos olhos. Havia algo mais onisciente por trás de seus olhos castanhos — talvez até selvagens. Era porque ele passou tanto tempo lutando por sua vida? Ou isso apenas fazia parte de envelhecer?

Ele abriu o barbeador novinho em folha que Lazareth gentilmente lhe doara e inseriu uma nova lâmina de fio duplo. Em seguida, borrifou um amontoado volumoso de espuma de barbear nas pontas dos dedos e espalhou no queixo. Um lampejo de luz refletida chamou sua atenção.

A compreensão enviou um calafrio gélido por todo o seu corpo.

A luz brilhante viera *dele*. A lasca de cristal na parte do trás de seu ombro tinha crescido; agora estava se alastrando pelo bíceps. A luz cintilou nas facetas polidas quando ele girou o ombro. Ele bateu no local com a unha, o que produziu um melódico *plim-plim-plim*.

O que está acontecendo?

Não era a primeira vez que ele se fazia essa pergunta, mas estava claro que não podia mais fingir que não queria saber a resposta.

Ele se abaixou para checar sua perna e seu coração afundou. O que começou como uma pequena lasca na parte de trás da panturrilha havia se ampliado sobre a canela e descido até o tornozelo. Ele endireitou-se e girou para verificar o outro lado do corpo, mas, ao fazê-lo, derrubou a lata de espuma de barbear da pia.

Na velocidade da luz, Nathan estendeu a mão e apanhou a lata. E ela explodiu com um estalido, soltando um *pffssshhhh*!

— Merda!

A espuma branca vazou em grandes quantidades, expandindo-se como algo saído de um filme de terror demoníaco. A bagunça na pia e no chão era inacreditável. Ele encarou o pedaço de metal mutilado em sua mão. Nem achava que tinha apertado com tanta força assim.

Alguns minutos e cerca de cinco toalhas extras depois, ele finalmente controlou o estouro da lata de espuma de barbear.

— Então, é aqui que está se escondendo.

Nathan olhou para cima enquanto Tio se apoiava na pia ao lado dele. O adolescente içou uma sobrancelha para o pequeno monte de toalhas.

— Hã, houve um mau funcionamento com a lata de espuma.

Nathan gesticulou em direção ao metal retorcido na pia e, em seguida, com um choque de pânico, percebeu que ainda não havia se vestido. Ele agarrou a camisa e enfiou os braços pelas mangas, contente por Tio estar do outro lado do seu ombro cristalizado.

— Aham... mau funcionamento, é? — Tio parecia duvidoso quando pegou a lata entre o polegar e o dedo indicador. Ele a jogou de volta na pia com um estrondo e se encostou na parede. — Em todo caso, onde esteve o dia todo?

— Aqui e alí. — Nathan terminou de abotoar a camisa. — Estou tentando entender por que um pequeno grupo de magneii atacaria um lugar como Maple Shire.

Tio fez cara feia.

— Aqueles metamorfos são fora da casinha. Eles venderiam a própria mãe pelo melhor preço.

— Sem brincadeiras. Mas, e você? O que esteve aprontando?

— Conheci uma garota chamada Autumn. Aliás, ela tem um covil de informática irado. E olha só: acontece que ela é a lendária *Espiral de Mentiras*, uma das minhas parceiras hackers há tempos.

— Oh, é mesmo? — Nathan quase caiu na risada; o que seria "há tempos" para um garoto de dezesseis anos?

Lembrava-se de conhecer Autumn, a prima com dreadlocks de Gus, e de ver seus aparatos de informática por todo o quarto quando ajudou Violet a se mudar para o dormitório, então não o surpreendeu muito ouvir da posição "lendária" da garota. Ele ficou um pouco surpreso, no entanto, ao descobrir que Maple Shire era a cidade natal de Autumn e Gus. Era bom saber que Violet havia encontrado um lar com amigos depois de ter fugido de Brookhaven.

— Sim, bem — continuou Tio —, eu juntei dois e dois

quando me lembrei que uma vez forneci a ela e os amigos algumas identidades falsas. Eu sabia que já tinha visto aquele Gus antes. E, pensando bem, o mesmo vale para a metamorfa híbrida. Dá para acreditar? Eu conheci a Espiral de Mentiras *em carne e osso*. Quem diria que era uma hippie com dreads no meio de uma aldeia de caipiras? Quem diria que era uma *garota*? Sabe, eu sou muito bom por trás do teclado, se me permite dizer, mas a Espiral de Mentiras... é um monstro! Não existe um fórum de hackers por aí que não fale sobre ela. E mais, ela me arranjou meu próprio equipamento. Nossa, como é bom estar de volta na frente de uma tela.

— E se mantendo longe de problemas, eu espero — disse Nathan.

— Problemas? Eu? — Tio deu uma risadinha. — Ai, me magoa saber que você não me conhece.

Nathan sorriu e balançou a cabeça.

— Só não seja pego, garoto.

Tio debochou.

— Nunca sou.

— Nunca, hein?

— Hã, quero dizer, eu nunca sou pego *online*.

Nathan soltou uma gargalhada e bagunçou o cabelo de Tio.

— Sim, certo, você é um verdadeiro anjo disfarçado.

— Ei! — Tio afastou sua mão. — Cuidado! Toque no meu cabelo de novo, coroa, e eu vou te desafiar. Sua reputação de 'Cão Retalhador' não me assusta.

— Você tinha que falar — Nathan resmungou. — Estou tentando esquecer de Tempecrest.

Tio arqueou uma sobrancelha.

— Boa sorte com isso. Eu provavelmente ainda terei pesadelos até os meus vinte e poucos anos.

— É, bem, não podemos voltar e apagar o que já foi feito.

Só podemos seguir em frente. Temos que aprender com os nossos erros e prometer a nós mesmos fazer melhor.

— Cooorreto — pontuou Tio. — Isso é Shakespeare ou o quê?

Nathan sacudiu a cabeça e deu um tapinha no ombro de Tio, bem-humorado.

— Um dia, quando for mais velho, talvez faça algum sentido.

Tio apenas sorriu-lhe; um sorriso que dizia claramente: "muito bem, encorajador."

— Olha, só estou dizendo que, tendo pesadelos ou não, estou feliz por ter saído de lá.

— Concordo — disse Tio. — Sabe, para uma cidadezinha caipira, este lugar não é tão ruim.

Nathan riu.

— Comparado a Tempecrest, qualquer lugar não seria tão ruim.

— É, acho que você está certo.

Como os restos da espuma de barbear escorreram na pia, Nathan se contentou com o pouco que restava no rosto para terminar de se barbear. A nova lâmina era um sonho, deslizando suavemente por sua mandíbula. Ele estava quase terminando quando percebeu que Tio ficara em silêncio.

— O que foi? — Nathan perguntou, enxaguando a lâmina.

Tio deu de ombros.

— Nada.

— Qual é, garoto. Passei quase um ano à duas celas de distância. Eu conheço essa cara. Tem algo errado, então desembucha.

Tio suspirou e passou a mão pelos cabelos negros.

— Eu, hã, finalmente entrei em contato com meu irmão.

— Isso é ótimo.

A expressão de Tio ficou sombria.

— É ótimo, não é? Afinal, vai ver sua família de novo, e eu

finalmente vou conhecer esse irmão mais velho de quem você tanto fala. Qual é mesmo o nome dele?

— Você não entende. Foi minha culpa ter sido capturado. Não fiquei quieto como deveria. — Tio cruzou os braços. — Acredite, esse reencontro não será uma ocasião alegre. O meu irmão vai chutar. O meu. Traseiro.

— Ora, vamos. — Nathan cutucou o braço de Tio. — Tenho certeza que não vai ser tão ruim. Se ele está zangado, aposto que é para esconder o fato de que está preocupado demais com você. É função de um irmão mais velho cuidar dos mais novos.

Tio mordeu o lábio.

— Eu gostaria que fosse assim. Mas na minha família, vou ser castigado para garantir que aprendi a lição.

— Bom. Não tenho mais incentivos. — Nathan inspirou profundamente. — Então... boa sorte, garoto. Ele pegou seus pertences e se dirigiu para a saída.

— Espera!

Nathan parou na porta.

Tio suspirou. Alguns segundos se passaram antes que ele falasse.

— Poderia, hm, vir comigo quando eu me encontrar com meu irmão?

— Claro.

O rosto do jovem jiovis abriu-se em um largo sorriso, os ombros caindo de alívio.

— Quando é o encontro? — Nathan perguntou.

— Estou esperando a confirmação.

— Só me avise quando e onde, e eu estarei lá.

13

AQUI GATINHO, GATINHO

Violet girou a chave na ignição e o motor do Jipe ganhou vida.

No momento que Autumn revelou que tinha encontrado Solace, tudo que ela disse em seguida se transformou em um ruído branco. Quando um mapa surgiu na tela do computador de Autumn, Violet memorizou um único nome — *Rivermyre*. Então virou-se e correu para fora da sala. Os gritos confusos da amiga, abafados logo que a porta se fechou, não foram ouvidos.

Violet iniciou o GPS e digitou Rivermyre. O subúrbio localizava-se do lado oposto do rio onde ficava a faculdade que costumava frequentar. Ela se recordou de ter ouvido alguns detalhes sobre o lugar; alguma empresa extravagante gabou-se de que Rivermyre seria uma utopia, com acomodações ostensivas em arranha-céus com vistas deslumbrantes, cafés e restaurantes fantásticos e um distrito comercial com centenas de lojas de grife.

Mas no meio da construção, a empresa faliu. Agora, Rivermyre era um deserto abandonado de prédios com apartamentos inacabados, conhecida como a Cidade do Silêncio.

A voz insensível do GPS anunciou que seria uma viagem de duas horas. *Duas horas?* A frustração intensificou o ritmo cardíaco de Violet. Ao inferno com as leis de trânsito; pisaria fundo. Assim que chegasse lá, já entraria disparando — ou melhor, brandindo — com tudo. Afinal, com o novo arsenal de lâminas cristalinas e um conjunto triplo de presas, ela era praticamente invencível. De uma forma ou de outra, iria trazer sua filha para casa. *Esta noite.*

Quando estava prestes a engatar a primeira marcha, a porta do passageiro se abriu e Sagan deslizou para dentro.

— O que você...? — Violet interrompeu-se quando as duas portas traseiras também foram abertas, e Tio e Nika pularam para o assento. — Que diabos? O que estão fazendo aqui?

— Vamos com você para trazer Solace de volta — falou Sagan.

— Como sabiam que era isso o que eu estava fazendo?

— Nós te vimos saindo da cabana de Autumn e a ouvimos berrando, logo atrás — Nika disse.

Violet lançou um olhar questionador a Tio.

— Qual foi? Eu estava saindo do banheiro quando vi esses dois te seguindo como se você tivesse acabado de afanar as carteiras deles. Quando me disseram o que estava tramando... — Ele exibiu um sorriso de anúncio de creme dental. — Pode contar comigo nesta missão de resgate. Eu te dou cobertura.

— Eu não preciso de cobertura. Só vou pegar minha filha de volta.

— E você não vai sem mim — afirmou Sagan.

Violet estava a ponto de argumentar, mas suas palavras falharam quando viu a seriedade nos olhos dele.

— Ótimo — despejou. — Você pode vir. Mas quanto ao restante, saiam.

Os protestos de Tio eclodiram com força total e Nika lançava faíscas pelos olhos, dizendo:

— Eu também vou.

Violet encarou-a com os olhos semicerrados.

— Por quê? Para que possa encontrar sua oportunidade de "fazer o que precisa ser feito"?

Nika sorriu, obviamente não perdendo a alusão à sua conversa com Thane, mas tudo o que ela disse foi:

— Onde meu primo for, eu vou junto.

A mandíbula de Violet trincou. Quais eram as chances de Sagan chutar a própria prima para a calçada?

— Além disso — acrescentou Nika —, para mim já chega de toda essa baboseira de paz e amor desta pequena vila, e essa viagenzinha parece prometer alguma ação.

— Siiiiiim! Pé na tábua! — Tio deu um soco no ar.

Violet voltou sua atenção para ele.

— Vai ter que ficar aqui, Tio.

— O quê? Por quê?

— Porque eu quase não te conheço e você é só uma criança, e eu não quero ter que cuidar de você se as coisas derem errado — Violet falou, entre dentes.

— Então, por que é que a Nika vai? Você mal a conhece. E, para sua informação, eu cumpri pena em Tempecrest Island como *gladiador*. Se as coisas correrem mal, vão precisar de mim.

Ele alçou a mão e remexeu os dedos. Violet quase pulou e seu queixo caiu quando uma eletricidade laranja brilhante crepitou através da palma dele. O que ele era? Um metamorfo, sem dúvida, mas nunca tinha ouvido falar sobre uma habilidade elétrica. Quantas espécies de metamorfos existiam, afinal?

— Ah, sim, você é o cara — disse Nika. — É isso, já podemos ir.

A ideia de receber ordens de Nika fez as mãos de Violet espremerem o volante, mas já estava atrasada demais. Ela soltou o freio e acelerou pelo acesso da garagem, em seguida para a estrada em direção à interestadual. A floresta passava com velocidade e o cascalho estalava sob os pneus do jipe.

Por alguns minutos, todos ficaram em silêncio. A presença dos outros incomodava Violet, mas pelo menos Sagan a acompanhou, dando-lhe um pouco de paz. Ela sabia que podia contar com ele. Quanto aos demais? Bem, era inútil se preocupar com isso agora.

— Então — articulou Tio —, a ideia desta viagem é recuperar o seu bebê, não é, Violet?

— Minha filha, sim.

— Qual é mesmo o nome dela?

— Solace.

— Certo. E é verdade que Thane é o pai?

Violet respirou fundo. *O que era isso, um interrogatório?* Ela nem se incomodou em responder, porém, infelizmente, isso não impediu que Tio a atormentasse.

— Ele não sabe, sabe?

Quando ninguém se pronunciou, a risada de Tio cortou o silêncio.

— Ah, cara. Espero estar lá quando alguém contar para ele.

Violet fitou Sagan, que deu de ombros e lançou-lhe um olhar que parecia dizer: "Não tenho culpa. Não fui eu que trouxe ele."

Seria uma longa viagem.

* * *

Violet desacelerou o carro quando atravessava a ponte para Rivermyre.

— Uou — disse Tio.

"Uou" era um eufemismo. Enquanto as luzes da cidade atrás deles iluminavam os retrovisores do carro como o 4 de julho, a cidade fantasma à frente estava escura e agourenta. A variedade eclética de arranha-céus escureceu gradualmente o enevoado horizonte enluarado à medida que Violet manobrava o jipe pela saída.

Toda a paisagem urbana era como se esperava que uma cidade seria — com semáforos, faixas de pedestres, placas de sinalização, cafeterias nos térreos e lojas com vitrines compridas. No entanto, tudo estava vazio; não havia sinais de uma alma vivente. Tudo o que este lugar precisava era de uma máquina de neblina e olhos brilhantes cintilando pelas sombras para criar o cenário perfeito de um filme de terror.

— Então, em qual desses prédios está a sua filha? — Tio perguntou.

— Eu... hm... — Violet fez uma careta. — Não sei.

Ela continuou pela mesma estrada em que tinha entrado desde a rodovia. Os prédios gigantes que elevavam-se em ambos os lados pareciam quase concluídos, exceto pelos painéis de vidro nos níveis superiores. Outros edifícios mais adiante ainda estavam no início da obra, com raios da lua brilhando através de seus esqueletos monstruosos.

— Tem noção de que qualquer um desses edifícios arrepiantes seria perfeito para o esconderijo de um sequestrador? — falou Tio. — Talvez devêssemos apenas escolher um, bater na porta e ver quem atende. Há um... *Laboratório de Biogenética e Pesquisa Xabat Inc.* Parecem amigáveis.

— Não está ajudando — disse Violet.

Ela fez uma conversão para uma rua lateral, na esperança de encontrar uma mudança de cenário. Nika e Tio se inclinaram para a frente para aproveitar a iluminação limitada que os faróis ofereciam para o trajeto adiante.

Violet analisou a área, procurando uma pista, qualquer coisa para provar que Solace estava por perto. Mas cada rua era igual à anterior: lojas vazias, postes de luz apagados, grama e ervas daninhas brotando das rachaduras na calçada, arbustos gigantes nas ilhas jardins que dividiam a estrada.

Estava começando a se arrepender de ter fugido de Autumn tão cedo. Não tinha nada aqui. Ninguém. Vasculhar cada um desses prédios levaria meses.

— Lá! — Nika berrou.

— Onde? — A pulsação de Violet acelerou e seus olhos percorreram as vitrines escuras.

Nika debruçou-se para frente e apontou.

— Eu vi alguma coisa lá.

— Não vejo nada — disse Tio.

— Desceu por aquela rua.

Um surto de adrenalina disparou pelas veias de Violet quando ela pisou no acelerador.

— O que você viu? — Sagan indagou.

— Acho que vi... Lá! Virou naquela rua à direita. — Nika estapeou o ombro de Violet. — Vá mais rápido! Não podemos perdê-lo.

Violet girou o volante e o carro deu uma guinada na esquina.

Vários segundos silenciosos se passaram enquanto todos miravam a escuridão. A frustração começou a revirar as entranhas de Violet. Nika estava usando todos eles? Ela estava realmente aqui para ajudar a encontrar Solace ou isso era apenas um jogo?

— Acho que está imaginando coisas — disse Tio.

— Estou falando, eu vi algo — Nika rugiu.

O peito de Violet arfava, suas mãos agarravam o volante com tanta força que as articulações pareciam prestes a arrebentar.

— Admita, Nika! Não tem nada aqui!

— Ei! Não grite comigo. Não é minha culpa se você decidiu dar um rolezinho antes de obter todas as informações.

— Isso não é um rolê! Autumn disse que Solace está aqui. Vim recuperar meu bebê.

— Oh, sério? — foi a resposta sarcástica de Nika. — E onde exatamente Autumn disse que o seu bebê estava?

Violet abriu a boca para retrucar, mas não encontrou palavras.

— Viu? — Nika recostou-se novamente. — Como eu disse, foi só uma perda de tempo.

— É mesmo? — Violet se retorceu em seu assento para encará-la. — Se é o que pensa, por que não mencionou isso duas horas atrás? Por que se incomodou em vir, em primeiro lugar?

— Violet. *Pare* — exclamou Sagan.

Ela se voltou para ele.

— Não me diga o que...

— O carro! Pare o carro!

Assim que Violet se deu conta de que Sagan estava apontando para a frente, algo se chocou contra a dianteira do veículo.

Todos foram impelidos adiante com o impacto repentino. Violet pisou no freio e o carro guinchou, parando bruscamente.

— Que raios foi aquilo? — Violet disse.

— Vou dar uma olhada. — Antes que alguém pudesse reagir, Tio já se encontrava fora do carro.

— Tio, volte aqui — chamou Sagan, no momento em que Nika também saiu. Sagan soltou um suspiro exasperado. — Fique aqui, Violet. Vou verificar.

Nem pensar. Estava cansada de ficar de braços cruzados enquanto todos lhe diziam para esperar onde estava. Ela abriu a porta e saiu antes que Sagan pudesse dizer mais alguma coisa.

— O que era? — Violet caminhou até a entrada do beco onde Nika e Tio estavam.

— Acho que entrou aqui — disse Tio.

Violet contemplou as sombras indefinidas. Um vento

suave agitou uma enxurrada de folhas e detritos espalhados, os quais caíram no beco para serem absorvidos pela noite.

— Ali! — Tio indicou. — Consegue ver?

Violet avaliou o espaço para onde Tio estava apontando. Um arrepio enregelante atravessou seu corpo quando mórbidos olhos amarelos espreitaram da escuridão.

Porra. Estavam em um filme de terror.

Sagan surgiu na periferia visual de Violet. Com um clique sutil, um feixe de luz iluminou o beco. Podia sempre contar com Sagan para ser o modelo de escoteiro preparado.

— Acho que é um gato — Nika disse, por fim.

— Caramba, Violet, você acertou um gato? — disse Tio.

— É sério? — Os ombros de Violet desmoronaram. *Todo esse drama por causa de um estúpido gato de rua?*

A lanterna de Sagan revelou um felino peludo — castanho, as orelhas arredondadas com pontas negras — espiando por trás de uma lixeira a cerca de dez passos. Seus olhos amarelos eram muito menos assustadores na claridade.

— Pobre bichano — Tio arrulhou. — Está tudo bem? A Violet malvada te atropelou, foi?

— Tio, não — advertiu Sagan.

Mas Tio já tinha chamado "aqui gatinho, gatinho" três vezes quando o animal começou a sair de trás da lixeira. Ele parou no meio da palavra quando o "gatinho" entrou em plena vista.

Violet arregalou os olhos. Seus batimentos cardíacos duplicaram.

— Gente, eu não acho que isso é um gato — disse Tio.

Nika lançou-lhe um olhar.

— Não brinca, imbecil.

O animal no beco parecia um leopardo, mas onde deveriam estar as manchas, grandes espinhos como os de um ouriço brotavam do seu dorso. Uma cauda de crocodilo verde-escura se arrastava no chão, repleta de espinhos que estendiam-se pela coluna da criatura. A fera encarou o grupo com dois olhos predadores — e, então, mais quatro olhos amarelados se abriram em sua cara.

Sagan agarrou o braço de Violet e a puxou para trás, o que foi bom, porque não só aquela espécie de leopardo espinhento tinha começado a se mover na direção deles, como o medo de Violet a paralisara.

Um rosnado baixo retumbou da criatura à medida que ela avançava.

— Pessoal, voltem para o carro — ordenou Sagan.

Em conjunto, os quatro giraram e correram. Mas pararam quando mais três leopardos-espinho saíram de trás do jipe para bloquear seu caminho. As três novas criaturas andavam de um lado para o outro em frente ao veículo enquanto uma quinta saltou para o capô.

Sagan e Nika sacaram suas armas de diamantium e as mãos de Tio tremeluziram com eletricidade. Violet lutava para manter o medo sob controle. A criatura no capô permaneceu firme, os pelos eriçados, quando as outras quatro começaram a rodear Violet e os companheiros.

— O que são essas coisas? — Violet inquiriu. — São metamorfos?

— Não — disse Sagan. — Com certeza, não são metamorfos.

— Eu nunca vi nada parecido — adicionou Nika.

O horror apertou a traqueia de Violet conforme as feras se aproximavam. E começaram a rosnar. Um arreganhou os dentes, a luz brilhante da lua cintilando nas presas brancas e nos fios de baba.

— Nika, pega esse. Tio, pegue aquele ali. E, Violet, fique com o que está na sua frente. Vou lidar com o último e depois acabar com o do capô.

Um lamúrio escapou de Violet. *Eu não posso fazer isso. Eu não posso fazer isso. Eu não posso fazer isso.*

— Você pode! — Ela encolheu-se com o berro imponente de Sagan. Deve ter falado em voz alta. — Violet, está comigo?

Uma adrenalina ensurdecedora urrou nos ouvidos de Violet, abafando as palavras de Sagan. Ele estava dizendo algo sobre fogo. Ou era medo? Sua mente só conseguia compreender as presas, as garras, os espinhos e os selvagens olhos amarelos dos leopardos. Seus pensamentos gritavam para ela correr, mas para onde quer que se virasse, um leopardo mutante bloqueava sua saída.

Então um deles pulou no ar.

Ela guinchou.

As mandíbulas escancaradas vieram diretamente em sua direção. Ela cobriu o rosto e se encolheu em uma bola, esperando os dentes penetrarem sua carne. Quando não houve dor, Violet olhou para cima.

Tio tinha pulado na sua frente e estava lutando com a fera, que pressionara os dentes no braço dele. A noite retumbou com rugidos perversos, rosnados e berros dos demais.

O modo de fuga de Violet entrou em frenesi.

Ela correu.

Seus sapatos colidiam contra o pavimento. Seus pulmões queimavam com a respiração ofegante. Os rugidos e rosnados ecoavam atrás dela.

Alguém estava gritando seu nome, mas tudo o que ela compreendia era o medo urrando: *Corra! Corra! Corra!*

Logo o bater de seus pés foi acompanhado por mais passos. O que quer que a estivesse perseguindo, estava se aproximando depressa.

Ela compeliu as pernas doloridas. *Mais rápido! Mais rápido! Mais rápido!*

Em um lampejo, duas das criaturas passaram voando por ela, uma de cada lado. Elas dispararam vários metros à frente e, em seguida, com uma elegância sincronizada, giraram para encará-la.

Violet parou abruptamente.

Presas, garras, espinhos, olhos amarelos. Ela precisava correr, mas para que lado? Não podia ultrapassar essas coisas.

Sagan bradou para ela por sobre o confronto feroz que ainda ocorria no jipe.

— Violet!

Os dois leopardos-espinho a cercavam aos poucos.

Sagan berrou outra vez.

— Use o seu fogo!

Fogo?

Sua mente desviou do medo que eclipsara todo pensamento racional. Havia esquecido suas novas habilidades.

Violet recuou alguns passos enquanto as criaturas se aproximavam cada vez mais — estariam em cima dela em instantes. Ela ergueu as mãos trêmulas. Mas nada aconteceu. Nenhum fogo, nem sequer uma faísca.

Os mutantes de seis olhos deram mais um passo.

Talvez precisasse dizer em voz alta para que funcionasse.

— Fogo!

De novo, nada. *O que infernos?* Como fez seus poderes de fogo funcionarem da última vez?

As criaturas estavam tão perto que os hálitos úmidos aqueceram suas mãos estendidas.

Mais uma vez, o impulso irresistível de fugir dominou a mente de Violet, mas assim que ela se virou para correr, o chão abaixo dela tremeu. Os leopardos se detiveram em seus lugares. Os rosnados extinguiram-se e se transformaram em choramingos. Violet tentou correr, mas o estrondo sob seus pés rapidamente se transformou em um terremoto violento, e ela desabou no chão.

Os leopardos-espinho se viraram e fugiram, mas a estrada

asfaltada explodiu na frente deles antes que tivessem percorrido mais do que alguns metros.

Se Violet já sentira medo antes, não era absolutamente nada comparado ao terror paralisante que a atingiu quando uma coisa gigantesca parecida com uma minhoca saiu do chão, bem diante dos seus olhos.

Milhares de presas afiadas preenchiam a boca redonda escancarada, que era grande o suficiente para engolir Violet em uma mordida. Caudas de escorpião empinavam-se ameaçadoramente das duas antenas maciças em sua cabeça, e fileiras e mais fileiras de pernas, como as de uma centopeia, se alinhavam nas laterais do corpo grotesco. Numa velocidade impressionante, uma língua viscosa com uma enorme garra de caranguejo na ponta disparou e capturou uma das criaturas leopardo. O guincho agonizante do felino se encerrou bruscamente quando a garra de caranguejo o rompeu com força. Ossos foram rachados, as tripas esmagadas, e o leopardo amoleceu. Em seguida, a minhoca mutante voltou a alojar a língua, junto com sua presa.

O segundo leopardo tentou escapar, mas uma das antenas com cauda de escorpião avançou e o prendeu no chão. O leopardo soltou um grito agudo, contorcendo-se em uma tentativa inútil de escapar do aguilhão.

Assim que o primeiro leopardo foi engolido, o segundo seguiu logo depois. E, então, os olhos da minhoca encontraram Violet.

A boca se abriu.

Violet arrastou-se para trás, mas não se moveu nem meio metro antes que a língua da criatura voasse em sua direção. Com um grito, ela bloqueou seu rosto com os braços.

No momento que imaginou que a garra de caranguejo despedaçaria seu corpo, um rugido poderoso trovejou-lhe nos ouvidos e reverberou em seu peito.

Violet espiou através dos braços protetores para encontrar seu mundo banhado em um brilho azul-petróleo. As mãos estavam revestidas por chamas, que grelharam a língua até virar carvão torrado, antes que a criatura pudesse armazená-la na boca. Violet encolheu-se à medida que a minhoca monstruosa liberava outro guincho devastador.

Um dos aguilhões de escorpião arremessou-se para ela.

Alguém agarrou Violet por trás e a arrastou — apenas uma fração de segundo antes que o aguilhão cravejasse fundo na superfície onde Violet estava esparramada.

— Levante-se! — Sagan clamou, enquanto a colocava de pé.

Um segundo aguilhão mergulhou no solo, errando Violet por centímetros à medida que eles se viravam e corriam. Sagan segurou seu braço com força e meio que a arrastava atrás dele, rápido demais para Violet acompanhar.

Outro estrondo de asfalto explodindo soou às suas costas, sacudindo a terra de modo que Violet quase tropeçou. Mas Tio apareceu do seu outro lado para firmá-la e apressá-la em direção a Nika, que estava de pé ao lado do jipe cercado pelos cadáveres dos outros três leopardos mutantes.

Estavam a poucos metros de distância do carro quando a terra se rompeu em seu caminho, e a cabeça da minhoca surgiu com um rugido. Violet, Sagan e Tio se detiveram quando um aguilhão foi lançado até eles.

Mas, um segundo antes que a ponta mortal do aguilhão pudesse acertá-los, um traço reluzente de metal atravessou sua rota, separando a cauda de escorpião da antena. O aguilhão tombou no chão e a minhoca urrou e se debateu, espalhando sangue marrom pútrido do coto de sua antena.

Violet mirou o aguilhão decepado que ainda se retorcia no chão, depois para o que o havia amputado: uma estrela ninja de metal, agora incrustada na parede de concreto.

O rugido parou quando a minhoca voltou seu foco para Violet.

Um indivíduo encapuzado apareceu na sua frente. A figura misteriosa levantou um dos braços enquanto o aguilhão remanescente da minhoca descia.

Outro traço metálico irrompeu de um dispositivo no braço do recém-chegado. Com um leve tilintar, várias outras estrelas ninja foram atiradas pelo ar e amputaram o aguilhão que se aproximava, despachando mais gritos e gosma marrom para a noite.

O sujeito encapuzado apontou o lança-estrelas para os olhos da fera, a seguir. Mais lampejos de metal se projetaram para cegar a minhoca, que começou a sacudir a cabeça de um lado para o outro, agitando-se contra o chão sem parar — se pela dor ou para tentar desalojar as estrelas, Violet não sabia.

O encapuzado disparou em direção à criatura, esquivando-se da cabeça da minhoca quanto esta acertou o chão. Quando a cabeça se ergueu, ele agarrou-se em um dos cotos das antenas e se alçou, montando o monstro como se estivesse domando um potro selvagem. Com uma mão ainda segurando firme no coto, Encapuzado alcançou uma espada com a outra, a qual cravou profundamente na cabeça da fera furiosa.

A minhoca rugiu e se debateu uma última vez antes de cair no solo. Encapuzado segurou a espada com as duas mãos e a enfiou ainda mais na carne da minhoca. Com uma última contração, a besta parou de se mexer.

Os ouvidos de Violet zuniram com o súbito vácuo sonoro.

— Quem diabos é aquele? — Tio demandou.

Ninguém respondeu. Todos os três permaneceram imóveis, atordoados e respirando com dificuldade, à medida que observavam o encapuzado recuperar as estrelas de metal do corpo da minhoca morta.

Tio marchou até a estrela ainda presa na parede de concreto. Com um pouco de esforço, ele a soltou, trazendo-a para Violet e Sagan. O projétil tinha seis pontas, cada lâmina em formato de foice.

Sagan apanhou a estrela de Tio para inspecioná-la mais de perto. Foi quando Violet notou o outro braço de Tio, prensado contra o peito.

— Tio, você está machucado! — exclamou. Seu estômago revirava; "machucado" era uma forma de minimizar a situação. Metade da mão de Tio estava faltando, e a maior parte do antebraço dele era uma bagunça mutilada. Líquido laranja brilhante se espalhava por seu braço e pelas roupas em listras e respingos.

Uma vergonha nauseante inundou Violet quando ela se lembrou de como Tio interceptara o leopardo-espinho, enquanto ela se encontrava nas profundezas do pânico incontrolável.

Tio deu de ombros, mas imediatamente estremeceu com o movimento.

— Não esquenta com isso. Eu sou um jiovis. Não é nada com que eu não possa lidar.

Violet não conseguia encontrar as palavras para responder. Como agir com alguém que tinha se oferecido de boa vontade para ser atacado por um leopardo mutante?

A atenção de Tio desviou para algo atrás de Violet.

— Que bom que você se juntou a nós, Nika. — O tom dele escorria sarcasmo.

— Ei, não me culpe por não sentir vontade de morrer pelas garras de minhocas-Godzilla. — Ela inclinou a cabeça para a figura encapuzada. — Quem é nosso novo amigo?

O encapuzado olhou para cima como se Nika tivesse chamado seu nome. Ele retirou a espada da minhoca, guardou-a em uma bainha amarrada às costas e pulou do corpo sem vida da criatura antes de deslocar-se até o grupo variado.

À medida que se aproximava, Violet percebeu que Encapuzado era uma garota, talvez por volta da sua idade. Ela era de ascendência asiática e seu cabelo negro tinha um degradê roxo brilhante nas pontas. Devia ter uma afinidade com cores misturadas, porque, em uma inspeção mais atenta, sua jaqueta de couro era uma matiz de azul-escuro para preto.

Sagan deu meio passo para a frente enquanto ela se aproximava do grupo.

— Quem é você?

Encapuzada não respondeu, parando na frente de Tio. Seus olhos percorreram o metamorfo jiovis da cabeça aos pés.

Tio franziu a testa em confusão, depois trocou um olhar com os outros à medida que Encapuzada passava a mão sobre os respingos laranja na camisa dele e inspecionava o sangue laranja nos dedos.

Então ela se moveu para ficar em frente a Violet. A garota debruçou-se para perto, até estar a um desconfortável centímetro do seu nariz, e olhou profundamente em seus olhos, como se procurasse por algo. Em seguida, pegou um dos pulsos de Violet e o levantou.

— O que ela está fazendo? — Tio sussurrou enquanto Encapuzada examinava a mão de Violet.

Por fim, ela largou o pulso de Violet e foi até Nika. A caçadora a encarou, mas isso não impediu Encapuzada de também fitá-la de cima a baixo. Depois de um momento, ela estendeu a mão e segurou o amuleto de Nika.

— Ei! Cuidado. — Nika estapeou a mão da garota e o amuleto voltou ao lugar, contra seu peito.

Encapuzada arqueou uma sobrancelha. Um sorriso matreiro brincou em seus lábios enquanto ela dava uma piscadela antes de voltar sua atenção para Sagan. Em vez de afrontá-lo, como havia feito com os outros, a garota primeiro caminhou ao redor de Sagan de forma lenta. Quando enfim parou em sua frente, Sagan cruzou os braços e encontrou o olhar abertamente.

Encapuzada fez questão de também cruzar os braços. Sagan franziu o cenho e colocou as mãos nos quadris. Ela fez o mesmo, depois copiou-o novamente quando ele baixou os braços.

Sagan enrugou a testa com uma leve arrogância, a qual a recém-chegada respondeu com um sorrisinho. Depois, ela cutucou no amuleto escondido sob a camisa de Sagan. Não era difícil reparar que ele estava tentando se conter para não dar um tapa na mão da garota, como Nika fizera.

— Quem é você? — perguntou novamente.

Ela sorriu.

— Eu... gostaria de saber o que dois caçadores estão fazendo com um jiovis e... — ela indicou Violet — qualquer que seja a espécie de metamorfa que ela é.

Como um borrão, algo voou de dentro do capuz da garota. Outra criatura, do tamanho de uma lata de refrigerante, lançou-se em torno da cabeça de Sagan.

— Mas o qu...

Sagan o golpeava, mas aquilo conseguia se esquivar todas as vezes, rindo e tagarelando em uma voz semelhante a um periquito. Quando ficou parado tempo o bastante, Violet conseguiu distinguir o que parecia ser um pequeno macaco com asas de besouro.

O macaquinho finalmente parou de provocar Sagan e foi pousar no ombro da dona, dobrando as asas com cuidado sob uma carapaça de besouro iridescente. Ele apontava um dedo minúsculo para Sagan e tagarelava de um jeito que fez Violet pensar que estava repreendendo-o.

A garota de capuz cruzou os braços.

— Esta é Toffee, e ela está se perguntando por que aquele com olhos de gelo nos roubaria.

Sagan piscou; foi o mais próximo que Violet já o viu de espantar-se.

— Roubar? Eu não sou um ladrão.

A garota deu um passo adiante até ficar incômodamente próxima ao nariz de Sagan.

— Então, quando estava planejando devolver isso? — Ela agarrou o pulso dele e ergueu a mão com a estrela.

— Você poderia só ter pedido — disse Sagan.

— Tudo bem. Posso, por favor, ter minha estrela de volta?

— Com uma condição.

A garota franziu as sobrancelhas.

— Qual?

— Me dizer o seu nome.

O pequeno macaco-fada tagarelou. Encapuzada trocou um olhar com ele e, então, a criaturinha deu de ombros.

Elevando o queixo, a garota mirou Sagan.

— Sou Umbra. E você?

— Sagan. — Ele lhe estendeu a estrela.

Arrancando-a das mãos dele, Umbra levantou o braço com a engenhoca de lançamento e, com um sutil *clique-claque*, carregou nela a estrela. Sem mais uma palavra, ela girou e se afastou.

— Espera — Violet a chamou.

Umbra não diminuiu o ritmo. Apenas o macaquinho no ombro dela se virou para olhar Violet, que agora corria atrás deles.

— Pode nos ajudar?

— Eu já ajudei. Acabei de salvar os seus rabos — Umbra disse sem parar. — Se mandem. Não deveriam estar aqui.

— Por favor — disse Violet. — Estou procurando meu bebê.

Umbra parou e encarou-a.

— Levaram o seu bebê?

— Sim. — Uma pequena semente de esperança começou a brotar no peito de Violet.

— Seu bebê é igual a você?

— Igual a mim?

— O seu bebê produz chamas como os magneii mas com a cor dos veniri?

Violet meneou a cabeça.

— Não, ela é só veniri.

As sobrancelhas de Umbra se içaram.

— Ela?

Violet anuiu.

— Então é tarde demais para o seu bebê. Não adianta tentar recuperá-la, a menos que queira se tornar um desses experimentos fracassados do laboratório Xabat. — Ela gesticulou para a minhoca gigante e os cadáveres de leopardos mutantes. — Vá para casa, híbrida. E não volte.

Umbra alcançou um cabo que pendia na lateral de um dos edifícios. Com um movimento suave, ela pôs o pé em um laço na extremidade, puxou o cabo e disparou para cima, desaparecendo na noite.

14

HORA DE PARAR DE LAMENTAR

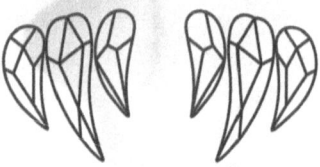

Nathan encostou-se na parede e esperou. A porta dos fundos da casa onde Violet morava era o único lugar que ele pensou que ela acabaria por aparecer.

Ninguém vira Violet desde que ela tinha voltado de uma ida à cidade.

Mais cedo naquela noite, quando não foi capaz de dormir, Nathan saiu para uma caminhada somente para encontrar Sagan e Nika surrados, e meio que carregando Tio para a enfermaria. Todos os três estavam cobertos com uma quantidade preocupante de sangue vermelho e laranja misturados com algum tipo de gosma marrom.

Sagan havia inteirado Nathan da missão fracassada de resgatar a filha de Violet. Pelo visto, ficou claro durante a viagem de volta que Tio não poderia regenerar sua mão depois de ser atacado por um tipo de leopardo-crocodilo-mutante.

Dawn concluiu que algo na saliva do leopardo deveria estar impedindo a capacidade de cura de Tio de entrar em cena. No final, Tio resolveu tratá-lo como se fosse necrosar e optou por uma amputação. Com um corte limpo, ele conseguiria desenvolver um novo braço para si.

Logo que Gus tratou Sagan e Nika e administrou analgésicos, Nathan decidiu que precisava checar Violet. Sagan disse-lhe que ela se negou a sair do carro, mesmo depois de ter se recusado a entrar no veículo, em primeiro lugar, e que ele foi forçado a atirá-la sobre o ombro e trancá-la no compartimento de carga do jipe para trazê-la para casa.

O jipe estava vazio quando Nathan verificou, e Lazareth — que estava preparando as refeições da comunidade para o dia seguinte — disse a ele que Violet ainda não retornara para casa.

Então, Nathan esperou. Era meio da noite, e normalmente isso não o impediria de usar suas habilidades de rastreamento, mas visto que ele tornou Violet imune ao rastreamento, não tinha nada que ele pudesse fazer além de esperá-la em casa.

Mas e se ela não voltasse? E se ela tivesse partido em outra tentativa desesperada de tentar resgatar a filha?

E se...

— O que está fazendo aqui?

Apesar do tom áspero de Violet, o alívio tomou conta de Nathan. A luz de segurança incandescente acima da porta brilhou com sua tonalidade amarelo pálido sobre os olhos vermelhos e inchados. Os ombros dela estavam encurvados e seus braços envolviam firmemente a própria cintura.

Nathan deslizou as mãos nos bolsos do casaco de forma casual.

— Te esperando.

— Pensei ter dito que não queria te ver nunca mais.

— Na verdade, lembro que você falou que me mataria.

— Então, se toca.

A fria desconfiança nos olhos azul-cinzentos perfurou Nathan profundamente. Ela nunca o tinha olhado daquela maneira, nem mesmo quando fora cautelosa, na primeira vez que se encontraram. Sua mente ficou em branco ao tentar formular uma resposta.

Os segundos foram passando. Um pequeno enxame de mariposas colidiu contra o vidro da lâmpada com um tênue *tinc-tinc*, evitando que o silêncio se tornasse absoluto.

— Precisamos conversar — ele disse, por fim. — Tem muitas coisas que eu preciso explicar.

Quando ele tentou continuar, Violet meneou a cabeça e bufou com desprezo. Ela avançou para a porta e a empurrou.

— Violet, espera. — Nathan deu um passo para bloquear sua entrada.

Violet ladrou uma risada sem humor.

— Vai sonhando, babaca. Eu não vou falar com você. Nunca.

Ela tentou passar, mas Nathan se manteve firme. Mesmo que quisesse, não conseguiria proferir tudo o que prometeu que lhe diria no momento em que escapasse de Tempecrest — e não tinha como forçá-la a perdoá-lo —, mas havia algo que ele *poderia* fazer para ajudá-la a conseguir o que ela tão desesperadamente queria.

— Se quer ter a sua filha de volta, precisa aprender a usar suas novas habilidades.

O queixo dela caiu.

— Como sabe da Sol... — ela murmurou. — Foi Gus quem te contou? Ou Sagan?

— Eu sei o que aconteceu em Rivermyre.

Ela exalou com irritação e deu vários passos para trás.

— Olha, se está aqui para me dar uma bronca, eu não quero ouvir. Recebi sermões suficientes no caminho para casa. Já entendi, beleza? É tudo culpa minha. É minha culpa que Tio se machucou. É minha culpa termos entrado às cegas. E é minha culpa que meu bebê... — Um soluço sufocou-lhe as palavras.

Nathan tentou se aproximar, mas a mão dela voou em direção ao seu rosto.

— Não! — Apesar das lágrimas que escorriam pelo rosto, a carranca dela se tornou letal. — Não chegue perto de mim.

— Violet...

— Seja lá o que os outros te disseram, não muda nada entre nós. Agora sai da minha frente.

Nathan não se moveu. Ao invés disso, deixou de lado a própria mágoa e se concentrou no que precisava ser feito.

— Quer recuperar a sua filha? — A carranca dela vacilou.

— Quer? — ele pressionou.

— Claro que quero. — Ela praticamente cuspiu-lhe as palavras.

— Então treiná-la é ainda mais urgente. Se quer tê-la de volta, não pode agir por impulso como fez esta noite. Tem que aprender a controlar suas habilidades. É hora de parar de se lamentar e...

— Eu não estava me lamentando — Violet grunhiu.

Nathan continuou como se ela não o tivesse interrompido.

— Deixar de lado essa atitude azeda e sombria e arregaçar as mangas. Ficar emburrada não vai trazer Solace de volta. Agora coloque roupas que você não se importe de ficar arruinadas e me encontre no pavilhão.

Violet abriu a boca para retrucar, mas Nathan se virou e desceu a trilha. Ele nem olhou para trás para se certificar de que ela estava seguindo suas ordens.

* * *

Enquanto Nathan descansava as costas na parede externa do pavilhão, uma brisa suave roçou seu rosto e lhe bagunçou o cabelo. Estava mais longo do que costumava mantê-lo, mas ele não tivera a chance de encontrar alguém para cortá-lo desde que escapou de Tempecrest. Memórias invasoras do cativeiro começaram a infectar sua consciência, mas ele balançou a cabeça e afastou esses pensamentos.

Em vez disso, se concentrou em Violet. A carranca cruel que ela ofereceu-lhe há pouco lampejou em sua mente, seguida por uma pontada aguda no peito.

Como chegou a esse ponto? Ele tentou ao máximo protegê-la, mantê-la longe do seu mundo. E, mesmo assim, Violet de alguma forma contraiu não só as habilidades veniri, como também as magneii. Sem mencionar que agora ela era mãe de uma criança veniri — uma filha, ainda por cima. No mundo veniri, qualquer fêmea era automaticamente considerada um membro da família real. Isso queria dizer que Violet também era da realeza veniri, mesmo com as habilidades magneii? Seja como for, Nathan esperava que a rainha Idália jamais descobrisse sobre Violet e Solace. Ela as perseguiria e mataria apenas para erradicar qualquer desafio ao seu trono.

Suas preocupações aumentaram quando ele se lembrou do que Gus lhe dissera mais cedo — teorias sobre como poderia ser possível para mais humanos se tornarem metamorfos híbridos. Se Gus estivesse certo e essa informação começasse a se espalhar, as coisas ficariam feias para todas as raças de metamorfos. Poderia significar uma guerra global.

Nathan baixou a cabeça nas mãos e esfregou os olhos. Além de tudo, ele não tinha certeza de quanto tempo mais conseguiria suportar Violet odiando-o.

Pensou em ir embora, sobretudo desde que ficou claro que Violet tinha seguido em frente; ela não precisava mais dele. Gus e sua família a acolheram como uma deles. Sagan estava mantendo um olhar vigilante. E não havia chances de Thane deixá-la tão cedo, especialmente se ele descobrisse que era pai.

Mas Nathan prometera a Tio que ficaria até o irmão do garoto chegar. Enquanto isso, poderia ao menos ajudar

Violet a aprender a usar suas novas habilidades — dar a ela uma oportunidade de lutar para recuperar a filha. Talvez ele pudesse até mesmo desempenhar um papel mais direto no resgate de Solace. E, se ainda não fosse o bastante para obter a confiança e o perdão de Violet, iria embora, e ela poderia continuar sua vida sem ele.

Não querendo sufocar em melancolia, inclinou o rosto para o céu escuro e fechou os olhos. Sua melodia interna, uma canção suave que só ele conseguia ouvir, vibrava confortavelmente nos ouvidos. Ele girou, sabendo, mesmo sem abrir os olhos, que estava de frente para Vênus; a música em sua alma aumentara para uma orquestra completa.

Permaneceu imóvel e calado, absorvendo os raios venusianos. A energia revitalizante fervilhava de seu cerne e irradiava para cada célula do corpo. Apesar do quão caótica a vida poderia ser, sua ligação com Vênus era agradavelmente constante. Seja dia ou noite, ensolarado ou nublado, no meio do verão ou nas profundezas do inverno, enquanto Vênus estivesse no céu, Nathan poderia explorar sua conexão com o planeta. Somente durante uma conjunção superior — quando a órbita de Vênus o levava para o lado oposto do Sol — que ficava isolado do seu poder.

Estava prestes a interromper a absorção de energia venusiana quando um feixe *o consumiu* — ou, pelo menos, era esta a sensação. Sua criatura interior despertou e, sem o seu consentimento, seu corpo começou a modificar.

Pavor instantâneo o atravessou à medida que tentava recuperar o controle, manter a aparência humana. Não havia como confundir o som áspero do tecido se rasgando quando vários fragmentos surgiram das suas pernas e braços. Se ele não conseguisse conter a transformação, suas roupas estariam retalhadas em instantes. Lâminas cristalizadas se projetaram dos cotovelos e sua pele lisa reverberou em escamas iridescentes que brilhavam sob os holofotes do pavilhão.

Um medo gelado e paralisante comprimiu sua garganta, sufocando-o, enquanto ele observava as escamas oscilarem e mesclarem-se em uma superfície de cristal multifacetada, muito parecida com as lascas que estavam se espalhando por seu ombro e panturrilha.

O que está acontecendo comigo?

Com cada grama de foco que possuía, tentou forçar seus braços a voltarem à forma humana. Após um esforço lento e brutal, suas escamas reapareceram aos poucos, eliminando a superfície cristalizada. E, então, vários segundos torturantes depois, as próprias escamas suavizaram-se em pele humana, e os fragmentos se fundiram em sua carne.

Sua respiração arquejante era quase ensurdecedora. Ele encarou os braços, rodopiando-os para frente e para trás para examiná-los de todos os ângulos, tentando convencer sua mente acelerada de que os cristais realmente se foram. Que ele estava de volta no controle.

Um pesado *tum-tum-tum* veio dos degraus de madeira na extremidade oposta do pavilhão.

Nathan se recompôs às pressas quando Violet apareceu. Ela vestira uma regata preta e shorts jeans rasgados. Seu cabelo castanho-escuro estava preso em um rabo de cavalo alto. Embora a carranca ainda estivesse gravada em seu rosto, era menos venenosa que a de antes.

— Estou aqui — ela disse, cruzando os braços.

— Tudo bem, ótimo. — Nathan esfregou as mãos suadas na calça. — Ótimo. — *Qual é, se acalme!* — Ótimo.

— É o que você diz. — Violet arqueou uma sobrancelha, indiferente. Passou-se um momento, antes que ela acrescentasse: — Eu sei o que você é.

— É mesmo? — Ele sabia que não adiantava bancar o idiota. Fora um tolo por tentar adiar o inevitável.

— É um metamorfo. Um veniri.

— Como você...? Digo...

— O que, achou que eu nunca iria descobrir? — Ela cruzou os braços. — Suspeitei quando todos estavam conversando ao meu redor enquanto eu estava imobilizada, e você acabou de confirmar essa suspeita.

Nathan fez um "oh" mudo à medida que assentia. Não conseguiria continuar encarando-a. Ela estava disposta a perguntar por que não lhe contara. Talvez estivesse tentando imaginá-lo em sua forma modificada. Ele travou. *Porra, e se ela pedir para eu me transformar?*

— Você deve ter muitas perguntas.

Ela o fitou com um olhar firme.

Nathan esperou, preparando-se para qualquer coisa que ela pedisse.

Mas com um aceno de mão irreverente, ela falou:

— Tanto faz. Podemos acabar logo com esse lance de treino para que eu possa ir para a cama?

— Tudo bem, vamos garantir que você durma um total de oito horas — disse ele, um pouco mais afiado do que pretendia. — Esqueceu que a sua filha está contando com você?

O olhar ferido de Violet fez Nathan se arrepender imediatamente de suas palavras. Não havia desculpa para ele atacar desse jeito, não importava o quanto ela mantê-lo à distância o machucasse.

— Violet...

Ela virou o rosto, claramente despreparada para suas desculpas.

Nathan suspirou e passou a mão pelo cabelo. Esta sessão de treinamento teve um começo terrível. Talvez não tenha sido uma boa ideia, afinal. Além disso, mesmo que soubesse treinar um veniri — o qual não estava totalmente convencido —, ele ainda não sabia nada sobre como treinar um híbrido veniri-magneii. Vasculhou suas memórias de infância em busca de algo útil — algum truque ou sugestão, para facilitar —, mas, infelizmente, a maioria das lembranças do próprio treinamento eram um borrão, considerando que tinha começado por volta dos seis anos.

Talvez ele devesse começar com o básico.

— Acredito que Sagan tenha te contado algumas coisas, a essa altura. Então, o que você já sabe sobre os veniri? — ele inquiriu.

— Sei que são criaturas feias e escamosas que sequestram e matam garotas.

Nathan bufou uma risada sem humor.

— Aham. É mais ou menos isso, em poucas palavras. Algo mais? Não se esqueça de que agora você é tão feia e escamosa quanto o restante de nós.

A careta de Violet se aprofundou, mas depois de alguns segundos, ela adicionou:

— O sangue deles é azul e usam seus espinhos de cristal como armas.

— Sabe como se chamam os cristais?

Ela assentiu.

— Diamantium. Sagan disse que é do que o seu esqueleto é feito. Aliás, acho que é do que *meu* esqueleto é feito agora. — Ela olhou para longe, seus olhos arregalando-se quando a noção a invadiu.

Nathan fez mais algumas perguntas e a atitude de Violet melhorava um pouco a cada resposta.

Sagan fora bastante minucioso na descrição dos veniri — como esperado de alguém que os caçou durante a maior parte de sua vida. Mas ainda havia muitas coisas que mesmo um caçador experiente jamais saberia.

— Muito bem, vamos controlar a sua modificação — disse Nathan.

— Modificação?

— É, sabe, metamorfosear. Se transformar. Mudar de forma. Modificar.

— Ah, mudar. Eu sei o que é. Por que só não chama de mudança?

Nathan deu de ombros.

— Eu não estava lá quando decidiram do que chamar.

— Bem, podemos seguir para a próxima lição, porque eu já sei como "modificar". — Violet fez um gesto de aspas no ar.

— Ah, é? Então, o que foi aquilo que ouvi, de que não usou suas habilidades em Rivermyre?

Violet abriu a boca para retrucar, mas nada saiu.

Nathan escondeu um sorriso quando ela voltou a fechar a boca.

— Feche os olhos. Quero que se concentre na sua parte 'mudada'. Quero que ouça...

— Tenho que fazer isso com os olhos fechados?

— Apenas faça.

Resmungando como uma adolescente, Violet obedeceu.

— Está bem. Olhos fechados. E agora?

— Se concentre na parte 'mudada' dentro d...

— Você já disse isso.

Nathan lentamente respirou fundo e massageou suas têmporas. Não deveria ser tão difícil. Ele já treinara Violet antes. O que havia de diferente?

Ele gemeu em seu íntimo. Como poderia sequer perguntar isso? *Tudo* estava diferente.

— É aquele lance em que finge me estrangular? — Violet sondou, os olhos ainda fechados.

— Eu nunca fiz isso, e você sabe.

— O que disser, velhote.

— Ei, continue assim, e eu não terei nenhum problema em fazer para valer.

O canto da boca de Violet se remexeu.

Uma pequena onda de alívio invadiu Nathan. Era bom saber que ainda podiam brincar do jeito que costumavam fazer, mas ele não queria aumentar suas esperanças ainda. Conhecendo Violet, levaria muito mais do que um treinamento de meia hora para sequer deixá-la próxima de confiar nele outra vez.

— Concentre-se e escute. Sintonize os ouvidos com a sua melodia interior.

— Melodia interior? Isso soa ridículo. Que tipo... — Todo o corpo dela ficou rígido. — Nossa... Eu acho... Que consigo ouvir.

Nathan quase gritou "aleluia". Finalmente, um avanço.

— Certo, excelente. Preste atenção nessa melodia. — Ele esperou por cerca de um minuto antes de dizer: — Agora, deixe a energia te preencher. Muito lentamente, sintonize seu corpo com essa melodia e modifique-se.

O rosto de Violet se contraiu e suas mãos se fecharam em punhos. Ela se contorceu com desconforto e rangeu a mandíbula, provavelmente por causa da dor que Nathan sabia que vinha da transformação.

Chamas azul-petróleo se acenderam por todo o corpo dela, para então desaparecer. Fragmentos de diamantium irromperam da sua carne e, em seguida, com a mesma rapidez, resvalaram de volta. Escamas repercutiram por toda a pele exposta, depois queimaram e se romperam, revelando fissuras magenta que logo se transformaram em um azul-petróleo brilhante. As chamas azuladas voltaram a lamber-lhe os braços e o rosto, tremeluziram para magenta e, na mesma velocidade, voltaram para o azul-petróleo.

O choque enraizou Nathan no lugar. *O que raios? Isso não está certo.*

— Violet, pare!

Mais fragmentos eclodiram dos seus ombros e clavículas. A carne magneii reverberou de volta em escamas.

Precisava fazer alguma coisa. Mas o quê?

— Pare!

— Eu... não consigo... — ela chiou por entre as presas veniri triplas.

— Concentre-se! — Nathan clamou. — Você tem que assumir o controle.

Mais alguns instantes agonizantes se passaram e, então, por fim, Violet voltou à forma humana e despencou no chão.

Nathan correu para o lado dela.

— Você está bem? — Ele segurou-lhe o braço e a ajudou a se levantar. — Violet?

— Estou bem. — Ela inspirou profundamente algumas vezes. — O que acabou de acontecer?

— Acho que... — Nathan se desdobrava por uma explicação. — Bom, parecia que os componentes veniri e magneii estavam lutando pela dominação.

Violet fechou a cara.

— Oh.

Nathan esfregava a mandíbula.

— Hmm... Imagino se...

— O quê? — Violet endireitou-se um pouco mais. — O que é?

Passaram-se alguns segundos antes que Nathan pudesse articular suas reflexões.

— A meu ver, não existe dúvidas de que você é uma híbrida, mas talvez seja possível controlar os lados veniri e magneii individualmente.

Violet mordeu o lábio.

— Está dizendo que eu posso ser capaz de mudar... Quer dizer, modificar... em veniri *ou* magneii *ou* qualquer que seja minha versão híbrida?

Nathan inclinou a cabeça de um lado para o outro enquanto ponderava a possibilidade. Então deu de ombros.

— Claro. Não vejo porque não.

As mãos de Violet dispararam para as bochechas.

— Nesse caso... Não tenho certeza se eu deveria estar dizendo 'legal' ou 'que droga'.

Nathan quase riu — até perceber que ela poderia estar à beira de um dos seus colapsos avassaladores. Ele se preparou para que ela fugisse, como costumava fazer quando as coisas se tornavam maiores do que ela poderia lidar. Foi um processo demorado para ela controlar suas crises de pânico. Será que ainda estava fazendo os exercícios recomendados pela psicóloga da escola? Será que ainda tinha ataques de pânico?

Uma pontada de tristeza perfurou seu coração. Violet tinha passado por tanta coisa desde a última vez em que a viu. Quanto da mulher à sua frente ele realmente conhecia?

As mãos de Violet caíram do rosto. A determinação abrasadora nos olhos dela lembrou Nathan do momento em que ele lhe deu um canivete e disse que iria ensiná-la a usá-lo.

Ela alinhou os ombros e o fitou diretamente nos olhos.

— Qual o próximo passo?

Nathan não pôde deixar de sorrir. Ali estava a Violet que conhecia.

15

LUTADORA ABSOLUTAMENTE SÓRDIDA

O AR DA NOITE ENVOLVEU VIOLET, TRANSFORMANDO A FINA camada de suor por sua pele em um manto de gelo. A adrenalina remanescente da sobrecarga de sua modificação em veniri e magneii ainda estremecia seu corpo.

Mas essa energia não era nada comparada à onda de empolgação que sentiu quando Nathan sugerira que ela poderia aprender a controlar não uma ou duas, mas *três* versões das novas habilidades. Lembrou-se de como se sentiu poderosa quando Nathan começou a ensiná-la a usar o canivete. Na época, sentia que ninguém jamais seria capaz de tirar vantagem dela novamente. Mas com a perspectiva de obter controle das habilidades, seria capaz de encontrar sua filha e destruir qualquer um no caminho. Ela seria imbatível.

— Qual é o próximo passo? — indagou.

— Mudamos de tática. — Nathan abriu um sorriso.

Quase sorriu de volta antes que a memória pungente da traição dele a sufocasse. Como conseguia estar perto deste homem? Ele sempre soube quem e o que Thane era, mesmo quando as próprias recordações a iludiram.

Havia confiado em Nathan.

A traição dele magoara-a profundamente, e falar disso só reabriria a ferida. Por mais que ela ainda não quisesse ter contato com Nathan, não tinha como negar que precisava dele. Tinha que aprender como usar seus poderes. Para salvar Solace.

— Acho que, se aprender o funcionamento interno dos lados veniri e magneii individualmente — Nathan continuou —, deve ser capaz de combinar as partes híbridas de forma perfeita. Posso te ensinar como ser um veniri, sem problemas. Você vai aprender como se modificar, se curar, como rastrear, distinguir as intenções e emoções dos outros e até a lutar como uma veniri. Mas quanto ao seu lado magneii...

— Eu te ensino como usar as habilidades magneii — disse uma nova voz.

Tanto Violet quanto Nathan viraram para encontrar Sagan encostado em uma árvore na beira da trilha próxima. Ao lado dele estava a prima, Nika.

— Há quanto tempo estão parados aí? — Violet indagou.

Sagan deu de ombros.

— O bastante para ver a sua mudança alucinante — disse Nika com um sorriso.

Violet não tinha certeza se sentia-se confortável com a expressão que Nika estava lhe concedendo, contudo, além do aviso para Thane, Nika não fizera nada para causar mais preocupação a Violet. Ao menos, ainda não.

— Mas você não é um magneii — Violet falou para Sagan. — O que te faz pensar que pode me ensinar?

— Já lidei com muitos deles para aprender como reagem em várias situações. O mínimo que posso fazer é te mostrar como combater o ataque de um caçador. Além disso — ele fechou a cara —, eu sei um pouco sobre sua anatomia.

Alguns segundos de silêncio se passaram antes de Violet se dar conta do que Sagan queria dizer e formar um "oh" mudo.

Nathan pigarreou.

— Bom, suponho que é o melhor que temos, afora seques-trar um magneii e forçá-lo a te treinar.

— Ótimo — disse Nika. — Quando começamos?

Sagan a cutucou de leve com o cotovelo.

— Você não vai ficar.

— O quê? Por quê não? — Nika revidou. — Quer que ela aprenda a *não* morrer, certo? Acho que também sou qualifi-cada o suficiente para ajudar, não concorda?

Ela puxou um amuleto que estava escondido debaixo da camiseta e o elevou até o rosto de Sagan. Violet não podia distinguir a imagem no amuleto e não entendia seu signifi-cado. Tudo o que conseguia dizer era que era feito de metal negro e tinha quatro filetes coloridos — prata, azul-petróleo, magenta e laranja —, que brilhavam sutilmente na noite.

— De qualquer modo, a última vez que verifiquei, o seu amuleto... — Ela alcançou a corrente negra em volta do pescoço de Sagan.

Com uma velocidade violenta, Sagan estapeou-lhe a mão. O olhar venenoso que ele lançou a prima foi o bastante para fazer Nika recuar, ou, pelo menos, decidir não fazer uma cena na frente de Violet e Nathan.

— Tudo bem — disse Violet. — Ela pode ficar. Acho que todos podemos admitir que preciso de tanta ajuda quanto possível.

A fisionomia de Sagan tornou-se ilegível. O sorriso que Nika deu era travesso.

* * *

Violet queria adiar ver Autumn o máximo que pudesse, mas sua amiga a caçou no café da manhã do dia seguinte e arras-tou-a para a cabana de informática.

— Violet Chambers! Você é uma idiota!

Violet afundou-se ainda mais na cadeira giratória enquanto Autumn continuava o sermão. A bronca impiedosa deve ter durado cerca de cinco minutos, mas parecia ter meia hora.

— ...Tio perdeu um braço...!

Violet se encolheu. Queria que o chão a engolisse quando Sagan lhe contou que Dawn e Gus haviam amputado o braço de Tio. Mas foi um alívio descobrir que metamorfos jiovis possuíam habilidades de regeneração. Tio já ostentava um braço novo, de manhã.

— ...Vocês foram sem mim...!

É claro que Autumn precisava acrescentar o seu medo de ficar de fora à lista de sermões. Violet quase bufou um riso.

— ...Perdemos o elemento surpresa e, agora, eu não me surpreenderia se o Laboratório Xabat estiver esperando nossa próxima visita.

— Laboratório Xabat? Eu duvido — interrompeu-a Violet. — Passamos por aquele prédio e não era nada além de uma casca vazia. Não tinha ninguém lá.

— Exatamente! Não acha que isso seria o disfarce perfeito para esconder algum tipo de instalação secreta? Um lugar onde ninguém vai, mas que também está em uma localização perfeita, crucial para a cidade e os municípios vizinhos? Se você não tivesse fugido tão depressa, eu teria dito que a verdadeira instalação deles é *subterrânea*.

Essa revelação foi como um soco no estômago de Violet.

Autumn puxou um modelo de Rivermyre na tela do computador, em seguida ampliou uma estrutura tridimensional vários andares abaixo da superfície da cidade. A imagem girava na tela, mostrando pelo menos quatro níveis diferentes com algumas ramificações que poderiam estar conectadas a elevadores ou túneis.

Violet arregalou os olhos.

— Era subterrâneo esse tempo todo? Junto com aquela... aquela minhoca?

— Ah, é, eu ouvi falar. — Autumn arqueou uma sobrancelha. — Uma minhoca gigante? Mesmo? Tem certeza de que não andaram se chapando no caminho?

Violet atirou-lhe um olhar que fez Autumn erguer as mãos em sinal de rendição.

— De qualquer forma — continuou Autumn —, essas plantas são as mais recentes que consegui encontrar, mas já estão desatualizados há anos. Não faço ideia do que tem dentro. No que diz respeito às imagens de satélite, pode muito bem ser um buraco negro; não há nenhuma evidência na superfície de que alguém viva em Rivermyre. Mas eu escavei mais fundo e, com certeza, está rolando algo grande, a julgar pelo consumo elétrico e de dados que estou encontrando. E detectei um firewall monumental em torno do lugar. É incrível. Diferente de tudo que já vi. É como se houvesse um vazio total ou algum tipo de camuflagem virtual, então, mesmo quando alguém se depara com ele, não tem nada para ver. Mas descobri que quando... — Ela imergiu mais uma vez em seu dialeto tecnológico. E pensar que Autumn achava que Gus e Dawn precisavam de legendas.

— Na minha língua, por favor.

— Certo, certo. — Ela apontou para outra tela, que, para Violet, nada mais era além de fileiras sobre fileiras de texto colorido. — Estou desenvolvendo um novo código para invadir a rede deles. Assim que eu me infiltrar, vou poder ver o que está acontecendo e, a partir daí, devo ser capaz de anular o sistema para entender como entrar e tirar Solace.

— Muito bem — disse Violet. — Parece bastante fácil. Quanto tempo vai levar?

— Violet, você precisa entender que estou lidando com uma rede de segurança altamente sofisticada aqui; além do nível militar. Primeiro vou ter que terminar de escrever o código e, depois, terei que considerar...

— Quanto tempo?

— Eu não vou dizer, só porque não quero aumentar nem destruir as suas esperanças. Mas no momento em que eu invadir, você será a primeira a saber.

Após um momento, Violet assentiu com lentidão, fazendo o possível para ignorar a onda de desesperança em sua alma. Era difícil manter a compostura, não permitir que a sobrecarga de informações a consumisse.

— Quem é essa gente? — Violet meneou a cabeça, aturdida. — Quem é Xabat e o que eles querem com meu bebê?

— Não sei, Vi. — Autumn estendeu a mão e segurou a de Violet. — Mas assim que eu entrar no sistema deles, espero conseguir algumas respostas. Enquanto isso, sugiro que você continue treinando com Nathan e os outros.

— Como sabia disso?

Autumn deu de ombros.

— Não existe muito que eu não saiba. — Ela digitou por meio segundo e as telas se encheram de visualizações de vários lugares em Maple Shire, incluindo as áreas de estar da casa dela e de Gus. Algumas visualizações mostravam diferentes ângulos do pavilhão.

— Então, acho que também saiba que eu agora posso...

— Disparar chamas dos olhos e fazer brotar espinhos de cristal? Caramba, sim! Aquela cena foi fantástica!

Violet exalou um *humpf*.

— Eu não *disparo* chamas dos olhos. Elas meio que... inflamam.

— Sim, bem, a cara de todos eles era impagável. E a propósito, você deu uma surra bem razoável no Thane.

Violet deu risada.

Autumn içou um dedo.

— Pergunta. Por que as suas roupas não queimam quando você está pegando fogo?

Violet piscou.

— Não tenho ideia. Eu não havia considerado isso. Parando para pensar, meu cabelo também não queima. — Ela inspecionou as pontas do seu cabelo. Nem um chamuscado ou mesmo o cheiro de fumaça. — O que é conveniente, porque tenho certeza de que teria queimado meus cílios e sobrancelhas faz tempo.

— Hmm... — Autumn mordeu o lábio, raciocinando. Então deu de ombros. — Melhor assim. Ficar nua tornaria as sessões de treinamento com Nathan e Sagan muito mais estranhas.

— Isso é verdade.

Autumn sorriu quando Violet tapou as bochechas coradas.

Voltando sua atenção para as telas, Violet perguntou:

— Há quanto tempo tem as câmeras?

— Instalei um circuito interno de TV quando voltamos da faculdade — explicou Autumn. — Porque, sabe, depois que Bessie... Ainda não sei quem a matou. E com o videomonitoramento, durmo melhor à noite. Bem, eu dormia melhor antes de... Você sabe.

Violet assentiu, a dor se instalando em seu interior como uma pedra quando pensou em Bessie, sua amiga esfuziante da faculdade. Na noite em que foi assassinada, Bessie tinha ficado no dormitório de Violet e Autumn enquanto Violet estava estudando na biblioteca. Autumn acordou no meio da noite e descobriu que a garganta de Bessie fora cortada.

Ela havia mudado depois disso. Tornou-se mais retraída e passou incontáveis horas em seu laptop digitando com intensa urgência. Foram os pais de Autumn que ajudaram a tranquilizá-la e a forçaram a passar mais tempo no mundo real.

— Hum, Autumn?

— Sim?

— Me desculpe. E não só por sair correndo. — Violet fez uma pausa para afastar seu orgulho. — Ontem quando te dei um tapa, eu estava fora de mim, e...

— É culpa minha. — Autumn virou para fitá-la nos olhos.

— Não deveria ter dito aquelas coisas. Eu te usei como saco de pancadas. Sei que não veio aqui procurando briga. Mas... quando meus pais... — O olhar de Autumn baixou para o colo. Uma lágrima pingou nas mãos dela, seguida de outra.

— Eu entendo. — Violet estendeu os braços para envolvê-los em torno da amiga. — Sinto muito mesmo.

— Também sinto muito — disse Autumn, abraçando-a de volta.

* * *

Violet caiu em uma rotina sólida de treinamento com Nathan, Sagan e Nika todas as noites, no pavilhão, depois da maioria de Maple Shire ter ido para a cama. Toda manhã, ela acordava rígida, dolorida e seriamente arrependida de impelir tanto o próprio corpo. Mas sempre que atingia o limiar de querer desistir, só precisava pensar na filha para continuar. O medo por Solace — as perguntas constantes e aterrorizantes de onde ela estava e com quem — era, às vezes, incapacitante. Felizmente, a avalanche das novas informações, habilidades e listas após listas de coisas para memorizar ajudaram-na a ocupar sua mente.

Era difícil acreditar que apenas uma semana atrás ela havia acordado do coma. Com os músculos e sua força crescendo, estava perdendo os vestígios da gestação. Sua barriga ficou plana, mas as estrias permaneceram. De certa forma, Violet agradecia pelas marcas; eram um lembrete de que Solace já foi parte sua, de que ainda era mãe.

Em conjunto com o corpo tonificado, ela também ganhou maior controle sobre a modificação. Com a prática, as formas veniri e magneii estavam se tornando uma segunda natureza, embora uma transição suave para a forma híbrida ainda fosse um pouco complicada. No início, era como se as duas partes estivessem em guerra entre si, mas aos poucos Violet as colocou sob controle. A forma híbrida de escamas magenta com fissuras de magma azul-petróleo estava rapidamente virando sua opção preferida.

Localizar as posições de Vênus e Marte e utilizar sua energia tornou-se cada vez mais natural. Nathan disse que desenvolver suas conexões com os corpos celestes seria mais fácil à noite, porém Violet estava ficando cada vez mais consciente das conexões também durante o dia.

A parte mais difícil do treinamento foi compreender sua nova anatomia e habilidades. Espinhos de cristal, escamas, chamas, presas, glândulas de veneno e esferas de energia eram todos conceitos estranhos que pertenciam a algum filme de ficção científica, e uma língua bifurcada que conseguia saborear emoções era apenas a cereja do bolo. Com seu paladar e sentidos olfativos aprimorados, a compreensão dos sabores de Violet aumentou exponencialmente. No entanto, lembrar o que todos eles representavam era quase impossível. Mesmo que — por sorte — o gosto de cada emoção fosse o mesmo para todos, a variedade e complexidade das emoções pareciam inesgotáveis.

— É importante decifrar cada aroma específico dentro do buquê emocional — Nathan disse a ela, uma noite. — Treine seu paladar para distinguir até os sabores mais complicados. Por exemplo, se você sentir vinagre, não pense que a pessoa está sofrendo de melancolia. Que tipo de vinagre é? O vinagre balsâmico representa a tristeza, o vinagre de maçã representa o luto e o vinagre branco representa a depressão. E se você degustar um doce? Que tipo de doce é? Pegajoso como xarope? Artificial como uma bala? Natural como fruta? Além disso, não caía na ideia de que, se um aroma é bom, deve representar uma emoção "boa". O ciúme tem sabor de marshmallow e a verdade tem gosto de cloro.

Ele lhe dava uma lista de novas referências emocionais todas as noites, ao ponto de Violet estar recitando-os mentalmente no chuveiro, na hora das refeições e até em seus sonhos.

Uma das partes de controlar as habilidades era aprender a dominar as próprias emoções. Elas geralmente se descontrolavam quando seus pensamentos sombrios giravam em torno de Solace ou se acontecia de topar com Thane. Na maioria das vezes, apenas seus olhos se incendiavam, mas, se as coisas ficassem muito avassaladoras, chamas irromperiam também das suas mãos e ela sentiria uma dor agonizante e lancinante nos cotovelos. Nathan disse-lhe que era quando as lâminas estavam prestes a fatiar sua pele.

À medida que Violet ganhava mais controle sobre as habilidades, ela descobria como tirar pequenas vantagens. Ao ajudar Lazareth na cozinha, se mantivesse as mãos acesas enquanto lavava a louça, a água da torneira ficaria quente por mais tempo. Só precisava se lembrar de diminuir o calor ao lavar qualquer coisa de plástico. Houve também uma vez em que a água quente acabou, enquanto ela tomava banho, e as chamas magneii a impediram de pegar um resfriado.

Aprender a ser uma metamorfa adequada fez Violet se sentir incompetente em tantos níveis. No entanto, havia um aspecto do seu treinamento com o qual ela se sentia em casa: a luta. Cada sessão costumava terminar com uma disputa contra Nathan, Sagan ou Nika. Às vezes, Gus aparecia, arrastando Autumn para conferir o progresso de Violet e animá-la. Na maioria das noites, Violet avistava Thane assistindo-os, a vários metros de distância. Até onde sabia, ele ainda não estava ciente da existência de Solace. Pelo visto, Thane achava que as sessões de treinamento eram necessárias para evitar que Violet queimasse ou espetasse alguém por acidente.

Nathan a fizera aprender a lutar no estilo veniri.

— Com o treinamento antigo em autodefesa, te ensinei a se defender de outros erathi. Como veniri, nossas maiores defesas são as lâminas dos cotovelos e os espinhos dos joelhos.

Ele tinha adquirido um par de almofadas de boxe e estava ensinando a Violet uma variedade de sequências para acostumá-la a desferir golpes com os cotovelos e joelhos. No início, Violet não conseguia entender. Qual era o problema em apenas dar um soco poderoso? Mas a cada noite que passava, seus movimentos se tornavam menos desajeitados, e os estalos e golpes dos cotovelos contra as almofadas se tornavam mais robustos.

O papel de Sagan era ensiná-la a se defender dos caçadores e de qualquer outra pessoa que conhecesse as fraquezas dos veniri e dos magneii. Era reconfortante saber que agora ela possuía o espesso couro veniri, que era praticamente impenetrável, exceto por uma arma de diamantium. O fato de que os cristais eram, na verdade, ossos ainda a deixava enjoada, e ela estremeceu com a lembrança da flecha com ponta de diamantium que o caçador de barba grisalha havia atirado em Sagan. Se ela não estivesse em guarda — Sagan a incluía —, poderia um dia ser fatiada e ter os próprios ossos forjados em armas similares.

O estilo de luta dele era muito diferente do de Nathan. Sagan chutava, dava socos e usava armas de treino improvisadas repetidamente nas áreas vulneráveis de Violet, obrigando-a a reagir por instinto para proteger sua cabeça e tronco.

Assim como um humano, apunhalar o coração de um veniri era letal, mas não era o coração atingido em si que os matava; pelo contrário, era perfurando uma das várias glândulas de veneno ao seu redor.

— As glândulas se alimentam de alguns pequenos fragmentos localizados aqui, aqui e aqui. — Nathan apontou para as clavículas, ombros e costelas inferiores de Violet. — O veneno é altamente corrosivo, como ácido. Depois que a glândula é perfurada, ela dissolve os órgãos circundantes em segundos. — Ele seguiu explicando que a carne reagia de maneira diferente ao veneno. — Em circunstâncias extremas, as glândulas podem ser removidas e utilizadas para cauterizar ferimentos.

Nika caçoou dessa declaração.

— E quando é que Violet precisaria arrancar uma glândula para cauterização?

Nathan não respondeu. O semblante cauteloso em seu rosto deixou Violet curiosa com o que exatamente ele não estava dizendo.

Além do coração, Sagan falou que Violet precisava proteger a cabeça. Os magneii eram caçados por seus luxium, as esferas de energia com vida útil infinita. Caçadores os usavam para alimentar lanternas, veículos, usinas de energia, armas de alta tecnologia e tudo o mais. O luxium estava localizado no crânio dos magneii, bem atrás dos olhos.

— Se você consegue incendiar os olhos, então sem dúvida tem um luxium — disse Sagan. — Se o luxium for danificado, o magneii morre na mesma hora. Em uma luta, o caçador geralmente tenta cortar a cabeça para reduzir o risco de danificar o luxium. Caso contrário, um golpe firme e direto no meio dos olhos faz o serviço.

Quanto a Nika, Violet não tinha certeza de qual era o seu trabalho. Na verdade, treinar parecia ser o seu pretexto para usá-la como saco de pancadas.

— Não desvie os olhos de Nika — disse Sagan à medida

que Violet e Nika rodeavam-se para um embate. — Observe para onde ela olha. Vigie até o menor movimento.

— Use também os outros sentidos — Nathan o cortou. — Agora seria um bom momento para degustar suas intenções.

A sensação de formigamento na boca de Violet ficou mais forte, e ela permitiu que sua língua modificasse. Conforme instruído por Nathan, ela a fustigou, como uma serpente, e se preparou para o fluxo caótico de sabores.

Nika aproveitou a desorientação repentina de Violet para acertar um soco maciço na lateral da sua cabeça. Violet grunhiu, os ouvidos zumbindo.

— O que os sabores estão te dizendo? — Nathan gritou.

— Hã... — Violet balançou a cabeça, tentando eliminar o zumbido e entender o que estava provando. — Eu acho que...

Nika a atacou com uma sequência tripla de socos na cabeça, seguida por uma joelhada abaixo da cintura.

Violet cerrou os dentes, reprimindo o gemido de dor. Onde Nathan e Sagan tinham um grau de honra, respeito e moderação durante a disputa, Nika era uma lutadora absolutamente sórdida. Violet ficou feliz por não ser um cara, mas aquela joelhada na virilha ainda doía para um cacete.

— Vamos, Violet. Se concentre — exigiu Nathan.

Nika engatou outro soco nas suas costelas, mas Violet conseguiu bloquear no último segundo.

— Os joelhos. Lembre-se de usar os joelhos — Nathan a recordou.

— Eu sei — disse Violet, trincando os dentes.

Outra vez, Nika investiu, acertando mais golpes em sua cabeça e estômago. Quando Violet conseguiu dar um murro, seu punho atingiu apenas o ar.

— Cotovelo! — Nathan berrou. — Os fragmentos não estão expostos, então é seguro acertá-la com o cotovelo.

Desta vez, quando Nika a atacou, Violet mirou uma cotovelada em seu rosto. O golpe avançou, mas não com a força que ela gostaria, pois a outra garota esquivou-se no instante final. Nika então contra-atacou com um rápido soco transversal em seu diafragma.

Violet cambaleou para trás, concedendo-se espaço para o ar voltar aos pulmões. A caçadora soltou uma risada maliciosa.

— Nika — Sagan advertiu.

Nika ignorou-o.

— Você está curtindo para caramba — sussurrou Violet.

Nika deu de ombros e colocou uma mecha solta de cabelo atrás da orelha.

— Você quer aprender a sobreviver neste mundo, reptante. Não espere que eu pegue leve. — Antes mesmo de terminar de falar, ela deu um murro na mandíbula de Violet.

Violet limpou a boca, surpresa por não encontrar sangue. E logo lembrou-se do seu couro espesso. Era uma pena que, embora sua carne fosse difícil de cortar, ela ainda sentisse cada tapa, chute e soco com tanta intensidade quanto quando era humana.

Nika voltou a rir, e o corpo de Violet começou a tremer de frustração e fúria crescente.

Nika acometeu contra ela, mas, desta vez, Violet estava pronta. Ela bloqueou um soco e, usando o impulso do golpe, girou o braço de Nika. No mesmo movimento ágil, Violet enganchou as mãos na nuca da caçadora e a puxou em uma chave de braço. Nika gemeu de surpresa e, em seguida, de dor quando Violet acertou uma joelhada atrás da outra na barriga de sua oponente.

— É isso! Encrave o cotovelo na clavícula dela. Não deixe que ela quebre suas defesas — incitou Nathan.

A firmeza de Violet foi se esgotando enquanto Nika se retorcia. Ela conseguiu acertar mais duas joelhadas, mas a caçadora também reuniu alguns socos baixos dolorosos. Rodopiando nos calcanhares, Violet usou a força centrífuga para atirar Nika para a lateral, então finalizou o movimento com um chute nas costelas.

Exclamações irromperam de Nathan e Sagan.

Violet não pôde deixar de oferecer a Nika um sorriso vitorioso.

— O que acha de mim agora, caçadora?

O ar de prepotência imprudente de Nika havia se desintegrado, especialmente depois que ela lançou um olhar penetrante para os espectadores entusiasmados.

O sorriso de Violet vacilou com o ressentimento frio naqueles olhos.

— Ótimo trabalho, Violet — falou Nathan. — Que tal encerrarmos por hoje?

— Ainda não terminamos — Nika disse e, então, avançou.

Pela primeira vez, a reação impulsiva de Violet foi tremular a língua de cobra antes de se preparar para a colisão.

A surra era interminável. Cada pedacinho do treinamento abandonou Violet; puro instinto tomou conta de sua mente em branco enquanto ela bloqueava e se defendia do maior número possível de golpes violentos. Conforme a resistência de Violet começava a diminuir, a agressão de Nika só se tornava mais intensa.

— Nika, mais devagar — Sagan bradou.

Mais gritos se seguiram, mas Violet precisou ignorá-los, focando toda a sua atenção em acompanhar a infindável enxurrada de ataques.

Violet conseguiu bloquear a maioria dos socos, então vislumbrou uma abertura e se esquivou do punho de Nika. Nika passou oscilando por ela, mas girou de volta quase instantaneamente, prendendo Violet no lugar com um olhar feroz.

Fuja, tudo dentro de Violet gritava. *Fuja*. Para evitar ser atacada novamente. Para evitar ser uma vítima outra vez. Era o que ela melhor sabia fazer. Durante sua infância, tinha fugido de todos os lares adotivos. Ela fugira quando descobriu a verdadeira identidade de Thane. Fugira quando Nathan a traiu. E em Rivermyre, não fez nada além de fugir.

Então a imagem da filha surgiu em sua mente.

O calor no peito de Violet se agitou.

Não mais, ela pensou. *Chega de fugir.* O inferno no peito de Violet se espalhou por todo o corpo, despertando as chamas em seus olhos e nas mãos.

A expressão de Nika ficou gananciosa.

— Acha que algumas chamas vão te salvar?

Violet a ignorou e avançou.

A caçadora esquivou-se.

Violet cambaleou, se chocando com nada além do ar. Ela girou e avançou novamente. Nika desviou, mas não antes de dar um soco em Violet.

— Está deixando que a raiva assuma o controle, Violet — Nathan gritou. — Recomponha-se.

Violet virou para dizer a ele para calar a boca, mas em vez disso arfou quando o punho de Nika afundou em seu estômago. À medida que ela se debruçava por reflexo, a caçadora a dominou com um gancho de direita poderoso na mandíbula. O golpe jogou a cabeça de Violet para trás e ela tombou no chão, perdendo o fôlego com o impacto.

Violet guinchou pela agonia escaldante que irradiava do seu rosto. Enquanto tentava preencher os pulmões vazios, ela segurou o queixo e ficou surpresa ao encontrá-lo pegajoso. Sua mão apareceu coberta por um líquido viscoso azul-petróleo com listras magenta.

Estava sangrando. Mas como?

Confusa, ela ergueu o olhar até Nika. Os olhos da caçadora cintilaram ao avistar o sangue único de Violet.

Em um átimo de segundo, Nika investiu sobre Violet e a

prendeu no chão. A dor atravessou sua bochecha quando o punho da caçadora desceu em seu rosto.

Ela berrou.

Quando Nika puxou o braço para trás para mais um golpe, Violet vislumbrou uma fileira de fragmentos de cristal brilhando nos dedos dela.

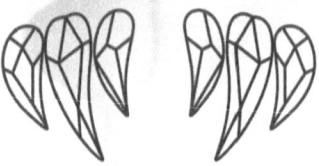

EU SEI O QUE CANELA SIGNIFICA

Os gritos de Violet perfuraram os tímpanos de Nathan. Demorou meio segundo para que sua mente compreendesse o que estava vendo. *Aquilo é sangue? O sangue de Violet?*

Antes que pudesse reagir, uma forma indistinta disparou por ele. Thane apressou-se em se colocar no meio da cascata de golpes de Violet e Nika. Manchas azul-petróleo começaram a aparecer em sua camisa.

Nathan adiantou-se à medida que Sagan interceptava o soco final de Nika, agarrando seu braço. Em conjunto, os dois arrastaram Nika para trás enquanto ela se contorcia e berrava, lutando contra eles com unhas e dentes.

— Nika, pare! — exigiu Sagan. — Qual diabos é o seu problema?

O braço de Nika soltou-se do aperto de Sagan e seu punho alvoroçado acertou o braço de Nathan. Ele sibilou com a dor repentina e os seguimentos azul-petróleo ao longo do seu bíceps. Apanhando a mão dela, Nathan inspecionou o punho ofensor.

Seu sangue ferveu de raiva quando avistou um soco inglês com ponteiras de diamantium. Ele largou o pulso da caçadora como se ela estivesse infectada com a praga e concentrou toda a sua atenção em Violet. Ela ainda estava encolhida de lado, com Thane agachado sobre sua forma inerte.

— Violet? — Thane a rolou de costas com cuidado.

Ela tossiu.

A centelha de alívio de Nathan se dissipou quando ele viu o rosto ensanguentado de Violet e a quantidade de sangue que era expelida. Ela piscava devagar, como se estivesse acordando de um sono induzido por medicamentos. Thane cuidadosamente a ajudou a se sentar, em seguida colocou os braços sob as costas e joelhos dela e a ergueu do chão.

Violet voltou a grunhir e resmungou algo que Nathan não ouviu muito bem.

— O que ela disse? — ele perguntou.

Violet murmurou outra vez; A expressão de Thane foi acometida pelo horror.

Canela.

Essa simples palavra encravou o punhal da vergonha ainda mais no peito de Nathan.

Thane encarou-o com um olhar mortal e acusatório.

— Como pôde deixar isso acontecer? — Ele não esperou que Nathan respondesse. Pelo contrário, delicadamente envolveu Violet com mais firmeza nos braços e a carregou dali.

— Viu, ela está bem — disse Nika quando Thane saiu. — Já pode aprender a se curar.

A fúria de Nathan transbordou. Suas articulações estalaram com a pressão intensa dos punhos cerrados, e não precisou olhar para confirmar que as lâminas dos cotovelos tinham surgido. Tremores selvagens sacudiram seu corpo inteiro.

Ele fixou os olhos em Nika.

— Sua imunda... — Presas irromperam na sua boca. — Vai pagar por isso.

Nika arregalou os olhos. Ela, ao menos, teve a inteligência de aparentar medo.

Mas antes que Nathan pudesse investir, a adaga de diamantium de Sagan foi prensada no seu pescoço. Quando Nathan tentou contorná-lo, Sagan a manteve firme.

— Saia da minha frente, *caçador*. — Nathan cuspiu a última palavra, como se fosse a coisa mais nojenta que já havia provado.

— Não — disse Sagan, o timbre desprovido de emoção.

— Se não sair do meu caminho, vou dilacerar sua garganta tal como a dela.

Nika gargalhou.

— Boa sorte, reptante.

A lâmina de Sagan não se moveu um milímetro.

A incredulidade de Nathan de que Sagan estava defendendo a prima enraizou-o no lugar ainda mais do que a adaga. Com certeza, não demorou muito para um ex-caçador voltar ao seu aspecto sangue-frio. Nathan deu meio passo, mas a adaga de Sagan se aprofundou mais em seu pescoço.

Foi preciso tudo que estava ao alcance de Nathan para que não desencadeasse seu ataque contra Sagan. Ele soltou um rugido gutural.

— Violet disse... ela sentiu...

— Eu sei — Sagan disse, baixo o bastante para que apenas Nathan pudesse escutar. — Sei o que canela significa.

A raiva de Nathan titubeou. Arrancando seu olhar assassino de Nika pela primeira vez, ele enxergou a ferocidade gélida por trás da fachada tranquila de Sagan.

— Deixe-a comigo — falou.

Nika debochou.

— É sério? Qual o problema? Pensei que estávamos aqui para treiná-la.

A raiva de Nathan voltou a explodir, mas ele a conteve

quando viu a mensagem suplicante nos olhos de Sagan. Inclinando ligeiramente a cabeça, Nathan deu um passo para trás.

Sagan virou-se para a prima.

— Ah, qual é, priminho. — Nika revirou os olhos. — Não me olhe assim. Eu não fiz nada que não fizeram conosco no nosso treinamento. Isso não foi nada comparado ao que seu pai te fez passar.

— Você não é meu pai — disse Sagan, as palavras lentas e deliberadas — e Violet não sou eu.

— Caramba, Einstein, obrigada por esclarecer isso para mim. Estive tão confusa esse tempo todo. — A risada de Nika não possuía humor. — Relaxa. Ela tem que aprender.

— É. Ela tem que aprender a se tornar uma metamorfa. Não uma caçadora.

— Ora, dã-ã! Mas se Violet tiver qualquer hipótese de enfrentar um caçador, então é melhor...

Sagan aproximou-se do rosto de Nika.

— Você não pode tomar essas decisões — ele sibilou, um leve tremor em sua voz. — Não sabe o que é melhor para Violet.

O sorriso de Nika fraquejou.

— Mas... ela precisa aprender. Ela é... só uma reptante.

— Ela é mais do que pode imaginar. — As costas de Sagan estavam retas, o pescoço e os ombros tensos. Uma emoção bruta reluzia por trás dos olhos claros.

O semblante perplexo de Nika se dissolveu, deixando uma rocha fria no lugar.

— Não me diga que está escolhendo ela ao invés de mim.

Sagan balançou a cabeça bruscamente.

— Claro que não. Você é minha prima. Mas cruzou a linha, Nika. Não pode deixar isso acontecer de novo.

— É mesmo? — Nika colocou as mãos nos quadris e estreitou os olhos. — E se acontecer? O que vai fazer sobre isso, hein? Vai me punir como o vovô?

— Não. Mas se machucar Violet assim de novo...

— Vai fazer o quê? — O desafio nos olhos dela era letal.

Passou-se um segundo. E, então, com um movimento rápido, Sagan agarrou o amuleto de Nika e acertou o cabo da adaga na superfície decorativa. O estalo do vidro ecoou na noite.

Nika soltou um grito estridente, com os olhos arregalados de espanto, enquanto o líquido escorria na mão de Sagan e se acumulava no chão. Quatro cores — prata, azul-petróleo, magenta e laranja — fundiram-se numa pequena poça entre os pés deles.

— Há um motivo pelo qual deixamos os caçadores. É melhor se lembrar disso — falou Sagan.

Nika voltou a mirá-lo, a feição ilegível. A seguir, arrancou o amuleto da mão dele e saiu furiosa.

17

POR FALAR EM DESPEJAR

Violet tinha apenas uma vaga e distante percepção de que alguém a carregava. Luzes passavam por seus olhos entreabertos e levou um momento para seu cérebro registrar que eram lâmpadas fluorescentes no teto de um corredor. Quem era? Para onde a estava levando?

Ela gemeu. E por que ela se sentia como se tivesse acabado de sair de um liquidificador?

— Está tudo bem, Violet. Estamos quase lá.

O calor liquefeito que esteve queimando em suas entranhas nos últimos dias transformou-se em gelo quando ela reconheceu aquela voz.

— Me ponha no chão — ela ordenou.

— Estou te levando até Dawn — falou Thane.

— Estou pouco me lixando. Me ponha no chão, agora.

— Só mais dez passos.

— Eu disse *agora*.

Violet tentou escapar dos braços dele, mas imediatamente se arrependeu quando dores lancinantes despontaram das costelas e ao longo das suas costas. A dor repentina a abalou tanto que ela inspirou fundo e prendeu a respiração até que a agonia diminuísse.

Todo o tempo, o aperto de Thane à sua volta permaneceu sólido.

— Mais três passos e a médica cuidará de você.

Um grunhido abafado foi tudo que Violet conseguiu responder. Odiava o efeito tranquilizante que aquela voz ainda tinha sobre si, mesmo agora, mas isso não era nada comparado ao desgosto que ela sentiu quando percebeu o quão forte estava agarrando a camisa dele. Sua onda de repulsa quando retirou as mãos quase abafou a dor física.

— Precisamos de ajuda aqui — Thane chamou.

Violet avistou os semblantes chocados de Gus e Dawn quando Thane a colocou em uma maca.

— Violet? O que houve? — Dawn apressou-se e imediatamente começou a avaliar a condição de Violet.

Gus concentrou-se em Thane.

— O que você fez?

Thane encarou-o boquiaberto por um instante. Então seus olhos se estreitaram e as mãos se fecharam em punhos.

— Eu não fiz isso — disse ele, a voz perigosamente baixa.

Por vários segundos, ele e Gus tiveram um confronto de olhares.

Violet decidiu que seria melhor intervir antes que Gus se transformasse em resíduo nos punhos de Thane.

— Estou bem, Gus.

Gus apenas meneou a cabeça antes de contornar Thane para ajudar sua mãe.

Inúmeras faixas estéreis, um frasco de cola cirúrgica e uma montanha de cotonetes sujos depois, Violet deslizou com cuidado para fora da maca. Ela teria alguns hematomas notáveis pela manhã.

— Obrigada, Dawn — disse ela, estremecendo um pouco à medida que Dawn a ajudava a vestir a camiseta.

Thane havia se alojado atrás da cortina divisória quando Dawn pediu a Violet para se despir, para que pudesse examinar as lesões em seu corpo. Mas Violet tinha certeza de que ele não partira de vez. Sua suspeita foi confirmada quando Dawn abriu a cortina para revelar Thane encurvado em uma cadeira ao lado da porta, os antebraços apoiados nos joelhos. Manchas de sangue azul-petróleo ainda eram evidentes na camisa, mesmo após Gus ter tratado dos cortes de Thane.

Gus entregou a Violet um frasquinho com um líquido esquisito.

— Antes de torcer o nariz, este é um analgésico veniri que eu bolei.

— Verdade?

— Sim, eu, hm... — Ele assumiu um semblante acanhado. — conversei algumas vezes com Nathan e imaginei que, se a minha mãe consegue desenvolver uma fórmula específica para bebês veniri, devo ser capaz de criar alguns analgésicos. Ainda mais depois que Nathan me disse que a maioria dos medicamentos humanos, ou melhor, *erathi*, são inúteis para metamorfos.

Dawn afagou o ombro do filho, o orgulho evidente no sorriso radiante.

Violet pegou o frasco, mas não conseguiu evitar que seu rosto se contraísse assim que sentiu o cheiro rançoso.

— Me certifiquei de não usar nada que pudesse ser prejudicial a um veniri.

— E quanto a um magneii? — Thane perguntou.

Gus girou, quase como se tivesse se esquecido de que Thane estava ali.

— Hã, na verdade — ele esfregou a nuca —, não tenho cem por cento de certeza sobre os detalhes dos metamorfos magneii ainda. Eu admito, pode precisar de alguns ajustes.

— Ela não deveria precisar disso — interveio Thane. —

Comparados aos erathi, os veniri e os magneii têm habilidades de cura aceleradas. Garanto, pode ser doloroso, mas espere um ou dois dias, e ela vai estar inteira outra vez. Isso se Nathan e Sagan não ficarem parados e deixarem-na levar uma surra de novo.

Violet abriu a boca para retrucar, mas Thane já estava fazendo mais perguntas para Gus.

— Como sabe que essa coisa não causará mais danos? Em quem você testou?

Gus encolheu os ombros e pigarreou.

— Eu, hm, não testei em ninguém.

O queixo de Thane caiu.

— E espera que Violet...

— Tudo bem, Gus. Eu confio em você.

Violet ofereceu ao amigo um sorriso reconfortante. Então, antes que ela ou qualquer outra pessoa pudesse dissuadi-la, engoliu o conteúdo do frasco. O gosto era mil vezes pior do que o cheiro, mas Violet forçou sua ânsia à submissão. Mesmo assim, não pôde evitar fazer cara feia.

A expressão e o corpo de Thane ficaram rígidos — se por conta da fúria ou da preocupação, Violet não sabia. Conseguiria descobrir com um toque de sua língua, mas quando se tratava de Thane, conhecer as emoções dele parecia um pouco... íntimo demais.

— Obrigada pelos analgésicos, Gus. Depois te conto como foi.

— Na verdade, antes de ir, preciso conversar com você sobre... hum... — Gus lançou a Thane um olhar de soslaio.

Thane soltou um pequeno suspiro.

— Vou esperar no corredor.

Somente depois que Dawn fechou a porta atrás de Thane, Gus falou:

— Acho que posso ter descoberto como você se tornou uma metamorfa híbrida.

Os olhos de Violet se arregalaram.

— Como?

— Bom, andei trabalhando nessa teoria. Para ser um metamorfo, tem que nascer ou ser mordido por um. Correto?

— Sim.

— Você nitidamente não nasceu uma. Então sobra a mordida de um metamorfo.

Violet franziu o cenho.

— Mas se um metamorfo morde um humano, o humano não costuma morrer?

— Isso.

— E eu tenho habilidades de duas espécies de metamorfos. Para acompanhar sua teoria, eu precisaria ter sido mordida por dois metamorfos diferentes.

Gus sorriu.

— Isso mesmo. Não uma, mas duas mordidas.

Violet piscou diversas vezes.

— Acho que me perdi.

Gus estendeu a mão e gentilmente ergueu o braço de Violet.

— De primeira, eu pensei que a magneii loura tinha te ferido com as chamas. — Ele indicou a cicatriz no seu antebraço que parecia uma queimadura de ácido. — Mas dei uma olhada melhor quando estava substituindo as bandagens. Ela te mordeu, não foi?

Flashbacks daquele dia atravessaram a mente de Violet à medida que ela fitava a pele elevada.

— Sem chance.

As palavras mal chegavam a um sussurro. Em meio ao caos da luta, acordar de um coma e lidar com as consequências de perder Solace — assim como Skye e Cruz —, alguns dos detalhes mais sutis ficaram turvados. Isso a fez sentir-se estúpida, agora que pensava a respeito. Aquela foi a única vez que havia se deparado com os magneii, então com certeza foi quando ela contraira as habilidades da metamorfa.

— Mas eu nunca fui mordida por um veniri, então isso não explica esse lado das coisas. Ou porque não estou morta.

Gus içou sua outra mão.

A boca de Violet se escancarou e ela deu um passo para trás. A resposta estava ali todo o tempo. Ela *fora* mordida por um veniri, a própria filha.

— Minha teoria é: a razão pela qual você não morreu quando Solace te mordeu é porque metade do DNA dela é seu. — relatou Gus. — Mas acho que a mordida dela ainda te afetou. Se lembra de quando ficou resfriada por semanas depois que ela nasceu? E se não foi um resfriado? E se a mordida dela de alguma forma te mudou? E se ela te transferiu habilidades veniri, e essas habilidades estavam dormentes até o dia que a magneii te mordeu?

O silêncio inundou a sala por alguns segundos. Violet roçou os dedos na pequena marca de mordida veniri alojada entre o polegar e o indicador, em seguida encarou Dawn, que ficara quieta o tempo inteiro.

— Isso é possível?

Dawn assentiu.

— Acredito que a teoria do Gus é bem plausível. Até convenci as três mães no fim do corredor a fazerem exames de sangue. Duas delas confirmaram terem sido mordidas pelos bebês. Essas duas também passaram por uma fase em que achavam que tinham um resfriado forte, e quando comparamos o sangue delas com o sangue que coletamos de você antes do ataque magneii, encontramos algumas anomalias semelhantes. É provável que elas também tenham desenvolvido habilidades veniri, mas essas habilidades se encontram adormecidas.

— Então essas mães um dia serão como eu? — Violet sondou.

— Talvez sim — falou Dawn. — Talvez não.

— A única maneira de pôr à prova seria permitir que um metamorfo de outra raça as morda — Gus disse. — Elas poderiam se tornar metamorfas duplas, como você.

— Certo... então, se não morremos com a mordida dos nossos bebês, como é que eu sobrevivi à segunda mordida?

— É aí que minha teoria fica um pouco nebulosa — admitiu Gus. — Pode ser que a mordida de Solace tenha te protegido de certa forma. Ou talvez, estatisticamente falando, você seja uma das raras sortudas que consegue sobreviver a mordida de um metamorfo.

Violet fechou os olhos e esfregou as têmporas.

— Eu sei que é muito para assimilar — Dawn proferiu. — Gus e eu estamos aqui com você. E estamos fazendo tudo o que está ao nosso alcance para encontrar mais respostas.

— As mães sabem? Quero dizer, elas estão cientes de que é possível adquirir a habilidade de mudar de forma?

— Não — disse Dawn. — Na verdade, achamos melhor que essa informação fique entre nós. Se isso vazar para as pessoas erradas, quem sabe o quão terríveis as consequências podem ser.

Violet e Gus concordaram. Em seguida, após uma rajada de agradecimentos pela ajuda, Violet saiu. Para seu descontentamento, Thane ainda a esperava no corredor.

— Não deveria ter bebido aquilo — ele disse.

Violet revirou os olhos.

— Eu estou bem. Além disso, a última coisa que Gus faria seria me envenenar.

— Talvez não de próposito. Não me entenda mal, ele e a mãe sabem o que estão fazendo quando se trata dos erathi, mas não têm muita experiência quanto a metamorfos.

— Ah, é? E presumo que você seja o 'sabichão', hein? Considerando que é um veniri. Certo?

Thane empalideceu.

— Como... Nathan te contou? Ou foi Sagan?

— Ninguém me contou.

Ele olhou-a com as sobrancelhas franzidas.

— Então, como?

Sem responder, Violet começou a caminhar em direção à saída. Como se ela fosse mencionar que a transformação da filha o denunciou. De modo nenhum estava preparada para contar a respeito de Solace.

Quando começava a pensar que ele a deixaria sozinha, ouviu os passos de Thane atrás de si, e ele apareceu em seu campo visual.

— O que quer que Nathan, Sagan ou qualquer outra pessoa tenha te dito, eu posso explicar.

— Esquece. Não estou no clima para um bate-papo sobre o passado. Ah, e mais uma coisa. Só porque é um veniri não significa que pode tomar decisões por mim.

Thane zombou.

— Claro que não. Tudo o que estou tentando dizer é que você é uma metamorfa agora. E não uma metamorfa qualquer; uma híbrida. Tem alguma ideia do que isso significa? Pelo que sei, um híbrido é inédito. Metamorfos não sobrevivem a uma mordida de outra raça. Não percebe? Você é especial. Quando a notícia começar a se espalhar, outros virão de longe para tentar te caçar e tomar o que você possui. Precisa ser cuidadosa. O elixir que Gus te deu pode ser um analgésico para o seu lado veniri, mas vai saber? Pode tornar o lado magneii vulnerável.

Foi a vez de Violet caçoar.

— E você deve saber o que me torna vulnerável, não é?

Thane enrugou o nariz e passou a mão pelo cabelo louro. Violet meio que esperava que ele lhe esbravejasse um insulto e fosse embora. Mas ele não o fez. Continuou andando ao seu lado em silêncio, acompanhando seu ritmo acelerado.

Ela o mirou com o canto dos olhos. Ele estava com os

ombros curvados, as mãos nos bolsos da calça jeans. Uma pequena parte sua queria se desculpar pela atitude irritadiça, mas então lembrou-se de que deveria estar feliz por ele sentir-se tão miserável quanto ela. Sua cabeça girava com todas as ofensas furiosas que queria despejar no homem que havia mentido para ela e assistira sua melhor amiga morrer.

Violet paralisou. E por falar em despejar...

Sua mão disparou até a boca. Em uma afobação, ela virou e avançou pelo corredor em direção ao banheiro feminino. A julgar pelos passos que a seguiam, Thane estava bem na sua cola.

Empurrou a porta do banheiro, enfiou-se em uma das cabines e expulsou o remédio asqueroso de Gus do estômago. O gosto estava ainda mais deplorável ao ser expelido.

— Não diga nada — falou Violet, quando parou de engasgar.

— Eu não ia. — Apesar do cheiro desagradável que Violet estava causando, Thane segurava seu cabelo e entregava-lhe toalhas de papel sempre que ela precisava.

Depois de enxaguar a boca e jogar água no rosto, Violet agarrou as laterais da pia. Sua cabeça pendeu para frente.

— Como está se sentindo agora? — indagou Thane.

Ela estremeceu. *Por que ele ainda está aqui?*

— Seu estômago deve estar melhor, mas de resto, como se sente?

Ao pensar nisso, não sentia dor nenhuma. O analgésico de Gus tinha funcionado.

— Eu estou bem. Não estou mais com dor. — Ela levantou a cabeça para dizer a Thane onde ele poderia enfiar suas dúvidas em relação ao remédio de Gus, mas imediatamente foi tomada por uma vertigem.

Thane a apanhou antes que ela pudesse bater a cabeça na pia.

— Violet?

— Estou bem. Eu só... Epa. — O cômodo começou a rodo-piar. — Sinto como se tivesse bebido muitas doses de tequila.

A próxima coisa que Violet se deu conta foi de que estava de volta nos braços de Thane. A tontura durou tanto tempo quanto ele levou para carregá-la até seu quarto.

Quando ele gentilmente a deitou na cama, perguntou:

— Se sente melhor?

Violet mirou o teto, tentando manter sua indiferença diante da proximidade de Thane.

— Sim. O quarto não está girando. Talvez o banheiro esteja quebrado.

Thane gargalhou, pegando-a de guarda baixa. Não conse-guia se lembrar da última vez que o vira sorrir, muito menos gargalhar. *Isso porque não o vê há quase um ano e está evitando-o como o diabo foge da cruz*, disse a si mesma.

A gargalhada dele cessou e, por um instante, eles apenas se entreolharam. Pela primeira vez, Violet notou que as manchas douradas que costumavam cintilar nas íris de Thane estavam ausentes, deixando-as num tom marrom opaco.

— Acho que só preciso dormir — ela disse, tentando ignorar os sentimentos que se agitavam em seu coração.

Felizmente, Thane entendeu a dica e ergueu-se.

— Neste caso, vou te deixar à vontade, Ronda Rousey.

Violet fez uma careta.

— E agora, quem e o que é essa?

— Ela é uma lutadora erathi famosa.

Violet piscou.

— Não importa — disse Thane com um sorriso. — Te vejo de manhã.

Violet ficou encarando a porta muito depois de ele ter saído, pensando: *será que ele esqueceu de apagar a luz ou se lembrou de que prefiro dormir com ela acesa?*

18

ESCULTURA DE CRISTAL
SWAROVSKI

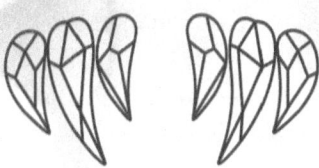

DEPOIS QUE NIKA SAIU FURIOSA, NATHAN E SAGAN SE sentaram à beira da plataforma do pavilhão, fitando o céu noturno em um silêncio contemplativo.

— Lamento não ter te ajudado na sua missão — Nathan disse, por fim. — Fiquei um pouco enclausurado.

Sagan franziu as sobrancelhas.

— Que missão?

— O assassinato da rainha veniri.

— Ah, sim. Aquela missão. — Sagan exalou um longo suspiro. — Parece uma história antiga. Na época, eu sentia que era o próposito da minha vida. Mas agora...

— É, entendo o que quer dizer. Me senti do mesmo jeito. Levei um tempo para esquecer a obsessão de conspirar para matar Idália.

— Eu não decidi deixá-la impune. A minha irmã terá justiça. E você, sem dúvida alguma, ainda vai me ajudar.

Nathan soltou uma risada.

— Muito bem.

— Mas primeiro ajudamos Violet e Solace.

— Com certeza. Violet e Solace primeiro.

— Há quanto tempo sua pele está assim? — Sagan indagou, pegando Nathan desprevenido.

Suas entranhas viraram pedra.

— Assim como?

Sagan o encarou com um olhar que dizia: "Nem se dê ao trabalho de mentir para mim."

— Quando estava prestes a atacar Nika, vi que o seu peito estava cristalizado. Pelo que me lembro da última vez, você tinha escamas.

— Da última vez? — Nathan inclinou a cabeça para o lado. — Quer dizer aquela vez que o sociopata do seu pai te fez me esfaquear, só por diversão?

Um misto de emoções cruzou o rosto de Sagan de forma acelerada e Nathan repreendeu-se mentalmente por cutucar o que ainda era um ponto bastante sensível para ambos.

— Então, qual é o problema? — Sagan voltou a questionar. — Desde quando reptantes podem desenvolver pele de diamantium?

— Não podem. — Nathan deu de ombros. — Eu, hã... — Não adiantava inventar alguma coisa; Sagan estava muito sintonizado com seu radar BS. — Não sei qual é o problema. E, pelo que percebi, não acho que seja diamantium. Isto é... diferente.

As sobrancelhas de Sagan se arquearam.

— Como assim?

Nathan dirigiu seu olhar para as estrelas, à procura das palavras certas.

— Bom, diamantium é rígido. Esse outro material é um pouco flexível.

— Me mostre.

— Agora? — Nathan olhou em volta.

Sagan revirou os olhos, como se Nathan fosse uma criança fazendo birra.

— *Me mostre.*

Nathan alcançou o primeiro botão da camisa e, então, hesitou.

— Sabe que isso é estranho, não é? Você está praticamente pedindo para eu me despir...

— É só mostrar — Sagan falou.

— Certo, tudo bem.

* * *

Quando Sagan arrastou Nathan para a enfermaria, eles interromperam Dawn e Gus, que estavam atarefados limpando um amontoado de cotonetes ensanguentados. O peito de Nathan contraiu-se ao reconhecer a combinação azul-petróleo e magenta. Tanto sangue...

— Como está Violet? — perguntou.

— Além de parecer a noiva do Frankenstein, você quer dizer? — A feição de Gus era severa.

Os ombros de Nathan se curvaram. Não havia desculpa — nem explicação digna. Mais uma vez, falhara em proteger Violet.

Dawn pôs a mão em seu ombro.

— Se isso ajuda, nenhum dos ferimentos dela foi permanente e, com um pouco de descanso, sei que Violet vai estar a cem por cento em pouco tempo. E mesmo que esteja se culpando pelo que aconteceu, saiba que ela não culpou ninguém.

Nathan cruzou os braços.

— Está me deixando escapar fácil demais, Dawn. Mas obrigado.

Dawn ofereceu-lhe um sorriso gentil, em seguida transferiu o olhar de Nathan para Sagan.

— Tenho a sensação de que não é só por isso que está aqui.

Sagan fechou a porta e a trancou antes de voltar-se para Nathan.

— Mostre a eles o que me mostrou.

— Calma aí! — Gus ergueu ambas as mãos. — Se tiver algo a ver com rabos ou algum bagulho do tipo, estou fora. Eu realmente não estou qualificado para nada disso.

— August Farrow! — Dawn girou para ele com um sério olhar de desaprovação.

— Relaxa. — Sagan recostou-se na porta. — Acha que eu estaria aqui se fosse algo assim?

Nathan ergueu uma mão.

— Hm, eu também não estaria aqui se fosse algo do gênero.

— Boa observação — disse Gus.

Interrompendo a conversa antes que se tornasse mais esquisita, Dawn murmurou:

— O que precisa nos mostrar, Nathan?

Um silêncio pairou na sala à medida que Nathan tirava a camisa.

— Nossa! — Gus ficou boquiaberto. — O que é isso? É um lance veniri?

— Não... — A testa de Dawn se enrugou em uma carranca pensativa enquanto ela se aproximava. A lasca agora cobria todo o ombro de Nathan, junto com a área abaixo da clavícula, e se dirigia para o esterno.

— Já viu algo assim antes? — Nathan perguntou.

— Nunca. Posso...? — Ela gesticulou para a pele cristalizada.

Nathan deu de ombros.

— Claro, vá em frente.

Dawn prensou a lasca de cristal com a ponta de um dos dedos, a qual formou uma covinha, como pele sob uma pressão suave. Nathan teve que conter seu espanto com a sensação; poderia jurar que sentiu cada minúscula saliência na textura da pele dela.

Gus moveu-se para ficar ao lado da mãe.

— O que é?

Dawn meneou.

— Não consigo nem imaginar. O que acontece quando você modifica? Isso afeta as escamas?

Nathan se transformou da cintura para cima. Não fazia sentido estragar outro par de calças se não fosse necessário.

— Hmm...

Dawn estudou a carne ainda cristalizada entrelaçada com suas escamas, depois examinou a área na panturrilha. Nathan tentou suprimir o horror ao ver que a superfície cristalizada em sua perna tinha começado a envolver seu tornozelo e subia em direção ao joelho.

No momento em que terminou de explicar os detalhes de como e quando notou as lascas pela primeira vez, o grupo já especulava sobre possíveis causas e curas hipotéticas, com Gus fazendo anotações furiosamente em uma prancheta.

O estresse e a ansiedade de Nathan em Tempecrest estimularam alguma espécie de manifestação física?

Será que havia alguma anomalia genética no DNA de Nathan que fora desencadeada recentemente?

Nathan tinha contraído uma doença rara em Tempecrest?

Era algum tipo de doença autoimune veniri?

Nathan estava sendo possuído por um demônio veniri?, foi o que Gus indagou.

Nathan estava progredindo para o próximo estágio do processo evolucionário veniri?, esta também foi uma pergunta de Gus.

— Na verdade — disse Nathan, atingido de súbito por uma memória —, agora que parei para pensar, houve algo incomum que aconteceu pouco antes. — Ele lançou um olhar penetrante para Sagan. — Afrodite.

À menção do canhão de luz dos caçadores, os olhos de Sagan arregalaram-se.

— Você disse que ninguém sobreviveu tempo o bastante para conhecer os efeitos completos de Afrodite — disse Nathan.

— Não. — Os traços de Sagan endureceram.

Gus virava a cabeça de um para o outro.

— Podem ser mais específicos?

— Afrodite é uma ferramenta que os caçadores usam para colher diamantium — Sagan retrucou. — É um canhão que emite um raio condensado e artificial de luz venusiana que obriga os veniri a modificar e expor seus fragmentos. Afrodite também garante que o veniri não retorne à forma humana, ainda que eles... — Estremeceu. — Mesmo depois de morrerem.

A caneta de Gus pairava sobre a prancheta à medida que sua boca formava um "oh".

— E essa *Afrodite* foi usada em Nathan? — Dawn inquiriu.

— Sim — confirmaram Nathan e Sagan ao mesmo tempo.

— E acha que as coisas começaram a mudar depois disso? Nathan assentiu.

— Sim.

— Que tipo de mudanças você se lembra?

Gus começou a rabiscar enquanto Nathan respondia.

— A primeira é que eu não conseguia sair da forma veniri. Foi quando Sagan me ajudou a escapar do bunker dos caçadores. A seguir, descobri que posso saltar mais alto, correr mais rápido e bater com mais força. E, então, têm as lâminas dos meus cotovelos. — Ele levantou um dos braços e liberou a lâmina de diamantium do cotovelo. O fragmento de cristal corria paralelo ao seu antebraço, a ponta um pouco abaixo do pulso.

Os olhos de Gus esbugalharam-se.

— Uau. Maneiro.

— Eu costumava sentir uma dor agonizante pouco antes das lâminas fatiarem meus cotovelos. Mas agora não sinto nada.

— Não me parece tão ruim — falou Gus.

— É ruim, acredite — Nathan disse. — As lâminas são um mecanismo de defesa. Se eu estiver em perigo ou em um estado emocional elevado, elas podem se soltar automaticamente. A dor costumava me alertar, e eu podia me controlar antes que as lâminas surgissem. Agora é quase impossível para mim contê-las.

Dawn encarava o vazio, seu dedo indicador batucando nos lábios.

— O que está pensando, mãe? — Gus sondou.

— Hum, ainda não tenho certeza. A única maneira de confirmar qualquer coisa é com mais observações e exames.

Sem mais demora, Gus e Dawn checaram e registraram os sinais vitais de Nathan, tiraram fotos e medidas das lascas e coletaram amostras de sangue. Nathan cerrou os dentes quando Dawn cortou uma pequena parte da pele cristalizada com um bisturi de diamantium. Ela também coletou um pequeno pedaço das suas escamas para comparar sob o microscópio, mais tarde.

A última coisa que fizeram foi estabelecer um cronograma para Nathan vir vê-los todos os dias.

Nem sequer vinte e quatro horas depois, no entanto, Dawn e Gus tiveram notícias perturbadoras.

— Agora, somente para deixar claro — começou Dawn —, isso é apenas o que descobrimos desde que te vimos ontem à noite. Precisamos efetuar mais testes antes que possamos confirmar qualquer coisa.

Nathan acenou, tentando ignorar a sensação de aperto em seu estômago.

— Seja direta, Dawn.

Ela lhe deu um sorriso apertado conforme Gus abria uma caixinha e tirava duas lâminas de vidro para microscópio.

— Como vai ver, a amostra à esquerda é o couro escamado e a outra é a pele cristalizada. — Gus alçou o que parecia ser uma pequena lanterna. — Peguei isso emprestado do Sagan. É uma versão menor e muito menos poderosa do que vocês chamam de Afrodite. Dê uma olhada nas escamas.

Enquanto Dawn apagava as luzes, Gus enfiou a lâmina no microscópio e fez um gesto para Nathan olhar pela ocular.

A imagem que Nathan viu parecia um montículo grumoso de massinha de modelar marcado aleatoriamente por fendas profundas.

— O que você está vendo é, na verdade, a sua carne, ou melhor, a pele não-modificada — explicou Gus.

Nathan franziu o cenho, ainda na ocular.

— Você não tinha dito que eram escamas?

— Disse. Como deveria ser de esperar, quando o seu corpo não está reagindo à energia venusiana, ele volta ao estado humano, não é?

— Correto — falou Nathan.

— Agora, observe.

Uma luz azul-petróleo apareceu na extremidade da imagem. Por onde a luz banhava a pele, a massa irregular reverberava com um brilho interior, em seguida começou a se deformar até que o padrão engendrado se transformasse em centenas de células circulares brilhantes. Entretanto, quando Gus afastou a lanterna, as células cintilantes voltaram ao seu estado original.

— Você acabou de testemunhar, em um nível microscópico, como é o aspecto da sua pele quando modifica — esclareceu Gus.

Nathan assoviou.

— Eu nunca tinha visto dessa perspectiva. É bem impressionante.

— Espere até ver isto. — Gus retirou a lâmina e a substituiu pela outra. — Essa é uma amostra que tiramos da margem da lasca cristalizada. Você já vai notar algumas diferenças.

— É, tem razão — disse Nathan, olhando pela ocular. A imagem tinha a mesma textura granulada de massinha, mas diminutas manchas de iridescência reluziam na superfície.

— Agora, essa amostra ainda não foi exposta à lanterna de Sagan — falou Gus. — Veja o que acontece.

Mais uma vez, o feixe de luz azul-petróleo disparou sobre a amostra de pele; e, novamente, a massa irregular começou a brilhar, ondular e transformar-se em centenas de células circulares brilhantes. Mas, desta vez, as células começaram a se esticar e dividir-se em milhares de pequenos fragmentos, com minúsculas manchas de arco-íris refletindo em cada estilhaço. Quando a luz desapareceu, os estilhaços voltaram à massa grumosa, mas as partículas brilhantes pareciam um pouco maiores do que antes.

— O que aconteceu? — Nathan questionou.

— Ainda não sabemos. — Gus trocou um olhar com Dawn. — Mas temos uma teoria baseada nas próximas lâminas.

Nathan continuou na ocular do microscópio à medida que Gus deslizava lâmina após lâmina.

— Esta amostra de escamas foi exposta ao raio venusiano por um minuto. A próxima, por dez minutos. Esta outra lâmina, trinta. A última, por uma hora.

A cada lâmina, os fragmentos iridescentes foram dominando a textura irregular da pele; até que, na última lâmina, a pele havia desaparecido por completo.

Nathan desviou o olhar do microscópio, o coração golpeando seu tórax. Quando Dawn acendeu as luzes, a apresentação quase parecia um devaneio.

— Você disse que tinha uma teoria. Qual é?

— Bem, nada foi confirmado ainda — Gus disfarçou.

Nathan pressionou os olhos com as palmas das mãos.

— Fale de uma vez.

— Acreditamos que quanto mais seu corpo for exposto à energia venusiana, mais o cristal vai se espalhar, até que, um dia...

— Eu acabe por ser de cristal por inteiro — falou Nathan quando Gus não concluiu.

— Sim.

Dawn se colocou ao lado de Gus.

— Também acreditamos que possa afetar sua habilidade de modificar; digo, pode existir uma chance de não conseguir voltar à forma humana.

Passaram-se alguns segundos de silêncio enquanto Nathan se permitia absorver.

— Quanto tempo?

— Não sabemos — disse Dawn. — Ainda estamos nos estágios iniciais de descobrir qual é o problema. Mas pelo que já vimos, assumimos que o processo de cristalização ocorre apenas quando você está na forma veniri.

— Então estão dizendo que eu não posso me transformar de novo. Tenho que ficar na forma humana pelo resto da minha vida se não quiser... me tornar uma escultura de cristal Swarovski em tamanho real.

— Bom, tecnicamente, você seria uma escultura de diamantium em tamanho real...

Dawn acotovelou Gus para fazê-lo calar a boca.

— No momento, são apenas hipóteses. Não há garantias de que essa condição seja uma sentença de morte.

— Você acredita mesmo nisso?

Os lábios de Dawn se comprimiram em uma linha rígida.

— Admito que estou preocupada com o quão longe essa cristalização irá se espalhar e o que vai acontecer se começar a afetar o seu tecido muscular e órgãos internos, ou mesmo seu... — Ela se deteve por vários instantes. — Talvez seu cérebro possa um dia ser afetado também, se já não foi. Ouso dizer que, se estiver determinado a continuar mudando para a forma veniri, você pode querer considerar pôr seus assuntos em ordem.

* * *

— Então, o que Gus e Dawn disseram?

Nathan levantou os olhos.

— Hein?

Sagan arqueou uma sobrancelha.

— Gus e Dawn. O que eles te falaram?

— Oh, hm... eles não têm muita certeza do que está causando a cristalização. Mais testes precisam ser feitos, pelo menos antes que qualquer coisa possa ser confirmada.

— O que precisa ser confirmado?

"...Considerar pôr seus assuntos em ordem."

Após uma ligeira hesitação, Nathan deu de ombros.

— Não muito.

— Ceeerto. — Sagan cruzou os braços, estudando-o.

Os segundos foram passando, mas Nathan não conseguia pensar em nada para dizer ou fazer para dispersar o olhar pálido e frio de Sagan ou a tensão crescente. Felizmente, os outros chegariam em breve para dar início ao treinamento.

Depois de todo o incidente em que foi espancada por Nika, Violet tinha sido inflexível quanto a continuar com as sessões. Ela assegurou-lhe que Gus e Dawn a ajudaram a se curar depressa e, afinal, era *seu* bebê que estava em algum lugar por aí. Foi preciso um pouco de imposição e a adição de algumas novas regras de treinamento — tais como chegar a uma palavra de segurança —, antes de Nathan concordar em seguir adiante.

— Oi, desculpe o atraso. — Violet atravessava o pavilhão para se juntar a eles.

Ver os cortes e hematomas no rosto dela fazia Nathan estremecer por dentro — diamantium sempre deixava sua marca. Mas as lesões já aparentavam ter por volta de uma semana, para os padrões de cura humanos, e até pareciam ter melhorado significativamente desde que Nathan falou com ela no café da manhã. Talvez fosse o lado magneii que a auxiliava a não ter cicatrizes.

Thane chegou alguns momentos depois e sentou-se na beira da plataforma — muito mais perto do que assistia antes do incidente com Nika. Havia avisado Nathan mais cedo que, se algo mais acontecesse com Violet, seria o crânio de Nathan empalado na extremidade das lâminas dele.

Tentando ignorar o olhar sempre atento de Thane, Nathan sugeriu que começassem com um aquecimento antes de entrar em mais técnicas de combate.

— Na verdade, podemos tentar outra coisa? — Violet indagou.

— O que tem em mente?

— Aquela metamorfa magneii loura criou isto. — Violet sacou uma adaga magenta ligeiramente cintilante. — Juro que ela a produziu do nada e fez um chicote do mesmo modo. Já ouviu falar disso? É uma habilidade magneii?

Nathan pegou a adaga e a examinou.

— Sim, já ouvi falar dessa habilidade. E não, não são apenas os magneii. Qualquer metamorfo pode aprender. É chamada forja de luz.

Os olhos de Violet ficaram radiantes.

— Pode me ensinar?

Ele rodopiou a arma em sua mão. A lâmina era afiada como navalha — sem dúvida forjada por um mestre.

— Acho que posso te ensinar o básico.

— O básico? — Violet fez cara feia. — Por que só o básico?

— Hã, bom... — Nathan coçou o topo da cabeça. *Como explicar isso?* — Pense na forja de luz como se fosse um piano. Qualquer um pode bater nas teclas para fazer som, mas é preciso muito treino e horas e horas de prática para tocá-lo de forma eficaz. Você começa tocando a valsa 'Chopsticks' antes de avançar para o 'Flight of the Bumblebee'.

— Tudo bem, vamos cair dentro.

— Muito bem. — Nathan entregou a ela a lâmina magenta. — Nesse caso, o primeiro passo é focar em um raio de luz celestial e depois condensá-lo em uma massa tangível. Para fazer isso, como sempre, você precisa entrar em sintonia com a melodia interior e localizar um feixe.

Nathan tentou explicar os próximos passos com tanta clareza quanto possível. Violet ouvia atentamente as instruções enquanto Sagan e Thane observavam em silêncio.

Não demorou muito para ela encontrar um feixe e, após algumas tentativas, um pequeno raio de luz azul-petróleo do tamanho de uma semente de gergelim começou a pairar vários centímetros acima da sua mão. A massa aumentou para um glóbulo ondulante do tamanho de uma ervilha.

— Nossa! — Apesar da gota de suor que escorria por sua têmpora, todo o rosto de Violet se iluminou com um sorriso. — Eu consegui.

Sagan e Thane se aproximaram para inspecionar a bolha de luz tangível.

— Isso é bem legal — disse Sagan.

Nathan discretamente trocou um olhar com Thane. O semblante no rosto do veniri mais jovem continha todo o choque que Nathan estava reprimindo. Nunca tinha visto alguém forjar seu primeiro glóbulo de luz tão rápido. Ou Violet tinha uma determinação severa ou um dom natural. Talvez possuir o poder de duas raças metamorfas tenha aumentado suas habilidades de forja. Quem iria saber? Cada vez que Nathan pensava que estava começando a entender as capacidades híbridas de Violet, ela jogava uma bola curva que o deixava confuso.

Violet olhou para Nathan.

— E agora?

— Bom, você conseguiu realizar a etapa mais difícil. Agora, tem que praticar o controle moldando a luz em formas específicas, começando com uma esfera.

Ela dominou a esfera em tempo recorde, e Nathan lhe disse para adicionar uma superfície plana, em seguida outra. Após cerca de meia hora, um pequeno tetraedro pairava sobre sua mão. Ela estava determinada a adicionar um quinto lado, mas o corpo estava todo tenso, e seu rosto e pescoço estavam vermelhos e cobertos por uma camada de suor. Se ela se esforçasse mais, correria o risco de romper um vaso sanguíneo.

— Acho que devemos encerrar a noite — disse Nathan. — Não vai querer se esforçar demais.

Assim que a convenceu a reverter o processo removendo uma superfície plana de cada vez, ela liberou a bolha, que se solidificou de imediato e caiu em sua mão como um pequeno seixo obscuro.

Thane balançou a cabeça, incrédulo.

— Isso foi incrível.

— Hum... obrigada. — O sorriso de Violet mal alcançou seus olhos e desapareceu tão rapidamente quanto surgiu. Ela girou para Nathan. — Podemos fazer de novo amanhã?

Nathan deu de ombros.

— Não vejo porque não. Mas, como eu disse, é prática, a prática é o que vai te levar a dominar a habilidade.

— E então? — Violet sondou.

— Suponho que o céu é o limite, ou talvez a sua imaginação é que seja. A forja de luz pode ser usado para inúmeras coisas além de armas: para fins de construção, propósitos médicos, fabricar joias e... — *Bloquear memórias*. Ele não conseguiu dizer em voz alta; não quando a última pessoa para quem ele forjara a luz para criar um bloqueio de memória foi Violet.

Tinha selado as lembranças do sequestro e tudo o que ela testemunhou sobre os metamorfos veniri que a capturaram e assassinaram sua melhor amiga. Durante três anos, o bloqueio foi um sucesso, com exceção de um pequeno detalhe: a tatuagem no pescoço de Thane.

Se ao menos ele seguisse o comando de Nathan na época e ficasse longe de Violet. Se tivesse deixado-a em paz, as coisas aconteceriam de forma completamente diferente. Para todos.

19

QUE OS CÉUS TENHAM PIEDADE

VIOLET CAMINHAVA PELO CORREDOR DA ENFERMARIA DEPOIS DE visitar Gus, quando o choro de um bebê a estagnou. Quase contra a vontade, seu olhar dirigiu-se para a porta do berçário.

A qualquer momento, as três mães e seus bebês veniri seriam transferidos para um novo local seguro. Dawn fez tudo o que pôde por eles; as crianças estavam saudáveis e nenhuma das três mulheres apresentava sintomas de gripe, algo que Dawn vinha observando desde a revelação sobre a mordida de Solace. Do ponto de vista de Dawn, a menos que as mães fossem mordidas por outro metamorfo, não havia mais preocupações com o bem-estar delas.

Desde a morte de Skye, Autumn assumira o contato com os abrigos de metamorfos em nome das mães e seus filhos veniri, embora ela nunca tenha falado disso. Violet sabia que não deveria pedir detalhes. Quanto menos pessoas conhecessem os locais, mais seguros estariam as mães e bebês.

Outro lamento da criança aos prantos devastou a alma de Violet.

Deveria ir embora. Mas os gritos do bebê se recusaram a

deixá-la partir. Lágrimas pinicaram seus olhos, borrando tudo ao redor.

A dor por Solace tinha se transformado em um buraco negro, com uma atração gravitacional tão intensa que Violet estava começando a acreditar que nunca seria capaz de escapar. Este sofrimento era muito maior do que quando descobriu que a própria mãe a havia abandonado no hospital logo depois de dar à luz. Maior do que quando sua melhor amiga, Lyla, foi assassinada. E ainda maior do que quando descobriu que Thane e, sobretudo, Nathan a traíram.

Violet rapidamente enxugou as lágrimas e espiou o berçário. Dawn estava fazendo sua ronda às mães e seus bebês, além de dar um ou dois abraços. As crianças tinham crescido tanto, mesmo após poucos dias. Quanto Solace crescera desde a última vez em que a viu?

Violet se afastou da cena com as mães que não tiveram seus filhos arrancados.

Precisava ver Autumn.

Com os olhos agora secos, ela correu para a saída e esbarrou em Sagan, que estava entrando.

— Ei — ela disse.

— Oi. — Sagan acenou. — Vim tirar alguns dos meus pontos.

— Oh, certo. — Com algum esforço, Violet reprimiu sua vergonha crescente ao recordar de como os pontos de Sagan foram resultado da viagem desastrosa a Rivermyre. Apressou-se em mudar de assunto. — Como vai Nika? Ela não está vindo aos treinos e não a vejo desde aquela noite.

Os olhos de Sagan se estreitaram de forma brusca antes que a expressão dele se suavizasse de volta ao neutro.

— Você contou para ela que estou bem, não é? — Violet inquiriu quando ele não respondeu. — Já estou quase curada e a dor não era tão ruim assim. Gus vem trabalhando no desenvolvimento de um analgésico para metamorfos veniri.

A primeira tentativa me deu uma forte ressaca na manhã seguinte, a segunda me causou uma crise terrível de soluços e a terceira, bem... vamos dizer que eu falei para Gus que desistia de ser a cobaia até que ele trabalhasse nela um pouco mais.

Sagan exalou uma risada suave.

— E? — Violet intimou.

— O quê?

— Onde Nika está?

Com um suspiro, ele enterrou as mãos nos bolsos do jeans preto.

— Ouça, a Nika, ela... é um pouco mais complicada do que a maioria, mesmo em meio aos caçadores. Ela tende a dificultar as coisas um tanto mais do que o necessário.

— Sim, mas mesmo que as coisas tenham saído um pouco de controle, ela não tem que me evitar por completo.

— Violet, Nika se foi.

— Se foi? Quando?

— Naquela noite, depois do embate. Quando fui vê-la, as coisas dela haviam desaparecido.

Violet franziu as sobrancelhas.

— Quando pretendia me contar?

— Não se preocupe. É a cara da Nika fazer esse tipo de coisa. Quando fica irritada, ela foge e, depois que passar o mau humor, volta.

— Tudo beeeem — falou Violet, carregando a última sílaba. — Então, quando você espera que ela retorne?

Alguns instantes se passaram antes de Sagan responder.

— Não tenho certeza.

— Bom, me avise quando ela voltar. — Violet se dirigiu para a saída.

— O que vai fazer agora? — Sagan chamou-a.

— Vou ver Autumn. Ela tem feito uma pesquisa bem ampla para encontrar Solace e aqueles metamorfos magneii que mataram seus pais. Pensei em verificar se tem alguma novidade.

— Se esperar eu tirar os pontos, vou com você.

Cerca de quinze minutos depois, Violet e Sagan encontraram Autumn no lugar de sempre, rodeada por computadores. Ela os cumprimentou com um sorriso cansado; com exceção das olheiras ainda em torno dos olhos, ela parecia bem menos com a garota-propaganda da desgraça e melancolia de antes.

— E aí, Autumn — disse Violet. — Algum progresso?

Autumn inclinou a cabeça de um lado para o outro.

— Um bocado de *sins* e, infelizmente, um grande montante de *nãos*. — Violet e Sagan a ladearam à medida que ela se virava para as telas. — Minha última tentativa de romper o firewall da instalação subterrânea falhou, então estou trabalhando em uma nova perspectiva.

Imagens, mapas e vários outros itens que Violet não entendia surgiram em uma ou outra tela, e Autumn indicou um grande bloco de textos e símbolos.

— Este é o novo código de invasão do firewall que desenvolvi e tenho grandes esperanças de que funcione, desta vez.

Violet arregalou os olhos. Não fazia ideia do que estava vendo.

— Então, o que isso quer dizer? — Sagan perguntou, apontando para uma barra de progresso que já estava em 98 por cento.

Autumn fechou a cara, encaracolando um dos dreadlocks.

— Quando chegar a cem, saberemos se meu código decifrou o firewall com sucesso. Está funcionando há dias, desde que vocês desembestaram até Rivermyre. Pode levar mais algumas horas antes que possamos tirar a sorte grande.

Naquele momento, Tio adentrou na cabana de informática e sorriu para todos.

— Ei, temos visitantes.

Autumn girou a cadeira para encará-lo e eles logo mergulharam em uma conversa complexa sobre o que quer que os dois hackers estivessem fuçando naquela manhã. Violet mirou Sagan, que deu de ombros e lhe concedeu um olhar de "não me pergunte".

— Sim, de boa, cuido disso num minuto. — Tio dispensou Autumn com a mão e voltou-se para Sagan e Violet. — Têm planos para o almoço? O meu está a caminho. Deve haver o suficiente para compartilhar.

— Não, obrigada — Violet falou. — Tenho alguns lances em que preciso trabalhar. — Depois da sessão de forja de luz na noite anterior, ela estava ansiosa para continuar desenvolvendo o que aprendera, ainda mais porque já podia se visualizar melhorando. Estava cada vez mais sintonizada em sua conexão com Vênus e Marte, mesmo durante o dia, e tinha conseguido adicionar um quinto lado à sua massa de luz naquela dia, antes do café da manhã. — É melhor eu ir, mas me informe se fizer mais progressos.

— Espera, eu quase esqueci. — Autumn pulou da cadeira, correu para um canto da sala e voltou com o que parecia ser um pedaço de papel. — Encontrei o celular da minha mãe e estava olhando algumas fotos... — Ela mordeu o lábio trêmulo. — Enfim, sei que isso não pode substituir a verdadeira, mas achei que você gostaria, mesmo assim.

A mão de Violet voou até a boca e lágrimas inundaram seus olhos de imediato. Seu coração estava prestes a se partir em um milhão de pedaços.

— O que é isso? — Sagan perguntou, chegando mais perto para olhar por sobre seu ombro.

Autumn se colocou do outro lado de Violet.

— Semana passada, percebi que valeria a pena ampliar minha busca por Solace em vários bancos de dados do governo, só por garantia. Mas, para uma investigação precisa, eu precisava de uma foto recente de Solace. E, bem... foi essa que eu usei.

Violet não conseguia tirar os olhos da garotinha sorridente na fotografia. Lembrou-se do dia em que a foto foi tirada e até reconheceu o adorável vestido cor-de-rosa que Skye havia feito e enfeitado com borboletas costuradas à mão.

As lágrimas começaram a escorrer por suas bochechas.

— Autumn, você não tem ideia do que isto significa para mim. — Ela puxou a amiga para um abraço apertado.

— Ah, não chore, Vi. — Autumn secou as lágrimas de Violet com os polegares. — Vai me fazer chorar. Controle-se, garota. Sagan é viril demais para se encarregar das nossas emoções movidas a estrogênio.

Sagan bufou, arrancando uma risada de Violet e Autumn.

Fungando, Violet enxugou os olhos e estendeu a foto para Sagan.

— O que acha?

Ele assentiu com um leve sorriso.

— Ela é linda.

O rosto de Autumn se abriu em um largo sorriso.

— Viu? Eu estava certa quando disse que você e Thane fariam lindos bebês.

— O que você acabou de dizer? — falou uma voz atrás deles.

Violet girou. Todas as células do seu corpo congelaram.

Thane estava parado no batente da porta, os olhos arregalados e a boca ligeiramente aberta. A bandeja de comida nas mãos dele começou a se inclinar para frente, fazendo os pratos escorregarem, e ele se atrapalhou um pouco antes de conseguir colocá-la na mesa mais próxima. Respirando com dificuldade, ele deu um passo para mais perto de Violet.

— Oh, não — sussurrou Autumn.

Os olhos de Thane perfuraram os seus.

— O que Autumn quis dizer?

A boca de Violet se abriu, mas nenhuma palavra foi proferida.

Thane continuou a caminhar em sua direção, diminuindo o abismo entre eles.

— Eu sou... pai?

Sua boca se fechou quando percebeu o sentimento bruto no rosto dele — um reflexo da turbulência emocional que a possuiu no momento em que Solace foi levada. Não importava o que ele tinha feito ou o que sentia por ele, ver isso despedaçava-a por dentro.

Violet anuiu.

Thane caiu de joelhos a seus pés, com a cabeça nas mãos e ombros sacudindo. Então, sem qualquer aviso, esticou os braços e a envolveu. As mãos dele capturaram-na ao mesmo tempo em que escondia o rosto em sua barriga, tremendo.

Violet ficou imóvel como uma estátua. Nunca havia se planejado para este momento. Não presumiu que aconteceria — ou melhor, ela esperava desesperadamente que não acontecesse.

Contar para Thane significaria admitir que Solace não era apenas sua, mas também metade dele. Doía demais encarar a ideia de que algo ainda os vinculava — ao homem por quem tinha se apaixonado, com quem uma vez pensou em passar o resto de sua vida, só para descobrir que ele mentira, se aproveitara dela e foi, ao menos em parte, responsável pela morte de Lyla.

Ele e aquela estúpida tatuagem de escorpião assombraram seus sonhos por anos. E, contudo...

Um sentimento pequeno, quase esquecido, perfurou sua fortaleza emocional, trazendo consigo memórias dos momentos com Thane, depois de ter esbarrado nele naquele primeiro dia na cafeteria: trechos de conversas, risadas, a sensação indescritível dos braços em volta do seu corpo. Ele a havia encorajado e desafiado, ouvido-a. Naquela época, teria jurado que ele a *entendia*. Estar com ele a fazia se sentir livre. Feliz. Protegida.

Seu mundo orbitava em torno de Thane, o homem que ela outrora amou.

O pai de sua filha.

O abraço dele estava mais apertado do que nunca, mesmo quando o corpo inteiro era atormentado por soluços trêmulos.

O que estava acontecendo? Thane estava... chorando? O que deveria fazer?

Pela experiência de Violet, homens não choravam. Eles sempre eram estoicos ou impassíveis, enxergando as lágrimas como uma fraqueza, apesar de fazerem com que tantas fossem derramadas pelas mulheres e crianças em seus lares. Ainda que as brigas, abusos e vícios atingissem um nível abominável, nenhum deles era reduzido às lágrimas.

Violet chicoteou sua língua. Uma miríade de sabores aguçados repercutiu por seus sentidos: ruibarbo, flor de lótus, champanhe, água de rosas, agulhas de pinheiro e algas marinhas, todos tingidos com a viscosidade do torrone e o sabor do vinagre de maçã. Sua mente disparou à medida que ela tentava interpretar cada emoção associada. O ruibarbo representava a surpresa e a água de rosas sugeria que Thane estava se sentindo sobrecarregado. O champanhe indicava sentimentos de inadequação, mas o lótus representava imensa alegria. Violet não conseguia se lembrar do que significavam agulhas de pinheiro e algas marinhas, mas esses aromas eram fortes o suficiente para rivalizar com a própria montanha-russa emocional.

Uma minúscula parte sua ainda queria gritar, se enfurecer e chutar Thane para longe, exigir que ele as deixasse em paz. Mas... ela não pôde. Não conseguiu afastá-lo, não quando a presença do torrone e vinagre de maçã deixavam evidentes que o sofrimento e a tristeza de Thane eram profundos. Tudo o que conseguiu fazer foi se ajoelhar diante dele, as lágrimas embaçando sua visão até que, por fim, escorreram pelas bochechas.

Thane secou as próprias lágrimas na gola da camisa e, abalado, respirou fundo.

— Como ele está?

— Ele? — Suas sobrancelhas se enrugaram.

— Sim. Como está o bebê?

Violet meneou a cabeça lentamente.

— Não é ele.

— Uma menina? — As sobrancelhas de Thane se elevaram até quase alcançar a linha do cabelo, em seguida ele enfiou o rosto na dobra do cotovelo. — Uma menina? — ele continuou murmurando diversas vezes. — Uma menina...?

Violet franziu o cenho e cruzou os braços.

— Algum problema?

— Não! — Thane agarrou seus antebraços e falou em um tom mais gentil: — Você não entendeu. Eu tenho uma filha. Uma menina. É... é quase impossível. — Ele começou a sacudir a cabeça e rir baixinho.

Por meio segundo, Violet ficou confusa com a reação dele, então recordou que ter uma filha veniri era mais do que raro.

— Qual o nome dela? — ele perguntou. — Imagino que você já tenha lhe dado um?

Violet anuiu.

— Eu a chamei de Solace.

Todo o rosto dele se iluminou, apagando qualquer evidência das lágrimas. Em contraste, Violet não pôde deixar de sentir que, ao dar a ele o nome da filha, também abriu mão de um pedacinho da sua alma.

— Solace. — Thane olhou ao redor em expectativa. — Onde ela está? Posso vê-la?

Os lábios de Violet começaram a tremer enquanto ela lutava para controlar as novas lágrimas. Seu olhar baixou para a marquinha de mordida em sua mão.

— Ela... não está aqui.

— Ela está, tipo, cochilando ou algo assim?

— Não. Quero dizer, ela... desapareceu. — Violet quase engasgou com a última palavra. — Que é no que Autumn tem trabalhado esse tempo todo. E é por isso que Nathan está me treinando para controlar minhas habilidades.

Thane enrijeceu, os olhos se arregalando de horror.

— Então, na semana passada, aquela viagem a Rivermyre...

Violet assentiu. E, a seguir, antes que pudesse se conter, ela contou toda a história de como Solace fora sequestrada.

Na hora que terminou, Autumn, Tio e Sagan já tinham voltado a trabalhar nos computadores, deixando Violet e Thane sozinhos, ainda sentados no meio do cômodo. Durante a conversa, Violet entregou para Thane a fotografia de Solace, que ele segurou com reverência entre os dedos, como se fosse uma relíquia inestimável.

A não ser pelo *claque-claque* intermitente dos teclados e pelas discussões sussurradas entre os outros três, Thane e Violet ficaram em silêncio por vários minutos. Curiosamente, não parecia incômodo. Era quase sociável, como quando se conheceram. Antes que...

Violet lançou um olhar de soslaio para a tatuagem do escorpião de cristal no pescoço dele. Como de costume, a potente mistura de rancor e mágoa agitou-se em seu peito, ameaçando asfixiá-la. Odiava tudo o que aquela tatuagem significava.

Estranho. Não parecia tão nítida ou brilhante quanto ela se lembrava. Os sentimentos intensos tornaram a imagem mais vibrante em sua mente? Ela semicerrou os olhos. As linhas geométricas pretas eram agora um cinza fosco e quase nenhuma cor permanecia no desenho de cristal fractal. A tatuagem estava desbotando?

Thane friccionou o pescoço, bloqueando sua visão.

— Eu ainda posso sentir, sabe.

— Sentir o quê? — Violet quase parou de respirar, sem saber para onde o discurso dele seguia.

— Ainda sinto quando olha para mim.

Passou-se um segundo. O sangue subiu às bochechas de Violet no instante em que ela se lembrou da sessão de fotos com Thane, no dormitório da faculdade. Ela precisava de ajuda com um dos projetos de fotografia e, durante a sessão, Thane lhe dissera que conseguia senti-la olhando para ele. Pensou que ele estava enlouquecendo no início, mas depois de um pequeno teste, foi difícil negar que ele podia literalmente sentir seu olhar.

— Por que não me contou?

Violet piscou várias vezes com a pergunta repentina de Thane.

Os olhos castanhos encontraram os seus. Era sua imaginação ou as manchas douradas nas íris dele estavam mais proeminentes do que há alguns minutos?

— Por que não me falou sobre Solace antes? Digo — ele gesticulou para a porta —, se eu não tivesse entrado no meio da conversa, planejava me contar?

— Eu... — Violet se remexeu, desconfortável, dobrando os joelhos para abraçar as pernas. — Não — admitiu.

Thane fitou-a por um longo tempo, a expressão ilegível. Violet poderia jurar que o dourado nos olhos dele escureceu.

Mil desculpas percorriam sua cabeça enquanto ela tentava antecipar os questionamentos e acusações, mas ele não disse nada. Em vez disso, os lábios se comprimiram em uma linha fina e ele acenou com lentidão.

Por fim, voltou a olhar a foto.

— Por mais que eu deteste admitir, acho que posso entender seu raciocínio.

No lugar da reivindicação que Violet esperava, uma intensa onda de vergonha a atingiu. Ela mordiscou o interior da bochecha com força e apoiou o queixo nos joelhos, encarando fixamente o padrão no tapete.

— Violet?

— Sim? — Ela se permitiu um segundo ou dois para criar coragem de mirar o olhar de Thane.

O semblante dele era severo e, desta vez, os olhos estavam afiados como aço.

— Eu prometo — ele disse, lenta e deliberadamente —, farei tudo ao meu alcance para recuperar nossa filha.

Nossa. A palavra ressoou na mente de Violet.

Naquele momento, Violet lembrou-se dos significados emocionais de agulhas de pinheiro e algas marinhas. As agulhas de pinheiro representavam o amor profundo e duradouro, e as algas expressavam a determinação absoluta de Thane.

Um guincho agudo chamou a atenção deles para uma Autumn que dançava, feliz, em sua cadeira giratória.

— Estou dentro! — Ela deu um soco no ar e aplaudiu. — Eu consegui abrir caminho. Eu sabia! Sabia que iria funcionar desta vez.

Tio exclamava à medida que Violet e Thane ficavam de pé.

— Nossa! — Sagan soltou um assovio baixo.

Imagem após imagem esvoaçava por todas as telas de Autumn: plantas arquitetônicas, todos os tipos de esquemas, vários arquivos e documentos digitalizados, fotos de identificação de funcionários vestidos com jalecos brancos e uniformes de segurança. Violet mal conseguia compreender todas as novas informações. A única coisa que unia todos os documentos, imagens e uniformes era um logotipo de um X com asas sobre as palavras *Laboratório de Biogenética e Pesquisa Xabat Inc.*

— Sem chance — disse Tio. — Então, lá em Rivermyre, quando brinquei sobre bater na porta daquele edifício Xabat para exigir que devolvessem a sua filha, não era uma piada, afinal.

Violet empalideceu.

— Já sabemos do que se trata essa instalação misteriosa? — Thane sondou.

— Não estou certa. — Autumn balançou a cabeça devagar enquanto folheava vários outros documentos. — Quem sabe... tenha algo a ver com, sei lá, bioquímica? Genética? Hmm... talvez tia Dawn saiba. Parece ser algo que ela entenderia. — Autumn indicou uma tela que apresentava o que parecia ser o laudo de um laboratório, depois clicou em outro arquivo.

Um desfile de fotografias grotesco imediatamente inundou os monitores.

Com um grito, Autumn cobriu os olhos e girou a cadeira até ficar de costas para as telas. Violet ofegou, levando sua mão à boca quando um pavor gélido substituiu o sangue quente em suas veias.

Se o terror e o medo eram entidades tangíveis, um estava espremendo a garganta de Violet e o outro apertava ainda mais seu coração. Ela não podia se mover. Não conseguia desviar os olhos das fotos — embora Deus soubesse o quanto queria. *Precisava.* Mas quanto mais ela distinguia, mais seu temor a paralisava no lugar. Jamais, enquanto vivesse, seria capaz de esquecer as imagens medonhas.

E essas pessoas levaram meu bebê!

— Ugh... — Tio soou como se estivesse prestes a vomitar. Ele se inclinou para frente, um dos braços em volta do torso. — Isso é... doentio.

Sagan e Thane pareciam estátuas gêmeas, imóveis em

ambos os lados de Violet, mas ela mal registrava a presença deles.

— Deve ser algum tipo de instalação experimental — Sagan falou.

— É, mas que tipo de psicopatas fazem experiências... em crianças? — disse Tio.

Um silêncio pesado caiu sobre o grupo.

Como se acordasse de um coma, Violet disse de forma incoerente:

— A garota em Rivermyre, Umbra, aquela que matou a minhoca-Godzilla. Ela mencionou algo sobre os experimentos falhos daquele laboratório.

Tio alcançou o teclado abandonado de Autumn. Ele clicou na miniatura de um arquivo de vídeo, que preencheu a tela e imediatamente começou a ser reproduzido. Mostrava um homem amarrado a uma cama com múltiplos condutores intravenosos injetados no peito. Inúmeros cientistas o cercavam, discutindo o procedimento que estavam prestes a realizar.

Até Autumn ficou curiosa o suficiente para espreitar por sua barreira de braços e dreads.

Tio avançou o vídeo vários minutos, até chegar numa cena que explodia em caos. O homem na cama agora gritava e se retorcia, lutando contra as restrições nas pernas, pulsos e testa. Os tubos intravenosos estavam repletos de cores diferentes de sabe-se lá o quê. Os cientistas lançavam-se em um alvoroço, berrando e arrancando os tubos. Líquido colorido e sangue vermelho vibrante começaram a esguichar por todo o peito do homem que esperneava.

Uma das contenções do pulso arrebentou. E, então, a outra. A contorção do homem se converteu em tremores violentos. O peito dele se expandiu, inflando como um balão, até que a sua pele começou a rasgar.

Violet prendeu a respiração quando a alma condenada na

cama começou a se transformar num produto de pesadelos — uma criatura que Violet teve a infelicidade de ver em carne e osso.

— De. Jeito. Nenhum — exalou Tio. — Aquele cara é a minhoca-Godzilla.

Que os céus tenham piedade.

— Está falando sério? — Thane apontou para a tela. — Foi isso que encontraram em Rivermyre?

— Aquela coisa era um homem. — O terror na voz de Sagan reverberava a própria descrença de Violet.

O rugido ensurdecedor na tela tornou-se um som que ainda retumbava, claro como cristal, nas memórias de Violet. A minhoca-Godzilla foi crescendo e crescendo. Debatendo-se e provocando um inferno, a coisa finalmente atravessou a parede e saiu da perspectiva da câmera, deixando os corpos e uma carnificina pelo caminho.

A tela ficou em branco e a cabana mergulhou no silêncio.

— Vocês acham mesmo que Solace está nesse lugar? — Thane perguntou.

Um pequeno soluço escapou de Violet. Seus olhos ardiam, tanto por sua recusa em piscar quanto pela necessidade de desatar a chorar. Dobrando os joelhos, ela tombou no chão ao lado de Autumn, que estava debruçada sobre as próprias pernas, as mãos segurando firme os dreadlocks em ambos os lados da cabeça.

Tio clicou em outro arquivo. Quando percorreu as imagens, algo chamou a atenção de Violet.

— Espera! O que é aquilo?

Tio clicou na miniatura e a foto de uma funcionária preencheu a tela.

O mundo de Violet girou. Ela gesticulou para a foto da mulher sorridente de jaleco.

— Aquela é a Macie, a minha parteira.

Tio clicou em outra foto, a qual exibia o marido de Macie.

— Parece que eles foram cientistas no laboratório por alguns anos e, então, cerca de um ano atrás — ele apontou para uma parte escrita —, os dois foram demitidos. Mas não diz o motivo.

Sagan se aproximou de uma das telas, demorando-se na imagem de um grupo de pessoas em jalecos brancos espalhadas ao redor do sangue em uma maca hospitalar. Ele indicou um homem sorridente à frente e na parte central do grupo.

— Oh, não. — As palavras sussurradas de Sagan lançaram arrepios pela espinha de Violet.

— Quem é esse?

Sagan ignorou a pergunta de Thane à medida que ultrapassava Violet para acessar o teclado.

— Por favor, não — Sagan murmurou, seus olhos percorrendo um documento. — Eu sei o que esse lugar está tentando realizar. Eles estão fazendo experimentos em animais e seres humanos para, de algum modo, manifestar habilidades metamorfas na raça humana.

— Sendo assim, o mistério do porquê Macie e o marido também foram assassinados durante o ataque magneii está resolvido — disse Autumn.

— O que quer dizer? — Violet inquiriu.

— Na minha opinião, eles foram expulsos dessa sociedade científica secreta. Um metamorfo recém-nascido teria sido o bilhete perfeito para tentarem retornar.

Violet inspirou bruscamente. A súbita necessidade de vomitar era intensa.

Sagan voltou a examinar o arquivo dos funcionários. Rosto atrás de rosto lampejava pela tela. Depois de alguns instantes, ele grunhiu de frustração e digitou algo no teclado. A pesquisa encontrou um único documento, mas sem uma foto pessoal.

Sagan afastou-se da tela, os olhos arregalados e vidrados.

Depois de dar meio passo, ele trombou na parede ao lado da mesa de Autumn, e escorregou até o chão.

— Eu não entendo — disse Thane.

— É. — Tio mirou a tela. — O que estamos procurando?

O próprio horror de Violet foi ampliado pelo medo que irradiava de Sagan. Ela analisou o documento. Parecia um simples arquivo de funcionários de um dos principais cientistas da instalação. Nada fazia sentido — até ela reconhecer o sobrenome.

— Branstone? — falou em voz alta.

Todas as cabeças se voltaram para Sagan, exceto a de Violet. Ao invés disso, seus olhos se fixaram no cientista sorridente à frente do grupo na foto que Sagan selecionara.

— Isso — Sagan disse, finalmente. — O diretor da Biogenética Xabat é Renard Branstone. Meu avô.

ZHIVOTZA

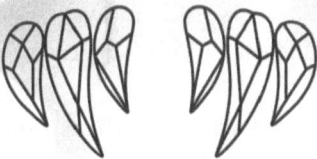

— Avô, hein? — A pergunta retórica de Nathan foi recebida com um silêncio sombrio do grupo, mas sua mente apinhada estava em outro lugar, de qualquer maneira. Quase não tinha dormido na noite passada, ainda incapaz de se livrar das palavras de Dawn.

"...Considerar pôr seus assuntos em ordem."

Nathan estava fazendo sua checagem com Gus, na enfermaria, quando Tio apareceu e disse energicamente que todos precisavam dar uma olhada no que Autumn havia descoberto. O garoto arrastou Nathan e Gus até o laboratório de informática de Autumn antes que algum deles pudesse protestar.

Nathan estava tentando ao máximo absorver depressa todas as novas informações, mas já era bem difícil tentar compreender o que raios Autumn e Tio sequer estavam lhe mostrando. A cabana de Autumn parecia saída de um filme de ficção científica. Ele lançou um olhar de esguelha para Gus, que estava estudando atentamente uma série de documentos de laboratório nas telas do computador.

Thane, Violet, Tio e Autumn estavam observando Nathan

em uma misto de olhos arregalados, braços cruzados, lábios sendo mordidos e dreadlocks rodopiando. Sagan estava encolhido contra a parede de cabeça baixa, um grande contraste com sua postura habitual de caçador indiferente. Isso lembrou Nathan de quando Sagan e Matthias o capturaram para colher seus fragmentos de diamantium. Apesar de Nathan ter sido torturado, houve um momento em que era Sagan quem parecia estar atravessando um inferno. E agora, a feição derrotada dele sugeria um outro nível de tormento.

Estavam todos aguardando-o. Ansiosos. Mas pelo quê? Por que tinha que ser o cara a quem recorriam sempre que algo inesperado surgia? Tal como quando Violet manifestou habilidades de metamorfa dupla, ele não possuía mais percepção do que qualquer outra pessoa sobre o que estava acontecendo, muito menos do que fazer a respeito.

Nathan coçou a recente barba por fazer ao longo de sua mandíbula, em seguida soltou uma lufada de ar.

— Como vocês têm tanta certeza de que esse homem — ele fez um gesto em direção a foto com o grupo de pessoas sorridentes —, o avô de Sagan, está com a Solace?

Autumn, Tio, Violet e Thane responderam ao mesmo tempo.

— Uou, calma aí. Parem! — Nathan agitou os braços para que todos se calassem. Ele se virou para Gus, que apenas deu de ombros.

— Não olhe para mim — disse Gus. — Eu também não entendi nada.

Nathan resmungou.

— Autumn, comece do princípio. Que história é essa de você e Tio invadirem bancos de dados do governo?

Gus deu risada.

— Uma vez um policial, sempre um policial, hein? — O

sorriso dele se desintegrou sob o olhar fulminante de Nathan.

— Dados do governo ou não, eu fiz o que tinha que fazer para encontrar Solace. E os metamorfos que mataram meus pais. — Lágrimas brilhavam nos olhos ferozes de Autumn.

Nathan cruzou os braços.

— Olha, eu entendo. Acredite, Autumn, está falando com um dos melhores no ramo da vingança. Mas mesmo que encontremos Solace lá, não existem garantias de que conseguiremos escapar de uma instalação como essa.

O semblante de Autumn endureceu.

— Nós vamos fazer — ela disse por entre os dentes cerrados. — Com ou sem você.

Nathan abriu a boca para revidar, mas logo engoliu as palavras. Com os braços caídos ao lado do corpo, ele se apoiou na beirada da mesa de Autumn e voltou sua atenção para as telas. Mapas, plantas de construção, fotos de identificação de funcionários, laudos de experimentos de laboratório — tudo isso estava muito além das suas capacidades. Ele era só um policial de cidade pequena que se transformava em um réptil grande de vez em quando. Só que agora...

"...Considerar pôr seus assuntos em ordem."

Ele meneou a cabeça.

— Quer eu os ajude ou não, tenho a sensação de que a pessoa que vocês têm que convencer é Sagan. É o avô dele, a sua família, quem iremos enfrentar.

Passou-se um instante de silêncio antes de Sagan dizer:

— Eu não preciso ser convencido. Não podemos permitir que a filha de Violet e Thane permaneça com Renard Branstone. — Seus olhos perturbados encontraram os de Nathan. — Precisamos tirá-la de lá o mais rápido possível.

Todos viraram para Nathan — outra vez, esperando por ele. Para dar-lhes respostas? Um sinal verde? A certeza de que poderiam realizar esta missão ilesos?

Por que confiar tanto nele?

Um peso insuportável se estabeleceu em sua alma. Se Dawn estivesse certa, não restava muito tempo para alguém poder contar com ele.

Violet deu um passo adiante.

— Por favor, Nathan. Sei que eu... Bom, isso é algo em que não precisa se envolver. Mas significaria muito para mim se você nos ajudasse... *me* ajudasse a resgatar Solace.

A respiração de Nathan falhou. Fazia algum sentido tentar fingir que poderia negar a Violet a chance de ter seu bebê de volta? Era uma aposta certa a de que precisaria das habilidades veniri. E, se chegasse àquele ponto, bem... ajudar Violet a reencontrar a filha não era uma maneira ruim de terminar as coisas.

— Muito bem. — Nathan se levantou. — Se vamos fazer isso, temos que ir com tudo. Encontramos Solace e a tiramos de lá.

O pequeno sorriso de Violet atravessou a escuridão de Nathan como um arco-íris; quando ela falou, cada sílaba abafada valia uma tonelada de ouro erathi.

— Obrigada, Nathan.

Ele deu um aceno incisivo.

— É melhor começarmos.

A tensão na sala se rompeu quando o grupo se dispersou.

— Antes de mais nada — Tio gritou em meio ao caos —, precisamos de identidades, o que quer dizer fotos. Ele arrastou Nathan até uma parede.

— Cuidado, atroador — grunhiu Nathan enquanto tentava se soltar do aperto esmagador de Tio em seu bíceps. — Com o que estão te alimentando aqui? Ferro?

Tio riu e ergueu uma câmera.

— Pare de choramingar, reptante. Saca só, eu sempre digo às pessoas para fazerem cara de quem acabou de perder cinquenta pratas, mas para você, bem... acho que relaxar essa fachada de estou-prestes-a-chutar-sua-bunda também deve servir.

— Relaxar o quê?

— Não me culpe. Foi Violet quem criou essa expressão.

Nathan bufou no momento em que o flash disparou.

Tio abriu um sorriso para o visor da câmera.

— Perfeito.

Só então, um alarme estridente ecoou pela sala, fazendo com que todos tapassem os ouvidos.

— Que diabos é isso? — Nathan gritou.

Autumn correu para o computador e, alguns instantes depois, a sirene parou.

— O perímetro foi violado.

Todos berraram ao mesmo tempo.

— Violado?

— Qual perímetro?

— Minha mãe sabe que você instalou esses alarmes?

— Acho que todos deste lado do hemisfério já sabem. Caramba! Tinha que fazê-lo tão alto?

Nathan abriu caminho entre o grupo para chegar a Autumn.

— Quem violou?

Ignorando o fluxo inicial de perguntas, ela continuou digitando.

— Parece que um dos fios de marcação na floresta foi acionado. Me dê um segundo, vou puxar a transmissão em tempo real. — Ela parou de digitar quando as imagens da câmera de vigilância em torno do complexo apareceram nas telas. — Lá! — Ela apontou para algumas transmissões que mostravam uma seção da floresta que beirava o complexo. Quatro figuras enormes estavam abrindo caminho por entre as árvores, seguindo direto para as casas dos residentes.

— Metamorfos. — Sem precisar verificar, Nathan sabia que ambas as lâminas dos cotovelos haviam sido liberadas.

— De que espécie? — Violet inquiriu.

— Quem são? — O cenho de Gus franziu à medida que ele olhava para todos. — Podem estar perdidos, não é? Eles podem apenas ter saido para uma caminhada casual e inofensiva. Ou quem sabe sejam... aquele cara está segurando uma lança?

— Não precisam entrar em pânico. — Todos voltaram-se para Tio, que se encolheu. — É só o meu irmão mais velho e os, hã... amigos dele. — Fazendo careta, ele acrescentou: — Ele está alguns dias adiantado.

* * *

Nathan examinou a densa floresta em busca de qualquer sinal de movimento.

— Tem certeza de que foi aqui que disse que encontraria o seu irmão, Tio?

— Tenho — veio a voz de Tio, alguns passos atrás.

— É, mas estamos certos de que é uma boa ideia? — Gus perguntou pelo que poderia ser a centésima vez.

Autumn grunhiu.

— Se está com medo, deveria apenas voltar para casa.

— Eu não estou com medo. Eu só... Não estou com medo, beleza?

— Aham, certo.

— Tanto faz. Apenas cale-se, Autumn.

— Cale-se você.

— Que tal os dois calarem a boca — chiou Violet.

Um silêncio se estabeleceu entre o grupo. Se Nathan não estivesse tão nervoso, ficaria grato pelo breve interlúdio na discussão constante de Gus e Autumn.

Violet e seus amigos insistiram em vir, apesar de que Nathan preferisse que tivessem ficado no laboratório de informática. Argumentar seria inútil. Além disso, não tinha corda o bastante em mãos para amarrá-los todos para que ficassem onde estavam; embora, pensando bem, ele pudesse ter usado alguns dos vários milhares de cabos de força espalhados pela cabana de Autumn.

— Alguma coisa? — Thane se encontrava no campo periférico de Nathan, tão imóvel quanto uma estátua.

— Nada ainda — disse Sagan do outro lado de Thane.

— Talvez tenham ido embora — Violet disse quase em um sussurro.

A tensão no corpo de Nathan transbordou e se agitou. Sua língua fustigou, os raios esmaecidos do sol da tarde brilhando ao longo do chicote rosado antes que retornasse à boca. Anulando as emoções dos seus companheiros apreensivos, concentrou-se nos sabores que restavam.

— Não. Eles ainda estão ali, definitivamente. Tio, o que o seu irmão está fazendo? Por que ele não saiu?

— Hmm... Não sei dizer. Vai ver ele não esperasse que eu tivesse companhia.

— Talvez devêssemos seguir em frente e encontrá-lo — sugeriu Violet.

— Não — disse Tio, meio áspero demais. — Meu irmão pode achar ameaçador se formos. Ele precisa vir até nós.

— Tem certeza de que vamos conhecer o seu irmão? — Gus inquiriu. — Parece que está descrevendo um tigre-de-bengala.

— Sim, bem... — As palavras de Tio se transformaram em um grunhido. — Meu irmão é um jiovis um pouco antiquado.

Os batimentos cardíacos de Nathan aceleraram.

— Bom, então seria útil se você parasse de se esconder e viesse para cá, onde ele possa te ver — disse entre dentes, lutando arduamente para evitar que as lâminas do cotovelo se projetassem.

Houve um suave som de passos enquanto Tio atravessava

a grama e, meio segundo depois, se colocava entre Nathan e Thane.

Nathan tinha detectado a forte presença de damasco, o sabor emocional do medo, quando avaliou o ar há pouco. Era quase certo de que pertencia a Tio. Somente o jovem jiovis sabia o que os esperava além do limite das árvores.

Tio subitamente ficou tenso.

— Qual o problema? — Nathan quis saber.

— Não tenho certeza — disse Tio —, mas algo o deixou irritado. Um deles está ferido, ou talvez todos.

— Como sabe? — Nathan sondou.

— Porque sinto o cheiro de sangue. Sangue jiovis.

Tanto Thane quanto Sagan reajustaram suas posições.

Nathan não pôde deixar de farejar o ambiente, mesmo sabendo que era em vão; seu olfato não era como o dos jiovis e dos lycan.

— É melhor chamá-lo. Assegure-lhe de que não somos uma ameaça.

Tio aparentava estar esperando que o chão o engolisse inteiro.

— Meu irmão já vai estar furioso por eu ter sido sequestrado, para começo de conversa. E é minha culpa que ele teve que se dar ao trabalho de vir me pegar.

— Jura? — Gus disse com os dentes trincados. — Isso lá é hora de se estabacar nas inseguranças adolescentes?

— Por que ele apenas não mandou outra pessoa para te buscar, então? — Autumn indagou.

Tio encolheu os ombros, derrotado.

— Porque é o dever dele. Quer dizer, nossa mãe teria feito ele vir me buscar. Vamos só dizer que seria mais conveniente para o meu irmão se eu tivesse continuado cativo.

Thane zombou.

— Ainda bem que não sou o único com problemas fraternos.

Tio ajeitou os ombros e bufou.

— Vamos acabar logo com isso. — Ele deu um passo à frente, bradou algumas frases cortadas e guturais, então esperou.

— Preparem-se — Nathan sussurrou para Thane e Sagan —, só por via das dúvidas.

Ambos assentiram e, assim como Nathan, reforçaram suas posturas, preparados para investir como víboras.

Tio esbravejou novamente, desta vez com uma frase um pouco mais longa. Nathan não era fluente no idioma jiovis, mas reconheceu pelo menos uma palavra: *amigo* — ou melhor, *ser inofensivo*. A descrição quase o fez rir. Não havia nada de inofensivo em Thane, Sagan ou em si próprio. Mesmo Violet não era alguém para se enfrentar.

Uma voz áspera clamou da floresta.

Nathan congelou e examinou as árvores, apurando seus ouvidos. Um leve crepitar de galhos, um farfalhar de folhas e então...

Seus olhos se estreitaram.

Quatro figuras gigantes saíram da mata. Cada centímetro da carne metálica exposta reluzia sob o sol que se punha aos poucos.

— Ah, não — disse Tio.

— O que foi? — Nathan se aproximou por trás à medida que Thane e Sagan margeavam as laterais de Tio.

— Tem muita pele metálica polida.

— Por que isso é ruim? — Violet inquiriu.

— Significa que eles acabaram de sofrer várias lesões — Nathan falou. — Os trechos de pele lustrosa são onde a carne se regenerou.

O metamorfo jiovis que liderava o grupo tinha o corpo dourado, muito semelhante à forma jiovis de Tio. Dois dos outros eram de prata — ou quem sabe estanho — e o último era acobreado. Chifres, caveiras, espinhos afiados e lâminas finas como papel se destacavam de cada metamorfo, em conjunto com torvelinhos, padrões geométricos, escamas, ondulações e cavidades decorativas. O padrão de cada guerreiro era exclusivo, com a única característica compartilhada sendo um sólido gorjal verde-prateado.

Os trechos polidos e cintilantes se sobressaíam ainda mais contra as criações intrincadas. Todo o braço esquerdo do metamorfo dourado era brilhante e liso, devido a uma amputação recente ou ferimentos graves na pele do ombro à ponta do dedo.

— Ah, cara — disse Gus em um tom abafado. — Quem mais acha que isso foi mesmo uma péssima ideia?

Os passos pesados do metamorfo dourado pararam a um metro de Tio. Ele plantou a base de sua lança na terra com um baque surdo e, à seguir, mirou o jovem jiovis de cima a baixo, fitando-o por trás de uma máscara dourada feroz. O modelo com dentes afiados no metal vivo contornava a boca do metamorfo, e seus olhos eram emoldurados pelos polegares e indicadores ossudos de um par de mãos esqueléticas bastante detalhado.

Tio começou a falar, mas o metamorfo dourado não lhe deu atenção. Em vez disso, ele voltou seu olhar para Nathan, depois lentamente examinou os outros membros do grupo.

Nathan passou os olhos pela "lança" na mão dele, e conforme o reconhecimento foi surgindo, o sangue em suas veias se tornou gelo.

— Nathan? — Thane disse em um tom baixo.

— Sim?

— Você está vendo o mesmo que eu?

— Estou. Aquilo não é uma lança.

No lugar de uma lâmina comum, a haste em formato de lança ostentava uma cabeça de metal decorativa com um orbe laranja resplandecente flutuando em seu centro. Ao redor do orbe havia diversos semicírculos e anéis de metal, como uma escultura cinética do sistema solar, mas o mais impressionante de tudo era o símbolo jiovis para Júpiter gravado no metal sobre ele. O símbolo reluzia em um laranja intenso ainda mais suntuoso do que o próprio orbe. Nathan recordou os vários rumores sobre o orbe resplandecente que continha o sangue do primeiro rei jiovis; supõe-se que uma gota de sangue de cada sucessor real foi adicionada em todas as cerimônias de coroação.

Thane soltou uma expiração pesada.

— Estamos ferrados.

Nathan inclinou um pouco a cabeça.

— É uma possibilidade.

O jiovis dourado enfim respondeu a Tio, a voz um estrondo profundo com um vasto sotaque. E, então, vislumbrou Nathan e dirigiu algumas frases para ele e o restante do grupo.

Tio virou-se, o rosto distorcido em um sorriso carrancudo.

— Então, pessoal — ele apontou para o metamorfo jiovis que se elevava sobre ele —, este é meu irmão mais velho. E vocês já devem ter percebido que, hum... que ele é...

— En'gorr Droth, o príncipe coroado de toda a raça jiovis? — Thane propiciou.

Múltiplos arquejos irromperam do trio atrás de Nathan, junto com um sibilo: "Ele acabou de dizer *príncipe?*"

Tio comprimiu os lábios e assentiu.

— Sem chance — Gus deixou escapar.

— Essa informação teria sido útil mais cedo, Tio. — Nathan suspirou, olhando do príncipe En'gorr para o cetro real jiovis.

— É, Tio. Por que não nos contou? — Thane perguntou. — Ou melhor, príncipe It'thio Droth?

O lábio inferior de Tio se projetou em um beicinho triste.

— Odeio quando me chamam pelo meu nome completo.

En'gorr falou outra vez, e ele e Tio começaram a conversar. As habilidades de tradução jiovis de Nathan estavam recebendo um treino completo, mas antes que ele pudesse entender qualquer coisa, Thane gemeu.

— O que é agora? — Nathan indagou.

— Hm, bom... — Tio suspirou. — Meu irmão não está muito impressionado que estou... Como devo dizer? Que eu ando me *agregando* com os erathi e reptantes.

— Sem brincadeira — rosnou Thane.

O príncipe apontou um dedo em direção a Sagan e Tio esfregou a nuca.

— Ele está principalmente confuso do porquê tem um caçador conosco.

— *Confuso* não foi bem a palavra que ele usou — emendou Thane.

Sagan ergueu as mãos com lentidão.

— Diga ao seu irmão que não estou aqui para machucar ninguém.

Como resposta, En'gorr curvou os lábios em um sorriso de escárnio. Ele deu um passo à frente até ficar cara a cara com o caçador. Sem nem pestanejar, Sagan levantou o queixo para expor o pescoço — o gesto costumeiro de submissão jiovis — e sustentou o olhar impetuoso do príncipe.

Por vários instantes agonizantes, En'gorr encarou Sagan.

Tio traduziu a declaração perversa de En'gorr:

— Os erathi cujos homens massacraram meus guerreiros se pareciam muito com você.

Sagan permaneceu firme, mesmo quando os olhos de En'gorr começaram a cintilar num laranja vibrante e o crepitar de uma eletricidade âmbar se acendeu por toda a cabeça do príncipe.

Nathan agarrou o ombro de Thane para segurá-lo na mesma hora que Tio apertou o braço de En'gorr, falando no próprio idioma rápido demais para Nathan ter uma chance de decifrar. Tio gesticulou para Sagan, depois para Nathan e Thane.

Os olhos de En'gorr nunca deixaram o jovem caçador e, durante vários segundos, cada músculo do corpo de Nathan se preparou para o pior desfecho possível.

Finalmente, a eletricidade raivosa esmoreceu. Até a intensidade na expressão de En'gorr diminuiu. Ele fitou Sagan por mais um segundo, e após soltar um *tsc*, deu um passo para trás e virou seu foco para Thane e Nathan. Eles também elevaram o queixo para expor seus pescoços.

En'gorr falou enquanto Tio traduzia.

— Meu irmão mais novo me contou que foi você quem o ajudou a escapar da prisão dos caçadores. Para expressar minha gratidão, meus guerreiros e eu estendemos nossa paz a vocês — ele lançou um olhar venenoso para Sagan —, por hoje.

Nathan assentiu.

— Tio, diga ao seu irmão...

Ele se interrompeu quando Thane respondeu na linguagem jiovis. As sobrancelhas de Nathan arquearam-se e até mesmo o semblante de Tio se atenuou em choque. Era difícil ver a fisionomia do príncipe por trás da máscara, mas Nathan conseguia sentir sua surpresa. Uma coisa era entender a linguagem dos metamorfos de metal, mas quando foi que Thane aprendeu a falar? Mais importante, quem o ensinou?

O príncipe inclinou levemente a cabeça quando Thane terminou.

— O que você disse? — Autumn cochichou para Thane.

A atenção de En'gorr deslocou-se de repente para Autumn, a intensidade em seu olhar quase palpável. Depois de um instante, todos no grupo também se voltaram para ela.

— Hã, Autumn, por que ele está te olhando assim? — Violet inquiriu.

Autumn entreabriu a mandíbula.

— Não sei.

O príncipe Jiovis falou outra vez, seu olhar ainda fixo em Autumn.

Tio traduziu:

— Alguns dias atrás, um grande grupo de caçadores erathi emboscou e invadiu nossa colônia. Muitos metamorfos jiovis perderam suas vidas, mas também muitos erathi imundos. Por fim, eu e três dos meus guerreiros éramos tudo o que restava, e fomos subjugados e acorrentados. Mas antes que eu e meus três guerreiros escapássemos, Matthias, o líder dos caçadores, falou comigo.

Nathan, Sagan e Thane reajustaram suas posições.

— Ele estava procurando alguma coisa — continuou En'gorr. — Acreditava que o objeto que ele queria estava em minha posse, mas seus homens reviraram nossa colônia de cabeça para baixo e nunca o encontraram. Ele gritava e ameaçava, exigindo que eu lhe dissesse onde estava escondido. No início, eu não compreendia. Mas logo comecei a perceber o que ele estava buscando. Até aquele momento, eu achava que a relíquia que ele descreveu era apenas mais uma bugiganga, passada de pai para filho. O caçador e seus homens não o encontraram porque ele foi roubado de mim há muitos meses. — Tio pausou a tradução à medida que En'gorr passava por Nathan para ficar frente a frente com Autumn. — Roubado por você.

Gus grunhiu e esfregou uma mão no rosto.

Os olhos de Autumn ficaram redondos como pires quando o enorme príncipe se abaixou ao nível do olhar dela.

— Autumn, o que você roubou? — Violet sondou.

Autumn fez uma careta e seu rosto ficou branco como um lençol.

— Eu não roubei nada. Ele está de sacanagem? — Ela

direcionou um olhar desesperado a Tio. — Eu nunca vi esse cara... metamorfo... esse *príncipe* antes na minha vida.

Nathan se aproximou de Thane e Sagan.

— Algum de vocês sabe algo sobre isso?

— Nada — disse Thane.

Sagan sacudiu a cabeça.

— Tio, há alguma possibilidade do seu irmão estar enganado?

Cruzando os braços, Tio avaliou Autumn enquanto fazia a pergunta em jiovis. En'gorr meneou e ladrou uma resposta.

— Não tem erro — disse Tio, franzindo a testa. — Ele diz que sabe com certeza que foi você.

En'gorr se endireitou e, por trás dos dentes de metal vivo da máscara, quase parecia que ele estava sorrindo.

— Zhivotza.

Tio arregalou os olhos.

— Ceeerto. Isso é novidade — disse Thane.

— O quê? — O olhar de Autumn oscilou ao redor do grupo. — O que ele acabou de dizer?

— Espera um segundo. Eu já ouvi essa palavra antes. — Violet semicerrou os olhos e deu um tapinha na testa. — Mas não me lembro onde.

— O que significa? — Gus perguntou.

Violet balançou a cabeça.

— Não faço ideia.

— Tio — disse Autumn por entre os dentes cerrados —, é melhor me contar o que seu irmão acabou de dizer, ou eu juro que vou...

Toda a existência de En'gorr começou a reverberar. A armadura decorativa derreteu e se transformou em carne humana mais suave, e a matiz de ouro metálico mudou para um ébano deslumbrante. Assim que a modificação estava completa, uma montanha humana situava-se diante de Autumn.

Ela cobriu a boca com a mão.

— Oh — Violet disse, os lábios mal se movendo. — Só pode estar me tirando.

— Caramba, nem pensar! — exclamou Gus. — Eu sabia! Sabia que você iria se ferrar legal um dia, Autumn!

— Espere aí, então vocês o conhecem? — Nathan inquiriu.

— Como vocês... — começou Thane no mesmo instante em que Gus explodia em risadas histéricas.

— Como é que o conhecemos? — Gus falou entre as gargalhadas maníacas. Ele apontou um dedo para En'gorr Droth. — Este é o cara da festa de luz negra com a pintura corporal de dragão verde. Ele tentou nos matar! — O riso se extinguiu abruptamente nas duas últimas palavras.

— Aguenta aí — interrompeu Tio. — Eram vocês?

Gus ignorou a pergunta e girou para Autumn, liberando uma enxurrada de insultos sem sentido.

— Ei! — Nathan se colocou entre eles. — Já chega. — Ele agarrou Gus pelo ombro e o arrastou para longe de Autumn, que agora estava se escondendo atrás de Violet. Só que a expressão amedrontada de Autumn era dirigida ao enorme En'gorr, que ainda estava na forma humana.

O rosto de Violet estava calmo e suas mãos permaneciam coladas ao corpo, mas as chamas azul-petróleo já tinham se acendido nas palmas.

Os olhos de En'gorr alternavam-se de Autumn para as mãos de Violet. Para surpresa de Nathan, o príncipe não parecia zangado ou mesmo hostil. Em vez disso, seu semblante continha apenas curiosidade e uma pitada de divertimento.

— É melhor alguém começar a esclarecer o que está havendo. — Nathan impeliu Gus para Thane e Sagan. Ninguém disse uma palavra. Com um resmungo impaciente, Nathan fez um gesto para Tio. — Explique.

Tio arrastou os pés.

— Na verdade, eu não estava lá. Só ouvi o que rolou quando meu irmão e os guarda-costas voltaram da boate, naquela noite. Tudo o que sei é que eles tiveram um desentendimento com algumas pessoas e algo foi roubado do meu irmão.

— Um desentendimento? — Gus berrou. Thane e Sagan seguraram um braço cada antes que ele pudesse dar outro passo. — Desentendimento, uma ova! Esse cara nos atacou! Ele atacou Autumn. Pôs a mão em torno da garganta dela e estava tentando matá-la!

— Espere — disse Nathan. — Ele pôs a mão ao redor da garganta dela?

Gus virou seu olhar para Nathan.

— Sim! E quando tentei impedi-lo, ele me arremessou contra a parede e me deu uma concussão. E daí...

Nathan alçou a mão.

— Espera, volta um pouco. — Ele girou para Autumn. — Tem certeza que foi a sua garganta que ele agarrou?

Autumn encarou-lhe como se ele tivesse acabado de sugerir que ela deixasse crescer uma segunda cabeça.

— Tenho muita certeza.

Foi a vez de Nathan ficar carrancudo. Thane respirou fundo por entre os dentes e semicerrou um olho.

— O quê? — Violet olhou de Nathan para Thane. — Qual o significado disso?

Nathan coçou o topo da cabeça.

— Bem, se ele estava segurando a garganta de Autumn, a boa notícia é que não estava tentando matá-la.

— O quê? — exclamaram Autumn, Gus e Violet em uníssono.

En'gorr estufou o peito largo e Tio deu risada.

— Você tem que estar brincando! — Autumn saiu de trás

265

de Violet. — Aquele cara apertava o meu pescoço com força. Se essa é a boa notícia, então qual é a má?

— Hã... — Nathan esfregou a nuca e se voltou para Thane. — Gostaria de explicar?

— Sem chance. — Thane sacudiu a cabeça num gesto amplo. — Não. São todos seus, amigo.

— É bem ruim, não é? — disse Violet.

— Bom — Nathan inclinou a cabeça de um lado para o outro —, depende do ponto de vista.

Àquela altura, En'gorr e Tio estavam discutindo algo em seu idioma. Mesmo os outros três guerreiros jiovis estavam conversando em voz baixa.

Autumn bateu o pé.

— Desembucha, Nathan.

— Você sabe como geralmente na cultura erathi, quando... Nossa, como eu explico isso? — Nathan suspirou. — Muito bem, veja. Quando um cara gosta de uma garota, ele costuma começar com pequenas coisas, como pedir o número do telefone dela ou levá-la ao cinema e, enfim... sabe. — Ele fez um gesto incompreensível com as mãos.

— Não! Eu não tenho ideia do que está falando — esbravejou Autumn.

Nathan gemeu e arrastou a mão pelo rosto.

— Certo, me deixe reformular. Quando um cara jiovis gosta de, bem... o que costuma ser uma garota jiovis, em vez de começar com dar as mãos, eles vão direto para a versão da 'proposta' deles.

A mão de Violet voou até a boca.

— Sem chance! — Gus jogou a cabeça para trás e gargalhou.

Autumn fitou a todos, um por vez.

— O que foi que eu perdi? Não estou entendendo.

A carranca de Nathan se aprofundou.

— Ele estava dando em cima de você, Autumn — disse

Thane. — Não somente dando em cima, estava basicamente proclamando seu... compromisso eterno com você.

Gus quase se rachava de tanto rir.

Autumn arregalou os olhos.

— O que quer dizer com 'compromisso'? O cara estava cortando meu fornecimento de ar.

— É, bem, os metamorfos jiovis não são apenas guerreiros ferozes, como também amantes ferozes — Nathan falou.

Autumn empalideceu.

— Hm, desculpe — disse Nathan depois de uma pausa. — Essa afirmação não ajudou, não é?

Com os lábios franzidos como se tivesse mordido um limão, Autumn negou.

— Eu não entendi. — Violet passou a mão pela garganta. — Por que o pescoço? Como isso é significativo?

Thane indicou os guerreiros jiovis.

— Viu aqueles protetores verde-prateados nos pescoços? Esses gorjais são feitos de metallikite, que é o metal mais forte conhecido por homens e metamorfos. O metallikite protege o órgão mais vulnerável dos jiovis: o coração.

A testa de Violet se enrugou em confusão.

— Anatomicamente falando — Thane continuou —, enquanto os corações erathi estão localizados no peito, os corações dos metamorfos jiovis ficam na garganta. Assim como os erathi, o coração de um jiovis é considerado o órgão mais vulnerável, tanto física quanto emocionalmente. Então, quando um jiovis proclama seu amor, ele agarra o coração da parceira escolhida como um sinal de que protegerá o órgão mais sagrado e delicado da amante.

Uma pausa significativa inundou o grupo quando a nova informação se estabeleceu.

Violet foi a primeira a quebrar o silêncio.

— Então, aquela palavra que ele disse... a que ele chamou Autumn...

— Zhivotza?

— Sim, essa aí. Era disso que ele estava chamando-a lá na festa de luz negra.

Thane anuiu.

— O olfato dos jiovis permite que eles confirmem imediatamente quem são seus... — o olhar dele se voltou para Autumn — parceiros para toda vida. *Zhivotza* significa 'remédio' ou 'medicamento', bem como 'fonte da vida'. Também é usado como um apelido carinhoso para a alma gêmea de um jiovis.

Um lamento escapou de Autumn e a cabeça dela tombou em suas mãos.

Naquele momento, um dos guerreiros de prata de En'gorr soltou um gemido agonizante e desabou no chão com um baque forte. O de cobre ajoelhou-se ao lado do companheiro antes de fitar En'gorr com uma expressão preocupada.

— Ele precisa de ajuda. — Gus se libertou de Thane e Sagan, mas antes que pudesse alcançar o metamorfo caído, o outro jiovis prateado sacou uma espada e bloqueou seu caminho.

Sagan imediatamente colocou-se entre Gus e a ponta da lâmina do metamorfo.

Nathan estendeu os braços — um para barrar Thane e o outro para impedir que Violet e Autumn corressem para ajudar Gus —, quando uma rajada de berros explodiu ao seu redor. Autumn clamava pelo primo, Gus estava exigindo que eles levassem o metamorfo ferido para a enfermaria, e Tio e Thane estavam bradando em jiovis, explicando, ao que tudo indicava, a ação repentina de Gus.

A disputa de vozes só foi ficando mais alta até que En'gorr urrou uma ordem jiovis. Em um instante, todos ficaram em silêncio.

— Por favor, só queremos ajudar. — A torrente de adrenalina nos ouvidos de Nathan camuflou a própria voz. —

Tio, por favor, diga ao seu irm... à Vossa Alteza que tem uma clínica médica aqui onde ele e os companheiros podem descansar e se recuperar.

Tio, que estava agarrado ao braço do príncipe que segurava o cetro, falou com calma, gesticulando para Gus e na direção da enfermaria do complexo.

O silêncio que se seguiu era ensurdecedor. Os batimentos cardíacos de Nathan ameaçavam quebrar-lhe uma costela.

Finalmente En'gorr assentiu e sinalizou para seus homens. O prateado que brandira a espada lançou um último olhar para Sagan, depois embainhou sua arma para ajudar o metamorfo de cobre a erguer e carregar o camarada.

En'gorr se aproximou do rosto de Nathan e cuspiu diversas palavras hostis.

— Ele disse...

— Não precisa traduzir — Nathan interrompeu. — Eu reconheço uma ameaça quando a ouço.

— Não ser ameaça — disse En'gorr Droth. Os olhos dele se estreitaram. — Ser promessa.

21

SEGREDINHO SUJO

— Ei Autumn — disse Thane do outro lado da mesa de jantar —, quer nos contar a história de quando roubou algo do príncipe jiovis?

Violet, junto com todos os outros, parou de comer e se virou para Autumn.

— Na real, eu gostaria de ouvir essa história também — acrescentou Tio.

Autumn encontrou os olhares de Thane e Tio com um semblante gélido. A capacidade dela de não desmoronar sob escrutínio nunca deixava de impressionar Violet.

Nathan e Gus seguiram para a enfermaria com os quatro metamorfos jiovis enquanto Lazareth havia reunido o restante do grupo — Violet, Autumn, Sagan, Thane e Tio — e insistiu para que todos jantassem em sua casa. A conversa manteve-se no mínimo até que, por fim, Thane se tornou o único corajoso o suficiente para mergulhar no tópico que, sem dúvida, permanecia na mente de todos.

Depois de uma ampla pausa, Autumn exalou um suspiro prolongado.

— Ótimo. — Ela enfiou a mão na jaqueta, tirou uma

pequena bolsa de ouro metalizada e a colocou sobre a mesa.

— Aqui está o meu segredinho sujo.

Violet reconheceu a bolsa como sendo a que Autumn levara consigo para a festa de luz negra — a noite que tinha dado terrivelmente errado. Ela pegou a bolsa e a abriu, e na mesma hora precisou piscar perante a luz laranja brilhante que vinha do interior.

— Nossa, é... lindo. — Violet puxou o que parecia ser um porta-copos de vidro, com o diâmetro de uma lata de refrigerante e mais ou menos meio centímetro de espessura. A fonte da luz laranja era uma série de gravuras ao longo do terço externo do disco, deixando o centro transparente e pálido. Fascinada, ela correu o dedo pelos pontinhos, linhas e rabiscos brilhantes. — O que é isto?

— Isso é uma lantejoula — disse Sagan, e Autumn assentiu.

— Uma lantejoula? O que é? — Violet questionou. Thane e Lazareth pareciam igualmente confusos.

Sagan estendeu a mão e Violet cedeu-lhe o disco.

— Meu pai tem procurado por elas desde que consigo me lembrar. Pelo que percebi, a obsessão dele já ultrapassou a insanidade. — Inspecionou-a com mais cuidado, virando-a para ver cada lado. — Esta é a primeira vez que vejo uma de perto.

— Você já viu outras? — As sobrancelhas de Autumn se arquearam até a linha do cabelo.

— Outras duas — admitiu Sagan. — A prateada e a de pérola.

— Uau! — Autumn encarava o vazio, perdida em algum pensamento distante.

Sagan encurvou uma sobrancelha.

— Como descobriu sobre elas?

Ela deu de ombros.

— Me deparei com o termo *lantejoula* em um dos fóruns de hackers.

— Ah é — disse Tio —, eu lembro daqueles fóruns. Mas... — A testa dele se enrugou em uma careta. — se bem me recordo, esses fóruns estavam cheios de conspiradores lunáticos divagando sobre lendas urbanas e mitos de hackers.

— Sim — disse Autumn. — Comecei a me envolver nas conspirações só para ter alguma coisa para fazer. Existe um número limitado de contas nas redes sociais e instalações governamentais que se pode invadir antes que as coisas comecem a ficar chatas.

Lazareth riu.

— Só nossa Autumn acharia coisas assim chatas. — Ele se levantou e começou a recolher os pratos vazios de todos.

Autumn deu um sorriso antes de continuar.

— De qualquer forma, decidi pesquisar mais sobre algumas dessas lendas e me deparei com vários fóruns onde boatos sobre esses tipos de discos especiais começaram a circular. Tinha um monte de rumores sobre o que os discos faziam e que tipo de informação poderia estar neles. Até onde todos sabiam, havia apenas alguns deles e era como procurar um pote de ouro no final do arco-íris.

"Então, é claro, o meu nada humilde ser pensou: *Desafio aceito*. O único problema foi que os discos não podiam ser obtidos online. Era preciso encontrar um fisicamente, ou, no meu caso — ela pigarreou —, convencer seus amigos a ir numa festa de luz negra para roubá-lo do sujeito que acabou por ser o maior cara do lugar e que, por acaso, têm uma inclinação a asfixiar garotas."

— Esqueceu a parte em que ele acabou por ser, também, o príncipe de uma raça metamorfa associada a Júpiter e que desenvolveu uma queda épica por você — disse Tio.

Violet gemeu.

— Aquela noite foi a pior. Como sabia que ele levaria a lantejoula?

— Não sabia, mas achei que valia a pena arriscar. Eu não tinha certeza de quando seria minha próxima oportunidade.

— *Arriscar* é um eufemismo — Violet resmungou.

— É... — O timbre de Autumn era pesaroso. — Foi impossível prever como aquela noite terminaria. E eu nunca imaginaria que um dia ele iria aparecer aqui em casa.

— Então, o que tem no disco? — Thane sondou.

Autumn encolheu-se.

— Não faço ideia. Não é como se eu pudesse conectar ele a uma entrada USB ou carregá-lo num leitor de DVD. Ou não encontrei o hardware correto para lê-lo ainda, ou me passaram a perna e tudo que consegui roubar do irmão de Tio foi um peso de papel glorioso.

— Ei — Tio interpôs —, esse 'peso de papel glorioso' está na minha família há gerações. É quase uma relíquia jiovis e pode um dia ser minha; entende, se meu irmão lamentavelmente encontrar sua morte.

— Sabe o que ela faz? — Violet inquiriu.

— Hm... — Tio mirou a lantejoula, que ainda estava na mão de Sagan. — Não posso dizer que saiba e, para ser honesto, esta é a primeira vez que ouço falar de alguém fazendo tanto rebuliço por causa dela. En'gorr apenas a trata como se fosse um broche ou um chaveiro. É só uma bugiganga que ele carrega consigo desde que nosso pai faleceu.

— Você sabe o que isso faz, Sagan? — Thane perguntou.

Até aquele momento, Sagan estivera encarando a lantejoula num silêncio contemplativo.

— Eu não sei. Mas sei que se meu pai colocar as mãos em todas elas, vai ser ruim. Vai ser muito, muito ruim. Eu o escutei dizer que aquele que possui todas as lantejoulas detém o poder de alterar mundos.

— Mundos? — Tio elevou uma sobrancelha. — No plural?

Sagan deu de ombros.

— Meu pai tem uma reputação antiga de não conseguir superar as historinhas que nos contam quando crianças.

— Quantas lantejoulas existem? — Violet inquiriu.

— Acredita-se que existam apenas dez, uma para cada raça metamorfa.

As sobrancelhas de Thane se franziram.

— E você disse que o seu pai tem duas delas?

— Duas que eu tenha visto, mas isso já foi há alguns anos. Vai saber se ele não adquiriu mais.

— Bom, parece que ele está bem determinado em conseguir todas — disse Violet —, sobretudo se estava disposto a atacar a colônia do irmão de Tio.

O rosto de Sagan formou uma carranca.

— Então reze para que ele nunca encontre Maple Shire. Não quero descobrir o que ele planeja fazer se conseguir coletar todas. — Ele posicionou a lantejoula laranja em cima da bolsa dourada e a deslizou pela mesa até Autumn.

Lazareth tinha acabado de começar a servir a sobremesa quando Nathan entrou com o grande irmão mais velho de Tio, embora *grande* fosse dizer pouco. En'gorr Droth era enorme. Mesmo que ele fosse da família de Tio, o homem deixou Violet nervosa, especialmente quando lampejos da festa de luz negra atravessaram sua mente.

Nathan seguiu até o balcão da cozinha, onde Lazareth preparara o jantar da noite, e a atenção de En'gorr pousou em Autumn de imediato. A amiga com dreadlocks de Violet remexeu-se levemente na cadeira.

Ter a adoração um tanto grosseira de um metamorfo jiovis seria desconcertante para qualquer um. Metamorfos de todas as espécies complicariam a vida amorosa de qualquer garota humana. Violet estava começando a ficar feliz por não ter que lidar com esse tipo de situação quando um pensamento repentino a fez perder o fôlego.

Ela disparou um olhar para Thane. Já era de conhecimento geral que ele era um veniri, mas nunca o vira em sua forma modificada. O lado veniri de Nathan às vezes aparecia quando estava muito agitado, e ele tinha se transformado diversas vezes durante as sessões de treinamento. Até Tio juntara-se a eles durante o treino, algumas vezes, e lhe mostrou sua forma jiovis metálica.

Mas Thane ainda era — ao menos em sua mente — humano. Ela fitava-o enquanto ele comia o famoso cheesecake de figo e lichia de Lazareth. Nada indicava que ele era um veniri. Sem escamas, sem espinhos brilhantes, sem garras, sem...

Os olhos castanho-dourados encontraram os seus, e um ligeiro sorriso brincou nos lábios dele.

Depois de um segundo, as bochechas de Violet esquentaram e ela rompeu o contato visual. *Maldito seja esse lance estúpido em que ele consegue me sentir olhando-o. Por quanto tempo eu estive encarando?*

Ela afundou na cadeira à medida que Nathan colocava dois pratos cheios de comida na mesa de carvalho sedoso e se sentava, deixando o lugar ao lado de Tio livre. En'gorr ainda se encontrava parado na porta da sala de jantar.

— Sente-se. Coma um pouco. — Nathan apontou para o prato sem dono.

En'gorr olhou para trás por sobre o ombro.

— Seus homens vão ficar bem — Nathan disse. — Dra. Dawn e o filho tomarão conta deles.

En'gorr fitou Nathan e disse apenas:

— Por quê?

Nathan franziu o cenho.

— Por que o quê?

En'gorr inclinou a cabeça em direção à enfermaria.

— Por que ajudar?

— Para falar a verdade, não sei. — Nathan deu de ombros.

— Mas o que eu sei é que, quer seja erathi, veniri ou mesmo jiovis, não faz diferença para Dawn e sua família. São boas pessoas.

Até Violet ainda estava tentando entender Dawn. Toda vez que ela aprendia algo novo sobre o mundo metamorfo, Dawn já sabia dez vezes mais, sem mencionar seu profundo conhecimento médico das várias raças metamorfas.

En'gorr apenas grunhiu em resposta enquanto examinava a mesa. A expressão dele desta vez foi diferente, quase inquisitiva.

— Vamos lá, o que me diz? — Nathan empurrou o prato um pouco mais para perto dele.

Mais uma vez, o príncipe inclinou a cabeça na direção da enfermaria.

— Eles comer.

— Não se preocupe. Vou garantir que sejam alimentados assim que terminarem o tratamento — disse Lazareth.

Depois de um instante, o príncipe anuiu e sentou-se ao lado de Tio. Os olhos dele pousaram na lantejoula laranja ainda sobre a bolsa dourada próxima ao cotovelo de Autumn.

Pela primeira vez, Violet poderia jurar que as bochechas de Autumn desenvolveram uma tonalidade vermelha. Ela estendeu a lantejoula para ele.

— Acho melhor eu devolver.

En'gorr não fez nenhum movimento para recolher a lantejoula. Em vez disso, ele sacudiu a cabeça e falou. E, outra vez, Tio traduziu.

— Muitos dos meus homens morreram por causa disso. Fique com ela ou destrua-a, mas seja lá o que fizer, certifique-se de que Matthias Branstone nunca a pegue.

Autumn hesitou antes de assentir e colocar a lantejoula de volta na bolsa.

Violet apanhou Nathan mirando o disco laranja, a testa franzida em pensamentos. Por um momento, ele pareceu prestes a dizer alguma coisa, mas então meneou a cabeça de leve e voltou sua atenção para En'gorr.

— Com fome?

Nathan estendeu uma faca e um garfo, mas En'gorr os empurrou com um resmungo. Violet observou com admiração conforme o braço de En'gorr se transformava em um ouro metálico, e ele pressionava sua mão inalterada na pele dourada como se esta fosse feita de massa de biscoito. Depois de remover um pequeno punhado, ele moldou um conjunto de utensílios dourados com a carne maleável e espetou a comida com o garfo novinho em folha.

— Como eu disse antes — Tio falou para Nathan, a expressão pesarosa. — Meu irmão é um tipo de jiovis meio antiquado. Usar talheres de outra pessoa vai contra os nossos costumes.

— Oh — disse Nathan com as sobrancelhas elevadas, ainda segurando os utensílios rejeitados.

Autumn torceu o nariz.

— Não sei se isso é muito maneiro ou muito nojento.

— Como é que eu nunca te vi fazer os próprios talheres, Tio? — Thane indagou.

Tio encolheu os ombros.

— Talvez eu só seja preguiçoso demais.

— Se não se importa que eu diga — Thane continuou —, mesmo que sejam irmãos, não posso deixar de notar que existe uma grande diferença entre vocês dois.

Tio concordou e lançou um olhar a En'gorr.

— Sendo o príncipe herdeiro, En'gorr não tinha tanta liberdade. Eu não estava sob a ótica tanto quanto ele.

En'gorr grunhiu algumas palavras em jiovis, aparentemente de acordo.

— Nossos pais se certificaram de que a infância de En'gorr fosse focada em política, etiqueta à mesa, estratégias de guerra... Resumindo, qualquer coisa que não fosse focada em treiná-lo para ser o próximo governante poderoso da nossa raça era considerada uma perda de tempo. Quanto a mim, fui criado pela minha babá, que tinha o que alguns podem chamar de um fascínio doentio pelos erathi. Fui basicamente criado com cheeseburgers, cultura pop erathi e reprises de *Friends*. Minha babá não priorizava as tradições antigas da nossa cultura.

— Reprises de *Friends*, hein? — Autumn alçou uma sobrancelha.

— Sim, foi onde aprendi a maior parte do seu idioma — disse Tio com um sorriso. — Das sete línguas que meu irmão conhece, o inglês é a mais nova adição. Ele pode entender a maior parte do que vocês dizem, mas ainda está nos estágios iniciais da fala. É por isso que me faz traduzir para ele.

En'gorr lançou um olhar severo para o irmão e disse algo em um tom incisivo e reprovador. Thane e Sagan entreolharam-se, e Thane cobriu um sorriso com a mão.

Tio fez cara feia para En'gorr, que havia voltado a comer, então pegou a tigela de sobremesa vazia e ergueu-se.

— Vou pegar uma segunda porção de cheesecake. Mais alguém quer?

Tanto Sagan quanto Thane içaram as mãos, e Nathan pediu que deixassem um pouco para quando terminasse de jantar.

Tio colocou as tigelas de sobremesa diante de Thane, Sagan e dele mesmo, em seguida pegou uma lata de chantilly na geladeira. Os três a passaram de mão em mão, cada um rodopiando montes amplos em cima dos cheesecakes. En'gorr vislumbrou com interesse. Antes que Tio terminasse de pôr a própria dose de açúcar, a lata foi arrancada da sua mão.

Ignorando os protestos de Tio, En'gorr virou a lata e estudou-a de todos os ângulos, depois a inverteu e borrifou um pontinho em seu purê de batatas. No momento em que o príncipe jiovis apanhou uma garfada do purê com chantilly, todos os olhos estavam grudados nele.

Todos assistiam com crescente tensão à medida que os olhos de En'gorr se arregalavam. Então, num piscar de olhos, a lata estava de novo nas mãos dele e tudo em seu prato foi revestido por uma espessa camada branca: as cenouras com mel, a barriga de porco cozida, a salada de frango com gergelim, a salada verde misturada com pepino e iogurte de gengibre...

— Eu nunca vi nada assim na minha vida — disse Autumn.

Violet não conseguia parar de encarar.

— Nem eu.

Um coro de gargalhadas explodiu na mesa antes que todos voltassem às suas refeições. Somente Tio não participou; ele fuzilava o irmão com os olhos e sacudia a lata vazia, irritado.

— Caramba, valeu, mano. Na próxima vez, você pode muito bem engolir direto da lata.

En'gorr retrucou em jiovis e Tio revirou os olhos enquanto Thane ria novamente.

— O que ele falou? — Violet inquiriu.

— Uma versão jiovis de 'eu topo' — respondeu Thane.

Depois de alguns minutos, Lazareth saiu para levar as refeições de Dawn e dos outros, e Autumn sacou seu laptop. Em pouco tempo, ela e Tio tinham as cabeças abaixadas, debatendo aos sussurros alguma nova estratégia hacker.

Gus se juntou ao grupo quando Nathan e En'gorr terminavam as próprias porções de sobremesa. Pouco impressionado por encontrar apenas uma pequena fatia do cheesecake do pai, ele compensou retirando uma torta de maçã com sorvete e uma nova lata de chantilly. Os olhos de En'gorr se iluminaram e ele mirou a lata até que, por fim, Autumn disse:

— É melhor entregar para ele, Gus.

Gus ofereceu a lata a contragosto e assistiu, em estado de choque, enquanto En'gorr ingeria o conteúdo.

— Então, como estão os pacientes? — sondou Nathan.

— Ótimos — Gus falou com a boca cheia de sobremesa. — O metamorfo que desmaiou, hum... Qual era o nome dele?

— Urg'vhul — disse Tio. — Não deve ser confundido com o irmão gêmeo, Tyor'vhul, o outro metamorfo em estanho.

— Ah, claro. — Gus estremeceu. — Enfim, ele agora está estável, medicado e dormindo. Os outros também estão descansando. Demorou um pouco para convencê-los a mudar para a forma humana, o tratamento é mais fácil sem todas aquelas placas de metal e lâminas pelo corpo inteiro, mas minha mãe é muito boa em conseguir o que quer. — Ele se virou para En'gorr e deu um tapinha no ombro do homem majestoso. — E você, amigo? Todos os seus rapazes foram atendidos. Devíamos te levar para a enfermaria e ver se precisa de algum tratamento.

En'gorr Droth fitou a mão infratora em seu ombro e Gus a removeu para indicar a porta.

— Não — disse En'gorr, depois inclinou a cabeça para trás e encheu a boca com chantilly.

Tio deixou o rosto cair na palma da mão e murmurou em voz baixa; algo sobre arrepender-se de trazer o creme, em primeiro lugar.

— Quanto tempo até que os outros metamorfos jiovis se recuperem? — Sagan perguntou.

— Não sabemos ao certo. Minha mãe está preocupada com Urrrg... hm... — Gus voltou-se para Tio, frustrado.

— Urg'vhul.

Gus acenou.

— Isso. Minha mãe acha que é melhor ficar de olho nele por alguns dias.

— Não — En'gorr falou.

Todas as cabeças viraram para ele. En'gorr bateu no próprio peito.

— Jiovis forte. Partir ao amanhecer. — Ele levou a lata à boca outra vez e um chiado de creme espumando preencheu o silêncio que se seguiu.

Tio e Autumn trocaram um olhar.

— Parece que vou ficar acordado a noite inteira para preparar vocês antes de eu sair — disse Tio com um suspiro sobrecarregado.

En'gorr olhou para ele e disse algo em jiovis, e Tio respondeu na mesma língua, gesticulando para o laptop. Os dois conversaram enquanto En'gorr mirava a tela, então ele bradou uma frase que assustou todos na mesa.

— Ver isso. — En'gorr apontou para a tela.

Tio fitou-o em confusão.

— Esse é o logotipo da Biogenética Xabat. Já viu esse logotipo antes?

O irmão dele anuiu.

— Erathi ter nas roupas. Nos carros. Nas caixas.

— Caixas? — Sagan cortou-o.

Os olhos de En'gorr se estreitaram.

— Jiovis vivos. Não escapar. Colocar nas caixas de metal.

Thane liberou um silvo e girou para Sagan.

— O que isso quer dizer? Achei que ele tivesse dito que foi seu pai quem liderou o ataque?

Sagan franziu o rosto, segurando um trecho da corrente negra em volta do pescoço que aparecia acima da gola da camisa.

— Parece que o meu pai e meu avô podem ter declarado uma trégua.

— E que os homens de En'gorr se tornaram os novos ratos de laboratório da Biogenética Xabat — acrescentou Autumn.

Tio e En'gorr estavam conversando no próprio idioma

conforme os outros falavam. Quando En'gorr direcionou a atenção para Violet, flashbacks das mãos imensas prendendo seus ombros no chão a fizeram enrijecer. Ela não conseguiu se impedir de alcançar, aos poucos, o canivete aninhado no bolso da calça jeans.

— Seu bebê. — Ele fez um gesto para o laptop de Tio. — Eles levar?

Uma pontada de dor apunhalou o peito de Violet.

— Sim.

Com um aceno decisivo, En'gorr se levantou, as pernas da cadeira rangendo no assoalho.

— Xabat matar meus guerreiros. Eles levar seu bebê. — O lábio dele se torceu em um rosnado. — Nós matar Xabat.

* * *

Demorou um pouco para Violet aceitar a ideia do envolvimento de En'gorr na missão de resgate, mesmo após Tio explicar que seu irmão tinha um dever sagrado de vingar os guerreiros mortos. Nathan, Thane e até Sagan ficaram igualmente chocados com a participação do príncipe jiovis. Pelo jeito, era raro as raças metamorfas se misturarem, quanto mais trabalharem juntas. As fissuras entre as espécies eram muito profundas. No entanto, aqui estavam: veniri, jiovis, erathi, um caçador e o que quer Violet fosse agora, todos trabalhando juntos.

A família de Sagan — e, por extensão, Biogenética Xabat — causou prejuízo demais para muitos metamorfos. Agora, os prejudicados estavam se unindo.

Mesmo Autumn parecia estar se afeiçoando ao príncipe jiovis. Ele costumava ter uma expressão de cãozinho sem dono quando Violet o pegava encarando Autumn, mas deve ter dito ou feito algo para conquistá-la, pois Violet os viu juntinhos em uma conversa profunda mais de uma vez.

Quanto ao restante do grupo, o estado de espírito era bastante decente, embora eles estivessem até o pescoço com o planejamento da missão de resgate a Solace. Autumn e Tio eram os mentores, constantemente *digitando* nos computadores, exercendo sua magia para garantir que tudo se encaixasse.

A princípio, o plano parecia ridículo, mesmo com os crachás de funcionários, uniformes improvisados, trajes de proteção, o furgão-hacker clichê, um segundo veículo de transporte e as sessões de treinamento contínuas. Mas depois de horas eliminando tantos problemas hipotéticos quanto possível, Violet estava começando a acreditar que tinham uma chance sólida de recuperar Solace e fugir com segurança da Biogenética Xabat... ao menos em teoria.

Duas noites após a chegada dos metamorfos jiovis — no aniversário de duas semanas do sequestro de Solace —, a equipe decidiu que estavam prontos.

Violet estava esperando no banco de trás de um Chevrolet Impala, balançando os joelhos com impaciência.

— Por que estão demorando tanto? Quantas coisas mais podem caber naquele furgão?

— Nem ideia — disse Sagan do assento do motorista. Va'atuu, o jiovis acobreado, se encontrava no banco do passageiro. Ele não se incomodou em responder, nem sequer aderir ao que ela havia falado.

Violet sufocou um gemido e atirou a cabeça contra o encosto.

— Isso é maluquice. Me diga honestamente, Sagan, acha que teremos sucesso desta vez?

Ele girou no assento para encará-la.

— Uma coisa que eu tenho certeza é que nós faremos de tudo para tirar Solace de lá em segurança.

Violet mordiscou o lábio. Ele não tinha respondido à sua

pergunta de fato, mas ela não sabia se estava pronta para uma resposta franca.

— Sabe, eu invejo Solace — Sagan disse serenamente.

— Inveja? — Violet franziu o cenho.

— Sim. Ela foi tirada de você, mas, seja como for, todas as decisões que tomou, boas ou más, foram destinadas a recuperá-la. — Ele respirou fundo e mirou a escuridão além da janela do carro. — Minha mãe desapareceu e, se eu acreditasse no que me contaram, me abandonou quando eu era criança. Mas eu faria qualquer coisa, faria o mundo de refém, se isso significasse que eu poderia ter minha mãe de volta.

Depois de alguns instantes de silêncio, Violet falou:

— Obrigada. Sou muito grata por te ter aqui. E, se isso tiver algum significado, espero que um dia você encontre a sua mãe.

Sagan lhe cedeu um pequeno sorriso e se voltou para a frente.

Mais um ou dois minutos se passaram, e uma vez mais Violet estava achando difícil manter seu medo sob controle. Esta noite. Havia uma chance de ver seu bebê *esta noite*. Ela precisava mover-se, berrar para Sagan dar partida no carro. Já! Antes que sua cabeça explodisse com horrendos "e se's" e imagens de situações fracassadas.

A respiração acelerou e os dedos tamborilavam cada vez mais rápido nas suas coxas. Tinha que se acalmar. Ela precisava de algo para distrair sua mente.

Forçando os pensamentos a se afastarem da preocupação crescente, ela começou a lembrar-se dos últimos treinos com Nathan. A pedido dela, estavam trabalhando na forja de luz. Na opinião inabalável de Violet, a habilidade de forjar a luz da fêmea magneii fora a chave para sequestrar Solace. Violet ainda podia sentir o aperto restritivo do chicote que a impediu de salvar seu bebê.

Foco! Ela ergueu a mão e a luz suave da lua cintilou nas

pontas dos dedos. Não conseguia avistar nem Vênus nem Marte no céu esta noite, mas, fechando os olhos, ela ainda era capaz de sintonizar com o que Nathan chamava de "a melodia".

Sua respiração começou a diminuir enquanto ela tocava a energia emitida por ambos os planetas, concentrando sua atenção no centro da mão em concha. As instruções calmas de Nathan ecoaram em sua mente. O primeiro passo era focalizar o próprio raio de luz e depois concentrar a luminosidade em uma massa tangível.

Um minúsculo ponto de mármore azul-petróleo e magenta brilhante começou a pairar vários centímetros acima da sua palma. As têmporas de Violet começaram a pinicar de suor conforme a pequena massa crescia até chegar ao tamanho de uma ervilha e, em seguida, de uma uva. Uma gota de umidade rolou pela lateral do seu rosto assim que atingiu o tamanho de uma maçã.

Ela liberou uma expiração lenta e revirou de leve os ombros rígidos. Reunir a primeira porção de luz tangível era o passo mais difícil. As próximas fases da forja de luz eram um pouco mais fáceis, sobretudo porque estivera usando cada momento livre para praticar. Ela tinha uma frasco cheio de seixos e formas oblongas forjados com luz em casa, para provar.

Mas os formatos complexos de armamentos, espadas, facas ou chicotes ainda apresentavam um desafio. Pelo visto, também se pode forjar uma arma de fogo, mas sem munição, tal coisa só seria útil como um peso de papel.

Com todo o treinamento extra que vinha fazendo por conta própria, Violet já conseguia produzir um poliedro de vinte lados sem pensar demais. Ela havia essencialmente dominado o básico; o próximo passo era experimentar.

Uma imagem se formou em sua mente e o poliedro de luz flutuante começou a se alongar e achatar, a extremidade afiando-se até que o feixe etéreo se assemelhasse a uma faca de arremesso. Assim que a forja foi concluída, Violet analisou seu trabalho, maravilhada com o padrão marmorizado azul-petróleo e magenta brilhantes ao longo da lâmina.

Hmm... Me pergunto se...

Ela se concentrou novamente em uma nova imagem e, após um segundo, a faca começou a se dividir em duas. Ao final, possuia uma lâmina azul-petróleo e uma magenta, girando uma ao redor da outra acima da palma da sua mão.

— Você é muito boa nisso — disse Thane.

Violet se encolheu e virou a cabeça para a voz. No mesmo instante, ambas as lâminas dispararam na direção dele. Thane conseguiu se esquivar bem a tempo, e as facas cravaram-se na porta entreaberta do carro com um barulho alto.

— O que foi isso? — Sagan indagou. Tanto ele quanto Va'atuu se voltaram nos assentos.

— Hm... — começou Violet.

O rosto de Thane surgiu na abertura, os olhos arregalados deslocando-se entre Violet e as facas incrustadas. Depois de um momento, o semblante dele ficou pesaroso.

— Desculpe, não tem espaço no furgão. Os outros três jiovis ocuparam os bancos sobressalentes nos fundos, mas — ele fitou novamente as lâminas forjadas à luz — posso ver se alguém quer trocar.

— Tarde demais — Sagan falou. — O furgão já está saindo.

Ele estava certo. À medida que o furgão passava, Violet vislumbrou Nathan no banco do motorista, e Gus e Autumn nos dois assentos de passageiro.

Sagan ligou o carro.

— Entre, Thane.

Thane hesitou por meio segundo antes de deslizar para o lado de Violet. Assim que ele estava acomodado, Sagan acelerou o Impala e se despachou atrás do furgão.

Violet manteve os olhos colados no encosto de cabeça de Sagan, embora estivesse bastante consciente de Thane. A ansiedade começou a fazer seu estômago revirar.

Um par de sons metálicos, vindos de Thane, a fez olhar para o lado. Ele havia removido as adagas azul-petróleo e magenta da porta e estava virando-as nas mãos, examinando cada uma.

— São lâminas excelentes. Fui sincero quando disse que você é boa.

— Obrigada. — Violet começou a se voltar para a janela, mas uma mão apareceu na sua frente. As duas facas de arremesso jaziam na palma da mão de Thane.

— Fique com elas — ela disse com um aceno indiferente. — Eu sempre posso fazer mais.

Thane hesitou por alguns segundos antes de retirar a mão.

As bochechas de Violet esquentaram. *Qual é o meu problema? Por que eu apenas não peguei as facas? Afinal, fui eu quem as enviou voando até ele, em primeiro lugar!*

E agora que disse que ele poderia mantê-las, o que ele achou que isso significava? Considerou um presente, um sinal de que ela estava enternecendo-se por ele? Ou achou que ela era uma forjadora de luz arrogante que poderia "sempre fazer mais" toda vez que sentisse vontade?

Fechou os olhos com força para impedir que sua mente analisasse cada detalhe dos últimos minutos. O fato de Sagan e Va'atuu provavelmente estarem ouvindo também fez seu estômago retorcer de constrangimento.

— Então, você ainda tem afinidade com adagas, hein? — Thane inquiriu.

— Acho que sim. — Violet franziu as sobrancelhas. Afinidade com adagas? O que ele quis dizer com isso?

— Ainda tem aquela lâmina estelar?

Ela virou-se para ele.

— Lâmina estelar?

— É, aquela que usou para me esfaquear antes de... — Thane pigarreou. — Quando saiu da minha casa, naquele dia.

Uma torrente de emoções atravessou o interior de Violet, junto com as memórias "daquele dia". O dia em que ela viu a tatuagem de escorpião que ele estivera escondendo com corretivo. O dia em que todas as lembranças do sequestro e do assassinato de Lyla retornaram. O dia em que percebeu que Thane era um dos sequestradores. Ela o tinha esfaqueado com o canivete, e o rugido agonizante dele perseguira-a enquanto ela corria para fora do prédio.

— Sim, ainda tenho. — O canivete pareceu pesar em seu bolso, de repente.

— Posso ver?

— Hm... claro. — Ela retirou a faca e entregou-a para ele, embora não tivesse certeza do quanto ele poderia enxergar na escuridão; até onde sabia, os veniri não tinha visão noturna aprimorada.

Um segundo depois, ela ouviu o tênue *shink* da lâmina sendo liberada.

— Uau, é muito interessante — disse Thane.

— Por que a chamou de lâmina estelar? — Violet perguntou.

— Nathan não te contou quando a deu para você?

— Não.

— Ah, é mesmo. Você não sabia nada sobre metamorfos na época. — Ele parou por alguns instantes. — Não sei bem por que elas são chamadas de lâminas estelares, mas sei que todas têm duas coisas em comum.

— E o que seria?

— A primeira é a seguinte. — Ele levantou o canivete. Por um segundo, Violet não teve certeza ao que ele estava se referindo na escuridão, mas quando ele reposicionou a adaga na própria mão, os olhos de Violet se arregalaram.

Ao longo do cabo do seu canivete ficavam dez pedras preciosas negras, três das quais agora brilhavam. Uma em azul-petróleo, uma magenta e a terceira era laranja.

— Uma lâmina estelar permite que você saiba que tipo de metamorfos estão por perto — explicou Thane.

— Como? — Violet bradou, mas então uma lembrança a atingiu. — Na verdade, pensando bem, eu lembro de uma ocasião na faculdade em que havia uma luz azul-petróleo vindo dela. Na noite em que Bessie morreu.

— Sim, sobre isso... — O timbre de Thane assumiu um tom cauteloso. — Talvez tenha sido eu.

— Você? — O queixo de Violet caiu. Ela se apavorou quando percebeu que alguém a estava seguindo na volta para o dormitório.

— Havia um cheiro forte de canela no ar, aquela noite. Você ficou acordada até tarde, estudando na biblioteca e, bom... Eu queria ter certeza de que você estava bem. — As palavras de Thane saíram apressadas.

Violet piscou, tomando um momento para permitir que a declaração dele fosse absorvida.

— Você sabia que Bessie ia morrer naquela noite?

— Não — Thane despejou. — De forma alguma. Achei que era você quem estava em perigo. E, pelo que Autumn falou, o assassino estava atrás de você. Então fiquei de olho, te segui da biblioteca até o dormitório...

— Pode me devolver? — Violet estendeu a mão.

— O quê?

— Eu quero meu canivete de volta.

— Ah. — Ele entregou-o para ela, o cabo primeiro.

Violet o puxou dele e virou o corpo para a janela. Estava escuro demais para ver qualquer coisa do lado de fora, mas a luz brilhante do canivete lançou seu reflexo contra o vidro, assim como iluminou a postura desamparada de Thane, atrás de si.

Violet não conseguiria lidar com a informação que Thane acabara de largar sobre ela. Não agora. Não na iminência de recuperar a filha. Por que toda vez que um de seus amigos era assassinado, Thane estava por perto?

O restante da viagem transcorreu em um silêncio sombrio. Quando finalmente chegaram à ponte que ligava a cidade a Rivermyre, a adrenalina começou a disparar pelas veias de Violet. Ela encarou a cidade fantasma ameaçadora diante deles, os punhos cerrados ao lado do corpo.

Sagan parou ao lado do furgão no final da saída da ponte. Quando todos estavam fora dos veículos, Autumn entregou a cada um deles um fone de ouvido.

— Podem me ouvir? — A voz de Autumn zumbiu no ouvido de Violet.

Quando todos confirmaram que podiam escutá-la alto e claro, Autumn respirou fundo.

— Vamos resgatar Solace.

22

TRAVESSIA DE CADÁVERES

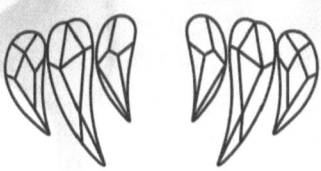

Nᴀᴛʜᴀɴ ǫᴜᴀsᴇ ᴇɴɢᴀsɢᴏᴜ. O ғᴇᴅᴏʀ ʀᴇᴘᴜɢɴᴀɴᴛᴇ ᴇʀᴀ diferente de tudo que já havia experimentado.

— Oh, nossa, ainda está aqui — veio a voz abafada de Violet enquanto o grupo se aproximava do cadáver gigantesco no meio de uma das ruas abandonadas de Rivermyre.

Nathan vira a filmagem da experiência com o homem que virou minhoca, mas o monstro na tela de Autumn nem chegava perto da realidade. A coisa verdadeira era muito mais hedionda e muito, muito maior. A bile mordeu-lhe a língua, seguida de perto pela vergonha. Esta criatura já foi um homem. Os instintos de detetive de Nathan lutavam para assumir o controle. O que quer que estivesse acontecendo na instalação debaixo dos seus pés, ficou claro que os testes realizados pela Biogenética Xabat eram criminosos, desprovidos de qualquer bússola moral. Não é de se admirar que estivessem escondidos sob uma cidade abandonada.

Sagan e Violet apontaram para os restos dos mutantes leopardos que ainda estavam espalhados pelo chão.

— Parecem bem mais mutilados do que quando estivemos aqui pela última vez — disse Sagan.

Após uma inspeção mais detalhada, os mutantes tinham pedaços de carne faltando em seus corpos. Alguns ossos estavam expostos e pareciam ter sido roídos.

— É melhor ficarem atentos — a voz de Tio soou através do fone de ouvido. Antes da equipe entrar em Rivermyre, Tio havia fixado uma pequena câmera na parte da frente de todas as camisetas para que ele, Autumn e Gus pudessem ficar de olho no grupo mesmo da segurança do furgão.

— Eu voto para acabarmos com isso depressa. — Nathan enfiou os braços na mochila que Autumn lhe dera.

— Concordo — disse Violet, posicionando a própria mochila.

O grupo contornou a minhoca gigante e parou na beira de um de seus túneis — um buraco enorme na estrada. O vazio sinistro estava rodeado por uma mistura de sujeira e entulhos, mas o aroma da terra enriquecida nada fez para diminuir o fedor da morte. Felizmente, Autumn adquiriu alguns trajes descartáveis para proteger Violet, Nathan, Thane e En'gorr de qualquer imundície que pudessem encontrar nas profundezas do túnel. Sagan e os outros guerreiros jiovis permaneceriam na superfície para vigiar a entrada.

Violet espiou pelo buraco.

— Não tenho mais certeza se gosto dessa ideia.

— Esta é a melhor maneira de entrar — disse Autumn. — A menos que queira enfrentar cercas elétricas, arame farpado e seguranças armados. Além disso, baseado nos esquemas da instalação, aquela minhoca fugiu das proximidades dos laboratórios experimentais, então um dos túneis deve levá-los direto para lá.

— Só não se esqueçam de ligar o sensor de deslocamento sísmico ultrassônico ao entrarem, para que possamos mapear os túneis e dizer qual deles pegar — acrescentou Tio.

Sagan dobrou diversos bastões luminosos, todos com

iluminação verde, depois jogou-os no buraco. Eles aterrissaram com um baque surdo vários metros abaixo.

Thane fez um gesto para Violet.

— Primeiro as damas.

Violet fechou a cara.

— Por quê? Para que possa me seguir de novo? Que tal você ir primeiro?

Thane claramente ingeriu sua resposta, sorvendo o fôlego, em seguida deu um passo para a beira do buraco e pulou. Violet o seguiu logo depois.

Nathan virou-se para Sagan.

— Será que eu quero saber do que se trata?

Sagan meneou a cabeça.

— Foi o que imaginei — Nathan disse e saltou no buraco da minhoca.

* * *

— Estão todos bem? — Nathan perguntou quando tudo ficou quieto em seu ouvido.

— Sim — veio a voz de Sagan pelo fone. — Esse foi o último mutante. Por enquanto.

Nathan quase suspirou de alívio. Com base nos rosnados estridentes, uivos e berros que fluíram por seu fone não muito depois que ele e os outros desceram nos túneis, esperava o pior. Em meio à comoção, Sagan conseguiu gritar que um bando de animais mutantes os tinha encontrado.

— Qual foi o estrago? — perguntou Gus.

— Mínimo para nós. Não posso dizer o mesmo dos mutantes. Umbra apareceu e nos ajudou a acabar com os últimos.

Nathan franziu a testa.

— Umbra?

— É, lembra daquela garota samurai que te falei? — adentrou a voz de Tio. — Aquela que matou a minhoca e nos salvou da última vez?

— Ah, certo. — Nathan voltou-se para os companheiros próximos. — É melhor nos apressarmos. Vai saber quantos mutantes mais estão lá em cima. — *Ou aqui embaixo,* ele achou melhor não verbalizar esse pensamento.

Os quatro aceleraram, seguindo as indicações de Autumn e Tio pela passagem imunda. De vez em quando, uma das lanternas iluminava a carcaça de um animal em decomposição ou outros lembretes pútridos das criaturas que residiam nos túneis.

— Espero que não haja outra minhoca-Godzilla aqui — disse Violet.

Quando dobraram outra curva, Nathan se deteve. O fedor o atingiu primeiro, então cada célula do seu corpo recuou com a visão diante de si.

— Mas o que... — exalou Thane.

— Ugh, acho que vou vomitar. — Violet se inclinou e abraçou a barriga ao mesmo tempo em que os gritos enojados de Autumn, Gus e Tio irromperam pelo fone.

Nathan passou o feixe da lanterna por sobre as centenas de carcaças de animais cobertas de lodo, empilhadas quase tão alto quanto sua cintura. Ele olhou para os companheiros; seus rostos estavam distorcidos ou tampados com um braço na tentativa de bloquear o odor. Por um segundo, ninguém se mexeu.

— O que é? — Sagan quis saber. Enquanto Autumn, Tio e Gus tinham acesso às câmeras do furgão, Sagan e os outros três jiovis ainda estavam cegos para o progresso do grupo no túnel.

— Parece que encontramos a pilha de lixo... daquela minhoca-Godzilla — disse Nathan. — Autumn, acho que você nos deu a direção errada.

— Péssimas notícias — respondeu Autumn. — Não dei, não. A rota mais direta para o laboratório é em frente.

— Você só pode estar zoando! — A cabeça de Violet virava violentamente de um lado para o outro. — Deve ter outro caminho. Tem que ter!

— Não que possamos encontrar — veio a voz de Tio através do fone. — Desculpa, gente, parece que vão ter que atravessar os cadáveres.

O coração de Nathan acelerou e seus olhos voaram para Violet. Lampejos das crises de pânico e dos episódios de TEPT choveram em sua consciência à medida que observava-a respirar profundamente o ar pútrido do túnel, uma vez após a outra.

Mas ela não travou — não desmoronou.

Durante os anos do ensino médio, devotar-se para superar seus traumas foi uma batalha ascendente. Nas últimas semanas, Violet fora derrubada de várias maneiras — cruel e brutalmente — e, ainda assim, conseguiu encontrar coragem para se levantar e continuar lutando contra seus demônios.

Nathan não poderia estar mais orgulhoso.

— Pronta? — disse Thane. Não havia impaciência no timbre dele, nenhuma pressão para apressá-la. Se Violet não estivesse preparada, Thane esperaria até que ela estivesse, Nathan tinha certeza. Apesar dos erros do jovem veniri, ele sempre cuidou de Violet, não importava o que acontecesse.

Alguns instantes se passaram antes de Violet erguer o queixo e girar os ombros para trás. Encarando a pilha de cadáveres, ela deu um aceno firme.

— Estou pronta.

En'gorr grunhiu e se arrastou até a frente do grupo para dar os primeiros passos pela carnificina.

Nathan engoliu o nó na garganta.

— Vamos só tentar não pensar nisso.

Mas não pensar era quase impossível. O caminho à seguir era escorregadio — Nathan não queria saber com o quê. Quase todos os passos trituravam ou estalavam conforme algo mais cedia sob seu peso, afundado-o quase até a coxa. Ossos brancos reluziam à luz da lanterna — ossos de pernas, costelas, crânios — muitos deles ainda repletos de carne em vários estágios de decomposição. Partes de pelagens, penas, couro reptiliano e sabe-se lá mais o que pendiam dos cadáveres em tufos e pedaços.

Aquilo é uma mão humana? Um calafrio percorreu sua espinha. Uma quantidade surpreendente da carnificina se assemelhava a características humanas. *Tente não pensar.*

Ele fez uma pausa e olhou para trás.

— Como vocês estão?

Violet gemeu por entre os lábios comprimidos, seus braços estendidos para as laterais como uma equilibrista.

— Ficarei feliz quando isso acabar — surgiu o tom tenso de Thane, alguns passos atrás dela.

— Hmm-hum — concordou Violet. Com outro passo, ela perdeu o equilíbrio e começou a rodopiar.

Thane correu e passou um braço ao redor da cintura dela, apoiando-se na parede viscosa.

— Te peguei. — Os dois cambalearam até Violet recuperar o equilíbrio.

— Argh, poderia ter sido bem pior se... — Violet se interrompeu com um grito de gelar o sangue. Com os olhos arregalados, ela apontou para as carcaças perto de Nathan.

Por um momento, Nathan não tinha ideia do que causara a reação dela — até que algo segurou em sua perna.

Um horror gélido arrepiou sua coluna.

Ele puxou a perna para trás, mas quanto mais puxava, mais o ser que se agarrava a ele começava a emergir. Em segundos, uma forma esquelética içou-se do monte fétido até a cintura.

Em um borrão, Thane desembestou para o lado de Nathan e, com seus esforços combinados, eles finalmente conseguiram afastar a criatura. Nathan não podia acreditar na força de algo tão magro. Era humanóide na aparência, mas não era nem de longe humano. A pele era uma colcha de retalhos desencontrados de cicatrizes ou couro animal. Chumaços de cabelo — ou era pêlo? — estavam faltando, deixando a maior parte do crânio careca. Os lábios desfigurados lembravam um bico e ambos os braços não estavam somente revestidos de sujeira, como também salpicados de agulhas que lembravam a Nathan as penas de alfinete de um filhote de pássaro.

O que diabos é isso?

— Ajuda. — A palavra saiu lenta em um chiado rouco. Um braço fino estendeu-se para onde Nathan e Thane estavam, paralisados contra a parede do túnel. Aquilo estava de costas para Violet, que ainda se encontrava a alguns metros de distância. As mãos dela estavam prensadas na boca e o branco dos seus olhos brilhava sob os feixes coletivos das lanternas.

A coisa tombou para a frente, como se manter o corpo erguido fosse um esforço excruciante. Por vários instantes agonizantes, o único movimento era o peito da criatura subindo e descendo a cada respiração úmida. E, então, ela estendeu a mão outra vez.

— Por favor...

Algo estava preso no punho esquelético. Pouco a pouco, os dedos ossudos se esticaram até que o item repousasse livremente na palma plana.

Impulsionado pela curiosidade flagrante ou pela expressão desesperada nos olhos do ser, Nathan deu um passo.

Thane apertou a mão em seu ombro.

— Não.

— Está tudo bem — Nathan o tranquilizou e deu mais um passo. Apesar do próprio aviso, Thane manteve-se próximo.

A um braço de distância, Nathan se inclinou. Aquilo despencou ainda mais contra o monte de lama, a cabeça apoiada no ombro do braço estendido.

Nathan apontou a lanterna para o objeto em sua mão. Era uma fotografia. Uma noiva num deslumbrante vestido branco e uma tiara na cabeça era abraçada com carinho por um noivo em um smoking prateado. Ambos exibiam sorrisos largos e jubilosos. Os olhos deles cintilavam com alegria abundante — os olhos do noivo eram estranhamente semelhantes aos da criatura.

— Diga à minha esposa que eu sinto muito. — Aquilo... *ele*... soltou uma respiração penosa. — Eu tentei... voltar para casa... Diga a ela que... eu sempre vou amá-la. — Ele levantou a mão, oferecendo a foto para Nathan.

Depois de uma ligeira hesitação, Nathan a pegou.

Rápido como um relâmpago, o homem deformado agarrou o braço de Nathan e o puxou para o próprio peito destruído. Foi só quando a vida nos olhos do homem esmoreceu que Nathan se deu conta de que as lâminas do seu cotovelo estavam desembainhadas.

— O que acabou de acontecer? — disse a voz de Sagan pelo fone.

Nathan não conseguiu responder. Ninguém conseguia. O choque que engolfou a todos consumiu vários segundos demorados e extensos.

O logotipo da Biogenética Xabat era visível no material esfarrapado pendurado frouxamente na figura caída do homem. Nathan mirou a foto de casamento outra vez. Este homem foi mais um dos experimentos abomináveis do Xabat. O que fizeram com ele?

— Nós ter que ir. — O intenso tom barítono de En'gorr retumbou na direção deles a alguns metros de distância.

Nathan baixou a cabeça. Por mais que ele odiasse deixar o homem no fétido monte de carcaças, precisavam se concentrar em tirar Solace desse laboratório maldito.

Nathan e os três companheiros seguiram em silêncio. Tio continuou a dar-lhes instruções enquanto Autumn fazia uma busca na foto de casamento. Ao que tudo indicava, o homem estava passando por um momento difícil com as finanças e se candidatou a um anúncio de emprego bom demais para ser verdade, só para acabar num arquivo de pessoas desaparecidas.

Depois do que pareceu uma eternidade, a lanterna de Nathan iluminou uma parede de concreto.

— Acho que encontramos a instalação — disse ele no microfone.

— Fantástico — a voz de Autumn estalou em seu ouvido. — Vire à esquerda. E, em seguida, de acordo com o sensor ultrassônico, deve haver uma espécie de abertura na parede de concreto em algum lugar.

— Acho que encontramos. — Nathan varreu o feixe da lanterna por sobre uma pilha de escombros que obstruía o caminho. — A julgar pelos danos, parece que foi por aqui que a minhoca mutante escapou.

— Quer que a gente atravesse os escombros? — Violet indagou.

— Isso — disse Tio.

Violet cruzou os braços.

— E como sugere que façamos isso? Não é como se tivéssemos trazido uma escavadeira.

Com um resmungo, En'gorr abriu caminho e começou a trabalhar. Em cerca de um minuto, ele dissipou pedaços de cimento suficientes para criar uma abertura larga o bastante para se espremer.

— Caramba. — Os olhos de Violet se arregalaram quando En'gorr desapareceu pela abertura. — Então, não há necessidade de uma escavadeira quando se tem um príncipe jiovis com você.

Nathan e Thane riram, e a gargalhada de Tio se juntou a eles através do fone.

— O cômodo do outro lado não parece ter nenhum tipo de câmera de vigilância, pelo menos, nenhum que eu possa localizar — Autumn os informou. — Só posso presumir que é uma seção abandonada da instalação. Mas abandonada por qual razão, não sei dizer. Tenham cuidado, pessoal.

NÃO DÁ PARA ESCONDER,
MOSTRE-SE

AS BOTAS DE VIOLET POUSARAM NO LADRILHO DURO DEPOIS que ela, por fim, se espremeu entre os escombros. Eles saíram no que pode ter sido um banheiro de funcionários, baseando-se nas pias quebradas, cabines destruídas e cacos do espelho dispersos entre os pedaços de concreto espalhados pelo chão. O caminho da destruição conduzia ao próximo recinto através de um buraco na parede do tamanho da minhoca-Godzilla. Parecia que esta área da instalação subterrânea tinha sido abandonada há várias semanas, se não meses. Talvez o dano colossal causado pela fuga da minhoca estivesse além do que a instalação estava disposta a reparar.

— Estamos dentro — disse Nathan em seu microfone.

— Lindo. Agora, a troca de roupas — disse Autumn.

Os quatro tiraram seus trajes descartáveis e os jogaram numa pilha. Não fazia parte do plano, mas Violet se adiantou e colocou fogo nas roupas arruinados. Em um piscar de olhos, a roupa amassada foi reduzida a cinzas, substituindo o odor fétido do túnel pelo cheiro muito menos desagradável da fumaça.

Feito isso, Violet retirou um jaleco da mochila, junto com

o crachá falso que Tio produzira. Ela prendeu o cabelo castanho em um coque apertado no topo da cabeça e colocou um par de óculos com armação azul-marinho para completar o disfarce. Os outros três vestiram roupas de segurança improvisadas. Tio conseguiu fabricar o logotipo da Xabat e outros ornamentos com base nas fotos da equipe, no banco de dados do laboratório.

— Certo, agora é a parte em que precisam ser supercuidadosos — disse Autumn. — A última coisa que queremos é que um de vocês seja pego.

Acompanhando as instruções de Autumn, os quatro entraram em um corredor e rapidamente seguiram para a próxima interseção.

— Espera — Autumn avisou. — Algumas pessoas entraram no corredor que vocês estavam prestes a tomar.

A pulsação de Violet martelava em seus ouvidos à medida que esperavam pelas próximas orientações de Autumn.

— Só um pouco mais... ah, não. Parece que eles não vão sair. Estão indo direto para vocês.

Nathan sibilou entre dentes.

— Se não dá para se esconder — Violet sussurrou, a adrenalina fervilhando do peito até a ponta dos dedos. —, melhor se mostrar. — Nathan alçou uma sobrancelha para Thane quando ela adicionou: — Me sigam.

Ela arrebitou o nariz e sustentou uma feição de rainha do gelo, antes de caminhar para o corredor. Os outros se apressaram para alcançá-la, marchando em ambos os lados. Mais ou menos na metade do corredor à frente, o grupo de funcionários da Xabat ainda se dirigia para eles.

— É isso — encorajou Tio —, apenas aja como se pertencesse ao lugar.

Violet tentou desesperadamente controlar seus nervos trêmulos. Precisava manter a calma Solace estava contando com ela. *Eu consigo. Eu consigo.*

Tentou imaginar-se como a personificação da confiança e inteligência — uma mulher numa missão científica. Uma potência a se enfrentar. Ela podia, muito bem, ser a diretora da Xabat.

Depois de mais alguns passos, Violet começou a acreditar na própria fachada.

Quando o grupo de funcionários se aproximou, teve que se esforçar para não encará-los; em vez disso, empinou o nariz e voltou sua atenção na direção em que estava seguindo. Mantendo o semblante indiferente, ela inclinou a cabeça para o grupo no instante em que estavam prestes a passar.

Mas quando o homem em frente capturou o olhar dela, seu coração quase parou.

Fitava os olhos de ninguém menos que o próprio Renard Branstone.

— Caras! É o Renard — guinchou Tio.

Uma rajada fria inundou as veias de Violet, mas ela conseguiu desviar o olhar, seguir em frente, permanecer no personagem.

Os segundos seguintes pareceram uma eternidade. Violet esperou que alguém gritasse com eles, acionasse o alarme, começasse a atirar.

Entretanto... nada.

Ela soltou um suspiro de alívio quando, por fim, viraram a curva.

— Tudo limpo — disse Autumn com um gemido.

— Isso foi bem tenso — disse Tio.

— Está sendo modesto — acrescentou a voz de Gus.

A equipe continuou seguindo as indicações de Autumn até que ela ordenou uma parada, vários cruzamentos adiante.

— Tem uma porta na próxima curva, e ela é vigiada por quatro guardas.

Violet se atreveu a espiar e vislumbrou os vigias em posição. Atrás deles havia uma porta dupla de metal bloqueada com uma barra transversal e protegida com um leitor de impressão digital e um teclado numérico.

Merda. Eles ficaram sem sorte. Não poderiam apenas fingir passar por esses caras.

— Qual o plano? — Nathan sussurrou no microfone.

Antes que alguém pudesse responder, En'gorr entrou no corredor.

As cabeças — e equipamentos — dos quatro guardas miraram na direção do príncipe jiovis. Quando En'gorr estava a pouco mais de um metro de distância, eles atiraram. Um feixe de eletricidade azulada disparou de cada dispositivo semelhante a uma arma. Felizmente para En'gorr, ser um jiovis significava que os quatro feixes de energia não o afetavam da maneira que os guardas esperavam.

Os quatro interromperam os jatos de eletricidade azul e entreolharam-se, incertos; o que deu a En'gorr tempo o bastante para atacar dois deles com a própria rajada de raios laranja crepitantes, jogar um terceiro na parede de concreto e acertar o quarto com uma cabeçada de partir o crânio.

— Deixa quieto — Nathan falou quando o quarto vigia desmoronou ao lado dos colegas inconscientes. — Hã, Autumn...?

— Sem problema. En'gorr não ativou nenhum alarme — disse Autumn.

— Ainda — acrescentou Tio.

— De acordo com os esquemas, essa é a porta que queremos. Preciso que um de vocês se aproxime do teclado com as câmeras para que eu possa dar uma boa olhada.

Violet e os outros três se amontoaram em torno do mecanismo.

— Hmm — Autumn zumbiu em seus ouvidos depois de alguns segundos.

— O que foi? — Thane questionou.

— Devo levar alguns minutos para decifrar esse código.

— Não pode só fazer sua mágica como fez com as câmeras de segurança? — Violet sondou.

— Não é assim tão simples. Em primeiro lugar, as câmeras estão numa rede completamente diferente. Segundo, essa porta e a trava nem estão nos esquemas elétricos. Eu vou ter que...

Violet quase gritou quando o estrondo de um relâmpago laranja atingiu a porta a alguns centímetros do seu braço, deixando uma marca negra de queimadura espalhada na superfície metálica. A tela de vidro do leitor de impressão digital espatifou-se e as luzes do teclado numérico apagaram.

— Porra, En'gorr! Nos dê um pequeno sinal na próxima — Tio o repreendeu. — Tem sorte de ter causado um curto-circuito no alarme reserva também. Caso contrário, vocês todos teriam que cair fora daí.

— Concordo. — Nathan pôs a mão no ombro de En'gorr. — Que tal manter o restante de nós informado quando estiver prestes a fazer algo que poderia nos matar?

En'gorr apenas o fitou e, em seguida, arrancou a barra de metal dos suportes e a largou no piso com um tinido reverberante.

Violet girou, esperando que mais guardas os atacassem, mas ninguém apareceu. Talvez a sorte ainda estivesse do lado deles.

Nathan beliscou a ponte do nariz.

— Tio, qual a chance de você incutir algum senso no seu irmão?

Tio respondeu em jiovis, mas a única reação de En'gorr foi escancarar a porta dupla.

A mandíbula de Violet quase foi ao chão quando viu o que havia dentro. Seu coração parecia ter parado, como se nunca mais fosse bater.

— Autumn, por favor, me diz que você não acha que Solace está aqui.

— Tenho um pressentimento de que está — veio a resposta solene de Autumn. — Esquematicamente falando, é aqui que o laboratório mantém todos os cativos e os, hum... experimentos vivos.

A sala adiante continha fileiras e mais fileiras de jaulas, a maioria ocupada por um grande número de diferentes espécies de animais. Muitos pareciam mortais, incluindo vários animais marinhos em amplos tanques de água ao longo de uma das paredes. Após olharem com mais atenção, viram que cada criatura enjaulada possuía uma etiqueta ou bracelete com o logotipo da Xabat e um número de série.

— Caramba, esse lugar tem mais animais do que uma selva — disse Tio.

À medida que o grupo avançava na sala, os tipos de cativos iam se tornando mais incomuns — ou melhor, menos naturais. O número de deformidades e características do cruzamento de espécies aumentava a cada ocupante que passava, uma mais horrível que a anterior. Ao final da sala, a fileira de jaulas fez uma curva, e uma onda de náusea quase fez Violet vomitar.

Essa nova fileira de jaulas continha criaturas humanóides. Cada uma usava uma bata camuflada verde simples, com o logotipo da Xabat na manga.

— Essas batas que eles estão vestindo... são iguais à que aquele homem no túnel usava — Nathan ressaltou.

Quase todos os humanóides cativos estavam em diversos estágios da experimentação, muito parecidos com suas contrapartes animais, mas todos encontraram o olhar de Violet com a mesma expressão amortecida. O silêncio deles era ainda mais assustador.

— Oh, nossa — disse Autumn. — Estou cruzando referências de todos esses presos, e aqueles cujas características humanas ainda são reconhecíveis combinam com muitos arquivos de pessoas desaparecidas.

Violet sentiu como se mal pudesse respirar. Era impossível resgatar todas essas pessoas. Para começar, nem tinham veículos de fuga suficientes.

— Autumn, onde neste maldito buraco infernal trancariam um bebê? — esbravejou Nathan.

— Tente mais à frente. Com base nas filmagens das câmeras de segurança, parece haver algumas celas especiais no canto ao fundo.

Nathan liderou o caminho através dos silenciosos outrora humanos até chegarem a uma alcova com cerca de dez compartimentos. Cada uma tinha três paredes de concreto, com a face frontal feita inteiramente de vidro. As celas mais próximas estavam vazias, mas uma voz feminina suave atraiu a equipe para o fundo da alcova. Estava cantando uma música estranha — algo sobre um menino que fez amizade com seu eco em um poço.

— O que é isso? — Sagan quis saber. — Quem... está cantando essa música?

— É só um dos cativos — disse Thane.

Violet não entendeu a resposta de Sagan. Seus batimentos estavam latejando nos ouvidos, e o coração saltou para a garganta, cortando sua voz, sua respiração.

— Lá! — conseguiu ofegar, apontando para as celas no final da alcova. Ela avançou, os olhos pinicando de lágrimas, e se lançou contra o vidro.

Do outro lado estava um berço com a visão mais linda que Violet já vira na vida. *Solace!* Finalmente — *finalmente* — encontrou sua filha.

A delicada criança dormia, os dedinhos dobrados sobre o cobertor. Seu pequeno peito subia e descia com cada respiração.

— É ela? — A voz baixa de Thane detinha uma nota de incerteza. — É Solace?

Violet assentiu, uma mistura esmagadora de alegria, amor, apreensão e ansiedade percorrendo cada nervo e tornando impossível pensar com clareza. Suas mãos estavam espalmadas no vidro, e ela começou a pular na ponta dos pés em uma histeria mal contida.

— Sim! É ela!

O berro de Gus surgiu alto e claro, e Autumn começou a murmurar sobre o quanto Solace tinha crescido no curto espaço de tempo em que esteve ausente.

Violet prensou-se contra o vidro, meio que esperando que ele se abrisse. Quando se manteve firme, ela examinou as divisas das laterais e do topo. Sua euforia começou a desvanecer enquanto analisava a prisão da filha com mais atenção — havia três paredes de concreto, uma parede de vidro, mas nenhuma porta.

— Autumn, como entramos?

Um silêncio pesado se passou.

— Autumn, como vamos tirá-la dali? — exigiu Thane.

— Só me dê um segundo — Autumn disse.

A cada momento que passava, Violet começou a ceder ao pânico crescente. Chegar tão longe e não conseguir tirar Solace da cela... *Não!* Violet não podia, não se *permitiria* pensar nisso.

Sem aviso, Thane começou a golpear o vidro com os punhos na forma veniri. Incapaz de resistir, Violet fez o mesmo. Ela esmurrava a barreira o mais forte que conseguia, a respiração saindo em arquejos bruscos e superficiais, embaçando o vidro em frente ao rosto.

— Vamos! — Thane bradou, trocando os socos por chutes poderosos.

— Garotos, parem! — Nathan clamou.

— Não adianta — disse Tio. — Nunca irão quebrá-lo.

De repente, um trecho de uma das paredes de concreto se abriu, revelando uma porta oculta.

Violet quase chorou de alívio.

— Uau! Eu sabia que conseguiria, Autumn!

— Hm... não fui eu — Autumn falou.

O mundo poderia ter implodido sob os pés de Violet, mas isso não seria nem de longe tão aterrorizante quanto Renard Branstone entrando na cela de Solace, em triunfo.

— Não! — gritou Violet — Não! Não! *Não!* — A cada palavra, ela batia com os punhos contra o vidro. — Fique longe do meu bebê!

Com um sorriso cruel, Renard esticou as mãos para o berço, içou a adormecida Solace nos braços e embalou-a gentilmente, de um lado para o outro.

Os gritos de Violet eram ininteligíveis. Thane ficou imóvel como uma estátua, olhando estupefato para o homem que segurava sua filha.

Chamas e cristais irromperam por todo o corpo de Violet. Nuvens de faíscas explodiam ao redor dos punhos toda vez que ela os batia contra o vidro com toda a força que conseguia reunir. Mas as pancadas não estavam funcionando. Precisava mudar de tática.

Permitindo que seu instinto metamorfo assumisse, ela estendeu as mãos à sua frente, as palmas para cima. A melodia das energias veniri e magneii vociferou por suas veias e, num átimo de segundo — o mais rápido que já havia alcançado —, uma maça bigume forjada à luz apareceu nas suas mãos. No instante em que o instrumento estava completo, ela o martelou contra o vidro repetidas vezes.

— ME! DEVOLVA! O MEU! BEBÊ! — Cada palavra coincidindo com um *bum* reverberante conforme a brilhante arma azul-petróleo e magenta colidia com a barreira.

Um lamento poderoso perfurou os tímpanos de Violet,

abafando os próprios gritos desesperados. Alguém deve ter acionado o alarme. Mas seu foco permaneceu fixo na filha.

— Temos que ir — Nathan berrou por sobre a sirene estridente. Ele empurrou Thane para fora da alcova, mas Violet ignorou completamente seus gritos. Sua forma flamejante continuou a espancar o vidro entre ela e Renard, cujos olhos intensos e calculistas a observavam com uma espécie de admiração gélida.

— Venha! — Nathan rugiu.

— NÃO! Eu não vou embora! — guinchou Violet. — A minha filha está bem ali! Eu não vou embora sem ela!

Nathan trincou os dentes. Enfrentando as chamas azul-petróleo, ele agarrou seu braço e a arrastou. Seus gritos furiosos rivalizavam com as sirenes ensurdecedoras.

Com a ajuda de Thane, Nathan puxou Violet, que esperneava e berrava, através do zoológico de experimentos animais e humanos. Os cativos do laboratório se esganiçavam, ladravam e guinchavam. Alguns martelavam contra as barras de metal, enquanto outros se amontoavam nos cantos das jaulas.

Violet não deu a nenhum deles um segundo vislumbre. Estava lutando contra a própria histeria, bem como as mãos fortes que seguravam seus braços. Lágrimas de raiva inundaram os olhos, mas cada uma chiou de imediato, evaporando-se nas chamas azul-petróleo.

A porta dupla da ala de prisioneiros apareceu, e Nathan e Thane aceleraram o passo, ainda arrastando Violet entre eles.

— Violet, por favor. Pare.

A princípio, ela presumiu que Thane queria que parasse de se debater e corresse, fugisse da filha, escapasse sem resgatá-la. O pedido só fez Violet querer enfurecer-se ainda mais. Mas então percebeu que suas chamas estavam queimando Thane e Nathan. O couro veniri era espesso, mas não impedia a sensação de dor — ou os eventuais ferimentos que receberiam se ela não extinguisse logo o fogo magneii.

Sua histeria diminuiu apenas o bastante para suprimir as chamas e sua fúria. Não queria machucar Nathan — nem sequer Thane, aliás.

Mas queria muito, muito mesmo machucar Renard.

— Espera um segundo — disse Nathan —, onde está En'gorr?

— Não se preocupem com ele — disse Autumn. — Continuem correndo.

Estavam quase alcançando a porta quando a visão além os forçou a parar.

Cerca de meia dúzia de seguranças dobravam a curva do corredor. Ignorando os guardas ainda inconscientes, eles se concentraram em Violet, Nathan e Thane e correram em sua direção.

Nathan investiu, em plena forma veniri. Thane o seguiu de perto, apenas com as lâminas dos cotovelos desembainhadas. Em um turbilhão de fragmentos de cristal, eles derrubaram os dois primeiros seguranças. O sangue espirrou nas jaulas mais próximas e se acumulou no ladrilho.

Violet paralisou. A carnificina repentina era diferente de tudo que já testemunhara. Todo o seu treinamento — a preparação mental, física e metamorfa — não chegara nem perto de prepará-la para a coisa real. Todos os traumas que ela tinha experimentado quando criança, ser sequestrada, e até ser espancada por Nika, não eram nada comparados ao que estava enfrentando agora: a necessidade de lutar fisicamente por sua vida — até a morte.

O medo era avassalador. Violet passou a vida inteira fugindo dos seus medos, mas prometeu a si mesma que não fugiria mais. Neste momento, ela não poderia.

Pela primeira vez em muito tempo ou, talvez, pela primeira vez na vida, sentiu como se estivesse enxergando as coisas com perfeita nitidez. Não apenas Solace estava contando com ela, como também todos os seus amigos.

Meros segundos se passaram, mas para Violet, era como se tivesse entrado num mundo em câmera lenta. Antes que as duas primeiras vítimas de Nathan e Thane atingissem o piso em vários pedaços ensanguentados, as chamas de Violet acenderam. Toda a sua ira e mágoa se derramaram no fogo azul-petróleo que tremeluzia sobre suas mãos, e então ela atacou.

Dos quatro seguranças remanescentes, dois miraram os canhões elétricos para Nathan e Thane. Violet estendeu o braço para o primeiro que alcançou, batendo a mão flame-jante contra o cano da arma. O raio de eletricidade azulada que iria para Thane foi desviado para o próprio parceiro, o qual se debateu com o choque. Como resultado, o segundo raio azul, que era destinado a Nathan, ricocheteou no teto e em um dos enormes tanques de água.

Uma avalanche de vidro quebrado, água e sabe-se lá que tipo de criaturas disparou em direção a Violet e os demais. A onda, que batia nos joelhos, derrubou e arrastou Violet, e ela quicou no concreto duro, rolando duas ou três vezes no chão. Arfando e balbuciando, ela se levantou aos tropeços, apenas para dar de cara com um dos seguranças restantes.

Com uma carranca furiosa, o homem apontou-lhe o canhão. Uma segurança ainda esparramada na água gritou um alerta para ele, mas era tarde demais. Um clarão azul irrompeu diante de Violet, e um estalo trovejante explodiu sobre o segurança encharcado. Nem sequer uma fração de segundo depois, Violet guinchou com o choque da eletrici-dade que crepitava através da água, agora na altura dos tornozelos, e por cada centímetro do seu corpo.

Após alguns minutos — ou foram segundos? — Thane estava erguendo Violet. Os efeitos posteriores do raio azulado eram excruciantes. Cada músculo, cada célula do seu corpo rugia em agonia. Baseado em como Thane e Nathan estavam cambaleando e chapinhando na água, eles também não ficaram imunes ao choque.

Somente quando o odor de carne queimada atingiu Violet foi ela que percebeu o quão afortunada ela era. Quatro seguranças torrados e os corpos fritos dos animais marinhos fumegavam e chiavam no chão úmido ao redor. Se ainda fosse humana, provavelmente teria morrido no mesmo instante, assim como os seguranças.

Dispersando esse pensamento horrível da mente, Violet agarrou-se ao braço de Thane e os três se lançaram para o labirinto de corredores.

Nathan, ainda em sua forma veniri, ladrava ao microfone pedindo por instruções à medida que disparavam pela passagem. Eles pararam em uma interseção para esperar uma resposta, mas ninguém retrucou. A comunicação com os outros tinha sido arruinada.

— Porra! — Nathan rugiu, arrancando seu fone e jogando-o no chão. — Estamos sem retorno.

— Só temos que tentar voltar por onde viemos — disse Thane.

— É, mas quem vai avisar se houver mais seguranças à frente?

— Que outra opção nós temos? — Thane girou os ombros para trás e liderou o caminho até o próximo corredor.

Em todos os passos que davam, Violet não conseguia deixar de pensar em como estava se afastando cada vez mais da filha. Ela sabia que, sem a orientação de Autumn e Tio, não tinha como saber qual direção tomar para voltar até Solace, mas ainda se encontrava atrás dos outros, como se a presença do seu bebê a estivesse fisicamente puxando para trás.

Mais adiante, Thane e Nathan viraram à esquerda e desapareceram de vista. Violet dobrou a curva alguns segundos depois e, em seguida, derrapou até parar.

Uma malha sólida prendia Thane e Nathan na parede com tanta força que eles mal conseguiam levantar um dedo. A rede cintilava num magenta profundo e familiar.

— Você! — Violet rosnou.

De pé, a poucos metros dos homens retidos, estava a magneii loura que lutou com Violet por seu bebê.

A boca da mulher se distorceu em um sorriso malicioso.

— Ora, ora, o que temos aqui. — Ela arqueou uma sobrancelha e examinou Violet da cabeça aos pés.

— Veio para o segundo round, não é?

Violet franziu o cenho.

A mulher soltou uma risadinha condescendente.

— Vou me certificar de acabar com você desta vez.

Antes que pudesse reagir, um chicote magenta apareceu na mão da loura e um estalo alto cortou o ar, seguido por uma dor lancinante na bochecha de Violet. Ela sibilou com a ardência, sua mão voando para o rosto enquanto tropeçava para trás.

Nathan e Thane berravam para Violet correr, fugir, enquanto lutavam inutilmente contra as restrições. A mulher apenas gargalhava.

Violet checou a mão. Nenhum sangue.

Só então a risada da mulher parou. Ela encarou a bochecha de Violet, franzindo as sobrancelhas, mas a confusão em seu rosto logo desapareceu.

— Ah, é. Não acredito que esqueci. *Você* tem sorte de sobreviver à mordida de um metamorfo. — Ela inclinou a cabeça, os olhos brilhando. — Eu nunca transformei um humano antes. É quase doloroso te matar.

O chicote estalou de novo. Desta vez, a ponta enrolou-se no pescoço de Violet, bloqueando o suprimento de ar. A mulher o puxou e Violet tombou no chão. A tira magenta se estreitava em sua garganta à medida que Violet era arrastada pelo piso, agarrando-se desesperadamente à amarração.

Apenas quando parou aos pés da mulher, o chicote afrouxou o bastante para Violet arrancá-lo. Ela inalou profundas lufadas de ar em meio às tossidas, ainda encurvada no chão.

Uma bota pesada colidiu com as costelas de Violet. Ela urrou em agonia, mas antes que pudesse tentar se apoiar nas mãos e nos joelhos e rastejar para longe, outro chute poderoso acertou seu corpo.

Lampejos da briga anterior com a loura magneii passaram por sua mente. A mulher era tão forte e rápida quanto se lembrava mas, agora, Violet sabia do que a magneii era capaz — e, desta vez, Violet era capaz de muito mais.

Ela apanhou o pé de Loura no chute seguinte e, com o próprio impulso, deu uma rasteira na perna que sustentava sua rival.

A magneii colidiu pesadamente contra os ladrilhos com um arquejo. Antes que ela tivesse a chance de se recuperar, Violet saltou sobre o peito da mulher e acertou um soco no queixo de Loura. A cabeça da mulher virou, mas o contra-ataque foi rápido. Em um instante atordoador, Violet foi derrubada no chão, o peito preso sob o joelho de Loura.

O guincho de dor saiu num ofego quando o joelho da mulher pressionou seu esterno. Se debruçando, Loura apontou um dedo para a ponte do nariz de Violet.

— Tudo o que é preciso é uma bela rachadura no crânio, bem aqui, e é adeusinho, pequena magneii. — Um martelo magenta recém-forjado apareceu na mão livre da mulher, e ela o ergueu bem acima da cabeça, preparando-se para golpear.

Violet murmurou três palavras.

A mulher se deteve.

— O que disse?

— Eu disse... — Violet tossiu. — não uma magneii.

Chamas irromperam dos olhos de Violet.

O queixo de Loura caiu.

— Chamas azuis? Mas... isso é impossível.

Desta vez, foi Violet quem ofereceu um sorriso malicioso. Ela levantou as mãos e fixou-as em ambos os lados da cabeça de Loura, onde explodiram em uma labareda feroz.

A metamorfa gritou em agonia, e o martelo despencou no chão enquanto ela se contorcia e se desvencilhava do alcance de Violet. Os urros diminuíram para soluços de terror e ela cambaleou para longe, fitando Violet com os olhos arregalados.

— O que é você?

Violet ficou de pé.

— Algo que você nunca vai descobrir.

Com um movimento do pulso, uma adaga azul-petróleo e magenta arremessou-se no ar. A lâmina perfurou profundamente a cabeça de Loura, bem entre os olhos, destruindo seu luxium com um estouro audível.

24

VERDE COMO ABSINTO

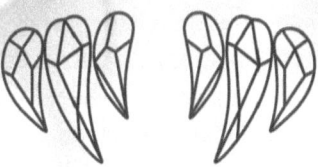

— Você esteve praticando a forja de luz — foi tudo o que Nathan conseguiu falar depois que Violet libertou Thane e ele das restrições magenta.

Os últimos minutos foram um inferno. Assistir, impotente, enquanto Violet lutava por sua vida era o pior tipo de tormento que ele poderia imaginar. Se Violet morresse diante dos seus olhos... não sabia o que teria feito.

Queria dizer-lhe o quanto estava orgulhoso dela, o quanto significava para ele, o quanto lamentava pela dor que lhe havia causado, o quão devastado ficaria se ela se machucasse. Mas não conseguia encontrar as palavras. Estava prestes a se aproximar e puxá-la para um abraço de urso, mas lembrou que estava na forma veniri. A última coisa que ele queria era alfinetá-la com os espinhos do torso. Mas quando tentou modificar de volta, nada aconteceu... *Porra. De novo não.*

— Deveríamos ir — disse Thane.

Assim que ele falou, gritos e uma debandada de coturnos ecoaram pelo recinto. Um grupo de seguranças estava correndo rumo a eles, vindos do outro extremo do corredor.

Thane agarrou a mão de Violet e, sem mais um momento de hesitação, os três dispararam para a direção oposta e através do labirinto de passagens. Com cada arfada ansiosa que Nathan inspirava, o bater dos coturnos chegava mais perto.

Ao virarem a curva seguinte, o coração de Nathan quase parou. Um portão de metal no final do corredor descia lentamente. Se eles não conseguissem passar antes de fechar, teriam que enfrentar, no mínimo, quatro seguranças.

Um tiro do raio azul passou por ele e atingiu Thane bem no centro das costas. Seu amigo berrou em agonia, convulsionou e desabou no chão. Por sorte, Thane e Violet soltaram as mãos apenas alguns segundos antes, ou ela também estaria convulsionando junto dele.

Violet tentou ajudar um Thane meio atordoado a se levantar, mas ele era muito pesado. O olhar de Nathan girou entre os esforços dela e de Thane, o portão quase meio fechado e os guardas se aproximando.

Nem todos sairiam dessa.

Nathan chamou a atenção de Thane. Ficou claro pela sua expressão que ele tinha percebido a mesma coisa.

— Violet, corra. — Nathan a empurrou na direção do portão. — Eu vou ajudar Thane. Corra. Iremos alcançá-la.

Violet mordeu o lábio e assentiu, mas só depois de Nathan ter colocado o braço de Thane por cima do ombro foi que ela realmente correu para a saída. Nathan seguiu o mais rápido que pôde à medida que meio carregava, meio arrastava Thane junto consigo.

— Ela está a salvo — Thane sussurrou quando Violet deslizou sob a barreira. Ela os estava esperando do outro lado, acenando-lhes para se moverem mais rápido, gritando para se apressarem.

Nathan olhou por sobre o ombro. Os seguranças estavam quase em cima deles.

— É agora — ele advertiu Thane.

— Estou preparado.

Quando Nathan se voltou para Violet, levou um segundo para perceber que Sagan estava correndo atrás dela. O portão descendente havia acabado de passar da metade e, sem ao menos diminuir a velocidade, Sagan caiu de joelhos e resvalou por baixo dele. Equipado com uma lâmina de diamantium em cada mão, ele passou por Nathan.

— Tire-os daqui! — o ex-caçador ordenou, indicando a saída. À seguir, ele se lançou entre os guardas próximos, permitindo que Nathan e Thane tivessem tempo o bastante para atravessar a brecha que se estreitava sob o portão de segurança.

Uma vez do outro lado, Nathan exclamou para Sagan:

— Venha!

Sagan fizera um trabalho rápido com os quatro seguranças, mas outros sete já viravam a curva.

— VÃO! — Sagan berrou. — Achem o En'gorr.

Nathan grunhiu. Quase se esquecera daquele idiota de metal.

Felizmente, Thane estava começando a recuperar um pouco da mobilidade. Com Violet e Nathan ajudando-o, eles conseguiram percorrer os corredores restantes a um ritmo decente. Já estavam quase chegando no banheiro destruído por onde entraram quando os gritos inconfundíveis e colisões de um confronto repercutiram pelo corredor.

— Deve ser En'gorr — disse Nathan. — Vocês dois vão na frente. Irei atrás dele.

Não esperou que eles respondessem para se virar e seguir os sons de luta. Quando alcançou o que aparentava ser um refeitório, parou.

O cenário perante ele era horrendo. Corpos dilacerados e mutilados cobriam o chão e jaziam sobre móveis quebrados, todos vestindo jalecos brancos com o logotipo da Biogenética Xabat no bolso do peito. Manchas e respingos carmesim cobriam cada superfície, mas o que mais chamou a atenção de Nathan foi a outra cor de sangue salpicado entre o vermelho — verde, tal como absinto. Desde quando os erathi e os metamorfos sathoi trabalhavam juntos sob o mesmo teto?

A trilha de corpos levou Nathan a um corredor adjacente, onde os ruídos de combate só aumentavam conforme ele caminhava. Passou por uma sala que parecia um centro cirúrgico, o paciente esquecido na cama enquanto médicos e enfermeiros jaziam no chão nas próprias poças de sangue vermelho ou verde-absinto.

Lá dentro, ele encontrou En'gorr — totalmente transformado — cercado por pelo menos cinco seguranças. Ainda mais pessoas em jalecos e várias outras em uniformes de segurança se encontravam imóveis aos pés do guerreiro. Com a armadura dourada de En'gorr, sua eletricidade laranja e a eletricidade azul dos seguranças, a batalha era um caos absoluto de luzes brilhantes e cores intermitentes. Por vários instantes, Nathan simplesmente observou, estupefato. En'gorr tinha feito toda essa carnificina sozinho?

Somente quando o último segurança foi fulminado por um poderoso trovão laranja, En'gorr reparou na presença de Nathan.

— O que diabos está fazendo?! — Nathan bradou acima do alarme incessante.

Mesmo por trás da máscara dourada cruel, a carranca de En'gorr era evidente.

— Você salvar bebê. Eu matar Xabat.

A fúria ferveu nas veias de Nathan com a estupidez do príncipe suicida, mas sua raiva se dissipou quando En'gorr girou, claramente aflito, para uma enorme pilha de corpos no canto. Cada cadáver resplandecia com uma nuance metálica, e o sangue que pingava e acumulava-se no chão era laranja brilhante. Só então Nathan se deu conta de que todos os pacientes nos leitos da ala cirurgica estavam sujos de sangue laranja. Estes devem ter sido os camaradas de En'gorr, capturados por Matthias Branstone.

En'gorr ajoelhou-se.

— Tarde demais. Todos mortos.

Com o coração pesado, Nathan contou ao menos quinze metamorfos jiovis, todos esquartejados e, em seguida, descartados. No fim, a única resposta que conseguiu reunir foi:

— Venha, En'gorr. Precisamos sair daqui.

Ele segurou o braço de En'gorr e o arrastou para fora da sala. O príncipe se deixou conduzir, talvez porque não havia mais ninguém para matar.

Mas assim que entraram no corredor, foram recebidos por um exército de guardas avançando direto para eles — a apenas trinta metros de distância e se aproximando em ritmo acelerado.

— Vamos! — Nathan berrou.

Mas o príncipe permaneceu parado.

— São muitos!

En'gorr ignorou Nathan e retirou algo do bolso. Somente após o príncipe lançar o item na direção do exército iminente que Nathan o reconheceu como uma granada. Ele empurrou En'gorr para a interseção do corredor e, meio segundo depois, um estrondo devastador abafou o alarme.

Onde infernos En'gorr tinha arranjado uma granada? Usar explosivos não era a maneira jiovis de guerrear.

Nathan continuou rebocando En'gorr até o banheiro. No momento em que entraram no túnel, um eco clamoroso anunciou a chegada dos guardas no cômodo anterior.

En'gorr mais uma vez puxou uma granada e a jogou atrás de si, para a entrada do túnel. Então os dois dispararam pela passagem o mais rápido que conseguiram. A explosão que se seguiu foi perto demais para o conforto de

Nathan, mas ambos não pararam de correr até chegarem à superfície.

De volta aos veículos, o estômago de Nathan se comprimiu enquanto ele examinava os rostos daqueles que conseguiram sair em segurança. Todos foram contabilizados.

Com a exceção de Sagan.

Ele mirou um olhar alarmado para Autumn e Tio.

Autumn parecia doente quando os olhos dela encontraram os seus.

— Sagan foi capturado.

25

NÃO SEJA TÃO INGÊNUA

VIOLET CAMBALEOU PARA FORA DO FURGÃO QUANDO ELES voltaram para Maple Shire, então balançou e apoiou-se no veículo, incapaz de dar outro passo. Ela repetiu a missão várias vezes em sua mente durante todas as duas horas de viagem para casa — repassando cada passo, analisando todos os ângulos, questionando cada movimento.

Como as coisas deram tão, tão errado?

Assolada por outra onda de angústia, ela deslizou até o chão, todo o corpo torturado por soluços.

Os outros aglomeraram-se em torno dela, incertos. Autumn se agachou ao seu lado à medida que os rapazes se reuniam, todos os rostos esboçando tristeza.

— Sinto muito, pessoal — ela ofegou. — Vocês foram lá esta noite por mim. Pelo meu bebê. Mas depois de todo o nosso treino e planejamento, Solace ainda está presa. E agora, Sagan...

Autumn a puxou para um abraço apertado. Os demais ofereceram algumas palavras reconfortantes, tentando fazê-la se sentir melhor e não se culpar. Mas os acontecimentos da noite ainda eram muito recentes e ela ainda era inexperiente.

No final, pediu licença e foi para o quarto, recusando a oferta de Thane de acompanhá-la. Por enquanto, precisava de algum espaço. De algum tempo sozinha para lamentar por sua filha e amigo perdidos.

* * *

Violet desabou no chão ao lado da cama e se enroscou como uma bola, as lágrimas esculpindo filetes em suas bochechas.

Centímetros. Ficara a poucos centímetros de distância da filha. Ela queria gritar. Queria xingar os culpados, mas não sabia por onde começar. Com En'gorr, por disparar o alarme e alertar um exército de seguranças ao agir à la Kill Bill para cima dos funcionários da Xabat? Com Sagan, por ser tão estúpido em se sacrificar para garantir que ela e os outros pudessem escapar, quando nem sequer haviam consumado o que foram fazer lá? Ou consigo mesma, por sua tolice em pensar que eles teriam a mais ínfima esperança de resgatar Solace?

Violet não soube quanto tempo ficou deitada no chão, chorando rios de infelicidade. Seus olhos ardiam; a garganta estava rouca. O cabelo e o carpete abaixo do rosto estavam úmidos.

Após esgotar cada grama de energia, ela enfim permitiu que o sono a reivindicasse.

* * *

— Violet, acorde.

Violet gemeu.

Uma mão gentilmente sacudiu seu ombro.

— Violet, precisa acordar.

Devagar, ela esfregou os olhos e esticou os membros doloridos. Seu quarto estava inundado com o cinza do pré amanhecer e o chilrear dos pássaros já flutuava pela janela aberta. O que estava fazendo no chão?

— Está acordada?

Uma forma obscura agachou ao seu lado e ela se sobressaltou, sentando-se apressada. Com certeza ainda devia estar sonhando.

— Sagan? É você?

— Sim — veio a resposta sussurrada.

Hesitante, ainda incrédula, ela estendeu a mão.

— Você está mesmo aqui?

Ele pegou sua mão entre as dele, e o calor inegavelmente autêntico das palmas envolveu seus dedos frios.

— Sim, estou aqui.

— Mas eu não entendo. Como escapou?

— Não tenho tempo para explicar tudo. — Passou-se um segundo antes que ele continuasse. — Eu vim para te levar até Solace.

— O quê? — O restante da sonolência de Violet se dissipou na hora. — Está falando sério?

— Sim, mas precisa vir comigo agora.

Não perdendo a urgência no timbre dele, Violet se levantou. Sagan segurou seu pulso e saiu quase arrastando-a.

A adrenalina de Violet começou a entrar em cena enquanto serpenteavam pelos jardins de Maple Shire. Sagan, meio passo à frente, girava sua atenção para a esquerda e direita a todo momento, até mesmo olhando para trás de vez em quando.

— Solace está aqui?

— Shhh. — Sagan levou um dedo aos lábios. — Fale baixo.

Violet correspondeu ao volume dele.

— Como você escapou? Trouxe Solace com você?

Ele parou às margens de uma clareira gramada e olhou em volta antes de prosseguir.

— Não. Solace não está aqui. Mas está segura, eu prometo.

Violet franziu a sobrancelha.

— Sagan, mais devagar. Eu não entendo. O que está acontecendo?

— Você precisa confiar em mim — ele disse por sobre o ombro. — Temos que nos apressar. — Ele a puxou ao redor de um canteiro de jardim e na direção de um veículo desconhecido, estacionado na orla da floresta. — Entre.

Violet abriu a porta do passageiro, entretanto, quase no mesmo instante, uma voz próxima a fez paralisar.

— Violet, onde está indo?

Ela e Sagan viraram para encontrar Thane estático a poucos metros do carro. Mesmo na penumbra da manhã, ela pôde ver os olhos dele se arregalarem quando pousaram em Sagan.

— Você escapou? Mas... como?

— Eu não tenho tempo para explicar — Sagan quase rosnou. — Violet, entra no carro.

— Onde é que vocês vão? — Thane perguntou novamente.

— Para lugar nenhum — disse Sagan ao mesmo tempo em que Violet falou: "Ele está me levando até Solace."

Sem mais um segundo de atraso, Thane avançou.

— Vou com vocês.

— Não. — Sagan meneou a cabeça. — Não precisamos de você.

Mas Thane pulou no banco de trás sem se importar.

— Não temos tempo para isso. Saia do carro — Sagan exigiu.

— Não sem minha filha, caçador — foi a resposta.

Sagan grunhiu e, então, bradou:

— Violet, entra.

Quando os três se acomodaram, Sagan partiu, acelerando

pela floresta, contornando cada curva como um piloto de rally.

Violet agarrou-se à alça acima da janela.

— Onde estamos indo?

— Não muito longe — disse Sagan.

— Se incomodaria em nos contar como escapou? — Thane inquiriu.

Sagan não respondeu. Ele guinou o carro em outra curva e Violet foi arremessada para o lado. Se não estivesse segurando a alça com força, teria sido jogada no colo de Sagan.

— Sério, Sagan, pensei que tinha dito que Solace estava segura — falou Violet.

— Ela está.

— Como pode ter certeza?

— Porque... Eu fiz um acordo com eles.

— Que tipo de acordo? — Thane indagou.

Sem dar uma resposta, Sagan parou o carro.

— Chegamos? — Violet sondou, espiando pela janela do passageiro.

Eles estavam estacionados numa clareira a poucos metros da borda de um penhasco. Abaixo havia uma vista gloriosa do vale, com Maple Shire em algum lugar distante. À medida que os primeiros raios de sol iam se esgueirando no horizonte, a folhagem da floresta recuperava a mistura de nuances esverdeadas.

Sagan desligou o carro, mergulhando o ambiente no silêncio.

— Onde está Solace? — A pergunta de Thane detinha um ar de advertência.

— Apenas espere. — Sagan se debruçou no volante e concentrou-se na paisagem à frente.

Violet também verificou as árvores. Um segundo se passou. Depois, outro. Estava a ponto de pressioná-lo por respostas quando um par de faróis trespassou a silhueta das árvores.

— Quem é? — Thane questionou.

Violet se inclinou, semicerrando os olhos para os faróis.

— Solace está ali?

O veículo — uma caminhonete — chegou mais perto. A barra de proteção maciça atravessou o matagal até entrar na clareira, parando a cerca de dez metros de distância.

Violet ergueu um braço para proteger os olhos dos faróis ofuscantes. Seus batimentos acelerados dispararam para um tamborilar doloroso enquanto um homem vestido com o típico traje negro de caçador entrava na frente do veículo, bloqueando a luz. Ela respirou fundo e começou a remover o cinto de segurança às pressas, quando Sagan pôs a mão em seu braço.

— Violet, espera.

— Está brincando? Esse homem está com meu bebê. — Antes que alguém pudesse detê-la, ela saltou do carro e correu em direção à filha.

— Violet, pare! — chamou uma voz; quer seja de Sagan ou de Thane, ela não se importava.

O vento frio da manhã açoitou seus cabelos, galhos estalaram sob as botas e a luz do sol nascente cintilava nos cachos louros da filha. Antes mesmo de chegar na metade do caminho até o caçador, Violet já conseguia ouvir um leve balbuciar. A exultação saltitava no peito. Era, sem dúvida, a sua filha. Ela seria capaz de reconhecer a voz de Solace mesmo em meio a um concerto de rock. A filha estava solta, livre, e logo estaria em seus braços. Seja lá qual foi o acordo que Sagan fez, valeu totalmente a pena.

Solace vislumbrou-a, sorriu e estendeu a mão gorduchinha. Sua filha estava quase ao alcance.

E, então, o rugido de Thane perfurou os tímpanos de Violet.

— Cuidado!

Várias coisas aconteceram ao mesmo tempo. O rosto do homem que segurava Solace se abriu em um sorriso perverso e quatro pessoas surgiram em cada lado dele, todas segurando armas de diamantium. Antes que Violet pudesse reagir, algo se chocou contra ela, restringindo os braços e pernas. Só depois de cair no chão foi que percebeu a rede de arame enrolada em todo o seu corpo.

De algum lugar fora de vista vieram os urros enraivecidos de Thane e os sons bem familiares de uma briga violenta. Violet lutou contra as amarras, mas quanto mais ela se movia, mais apertada a rede se tornava. Um par de botas com pontas de diamantium entrou em seu campo visual, mas a rede a imobilizou por completo, negando-lhe a chance de olhar para cima e ver de quem se tratava.

Assim que o pânico começou a instalar-se, uma onda agonizante de eletricidade estalou pela rede e atravessou sua carne.

O grito estridente de Violet era ensurdecedor até para os próprios ouvidos. Quando o fluxo se encerrou, deixou seu corpo inteiro dormente e contraído. Mas ainda mais perturbador era o guincho angustiante de Solace ressoando acima da confusão. Os sons do combate que Violet acreditou que Thane e Sagan estavam engajados começava a diminuir, mas o choro da filha só aumentava.

Não, não, NÃO! Isso não pode estar acontecendo. Toda vez que tinha a chance de se reunir com a filha, a oportunidade era arrebatada.

A fúria fundida agitou o coração de Violet — por toda a preocupação interminável, as noites sem dormir, as missões fracassadas. Não aguentava mais. Seu corpo começou a tremer à medida que o turbilhão interno transbordava pelas extremidades. Em um instante, todo o mundo de Violet se transformou num tom azul-petróleo inflamado. Cada célula do seu corpo vibrava. Cada grama de tormento impulsionava suas chamas.

Ela berrou até a garganta ficar lacerada. Então, de repente, seu corpo não estava mais contido. As chamas se dissiparam e ela levantou. Demorou alguns segundos para compreender que as cinzas negras por toda a roupa e que cobriam o chão a seus pés eram tudo o que restava da rede.

Além dos lamentos de Solace, tudo aquietou-se quando os olhos de todos se voltaram para ela, arregalados e incrédulos.

Arquejos ásperos e coléricos entravam e saíam dos pulmões de Violet conforme ela examinava os arredores. Thane foi imobilizado no chão por três caçadores, enquanto mais três jaziam esparramados em torno dele — dois mortalmente imóveis e o terceiro se contorcendo em agonia. O sangue nas veias de Violet começou a ferver quando enxergou o logotipo da Biogenética Xabat nos uniformes. Essas pessoas roubaram seu bebê e fizeram com que ela e os amigos fugissem derrotados apenas algumas horas atrás. As chamas azul-petróleo surgiram uma vez mais, alimentadas pela raiva que fluía em seu peito e que a tudo consumia.

Uma caçadora, a mais próxima de Violet, livrou-se da feição atordoada e atacou.

Violet liberou toda a sua fúria. Ela esticou os braços adiante e o incêndio sobre seu corpo projetou-se como um lança-chamas, tostando a caçadora de imediato. A mulher nem teve chance de gritar antes de cair em uma pilha carbonizada.

O fedor de carne queimada quase fez Violet vomitar, mas ela afastou o desgosto e voltou seus olhos para os homens que cercavam Thane. Estendendo os braços, ela lançou outro redemoinho azul-petróleo que torrou mais dois homens — no momento em que Thane fatiou o terceiro com as lâminas dos cotovelos. Os caçadores se esfacelaram no chão em uma bagunça sangrenta.

— Você está bem? — Thane indagou.

Violet anuiu, permitindo que as chamas diminuíssem até que somente os olhos e as mãos estivessem acesos.

— E você?

Ele assentiu e olhou em volta.

— Onde está Sagan?

Violet franziu o cenho, mas não pensou muito — a única coisa em que conseguia se concentrar era em Solace. Ela se virou para o caçador que estava com seu bebê.

— Ai! — Thane deu um tapa no braço e inspecionou seu bíceps superior.

Meio instante depois, Violet gritou quando uma picada aguda perfurou a parte de trás do seu ombro. Ela alcançou a área e seus dedos capturaram um pequeno objeto cilíndrico: um dardo tranquilizante com a agulha de diamantium.

— Não — disse Thane. — Não. Não outra vez.

O sangue nas veias de Violet gelou com o horror na voz dele. Nunca havia visto Thane com tanto medo.

Ele desabou de joelhos e Violet caiu de cara no chão apenas um segundo depois. Com a mente nadando em uma névoa confusa, ela se viu sendo erguida e empurrada para dentro de um contentor, com Thane sendo jogado logo atrás.

— Onde está minha filha? — As palavras saíram emboladas. Ela lutou desesperadamente contra a paralisia iminente, girando a cabeça o melhor que podia em busca de Solace.

A porta do contentor fechou-se com um estrondo e um rosto apareceu do outro lado.

— Você! — Violet grunhiu. — Sua... traidora!

— Quem, eu? — A cabeça de Nika caiu para trás em uma gargalhada zombeteira.

— Ora, Violet. Não seja tão ingênua. Você não é a única disposta a fazer sacrifícios por aqueles que ama. — O sorriso perverso de Nika se ampliou ao dar um passo para o lado.

Alguns metros atrás dela, os ombros curvados, encontrava-se Sagan. Dois caçadores o flanqueavam, vigiando-o de perto com as lâminas de diamantium.

Era como se o mundo tivesse desmoronado debaixo de Violet. *Não. Não é possível.*

Os gritos enfurecidos de Thane eram ensurdecedores. Ele rosnava para Sagan, chocando-se contra o cativeiro de metal. Mas os esforços logo diminuíram quando o tranqüilizante tomou conta do seu corpo.

Lágrimas encheram os olhos de Violet, pinicando como ácido dentro dos canais lacrimais ainda pungentes. Com cada grama de força de vontade que pôde reunir, ela lutou contra a paralisia que rapidamente reclamava seu corpo.

— Sagan? Me diga que não é verdade.

Ele não a fitou nos olhos.

— Acredite, Violet — disse Nika. — Até mesmo o seu garoto de ouro, Sagan, acabou por enxergar a razão. — Ela deu um tapa no peito dele. — Sabia que não nos desapontaria. Vovô vai ficar tão feliz por você ter nos ajudado a capturar a híbrida.

— Não me interessa o que ele pensa — Sagan sibilou entre dentes. — Não fiz por ele.

Nika revirou os olhos.

— É, tanto faz, Saganzinho. Você é um verdadeiro herói.

Ele se aproximou de Nika com uma carranca venenosa, parando a apenas um centímetro do rosto dela.

— Me dê o que é meu.

Os outros dois caçadores se irritaram com o comportamento hostil de Sagan. Um lhe chutou as pernas, fazendo com que se ajoelhasse, e o outro levou a lâmina de cristal até a a garganta dele, mas Nika gesticulou para que ambos recuassem.

Assim que Sagan se pôs de pé, ela lançou-lhe um olhar furioso e chamou por cima do ombro. Quatro caçadores se aproximaram com um segundo contentor de metal e o colocaram no chão diante de Sagan. A maldade no comportamento dele desapareceu, foi substituída por... o quê? Violet nunca vira aquela expressão no rosto de Sagan antes. Ternura? Saudade?

Ele se abaixou com calma e espiou pelas barras do contentor. Houve um ligeiro ruído abafado.

— Não tenha medo — Sagan murmurou, carinhoso.

Uma voz feminina suave começou a cantar uma pequena e estranha melodia sobre um menino que fez amizade com seu eco em um poço.

Sagan gentilmente ergueu a mão para o contentor.

— Mãe, sou eu.

26

PLIOKAI

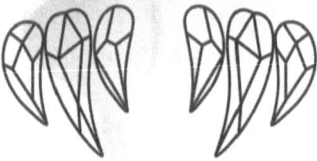

Nᴀᴛʜᴀɴ ᴇsꜰʀᴇɢᴏᴜ ᴏs ᴏʟʜᴏs ᴄᴏᴍ ᴀs ᴘᴀʟᴍᴀs ᴅᴀs ᴍãᴏs ᴇ, mais uma vez, examinou-se no espelho.

Não, ele não estava vendo coisas.

Um arrepio de medo atingiu sua espinha, juntando-se ao ataque de remorso angustiante da missão aterradora em Rivermyre. Toda aquela preparação, todo aquele esforço e sacrifício, para quê? Ter Sagan capturado e Solace não mais perto da liberdade do que antes? O que deu errado?

Nathan caçoou. *Tudo deu errado!*

Foram enganados, superados e manipulados. A Biogenética Xabat era muito mais preparada e inatacável do que ele, ou qualquer dos outros, havia acreditado. E, baseado nos acontecimentos das últimas horas, Nathan e seus companheiros não podiam se dar ao luxo de enfrentar Renard Branstone e o exército de seguranças da Xabat novamente.

Ele tinha passado a maior parte da viagem na forma veniri. Levou quase duas horas para recuperar o controle suficiente sobre seu corpo para voltar à forma humana outra vez.

O coração de Nathan afundava cada vez mais à medida

que se olhava no espelho. Ele teria a chance de enfrentar Renard e seus lacaios de novo? Quem saberia quanto tempo lhe restava?

A lasca cristalizada não era mais só uma lasca. Era uma infestação de carne cristalina que agora cobria a lateral do pescoço e garganta, sua mandíbula e parte do rosto. O ombro onde originalmente começou estava envolto por inteiro, a cristalização continuando pelo comprimento do braço quase até o pulso. Cobria metade do tronco e quase se juntava ao trecho que iniciara na panturrilha, o qual tinha crescido por toda a perna e pé.

A superfície fractal cintilou sob as luzes do banheiro. Se o futuro desconhecido não fosse tão aterrorizante, ele teria ficado hipnotizado.

"...Considerar pôr seus assuntos em ordem."

As palavras de Dawn possuíam mais peso do que nunca, sobretudo porque já havia decidido que faria o que fosse necessário para salvar o bebê de Violet, apesar das consequências para si mesmo.

Nathan baixou a cabeça. Ele não estava no mesmo veículo que Violet na volta de Rivermyre, mas só podia imaginar o quão doloroso aquele percurso sombrio e interminável deve ter sido para ela. Quando chegaram a Maple Shire, não sabia ao certo o que falar ou fazer para aliviar o sofrimento insuportável de Violet. Não havia nada que ele pudesse fazer.

...Ou talvez houvesse algo que somente *ele* pudesse fazer.

Friccionou a carne cristalizada lisa enquanto um plano começava a se formar em sua mente. Se estava se retirando, iria se certificar de deixar Solace nos braços de Violet. A decisão foi tomada. Ele iria até...

Um poderoso *KA-BOOM* quase estourou seus tímpanos. Ele tapava as orelhas no momento em que o chão chacoalhou, atirando-o de cara nos ladrilhos gelados. Uma fração de segundo depois, uma avalanche de paredes e teto estilhaçados golpeou suas costas. O couro veniri resistente de Nathan era tudo o que mantinha os estilhaços à distância, e seu esqueleto de diamantium garantia que não fosse esmagado sob o peso da construção que ruía. Um humano nunca teria sobrevivido.

O barulho do banheiro desmoronando acabou diminuindo para um tamborilar de escombros mais leves. Logo, tudo o que restava era o zumbido nos ouvidos de Nathan. A cada respiração, ele inalava partículas finas das placas de gesso e o fedor avassalador de alguma coisa que queimava. Havia um silvo de água jorrando dos canos quebrados e o borrifo de gotas pesadas encharcava todas as superfícies.

O zumbido em seus ouvidos começou a dar lugar aos lamentos estridentes dos moradores de Maple Shire.

A adrenalina de Nathan aumentou cem vezes. Ele tinha que sair. Precisava encontrar os outros.

Com um grunhido agonizante, ele se levantou, tirando o bastante do fardo substancial acima de si para poder cavar e livrar-se dos destroços.

Um incêndio laranja iluminava a noite. Pavilhões se encontravam em chamas ou despedaçados. As pessoas saíam correndo das casas chorando de histeria. Alguns se apressavam para tirar os entes queridos debaixo dos escombros. Mães gritavam por seus filhos. Maridos berravam pelas esposas. Quase todos estavam cobertos de poeira, cinzas ou sangue.

Nathan colocou as mãos em ambos os lados da cabeça, como se para impedir que sua mente se rompesse com o caos. Com a maior velocidade que conseguiu reunir, ele se arrastou sobre os destroços e correu pelos jardins em direção à casa de Gus. Sorveu longas golfadas de ar, preenchendo os pulmões, aspirando o mau cheiro e as cinzas ardentes à medida que o calor do fogo se alastrava por sua pele exposta.

A porta dos fundos da casa de Gus ainda estava de pé,

mas, fora isso, metade da casa estava em ruínas e a outra metade estava coberta de poeira e escombros. Nathan rugiu nome após nome.

— Violet! Gus! Dawn! Lazareth! Autumn! — Qualquer um e todos que vieram à mente.

— Socorro! — uma voz gritou.

Nathan adiantou-se para ela. Apenas quando começou a remover as vigas e partes da construção do caminho foi que ele se deu conta de que havia modificado para a forma veniri. As mãos expandidas erguiam, puxavam e cavavam um trajeto por onde antes era o corredor para os quartos.

— Socorro! — voltou a gritar a voz.

— Estou chegando, Autumn!

— Depressa, por favor! — Uma mão rastejou de baixo dos destroços.

— Estou aqui! — Nathan segurou a mão. Instantes depois, En'gorr apareceu com os três companheiros, todos cobertos de cinzas e poeira. Com a ajuda deles, Nathan desenterrou Autumn e, em seguida, Gus, Dawn e Lazareth, que estavam desacordados.

— Onde está Violet? — Nathan perguntou.

Autumn não respondeu. Enroscara-se como uma bola no chão e estava se balançando para frente e para trás, gemendo e chorando uma série de murmúrios ininteligíveis.

Nathan ajoelhou-se e sacudiu os ombros dela.

— Onde está Violet? Ela estava com vocês quando a explosão aconteceu?

Autumn o fitou, a expressão vazia. Lágrimas haviam esculpido trilhas limpas através da poeira e das cinzas no rosto dela.

— Violet? Eu... não sei.

Um medo diferente de qualquer coisa que Nathan já experimentara comprimiu suas entranhas. Tinha acabado de se virar e começado a correr em direção aos escombros que imaginava terem sido o quarto de Violet quando — *KA-BOOM!*

A segunda explosão o lançou voando para trás e seu corpo bateu em algo sólido. O zumbido nos ouvidos era brutal. Quando ele abriu os olhos, tudo rodopiava ao seu redor, provocando uma onda impiedosa de náusea.

Em meio a desorientação, um rosto desfocado surgiu diante de Nathan — um rosto familiar com um inconfundível sorriso de tubarão. Matthias Branstone falou algo que a mente atordoada de Nathan não conseguiu captar, então girou um disco laranja brilhante no ar e caminhou noite adentro.

A escuridão engolia a figura do caçador no momento em que Nathan afundava no abismo da inconsciência.

Os soluços de alguém próximo despertaram Nathan. À medida que sua percepção crescia, aumentava também a enorme quantidade de agonia em todo o corpo. Ele não conseguiu reprimir um grunhido enquanto esticava os membros doloridos e sentava-se rigidamente. Uma dor de cabeça instantânea latejou por seu crânio e ele logo desabou de volta na cama para reprimir um enjôo.

Durante todo o tempo, os soluços nunca cessaram. O odor de fumaça, cinzas e carne carbonizada impregnava cada respiração de Nathan.

Ele virou a cabeça para o lado e abriu uma pálpebra. A abundância de telas de computador confirmou que estava na cabana de Autumn, com exceção de que as mesas e equipamentos foram afastados para dar lugar a uma fileira de macas. Dois dos homens de En'gorr se encontravam sentados, cada um em uma maca, e o próprio En'gorr estava encostado na parede ao lado da porta. Os três pares de olhos pesarosos estavam fixos em alguma coisa atrás de Nathan.

Com as mãos na cabeça ainda dolorida, Nathan se sentou. E, então, constatou que ainda estava na forma veniri. Quanto tempo havia ficado desacordado?

Mais um soluço e algumas fungadas roubaram sua atenção. Ele piscou várias vezes para desembaçar a visão. Autumn, Gus e Lazareth se amontoavam em torno da maca ao lado da dele, e Tio estava sentado em uma mesa a alguns metros de distância. Todos, exceto Tio, usavam uma variedade de bandagens: Gus tinha um braço numa tipoia, Lazareth estava com a cabeça e um braço inteiro enfaixados, e o ombro de Autumn estava marcado por uma queimadura feia. Suas expressões estavam repletas de tristeza e os olhos cintilavam com lágrimas.

— O que está acontecendo? — indagou Nathan.

Uma mão apareceu na lateral do quadril de Lazareth e o empurrou com calma.

Dawn estava deitada na maca, o rosto inchado quase além do reconhecimento até ela sorrir — um sorriso gentil que mal pairava acima da dor e do tormento. Cada uma das respirações superficiais vinha com um chiado áspero.

— Dawn? — Muitos questionamentos inundaram a mente de Nathan, os quais não conseguiram passar por seus lábios secos. Ele pulou da maca, as lembranças horríveis das explosões em Maple Shire finalmente começando a retornar.

O rosto de Dawn se contraiu numa careta quando ela respirou fundo.

— Uma viga enorme caiu sobre ela e parece que causou muitas lesões nos órgãos internos. — Gus indicou os arredores. — A enfermaria foi destruída em uma das explosões. Não temos mais equipamento médico ou o conhecimento para ajudá-la. Alguns médicos de comunidades vizinhas chegaram há cerca de meia hora, mas minha mãe se recusa a ser tratada por eles.

— É tudo minha culpa. — Autumn baixou a cabeça, soluçando.

Dawn pegou a mão de Autumn e respirou fundo.

— Não.

— Mas se eu não tivesse sido tão estúpida e roubado aquela lantejoula de En'gorr, nada disso teria acontecido — disse Autumn. — Matthias nunca viria a Maple Shire procurá-la, e você não... — Gus abraçou Autumn enquanto ela cedia contra ele, as palavras perdidas sob o choro incontrolável.

— Não ouse se culpar por isso. — Lazareth balançou um dedo para ela. Havia uma ferocidade em seu tom e uma *raiva* que Nathan jamais vira nos olhos bondosos e compreensivos de Lazareth. — Aquele Matthias Branstone vai pagar pelo que fez. Juro que vou dilacerá-lo membro por membro. E quando eu terminar, ele vai...

— Calma, Laz — disse a voz tranquilizadora de Dawn, e ela envolveu as mãos trêmulas dele nas próprias.

O rosto de Lazareth se distorceu em profunda angústia. Ele assentiu de forma brusca e, depois, tombou de joelhos, enterrando o rosto nas mãos entrelaçadas.

— Como vou continuar sem você? — veio o lamento abafado. — Por favor, por favor, me deixe trazer um médico.

— Não. — A resposta de Dawn foi gentil, porém firme. Ela acariciou o cabelo do marido à medida que uma única lágrima rolava por sua bochecha.

— Não existe nada que você possa fazer? — Nathan perguntou a Gus. — Foi aprendiz de Dawn esse tempo todo. Não pode tratá-la?

Os ombros de Gus se encurvaram e seu rosto se afrouxou de desesperança.

— Não. A condição dela está muito além das minhas capacidades.

Dawn ofegou em uma respiração entrecortada, depois outra.

— Não... falta muito. — Ela mirou Gus com um olhar aguçado e deu um tapinha de leve na cabeça de Lazareth. — Estou preparada.

Lazareth enxugou os olhos nas mangas.

— Dawn, você não tem que ir.

Ela afagou a bochecha dele e abriu a boca para dizer algo, mas uma tosse violenta roubou as palavras.

— Mãe, você deveria descansar — disse Gus.

Ela balançou a cabeça.

— Não. Há muito... a explicar... — A tosse brutal voltou com força extra, e ela cobriu a boca com a mão enfaixada.

A tristeza de Nathan aumentava com cada uma das tosses intensas. Ele olhou ao redor procurando por algo, *qualquer coisa* que pudesse ajudar a aliviar o desconforto de Dawn. Por que tinha que ser tão inútil quando se tratava do lado médico das coisas?

— Mãe, você está bem? Precisa de alguma coisa? — Gus inquiriu.

Por fim, a tosse diminuiu. Os olhos de Nathan se arregalaram com o sangue que se derramava da boca de Dawn — sangue *dourado*.

— Mãe, mas o que raios? — Gus berrou.

— Tanto... a explicar. Não há... tempo... — Dawn apontou para Gus e, então, para ela mesma. — Você é... Eu sou... pliokai.

A testa de Gus se enrugou.

— Eu não sei o que é isso.

Dawn fitou de Autumn para Lazareth.

— Cuidem... do meu filho.

Com uma melancolia carregada, ambos assentiram.

— Espera, o quê? — Gus boquiabriu-se. — Mãe, o que está havendo?

Erguendo a mão para o lado da cabeça, Dawn pressionou os dedos contra a têmpora. Seus dedos começaram a brilhar em um dourado vibrante, enviando uma cadência de iluminação sob a superfície da pele que parecia o desenho de uma placa de circuito elétrico.

— Mãe!

— Shh. — Autumn colocou a mão no ombro de Gus. — Está tudo bem. Tia Dawn sabe o que está fazendo.

Depois de algumas voltas dos dedos de Dawn, uma segmentação na lateral do seu rosto se abriu. Ela alcançou e retirou um cilindro dourado; o mesmo padrão da placa de circuito iluminada tremulava e dançava acima da sua superfície.

Nathan encarou, a boca ligeiramente aberta. Nunca soube que os pliokai, os metamorfos de Plutão, podiam fazer aquilo.

— Recordações... tudo... — arfou Dawn, entregando-o para Autumn.

Gus começou a balbuciar um monte de perguntas confusas, mas Dawn o interrompeu segurando sua mão. Ela sorriu para o filho e afagou-lhe o peito com a mão livre, depois gesticulou para ele.

— Estou muito... orgulhosa...

Nathan baixou a cabeça enquanto Dawn fechava os olhos e exalava seu último suspiro.

EPÍLOGO

Matthias arriscou dar alguns passos mais perto da borda do penhasco. As ondas rolavam e quebravam abaixo, o poder estrondoso retumbando pela terra sob seus pés. Ele estava alto demais para ser atingido pelos salpicos, mas o ar estava denso com o sal.

Ele verificou o relógio e, então, voltou sua atenção para o pôr do sol no horizonte aquoso. Perfeito. Eles conseguiram chegar um pouco mais cedo.

— Tem certeza de que é uma boa ideia? — Axel coçou a barba grisalha e desgrenhada.

— Deixe que eu me preocupo com o que é ou não uma boa ideia — retrucou Matthias.

Um grito veio de alguns metros atrás, seguido por um baque contra o metal. Matthias virou-se para encontrar um dos caçadores batendo com o punho no contentor de metallikite.

— Fique quieto! — exigiu o caçador.

Matthias estalou o pescoço. A ralé com a qual tinha que trabalhar esses dias estava se tornando mais insolente do que as criaturas que ele caçava e enjaulava. Mas estar cercado por caçadores inúteis ainda era preferível a estar próximo do pai. Renard Branstone era um tirano incessante que atormentou Matthias durante anos por causa do seu fascínio pelos metamorfos alados e as possíveis verdades por trás de sua mitologia. Ficara chocado ao descobrir o segredo sujo de Renard de fazer experimentos em humanos. Quem teria pensado que Renard estava tão desesperado para adquirir habilidades metamorfas quanto ele? Mas, para Matthias, seu pai estava fazendo tudo errado.

Matthias enfiou a mão no bolso do casaco e tirou o tesouro recém-adquirido, girando a lantejoula laranja diversas vezes na mão. Mesmo depois de obter cinco lantejoulas, sua beleza nunca deixava de surpreendê-lo.

Adquirir a de pérola opalescente havia sido quase decepcionantemente fácil. Mesmo que aqueles pacíficos metamorfos yranum, afiliados a Urano, fossem difíceis de rastrear, dominá-los tomara menos esforço do que abrir uma garrafa de uísque.

A lantejoula de prata foi um pouco desafiador, no início, mas assim que Matthias descobriu qual alcateia de lobisomens atacar, seus homens saquearam e esvaziaram o covil milenar do alfa lycan em uma batalha feroz digna de um filme de Quentin Tarantino.

Quanto à lantejoula magenta, quase nenhum derramamento de sangue foi necessário — lamentavelmente. Tudo o que Matthias precisou fazer foi tirar proveito da cultura mercenária dos metamorfos de Marte e negociar o acordo certo.

Até agora, a lantejoula verde-absinto fora a mais complicada de obter. Os sathoi eram um bando sensível, com seus sinistros olhos bulbosos, múltiplas pernas finas e bocas de pinça. Bastava uma palavra errada ou uma expressão facial incompreendida para que um deles tentasse prendê-lo em suas teias pegajosas ou gosma ácida. A maioria das interações com os metamorfos afiliados a Saturno terminaram com Matthias precisando de uma roupa nova e o sathoi em pedaços como um inseto esmagado sob os pés. Logo, de forma inconveniente, Matthias teria que começar outra vez a estabelecer novos contatos dentro do reino sathoi. Por sorte, todos os seus esforços acabaram valendo a pena.

E, finalmente, a lantejoula jiovis tinha sido uma barbada para conseguir, após ele rastrear os metamorfos de Júpiter que escaparam até aquela pequena vila erathi. As explosões podem ter sido um pouco exageradas, mas queria deixar claro: aqueles atroadores metálicos não podiam fugir dele e esperar encontrar um esconderijo seguro.

Quase podia sentir o poder da lantejoula laranja nas pontas dos dedos, embora no estado atual, fosse ineficaz.

Logo, muito em breve, ele teria a lantejoula roxa em sua posse.

Levou meses para localizar os nephezai, e ainda mais tempo para estabelecer comunicações e construir confiança suficiente com um metamorfo nephezai para organizar um encontro — uma reunião, não com qualquer um, mas com o rei. Ele só tinha ouvido histórias sobre o rei nephezai e a raça aquática. Há bem mais de um milênio, quando os metamorfos de Netuno foram banidos para o oceano pelos líderes mundiais erathi, os nephezai se tornaram um mito, deixando para trás apenas histórias lendárias de sereias devoradoras de homens e tritões sedentos por sangue.

Novamente, Axel começou a arrastar os pés. O barulho constante de cascalho e terra começou a dar nos nervos de Matthias.

— Por favor, cale a boca — Matthias disse por entre dentes cerrados. — Eles logo estarão aqui.

— É com isso que estou preocupado — disse Axel. — Mesmo você tem que admitir que não possuimos muita experiência com os nephezai. Precisaria desenvolver guelras para se tornar um especialista digno. — Ele espreitou por sobre a borda do penhasco. — Por que eles queriam que nos encontrássemos aqui? Estamos a cerca de cinquenta andares acima da água. Se pensam que vou descer até lá, eles estão sonhando.

Outro guincho, um estrondo e um palavrão berrado veio do grupo de caçadores. Virando-se, Matthias lançou um olhar penetrante à sobrinha, Nika. Reconhecendo a mensagem silenciosa, Nika deu um soco no braço do caçador desordeiro e disse-lhe para parar de provocar os animais. O caçador encarou-a, mas recuou depois de olhar de esguelha para Matthias.

— É um erro ela estar aqui — disse Axel em um murmúrio baixo.

Sem se incomodar em responder, Matthias estudou a sobrinha por mais um segundo. Não podia culpar Axel e os outros caçadores por serem céticos em relação a Nika. Até Matthias suspeitava do seu retorno. Após muitos meses sem contato, ela apareceu no bunker sem o amuleto de caçador e exigindo outro. Embora tenha se esquivado de muitas perguntas sobre a razão de ter partido, de ter voltado e o que acontecera com seu amuleto, ela compensou com algumas informações valiosas sobre o grupo desorganizado que havia invadido o laboratório secreto de seu pai. Quando Matthias, Renard, Axel e Nika revisaram as imagens de segurança da Xabat, Nika apontou um dos intrusos e alegou que ela era um metamorfo híbrido.

Matthias não acreditara no início, não até ele próprio ver, boquiaberto, as filmagens de segurança de Violet Chambers — de todas as pessoas — em toda a sua glória metamorfa. Inacreditável. Nunca na vida ele teria imaginado que a amiguinha patética da sua falecida filha seria, um dia, não somente mãe de uma fêmea veniri, mas que também desenvolveria habilidades de metamorfa dupla.

Claro, no momento em que Renard ouviu sobre Violet e testemunhou por si mesmo do que ela era capaz, exigiu colocar suas mãos imundas nela para auxiliar nos experimentos. Talvez ela fosse o elo na evolução humana, ele declarou.

Não só Nika tinha sido uma peça-chave na captura de Violet, como foi ideia dela persuadir Sagan a fazer uma troca e atrair Violet para sua armadilha.

Ao pensar no filho, uma agitação indesejada se manifestou no estômago de Matthias. Quanto mais ele refletia, mais a agitação se transformava em raiva. Depois das coisas que fez pelo filho, depois de tudo, Sagan teve a audácia de escolher a mãe — aquela mulher deplorável — ao invés dele.

Matthias apertou as mãos com mais força em torno da preciosa lantejoula. Não ia perder tempo pensando nela, ou em como seu filho o traiu. Ele iria se livrar de tudo e se concentraria no futuro.

Examinou o mar cintilante, então parou e semicerrou os olhos, preocupado que eles pudessem estar lhe pregando uma peça.

Uma sombra na água a algumas centenas de metros de distância estava se dirigindo para eles em um ritmo alarmante. Em seguida, mais sombras apareceram por trás. E, então, cada vez mais. Matthias calculou vinte, depois trinta, antes de perder a conta. Um falatório apreensivo começou a se espalhar pelo grupo de caçadores.

Matthias colocou a lantejoula de volta no bolso e abotoou o casaco.

A primeira sombra parou a cerca de cinco metros do recife, na base do penhasco. Momentos depois, as outras sombras pararam atrás de seu líder.

Matthias prendeu a respiração. Por alguns instantes, os recém-chegados permaneceram imóveis. E, então, o mar começou a borbulhar e se agitar. As águas ferozes revolveram, formando torres que jorravam para o céu — subindo e subindo — até chegarem ao nível do penhasco, cada uma mantendo uma figura individual. Dessa distância, Matthias começou a distinguir algumas das silhuetas dentro da água ondulante. Barbatanas, tentáculos, ferrões, caudas — a lista era vasta.

Matthias deu um passo involuntário para trás quando as torres começaram a se curvar em sua direção. Se aproximando cada vez mais. A agitação da água tornou-se ensurdecedora, e o oceano começou a respingar no rosto e na roupa de Matthias. Ele se permitiu puxar uma lufada de ar salgado, mas a antecipação restringiu suas vias aéreas mais uma vez quando a água começou a se dividir, revelando a mortífera criatura das profundezas.

Este teria que ser ninguém menos que Qozzlotl Nagahld, o próprio rei nephezai; o emaranhado de hastes douradas na cabeça da criatura lembrava uma coroa. Matthias meio que esperava que ele estivesse carregando um tridente, como retratado nos contos de fadas relacionados ao mar, mas, em vez disso, o rei nephezai segurava uma arma feita de ferrões roxo-neon brilhantes.

Qozzlotl era humanóide da cintura para cima. Seu tronco reverberava com guelras e barbatanas decorativas, e a pele era similar à de um tubarão ou golfinho, tingida de cinza, roxo, azul escuro e salpicos de néon multicolorido. Uma série de barbatanas iridescentes ao longo das maçãs do rosto e antebraços combinavam com as do tronco. Mas, de todas as características magníficas do nephezai, não havia nada mais impressionante do que os numerosos ferrões que cobriam seus ombros e braços, a maioria deles com cerca de quinze centímetros de comprimento. Eles brilhavam em madrepérola e gotas de água cintilavam nas pontas letais. Apesar de quão ornamentais os ferrões aparentavam, Matthias sabia da capacidade dos nephezai de atirar em qualquer um deles à

vontade e injetar na vítima um agente paralisante, semelhante a outros animais marinhos venenosos.

A água ainda engolfava o rei nephezai da cintura para
baixo, onde, no lugar de pernas, Matthias podia perceber os
contornos de uma serpente marinha gigante, ou talvez uma
enguia, com longas barbatanas que ondulavam nas laterais.

A forma modificada de Qozzlotl não precisava de quaisquer outro adereço; contudo, ele ainda usava uma variedade
impressionante de ouro, prata e joias. Matthias, no entanto,
só tinha olhos para a lantejoula roxa que estava no centro de
um pendente situado em torno do pescoço do rei nephezai.
Ele ainda não levantara o assunto das lantejoulas com Qozzlotl. Provavelmente, como foi o caso com a maioria das
outras raças metamorfas, a doutrina das lantejoulas também
tenha sido diluída, por assim dizer, entre os nephezai.

A estrondosa torre de água que segurava o rei parou a
trinta centímetros de Matthias, enquanto o resto das torres
permaneceu sobre o oceano. Cerca de dez outras sombras se
revelaram por trás do rei — uma guarda.

Matthias teve que esticar o pescoço para fitar os olhos
impressionantes do rei e lutou para conter uma carranca.
Essas criaturas foram derrotadas e banidas há muito tempo
pela espécie de Matthias; deveriam ser *elas* a erguer os olhos
para *ele*.

Os dois nephezai que ladeavam o rei apontaram suas
armas para Matthias.

— Curvem-se, humanos — um deles disse. — Vocês estão
na presença de Qozzlotl Nagahld, rei do oceano.

Matthias hesitou. Como ele queria lembrá-los de quem
eram os superiores nesta reunião! Essas criaturas estavam na
presença de humanos, dos erathi, a raça que atualmente
dominava a terra e um dia superaria todos os metamorfos e
seus chamados reis e rainhas.

Mas antes que pudesse abrir a boca, ele se lembrou por

que tinha contatado os nephezai em primeiro lugar. Precisava manter a calma.

Gesticulando para os homens atrás de si, Matthias fez uma reverência e os outros seguiram seu exemplo.

— Vossa Majestade Real, sinto-me profundamente lisonjeado por enfim estar em sua presença. É uma grande honra.

As palavras tinham gosto de cinzas em sua língua.

O rei inclinou a cabeça em resposta. Quando ele não fez nenhum comentário, Matthias começou a falar de novo.

— Não quero desperdiçar seu precioso tempo. Que tal irmos direto aos negócios?

Qozzlotl escarneceu.

— O que há com os humanos e seu fascínio pelo tempo e os negócios?

Com esforço, Matthias exibiu um sorriso amigável.

— Então, o motivo pelo qual eu convoquei esta reunião...

— Você não convocou nada! — o rei cuspiu. — Eu não respondo a humanos.

Matthias engoliu a réplica na ponta da língua. Valeria a pena lembrar a este suposto rei que foram os humanos que baniram toda a sua raça para as profundezas do oceano?

— Claro, Vossa Majestade. Perdoe-me. Mas em relação a questão...

— Eu sei o que você quer. Eu sei o que realmente deseja.

Matthias não pôde deixar de olhar para a lantejoula roxa.

— Não ouse pensar que sou ignorante, humano.

— Matthias.

A postura do rei enrijeceu. Os olhos dele queimaram com uma centelha de intensidade.

— Meu nome é Matthias, não humano. — Não havia muito da arrogância piedosa desta criatura que ele estava disposto a tolerar.

— Eu não me importo. Não estou aqui para aprender nomes, humano.

A mandíbula de Matthias apertou tanto que ele arriscava quebrar um dente.

— Estou aqui pelos, como você diz, 'negócios' — continuou o rei. — Agora, me mostre.

Matthias franziu o cenho. Depois de um segundo, ele se virou e estalou os dedos para seus homens, o tempo todo sonhando com o dia em que o mundo se livraria desses metamorfos detestáveis. Um grupo de caçadores carregou quatro contentores de metallikite e os posicionou no chão entre ele e o rei.

— Para você, rei Qozzlotl. Sei o quanto admira as raras e exóticas criaturas terrestres. Meus homens vasculharam o planeta para obter esses espécimes bastante raros, quase extintos, para você. — Ele voltou a estalar os dedos e um dos caçadores abriu um contentor. — Este é um saola das Montanhas Anamitas, no Vietnã. Devido aos chifres paralelos, também é conhecido como o unicórnio asiático. Meus caçadores tiveram muita sorte de encontrar esse espécime maravilhoso. E este aqui é um *Solenodon paradoxus*, ou agouta, da...

O rei sacudiu o braço como se quisesse espantar uma mosca.

— Basta. Eu já declarei meus termos.

A nuca de Matthias pinicava de suor, mas o sorriso permaneceu estampado em seu rosto.

— Claro, Vossa Majestade. Mas como expliquei em minha última correspondência, anular seu banimento levaria muito tempo e...

— Tempo? Outra vez com seu tempo. Estivemos banidos por três mil anos. Não é tempo suficiente?! — A pergunta do rei terminou com um rugido estrondoso. A água da torre se enfureceu e espirrou sobre Matthias, seus homens e os animais enjaulados, que irromperam em gritos, gorjeios e uivos.

Matthias enxugou o rosto na manga, permitindo-se

reunir palavras que não terminariam num massacre e na perda de tudo pelo que vinha trabalhando. Ele fixou os olhos na lantejoula roxa.

— Tem razão em estar frustrado, Majestade, mas deve entender que o que está pedindo é um assunto delicado. Os líderes mundiais precisam ser abordados, e há muito mais deles desde o banimento dos seus ancestrais. Sabe-se lá quantos tem conhecimento sobre os metamorfos em geral, quem dirá sobre você e seu povo? E mesmo que não saibam mais da sua história, você não pode simplesmente esguichar das profundezas do oceano e esperar uma recepção calorosa em terra. Tratados de paz, alianças, títulos de fronteira, tudo isso precisa ser levado em consideração antes que as discussões para permitir seu retorno possam começar.

Qozzlotl estudou-o com olhos frios e calculistas, depois explodiu em uma gargalhada ruidosa. Matthias franziu a testa e trocou um olhar com Axel, que deu de ombros.

— Perdoe-me, mas não vejo qual é a graça. — Matthias não conseguiu conter o deboche em seu tom.

Quando a risada do rei finalmente diminuiu, este disse:

— Suas palavras elegantes são o que me divertem. Você fala de reuniões e discussões, como se conversar e discutir fosse o que faz um grande líder. Não. Um líder toma uma decisão — ele estalou os dedos — e está feito. É simples assim. Parece que cometi o equívoco de lidar com o *simples* humano errado. Quando eu peço uma reversão do nosso banimento, você me faz um belo discurso. E quando peço os espécimes terrestres mais raros para aumentar minha coleção, me oferece o que já tenho. É mais do meu interesse matar você, humano, junto com seus homens. Mas esse é o mesmo erro que meus ancestrais cometeram há muito tempo. Então, hoje, lhes deixarei viver. Da próxima vez, não serei tão indulgente.

O rei virou as costas, tal como os outros nephezai.

— Espere, onde está indo? — Matthias o chamou.

Qozzlotl não respondeu.

Matthias deu um passo à frente.

— Você prometeu uma troca. Não vou sair daqui de mãos vazias!

Ainda assim, o rei o ignorou. A torre d'água se retirou para o penhasco e começou a descer.

Matthias correu para a borda tão depressa que quase despencou na água abaixo. Sem pensar, ele gritou:

— Ótimo, quer um espécime que não tem. O que você acha de uma metamorfa híbrida?

Qozzlotl se deteve. A água ao seu redor ondulou à medida que ele girava para encarar Matthias.

— Impossível.

Matthias sorriu.

— Eu a tenho aqui comigo agora.

O rei o analisou, mas Matthias reconheceu aquele brilho de ganância em seus olhos.

— Se isso for um truque, humano, vou voltar atrás na minha promessa de não matá-lo hoje.

Matthias meneou a cabeça, incapaz de varrer o sorriso presunçoso do rosto.

— Pela vida da minha esposa e filhos, isso não é um truque, rei Qozzlotl.

O rei, por fim, assentiu.

— Mostre-me.

Matthias gesticulou para os caçadores devolverem os contentores com animais para a traseira dos SUVs e pegarem outro. Ele murmurou instruções no ouvido de Axel, que acenou com um sorriso malicioso. Em seguida, com os braços estendidos como o apresentador de um circo, Matthias se voltou para o rei.

— A Vossa Majestade, o rei Qozzlotl, eu apresento a metamorfa híbrida.

Axel destrancou o contentor de metallikite. Em um borrão, duas figuras — Violet e outro macho — lançaram-se e atacaram os caçadores mais próximos. Demorou alguns instantes para Matthias perceber que havia algo familiar no prisioneiro.

Ele girou para Nika e disse em voz baixa:

— Pode explicar como um dos meus gladiadores fugitivos acabou no contentor da híbrida?

Nika encolheu os ombros. Havia muito mais por trás da feição inocente, mas Matthias não lidaria com aquilo agora.

Finalmente, depois que três dos homens de Matthias foram nocauteados, Axel conseguiu conter Thane no chão pressionando-lhe um tridente de diamantium na garganta, e uma Violet que se debatia foi empurrada para a frente do rei. Ela sibilava e xingava, e quase desvencilhou-se dos dois homens que a seguravam até que Nika investiu e chutou-lhe as pernas, fazendo-a se ajoelhar.

Qozzlotl a mirou de cima a baixo e, com uma expressão descontente, virou-se para Matthias.

— Estou esperando.

Matthias se aproximou de Violet.

— Seja boazinha e se transforme para Vossa Majestade Real.

— Não faça isso, Violet! — berrou Thane. — Não dê a eles o que... *ugh*! — Um punho atingiu o estômago dele, que soltou um gemido baixo.

— Transforme-se, Violet — ordenou Matthias.

O rosto de Violet se contorceu em um rosnado e ela cuspiu na cara dele.

— Vai se ferrar.

Matthias respirou fundo antes de limpar a nojenta bola de saliva com a manga. E, então, se voltou para Nika. Ela sorriu em resposta, puxou o braço para trás e acertou um soco poderoso no rosto de Violet.

Violet guinchou. Mais uma vez, ela tentou escapar das garras dos caçadores, mas eles seguravam firme.

— Transforme-se — Matthias ordenou novamente.

Nika acertou outro soco, mas Violet o recebeu, desta vez com apenas um grunhido.

— Transforme-se, querida Violet, e tudo isso vai acabar — disse Matthias.

A voz abafada de Thane começou a gritar outra vez, mas Violet só riu, o som afiado com uma pitada de histeria.

— Vai ter que me matar primeiro.

— Com prazer — Nika rugiu e esmurrou Violet com golpe atrás de golpe. Somente quando Violet começou a sangrar foi que Matthias se deu conta que as articulações brilhantes de Nika não eram uma ilusão de ótica.

Violet permanecia em silêncio enquanto os urros de Thane atingiam um novo nível de raiva.

Matthias segurou o pulso de Nika em meio a um murro e inspecionou o soco inglês com ponteiras de diamantium que ele mesmo dera a ela no Natal, muitos anos atrás. O semblante de Nika era selvagem, sem remorso. No entanto, Violet ainda não tinha se transformado. Matthias agarrou o pulso da sobrinha com mais força e estava pensando em seu próximo passo quando o rei nephezai se aproximou da quase inconsciente Violet.

O metamorfo aquático passou um dedo pelo fluxo de sangue que escorria da bochecha dilacerada de Violet.

— Fascinante... — Depois de inspecionar o líquido viscoso, ele voltou seu olhar para Matthias. — Vou fazer uma troca.

Matthias abriu um sorriso.

— Perfeito — disse, fitando a lantejoula roxa.

— Não. — Qozzlotl cobriu a lantejoula. — Isto vai ficar comigo. Apenas quando você falar com seus 'líderes mundiais' e anular o banimento dos nephezai, eu a entregarei a você.

As articulações de Matthias estalaram com a pressão das mãos cerradas.

— Conforme discutido anteriormente, estes serão seus. — Três dos súditos do rei surgiram com três tomos feitos de ouro maciço e pedras preciosas. — Mas somente em troca do casal Seh'vuthi. — Ele apontou para Violet e Thane.

Matthias mal olhou para os tomos. Ele já havia adquirido um bom número desde que conseguiu o primeiro da rainha veniri, cerca de um ano atrás.

— Por que você quer os dois? Uma metamorfa híbrida não é o bastante?

Qozzlotl encarou Matthias com uma expressão que escorria condescendência.

— Eu sou um colecionador, e uma coleção tem mais valor quando está completa. Metamorfa híbrida ou não, o que é uma única Seh'vuthi sem seu parceiro?

Matthias franziu a testa. Essa era a segunda vez que o nephezai usava aquela palavra com *S*. Talvez fosse algum tipo de termo nephezai que Matthias ainda não tinha se deparado. Inclinando a cabeça de um lado para o outro, ele fingiu ponderar as condições. Renard iria exigir a sua parte se Matthias voltasse sem Violet. Além disso, se ele não conseguiu o que realmente desejava, por que o rei do mar deveria?

Já estava abrindo a boca para expressar a decisão quando Nika se aproximou para sussurrar em seu ouvido. Os olhos se arregalaram com a solução simples da sobrinha. Ele deu um tapinha no ombro dela e assentiu uma vez, e ela girou e se dirigiu para um dos SUVs.

— Se um conjunto completo é o que precisa, Majestade, então falta uma peça. — Matthias sorriu quando os olhos do nephezai brilharam com ganância. Não mais do que meio minuto depois, Nika voltou e Matthias indicou o embrulho nas mãos dela.

— Aqui está a filha da metamorfa híbrida.

As palavras mal saíram de sua boca para que Thane e Violet começassem a suplicar e implorar pelo bebê no colo de Nika. Quando ficou claro que nenhum dos dois iria se calar tão cedo, Matthias revirou os olhos e sinalizou para os homens que ainda continham Violet. Eles a soltaram e ela correu até Nika e pegou a criança, em seguida sucumbiu em uma exibição ridícula de choro e agitação.

— Eu aprovo essa troca — disse Qozzlotl.

— Excelente. — Um par de guardas nephezai se moveu para apanhar Thane, mas antes que alguém chegasse perto de Violet, Matthias cochichou suavemente no ouvido dela: — Não comemore ainda. — Ignorando o olhar venenoso, ele apontou para a criança. — Está vendo essa coleira no pescoço do seu bebê? Contém um explosivo.

Os olhos de Violet se arregalaram e seu rosto perdeu toda a cor. Perfeito. Ele a tinha na palma da mão.

— Vê aquele disco roxo em torno do pescoço do rei do mar?

Ela olhou para Qozzlotl e assentiu.

— Obtenha o disco do rei, encontre um caminho para a superfície e aperte esse botão na coleira da sua filha. Ele enviará um sinal de GPS e nós iremos buscar o disco com você. Assim que eu tiver o disco nas mãos, a coleira será removida e seu bebê viverá para ver o próximo aniversário. A contagem regressiva do explosivo está marcada para daqui três semanas à meia-noite.

Antes que ela pudesse dizer qualquer coisa, Violet, seu bebê e Thane foram arrastados pelos guardas nephezai. Qozzlotl inclinou a cabeça para Matthias e, então, ele e o restante dos metamorfos aquáticos regressaram ao oceano e desapareceram sob as ondas revoltas.

AGRADECIMENTOS

Chocante! Que missão! Faz menos de um ano que publiquei meu primeiro livro, e aqui estou, agora finalizando o segundo. Sinto que aprendi muito desde Fragmentos de Vênus, e ainda tenho muito mais a aprender neste mundo ao ser uma autora.

Mais uma vez, devo um agradecimento extraordinário ao meu Senhor e Salvador, Jesus Cristo. Sem o Teu incrível sacrifício, eu teria acabado com tudo isso há muito tempo. Dou todo o crédito a Ti, ao Pai Celestial e ao Espírito Santo, por minha vida e tudo o que há de bom nela. Não tenho dúvidas de que me concedeste essas histórias, e ficou muito mais claro com este segundo livro o muito que confiei em Ti para me inspirar e me proporcionar as palavras para escrever. Eu nunca teria sido capaz de terminá-lo sem Ti. Obrigada!

Para Kevin, meu marido maravilhoso, novamente o seu apoio e encorajamento foram excelentes! E, de novo, um muito obrigada por seu feedback e envolvimento nesta jornada. Palavras não podem descrever o quanto sou grata, nem o quanto eu te amo. Obrigada por chamar esse desastre emocional de sua esposa! Beijos Beijos

Annabelle, você é um deleite e me traz tantas alegrias. É tão criativa e imaginativa que estou sempre ansiosa para ver o que vai elaborar a seguir. Será que é demais esperar que um dia escrevamos histórias juntas? Te amo muito!

Um enorme obrigada a Janeen Donovan, minha mãe. Seu apoio em mais do que apenas no sentido emocional e financeiro foi verdadeiramente reconhecido. É uma honra ser sua filha. Obrigada por me criar, por estar ao meu lado sempre que eu preciso, por alimentar meu vício em Enid Blyton e por me apresentar a autores como Frank E. Peretti, C.S. Lewis e J.R.R. Tolkien. Acho que posso tranquilamente te culpar por despertar minha imaginação selvagem, rsrsrs!

Um grande obrigada ao restante da minha família! Oh, nossa! Sou muito abençoada por fazer parte de uma família tão maravilhosa. Aos Ham, Donovan, Coleman, Evans, Draper, McCudden, Eveans, Young e a todos os outros membros dessa família extensa. Muito obrigada por seu apoio na compra do meu primeiro livro e por torcerem por mim dos bastidores.

Aos meus alfas, o super talentoso Grupo de Escritores Unidos; Carleton Chinner, Julie Dickson, Tim Edwards, Suzie Eisfelder, Tarryn Mallick e Katarina Smythe (também conhecida como Kaydence Snow). Gente, vocês são INCRÍVEIS! Sou tão feliz por tê-los conhecido e, finalmente, ter criado coragem para compartilhar minha pequena história. Obrigado por todo o feedback, pelo apoio, pelas ótimas risadas e a motivação para continuar escrevendo. Caramba, eu estremeço ao pensar em quantas lágrimas e reclamações vocês tiveram que aturar de mim, enquanto eu escrevia este livro. Mas, vocês têm sido um apoio tão sólido e constante, ajudando-me a colocar meu trabalho em ordem e a encontrar coragem para "engolir o choro" e seguir para a próxima etapa. São uma inspiração e eu estou muito empolgada para ver o que o futuro traz para a escrita fantástica de vocês.

Treece e Dan Stubbs e o adorável Iggy. Vocês são uma benção! Obrigada por serem fantásticos ao ouvir todas as minhas ideias malucas de mundos imaginários, por serem leitores beta ávidos e por estarem disponíveis para me ajudar a pensar e corrigir vários dos meus furos na trama. Vocês arrebentam!

Ao meu grupo de estudo bíblico em Hervey Bay e à Irmandade de São George, obrigada por se lembrarem da minha jornada pela escrita em suas orações. Mesmo que eu esteja diante de êxitos ou dificuldades, as suas orações e apoio espiritual são inestimáveis. Muito obrigada!

Um grande alô a todos os meus leitores beta que ofereceram seu precioso tempo para ler meu manuscrito e me fornecer um feedback honesto. Vocês me mantiveram alerta e perceberam várias inconsistências em comparação com o primeiro livro. Assumir o papel de leitor beta é um trabalho épico e eu sou muito grata. Obrigada aos montes!

E para minha editora, Kirstin Andrews, que palavras posso usar para descrever o quanto sou grata por seu trabalho árduo em lapidar Chamas de Marte? Terminar este manuscrito foi uma tarefa complicada e gigantesca dessa vez. Mas você me ajudou a chegar até o fim. Sei que já mencionei, mas me sinto tão "elevada" quando analiso suas edições. Posso ver claramente como ajudou a melhorar meu trabalho. Muito obrigada por todo o empenho que você colocou na edição da minha história. Tem sido uma honra tê-la como minha editora. Por favor, nunca me deixe!! 😊

Pela capa impressionante, muito obrigada à incrível equipe da Deranged Doctor Design. Fiquei hipnotizada com a capa que fizeram para o livro Fragmentos de Vênus e, quando pensei que seria difícil superá-la, vocês transcenderam totalmente com esta capa de Chamas de Marte! Muito obrigada pelo trabalho formidável em dar vida visual ao meu mundo. Uau! Não consigo parar de olhá-la.

Um grande obrigada ao AViVA por me dar uma chance e me permitir usar a música "Blame it on the Kids" para o trailer do meu livro. Estou feliz por ter descoberto as suas músicas e muito animada pelo livro SELF/LESS!!

Espero não ter esquecido ninguém. Se eu tiver, sinto muito! Beijos e abraços.

AGRADECIMENTOS

Chocante! Que missão! Faz menos de um ano que publiquei meu primeiro livro, e aqui estou, agora finalizando o segundo. Sinto que aprendi muito desde Fragmentos de Vênus, e ainda tenho muito mais a aprender neste mundo ao ser uma autora.

Mais uma vez, devo um agradecimento extraordinário ao meu Senhor e Salvador, Jesus Cristo. Sem o Teu incrível sacrifício, eu teria acabado com tudo isso há muito tempo. Dou todo o crédito a Ti, ao Pai Celestial e ao Espírito Santo, por minha vida e tudo o que há de bom nela. Não tenho dúvidas de que me concedeste essas histórias, e ficou muito mais claro com este segundo livro o muito que confiei em Ti para me inspirar e me proporcionar as palavras para escrever. Eu nunca teria sido capaz de terminá-lo sem Ti. Obrigada!

Para Kevin, meu marido maravilhoso, novamente o seu apoio e encorajamento foram excelentes! E, de novo, um muito obrigada por seu feedback e envolvimento nesta jornada. Palavras não podem descrever o quanto sou grata, nem o quanto eu te amo. Obrigada por chamar esse desastre emocional de sua esposa! Beijos Beijos

Annabelle, você é um deleite e me traz tantas alegrias. É tão criativa e imaginativa que estou sempre ansiosa para ver o que vai elaborar a seguir. Será que é demais esperar que um dia escrevamos histórias juntas? Te amo muito!

Um enorme obrigada a Janeen Donovan, minha mãe. Seu apoio em mais do que apenas no sentido emocional e financeiro foi verdadeiramente reconhecido. É uma honra ser sua filha. Obrigada por me criar, por estar ao meu lado sempre que eu preciso, por alimentar meu vício em Enid Blyton e por me apresentar a autores como Frank E. Peretti, C.S. Lewis e J.R.R. Tolkien. Acho que posso tranquilamente te culpar por despertar minha imaginação selvagem, rsrsrs!

Um grande obrigada ao restante da minha família! Oh, nossa! Sou muito abençoada por fazer parte de uma família tão maravilhosa. Aos Ham, Donovan, Coleman, Evans, Draper, McCudden, Eveans, Young e a todos os outros membros dessa família extensa. Muito obrigada por seu apoio na compra do meu primeiro livro e por torcerem por mim dos bastidores.

Aos meus alfas, o super talentoso Grupo de Escritores Unidos; Carleton Chinner, Julie Dickson, Tim Edwards, Suzie Eisfelder, Tarryn Mallick e Katarina Smythe (também conhecida como Kaydence Snow). Gente, vocês são INCRÍVEIS! Sou tão feliz por tê-los conhecido e, finalmente, ter criado coragem para compartilhar minha pequena história. Obrigado por todo o feedback, pelo apoio, pelas ótimas risadas e a motivação para continuar escrevendo. Caramba, eu estremeço ao pensar em quantas lágrimas e reclamações vocês tiveram que aturar de mim, enquanto eu escrevia este livro. Mas, vocês têm sido um apoio tão sólido e constante, ajudando-me a colocar meu trabalho em ordem e a encontrar coragem para "engolir o choro" e seguir para a próxima etapa. São uma inspiração e eu estou muito empolgada para ver o que o futuro traz para a escrita fantástica de vocês.

Treece e Dan Stubbs e o adorável Iggy. Vocês são uma benção! Obrigada por serem fantásticos ao ouvir todas as minhas ideias malucas de mundos imaginários, por serem leitores beta ávidos e por estarem disponíveis para me ajudar a pensar e corrigir vários dos meus furos na trama. Vocês arrebentam!

Ao meu grupo de estudo bíblico em Hervey Bay e à Irmandade de São George, obrigada por se lembrarem da minha jornada pela escrita em suas orações. Mesmo que eu esteja diante de êxitos ou dificuldades, as suas orações e apoio espiritual são inestimáveis. Muito obrigada!

Um grande alô a todos os meus leitores beta que ofereceram seu precioso tempo para ler meu manuscrito e me fornecer um feedback honesto. Vocês me mantiveram alerta e perceberam várias inconsistências em comparação com o primeiro livro. Assumir o papel de leitor beta é um trabalho épico e eu sou muito grata. Obrigada aos montes!

E para minha editora, Kirstin Andrews, que palavras posso usar para descrever o quanto sou grata por seu trabalho árduo em lapidar Chamas de Marte? Terminar este manuscrito foi uma tarefa complicada e gigantesca dessa vez. Mas você me ajudou a chegar até o fim. Sei que já mencionei, mas me sinto tão "elevada" quando analiso suas edições. Posso ver claramente como ajudou a melhorar meu trabalho. Muito obrigada por todo o empenho que você colocou na edição da minha história. Tem sido uma honra tê-la como minha editora. Por favor, nunca me deixe!! 😄

Pela capa impressionante, muito obrigada à incrível equipe da Deranged Doctor Design. Fiquei hipnotizada com a capa que fizeram para o livro Fragmentos de Vênus e, quando pensei que seria difícil superá-la, vocês transcenderam totalmente com esta capa de Chamas de Marte! Muito obrigada pelo trabalho formidável em dar vida visual ao meu mundo. Uau! Não consigo parar de olhá-la.

Um grande obrigada ao AViVA por me dar uma chance e me permitir usar a música "Blame it on the Kids" para o trailer do meu livro. Estou feliz por ter descoberto as suas músicas e muito animada pelo livro SELF/LESS!!

Espero não ter esquecido ninguém. Se eu tiver, sinto muito! Beijos e abraços.

SOBRE A AUTORA

Tjalara Draper começou sua carreira de escritora no início de 2016, quando as histórias em sua louca imaginação continuavam a crescer. Depois de alguns cursos online de Escrita Criativa, ela estava totalmente convencida de que precisava seguir seu maior sonho, o de se tornar uma autora. "Fragmentos de Vênus", uma fantasia paranormal/urbana sobre metamorfos, foi a primeira escolha de todas as suas ideias para a história.

Ela é esposa de um homem maravilhoso e mãe de uma garotinha enfezada, que se torna mais criativa e extrovertida a cada dia que passa.

Quando Tjalara não está escrevendo seu próximo livro ou enfrentando monstros de lavanderia e brincando de luta livre com a lava-louças, está em algum lugar voando em cadeiras de desejos, nadando com sereias, marcando sua pele com as runas de caçadores das sombras, criando dragões ou servindo como degustadora de venenos para o comandante.

ENTRAR EM CONTATO:
Página da Web: www.tjalaradraper.com
Facebook: Pesquisar por Tjalara Draper Author
Instagram: Pesquisar por @tjalaradraper_author
Amazon: Pesquisar por Tjalara Draper, Shards of Venus